U0598635

春天里的幸福晴

风为裳。著

重庆出版集团 重庆出版社

图书在版编目(CIP)数据

春天里的幸福饼 / 风为裳著. —重庆：重庆出版社，
2014.9
　ISBN 978-7-229-08192-8

　Ⅰ.①春… 　Ⅱ.①风… 　Ⅲ.①长篇小说—中国—当代
Ⅳ.①I247.5

中国版本图书馆CIP数据核字(2014)第129642号

春天里的幸福饼
CHUNTIAN LI DE XINGFU BING
风为裳　著

出　版　人：罗小卫
责任编辑：陶志宏　曾　玉
责任校对：刘小燕
装帧设计：重庆出版集团艺术设计有限公司·陈　永　王芳甜

重庆出版集团
重庆出版社　出版
重庆长江二路205号　邮政编码：400016　http://www.cqph.com
重庆出版集团艺术设计有限公司制版
自贡兴华印务有限公司印刷
重庆出版集团图书发行有限公司发行
E-MAIL:fxchu@cqph.com　邮购电话:023-68809452
全国新华书店经销

开本:700mm×1000mm　1/16　印张:18.5　字数:273千
2014年9月第1版　2014年9月第1版第1次印刷
ISBN 978-7-229-08192-8
定价:29.80元

如有印装质量问题,请向本集团图书发行有限公司调换:023-68706683

目 录

第一章

世界喧嚣　泪水倾盆

　　马淑云咽下最后一口气那天是个好天气，风和日丽。

　　虽然大家对这天的到来早有准备，但这一天终于来到，还是把田家四姐弟连同他们的家人都惊了个人仰马翻。

　　那天早上田三蕊早起了半小时，把从老妈院子里掰来的香椿树芽切碎，放到肉末里炒熟作卤，然后急急忙忙地把电饭煲里的粥煲上，再给儿子魏来擀上一碗面条，配上香椿肉末做的卤，再就上一两个蒜瓣儿，那滋味甭提多地道多诱人了……单是做好往桌上一摆，三蕊嘴里的口水都咽了一水桶。她这才抽出空叫儿子魏来起床，顺手帮他把床上的被子叠好，把他换下来的衣服装进袋子里，等下带到老妈那儿一块儿洗了。

　　魏来15岁，初三，正是爬坡的阶段，每晚熬夜学习，本该是活蹦乱跳的年纪，却委顿得像一棵失水的植物。田三蕊心疼儿子，每天变着花样做饭，希望的不过是他多夹两筷子，多吃两口。

　　把香椿打卤面端到魏来面前，兴冲冲眼巴巴地抬着脸等着儿子大人的评价，魏来眼皮都没抬一下，挑了两筷子面条吃药似地往嘴里送："我不爱吃面条，你又不是不知道？吃进去的面条都在肚子里站着！"

　　田三蕊咽了咽口水，被儿子的形容逗笑了，她很想伸手拍一下儿子的脑袋，那不有牙呢吗，有牙嚼碎了，怎么还能站着？但她想伸出去的手还是没伸出去，儿子大了，再不能像小时候那样想揽在怀里亲就揽在怀里亲。

　　"那想吃什么，告诉妈，妈晚上给你做！"田三蕊一瞬间的小失落立即被殷勤的服务态度取代。没办法，儿子正在中考的冲刺阶段，现在他就是家里的小祖宗。她又往儿子的碗里舀了一勺卤，自己也往嘴里填了一口：

"嗯，挺香的！多吃点。"

她不能看着儿子吃完了，她要赶紧去老妈那儿替换老公魏保乐，魏保乐还要上班。

这一年多的时间了，在田三蕊心里，全世界最重要的事就是儿子中考。为这，晚上陪老妈的任务她都交给了魏保乐。大姐、二姐几次拉着脸子给她看，她都丝毫没含糊，她说："你们别饱汉子不知饿汉子饥。你们一个家有钱，儿女就是一个大字不识，也吃香的喝辣的，一个孩子争气，上了名牌大学，在大公司上班。我有啥？我家魏来没爹可拼，只好拼自己。他拼他自己，我们这当爹的当妈的再不全力以赴做好后勤服务，还配为人父母吗？咱家，要不是这情况，我也像二姐似的读个大学，我能落到现在这步田地吗？"这话一出，二姐二芳没了话。父亲过世得早，母亲马淑云靠摆早餐摊子供四个儿女读书。大姐大芬念到初中不念了，供两个妹妹。二姐考上了大学，家里的钱除了供二姐上学，仅供得上嘴。到三蕊这儿，下面还有个学习好的四林呢，那是田家唯一的男孩，独苗，三蕊还能怎么办，考虑都不用考虑，早早不念跟着老妈摆摊子了。在上学这件事上，二姐和四林是欠着大姐和小妹的。

亏欠是亏欠，谁也不能顶着亏欠指着别人过日子。自己的日子还得自己过。

到了现在，老妈瘫痪在床上，虽是大姐、二姐和四林出了钱，可是伺候一个病人，不是说钱就行的，牺牲多大啊，反正三蕊不能再把儿子给牺牲进去。"魏来这孩子多可怜啊，打小就身体不好，每顿饭还没个猫吃得多，学习多费脑子啊……"

说着说着田三蕊自己替儿子心酸起来，这要摊上一好爹好妈，像西佳和东阳似的，至于孩子每晚熬到半夜，早上迷迷糊糊就奔学校吗？田三蕊眼泪汪汪，心里却是含着恨意的。有钱了不起啊？大姐田大芬仗着有两个钱，颐指气使的，当谁是使唤丫环啊？二姐田二芳也是，不直着说，一回这个家，就这不卫生，那不科学的，你懂卫生懂科学，你倒是来伺候一天啊？支嘴谁不会啊？没办法，人穷志短，马瘦毛长，这还是自己妈，再怎么难，也不能撂挑子不干不是？四林媳妇袁如意更不是个东西，回来就显欠，干这干那的，然后像军功章一样挂在嘴边上，谁来跟谁说，就好像那

活都是她干的，其实呢，她的小心思三蕊心明镜似的，她不就是惦记着老田家幸福饼的秘方吗？

还是魏保乐厚道，每每见着三姐妹呛起来，家里气氛凝重，就赶紧挺身而出拍着胸脯打圆场："大姐、二姐、弟媳妇，你们放心，晚上我看着咱妈，一点差都没有，我耳朵警醒着呢！放心好了！"

不提这茬儿倒好，一提这茬儿，大姐撇了撇嘴："倒是警醒，上回妈半夜掉床下边了你都不知道，呼噜打得山响，要不是早上我眼皮子跳，觉得不对劲来这儿看看，咱妈不定在地上躺到啥时候呢！"

提到那档子事，魏保乐不说话了。那回是他不对，晚上来接三蕊班之前，食堂的老李炒了几个菜，他俩人喝了两瓶二锅头。结果一觉呼到天明……亏得大姐来得及时，不然，老太太出了点啥事，自己这罪过大了。

开始魏保乐也是自责的，可大姨姐田大芬不依不饶，当时就电话把三蕊招了来，姐俩没容劲骂了他半个钟头，他的自责变成了窝火赌气带冒烟，想他一大男人，每晚有家不能回，守着一瘫痪在床的老岳母够可以的了，自己老妈跟前还没这么尽孝呢，这还挑三拣四的？得，你们姐妹爱怎么吵怎么吵吧，要不是为儿子前途着想，我还不干了呢！

魏保乐这话是不敢说给田三蕊听的。再熬几个月，儿子中考结束，自己也就逃出苦海了。

再怎么心里不平衡，生活也得往下继续，瘫痪在床的老太太也得有人照顾。三蕊想到这些就不由得叹了口气。

这个清晨，田三蕊一边问儿子晚上想吃点啥，一边把锅里熬的粥往保温壶里盛。想了想，又把面条装到一个盆里，拨了半碗香椿肉卤，老公辛苦，总得安抚安抚，他爱吃这一口。

三蕊每天都是这样，早上要做两样饭，一样是给儿子的，另一样是给老妈做的，装到保温壶里带过去。自己随便抓挠点啥填填肚子就行了，魏保乐她不管，反正他在食堂上班，怎么也不会饿着。

"我想吃春饼，就是我姥姥烙的那种，卷上葱丝、土豆丝、小青菜那种……唉，你跟姥姥这么久，怎么就烙不出姥姥烙的饼那个味呢？"魏来扒掉碗里最后一口面条，撂下这样一句话。

田三蕊简直想骂娘，脑子真是好使啊，还想起吃春饼来了。要和面，要准备小青菜，要炒土豆丝，真以为你老妈闲在家里没事做吗？但这话田三蕊也只是在心里翻腾翻腾，她是不敢对儿子说的。

在这个家里的食物链是魏保乐怕田三蕊，田三蕊怕魏来，魏来有那么一点点怕魏保乐，当然，那是指魏保乐老虎发威的时候。可即便老虎发了威，还有老妈这个武松管着呢。

"没问题，晚上保准让你吃到嘴，你就安生把学习学好，想吃天鹅肉，妈都给你淘去！"田三蕊给儿子下着保证出了门，心里还合计着，老妈烙饼自己都在她跟前，怎么自己烙出来的饼就不能外焦里软呢！大姐说得没错，这老太太有秘方没拿出来。可是，老妈这一倒下，老田家的春饼屋就关了，任是有什么秘方总不能带到棺材里去啊？得空得跟老妈谈谈。得了这秘方，自己重整旗鼓，把老田家春饼屋再开起来，也算是中年创业……

进了老妈的小院，魏保乐正在院子里洗头，小黑猫巴啦站在他不远的地方抖落着毛。田三蕊说："给你带了面条，香椿芽的卤，赶紧进来吃一口！"

魏保乐进屋吃饭，田三蕊给老妈把尿不湿换下来。然后给老妈洗脸、梳头，喂饭，然后田三蕊要让老妈睡一小会儿，她抽空出去买个菜。出门时，巴啦站在门口冲她喵喵叫，三蕊以为猫饿了，转回身给她泡了点魏保乐吃剩下的面汤。巴啦并不吃，还是冲三蕊喵喵叫。三蕊也没闲心管它，出了门。

买菜时，她想好了，自己在老妈这儿把饼烙好，菜切好炒好，用饭盒装回去。转念一想，不行，那样会不好吃。再一转念，想到今儿是周五，魏来明天休息，不如把他和魏保乐都叫来，在姥姥这边吃完晚饭，她再跟儿子一起坐公交回去，也当给儿子放松放松。这样一想，田三蕊的心里像做了多重大的决定一样，畅快了许多。还有，得记着点，得空翻翻老妈的箱箱柜柜，看她有没有啥秘方。

那一天，老妈都很不省事。后来三蕊每次想起都觉得自己怎么就长了个木头脑袋呢？老妈说不出来，自己应该想到她是不舒服啊！

早晨，三蕊给她换尿不湿时，让她用手勾住自己的脖子，她的手就是不肯。三蕊说："妈，您给您老闺女省点力气行不行？您老闺女这一睁眼，就跟打仗似的！"老妈立刻眼泪汪汪的，嘴里呜啦呜啦不知道说些啥。三蕊

便泄气了。

老妈的眼泪顺着眼角淌了下去，三蕊叹了口气，她坐在床头，用一只肩膀支着老妈坐起来，拿着木梳给她梳头。头发有些黏了，应该给洗洗，但一想今天还有那些拆换下来的床单被罩要洗，就想着明天吧，明天洗头时，也给她擦擦身子。

田三蕊怎么也想不到，那是她给老妈最后一次梳头。梳头时，老妈呜啦呜啦说了半天，三蕊就听出个"四林"来，她说："想您儿子啦？您那儿子也是个白扯，唉，等明天我给他打个电话，说您想他了！"三蕊这样一说，老妈的泪水就开了闸。

照顾完老妈，三蕊看窗上的那几盆万年青土都干了，拿了水来浇。老妈一辈子喜欢花花草草，三个女儿却没一个会养花的。老妈病了之后，窗台上的花陆陆续续都变成了标本，只万年青绿得殷实，魏保乐也喜欢花，就把那些空掉的盆都种上了万年青，竟长得很好。

临近傍晚，田三蕊削土豆时还跟老妈说："妈，小来还想着要吃您做的春饼，这饼啊，我们姐仨都会烙，但谁都没您烙的好。小时候啊，咱家多穷啊，吃顿春饼那简直就是过年了，我二姐会说，她说咱这是幸福饼，吃一次，幸福一年呢！现在倒好，啥时都可以吃，可谁有这份儿心思摆弄这花样呢，现在的人啊，都讲究吃快餐，吃完拉倒……哎，我说妈，您这饼到底有啥秘密，告诉告诉您老闺女呗，您要再不教我，您这手艺可就失传了，我还寻思着再把咱老田家饼屋开起来，我跟保乐经营着，没准儿还就干成个连锁店呢，您想啊，咱家那饼屋那时多红火，那时人多穷啊，现在有钱了，不怕贵，就怕你东西不好吃……"

三蕊总爱这样一边干活一边跟老妈唠嗑儿。老妈有时候会呜啦呜啦回应，谁也不懂她说什么。有时候，三蕊说上半天，她连眼珠都不转一下，弄得三蕊很害怕。

那天，三蕊说到春饼是幸福饼时，她看到老妈咧着嘴笑了，三蕊不确定她是在笑，疑似是笑三蕊也很高兴了，她说："今年过年啊，把西佳、东阳、小雅他们都叫来，咱们一大家子吃顿团圆饭，饭我来做，我做的真没您做的好吃，但我不怕丑啊！您说的，我从小说不怕丑，好吃赖吃，我不做谁做啊？我大姐这几年富贵了，手都不沾厨房的水了。我二姐从小就是个笨，除了学习好，啥事都上不了手……妈，咱家继承您这手艺啊，甭想别人，也还真就得我！"

她在厨房里一边和面一边高声跟老妈说这些话时，小黑猫巴啦就依偎在老妈身旁。它总是这样，守着她。有一次，西佳快人快语："这巴啦比咱们这帮子人还强，就它，时时刻刻陪着姥姥！"

三个女儿都出嫁后，四林跟袁如意结婚时想着要跟老妈一起过了，被老妈赶了出去，她说："好不容易把你们都盼得小鸟出窝了，我这老鸟可不得清清静静过几天日子吗？"三蕊想，老妈守着一只猫过日子，一定也挺孤单的吧。当然，那时陪老妈的猫并不是巴啦，是一只大花猫，老妈叫它小喜儿，小喜儿死了，老妈难过好长时间，不肯再养猫，直到雅尔从朋友那儿要来了巴啦，说是捡的，说："姥，您不养它，它就得在街上流浪了！"老妈假装不在意地说："那就搁那儿吧！"这一搁，十几年就过去了。陪伴她最多的，竟然就是这只小黑猫。

三蕊的饼进了锅，她打电话给学校里的魏来，手机没人接。她心有些慌。魏来成绩不怎么样，但他是个让人省心的孩子。这钟点学校应该放学了，怎么电话会不通呢？三蕊的眼皮跳得紧，她赶紧从日历上撕了个角贴到眼皮上。

回到厨房，饼烙糊了。把饼拿出来，先关上火，继续给儿子打电话，这回通了，他在路上，人多，没听到，说让他来姥姥这里，有些不情愿，但好歹答应了。三蕊撂下电话，显宝一样走到老妈跟前说："妈，小来就到了，您也好些日子没见他了吧，又长高了一点，大小伙子了！"

说完，三蕊继续去烙饼，把一张薄饼扔锅里，突然觉得什么地方不对劲，巴啦站在厨房门口冲她"喵呜喵呜"地叫，叫声很让人不安……三蕊的心突然慌了起来，扔了铲子，跑到老妈床前，老妈的头歪在枕头上，嘴里冒出了白沫。

三蕊有那么两秒钟大脑空白一片，然后她颤巍巍地把手指伸向老妈的鼻息，那里空空荡荡。

她按了好几遍按键总算按对了魏保乐的电话，电话一通，她哇地哭了出来，她说："我妈……我妈走了！"

案板上放着切了一半的土豆丝，面板上放着两张未入锅的春饼，那天

傍晚，田家的人都以悲伤为饭，他们最爱的那个人无声无息地走了。

那之后，田三蕊一直想老妈的最后一个表情是不是那个似是而非的笑，可她怎么也想不起来。

那天傍晚，唯一跟老妈告别的是黑猫巴啦。

接到魏保乐打来的电话时，大姐田大芬正在跟儿媳妇于菲菲吵架。

明明知道孙子曹操咽炎，不能吃冰的东西，这当妈的于菲菲还就带着孩子吃炸鸡喝可乐，孩子回来一声接一声地清嗓子，田大芬比自己嗓子疼还难受。她一边给曹操找药一边说："我就说不让你们带孩子不让你们带孩子，非不听，这一把孩子带出去准有事！"

于菲菲新买的衣服一上身，胖了一圈的腰身立刻就显了出来。这让她情绪很不好，下周就同学聚会了，身上这点肉怎么减都减不下去可怎么办？婆婆这边唠唠叨叨也烦人，"我要不是孩子的妈，我才不带他出去。我是不让他吃来着，可那小祖宗的脾气还不是你们惯的吗？我不让吃，人家躺下就打滚，我还嫌丢人呢！"

田大芬端水给曹操吃药，曹操一口没咽下去，全吐了出来。田大芬高声喊着叫西佳出来帮忙拖地，实际上是在给于菲菲听。于菲菲非但没动，倒一屁股坐到沙发上捏起葡萄吃了一口："嗯，这葡萄咋这么酸啊？"

正在看足球的东阳终于听出气氛不对，站起身说："我来！"

曹操哇哇大哭，田大芬气不打一处来："哭，哭，还不是自找的，说过多少回不能吃那垃圾食品，不能吃垃圾食品，就跟害你似的！长出息了，出门还打滚！"曹操边哭边咳，于菲菲终于坐不住了，过来抱孩子："妈，您就是训孩子也得等孩子好了再说吧，他才4岁，懂什么啊，还不是好吃不住嘴？"

田大芬站起来，盯着于菲菲："他不懂事，好吃不住嘴，你这当妈的还不懂啊？有这样的人家吗，婆婆说一句，媳妇吧嗒吧嗒说十句的？有了错，还说都不能说了？"

于菲菲抱着曹操叫拿着拖布拖地的曹东阳："得了，别拖了，咱们走！"

"去哪儿啊？饭还没吃呢！"东阳对媳妇儿跟老妈之间的争吵总是很无力。他不知道该劝慰谁，或者选边向着谁。电视台吃错药了一样放《媳妇的美好时代》时，曹东阳很认真地一遍一遍跟着看，他很想学学电视剧里的那个余味，他那么会哄媳妇儿又会哄老妈，曹东阳太缺这技巧了。如果有开班教这个的，他一定第一个报名去学。只可惜，电视剧里的情节怎么都不能活学活用到家里。每次老妈跟媳妇儿唇枪舌剑时，曹东阳都希望自己是个聋子。

"吃，吃，吃，怎么就没把你吃成一头猪呢！孩子都这样了，可不得去医院吗？这孩子要有个三长两短，你们曹家还不把我剥皮吃了！"于菲菲名牌大学毕业，长得漂亮，一向心高气傲，嫁进曹家，哪容婆婆数落？她没情商对付田大芬这样事事的婆婆，她也没耐心在婆媳关系上做功课。唯一能做的就是针尖对麦芒，据理力争，寸步不让。

于菲菲不经大脑说出来的话成功地引爆了田大芬。

"你说这是人话吗？有当妈的咒自己的儿子三长两短的吗？于菲菲，当初我怎么瞎了眼挑中你当我们曹家的儿媳妇了呢？"田大芬气得心怦怦直跳。

"这得问你自己啊，是你上赶着替你儿子追我的，不然，我也不能落到这火坑里来！"于菲菲的嘴不饶人。

曹操本来就不舒服，看到妈妈跟奶奶吵得厉害，哭得更是上气不接下气的。

西佳的门开了，她穿着一条说不上是什么颜色的裙子，脸上化得像是油漆广告似的，头发更夸张，弄得跟个鸡窝似的。

西佳跟东阳是孪生兄妹，东阳早来这世界3分钟，成了哥哥，西佳晚到3分钟，便成了妹妹。虽为孪生兄妹，两人性格相貌却是迥然不同。比如说，同为30岁，兄妹两人境况却不同。东阳娶妻生子，孩子都4岁了。西佳却做了大龄剩女，天天转场相亲，忙得不亦乐乎。

"大周末的，你们就不能安定团结一点啊，非把咱家弄得跟一战场似的，不怪我爸不愿意回来，我都不愿意在这家里待，我这要不加把劲把自己嫁出去，更年期非得提前不可。菲菲，你别跟我妈一般见识，她正更年期着呢！"西佳从不管曹东阳叫哥，也自然从不管菲菲叫嫂子。

没见到女儿西佳时，田大芬气得还能说出来话，见了曹西佳，田大芬气得话都说不出来了。她这样去参加相亲大会，神经病才能看上她吧！

于菲菲也死看不上这个嫁不出去的小姑子，没大没小的，管谁叫菲菲

啊，不应该叫嫂子吗？她把孩子塞给东阳，自己拎包往外走。家里的电话响了，西佳离电话近，顺手抄起来听了一下，脸就变了，她把电话递给老妈："妈，我小姨父找您！"

田大芬看了西佳一眼，接过电话之前说："你去把脸给我洗了，要不然就别出去给我丢人现眼！"

西佳破例没顶嘴，她说："妈，我姥她……"

田大芬的心"咕咚"一下沉了下去："你姥怎么了？"她接过电话，然后放下电话，西佳早已跑到门口叫住了东阳夫妇，曹操不明白发生了什么事，倒不哭了，脸上挂着眼泪看着惊慌失措的大人们。

好半天，田大芬"哇"的一声哭了起来。她说："小佳啊，东阳啊，七十岁有个家，八十岁有个妈，你妈打今儿起没妈了！"

家门再次被打开，曹金华进来，他说："这天说热就热，今晚咱家吃啥……你们怎么啦？"

接到大姐夫曹金华打来的电话时，田二芳正在跟端木彬谈一件极重要的事。

那是毫无异常的一天。早晨起来，田二芳打了豆浆，和了面，烙了两张软饼放在锅里，写了张字条放桌上，然后去科研所上班。

端木彬忙得脚打后脑勺的。这几年他学的心理学成了热门，哪个电视节目上若不坐个心理专家，那都不能叫一节目。不知通过何种途径，端木彬开始出现在各家卫视的电视节目上分析那些一把鼻涕一把泪的痴男怨女的感情。

那阵子田二芳正迷恋着上网，竟然没注意到自己的老公端木彬不知不觉间已成了电视红人。某一次，她听同事讲端木如何如何有意思，说话锋利又有趣。田二芳竟然吓了一跳，端木锋利有趣吗？她先百度了一下端木彬三个字，没想到竟然有几百万条信息。他竟然有微博，更让田二芳没想到的是，他发了近两千条微博，有几百万的粉丝。田二芳打电话给女儿雅尔，她问："你知道你爸爸比明星还红吗？"

雅尔不知道在做什么，一边应付着老妈一边小声叮嘱着谁赶紧去做什么做什么，田二芳说："你忙啊，那你忙你的，回头给老妈来个电话！"

这个家好像就是田二芳一个人的。雅尔一年前换了新公司，嫌家离公司太远，在公司附近租了个房住。她的房间就空了下来。端木彬总出差，他的行李箱回来里面的东西也都不拿出来，就放在雅尔从前住的房间里，一副随时可以走的样子。有时航班晚了，端木彬回来，也不惊动二芳，他就一个人住在雅尔的房间里。时间久了，两个人也就习惯了分房睡，谁都不打扰谁，挺好的。

那一天，端木彬就是前一晚从长沙飞回来的。田二芳想着他在外面肯定吃不好，特意打了豆浆，烙了好消化的鸡蛋软饼。离开家时，田二芳在门口的鞋架上看到端木彬的皮鞋是新的，款式和牌子都是她没见过的。她拎起来看了一下，想，他从前的衣物都是自己买什么他穿什么的，这倒好，成名人了，懂得自己往自己身上捯饬了。不过，这皮鞋怎么看怎么不像端木彬自己会选的款式，也太过新潮了一些吧？

田二芳突然又想到那次跟端木彬一起吃晚饭时，电视上正放着他做嘉宾的节目，节目上，端木彬穿着一件淡蓝色的牛仔质料的衬衫，田二芳第一眼竟没认出他来。认出来后，她盯着餐桌对面的端木彬问："从没见过你穿成这样，简直成小伙子了！"她没表达自己的喜恶，只如实说出自己的观感，但她看出来端木彬明显是有些紧张的，他说，那都是电视台的服装给准备的，他们要那样的效果。

谈话就此打断。不知从什么时候起，田二芳和端木彬之间有了厚厚的一堵墙，那堵墙存在了很久她才意识到。

她以为一起生活了二十多年的夫妻都这样，她并没有推倒柏林墙的打算。雅尔一结婚，他们眼瞅着就当外公外婆了，哪还能像小少女一样敏感矫情呢？

那天中午，她像往常一样在研究所的小食堂里吃了饭，然后在办公桌前准备趴一会儿。趴下时，她还想，今儿是周末，她得去看看老妈，去元祖买个慕思蛋糕带着吧，老妈不一定吃，三蕊喜欢。一直是她在照顾着老妈，替姐弟四人尽着孝呢，总得安抚安抚她。还有，魏来考上重点高中，自己也得多拿点钱。这样想着，迷迷糊糊地睡着了。

手机响了，是条短信。

短信是端木彬发的，只有五个字：我们离婚吧！这五个字如炸雷一般，足以把田二芳的生活炸得粉碎。

田二芳迷迷糊糊地看了一眼那条短信，然后放下手机，接着她的午睡。几乎是睡了一会儿她才突然惊醒，她再次抓住手机，她以为自己是做了个梦。

短信清清楚楚明明白白地躺在那儿。那五个字，没有一个是虚的。

她握着手机，人是没意识的。

田二芳从没想过她会和端木彬离婚。从没想过。

他们是大学同学，两个人在学校都不是抢眼的角色，自然而然地走到一起，自然而然地结婚生子。这几年，先是她读研究生，然后他读，再然后他把博士也读了，她也不甘落后，读了博士。用小妹三蕊的话，他们两个是在搞读书竞赛呢。那时，他们俩读的书也并没转化成生产力，家里靠着两个人的薪水过日子，没多有钱，也没有多穷。女儿端木雅尔遗传了他们爱读书的细胞，从小学到大学一直是重点校，从没让他们操过心。不用在孩子身上操心，单位又不忙，时间总得打发掉吧，不读书干什么呢？这一路读下来，就老了。

二芳把电话收进抽屉里，仿佛它是一只炸弹。只一分钟，又拿了出来，她想打电话问问他什么意思，这27年是白过的吗？婚是你说离就离的吗？这又不是在菜市场买菜，说不要就不要了，你总得给我个说法吧？

不行，自己情绪这样，电话一打过去，肯定吵。这事电话里说不明白，一定得面对面地谈谈。都是有文化的人，有什么事不能坐下来心平气和地谈一谈呢？自己不想撕破脸像泼妇一样闹。二芳把握到手里的手机又放下，人坐直了，清醒了一下。

他……是不是外面有人了？这个念头一出，迅速由一粒种子疯长成野草。这事儿雅尔知道吗？

二芳重新把手机塞进了抽屉里，迅速走出办公室。

太阳明晃晃的，差点撞了她一个跟头。她脚踩着一团棉花一样深一脚浅一脚地走在研究所附近的小广场上。

坐在阳光下，她倒安定了下来，不想给女儿打电话也不想给端木彬打电话了。她要好好想想接下来该怎么样应付突如其来改变的生活。如果端木只是厌倦了，自己可以考虑。如果他背叛了他们的婚姻，她不能原谅，也不能轻易就让他拍拍屁股离开。心一横，心里的恨陡然生出了几分。

她把剩余的午休时光坐尽了，起身回了办公室。

拿出手机看看，他倒气定神闲，再没来电话也没来短信。倒是雅尔来了条短信，转了个什么不好笑的笑话，她随手删掉了。

下午，她参加了两个会议，研究所要跟一什么实体单位合并，所长的目光扫了一眼大家，他说："有些快到退休年龄的同志呢，可以提前退休，另一些同志可以进公司，当然，也可以另谋出路！"

田二芳的脑子里还在想，难怪他有了新衬衫有了新皮鞋，他在微博上被那么多无知少女崇拜着，人生都第二春了吧？他们的婚姻这么沉闷无聊，他会有冲出围城呼吸新鲜空气的想法也会很正常吧？

田二芳努力地想着自己的样子，竟然面目模糊。是的，这些年，她究竟是怎么过来的？她总是在以女儿以老公为圆心在画圆，当年有出国的机会她没去，有老同学拉她合作公司的机会，她也没有去。那同学的公司现在都上市了，她若去，怎么也混一元老。田二芳不是贪心的人，她满足于小富即安的生活，女儿如愿考上名牌大学，老公安安稳稳，人一路老下去，还能怎么样呢？可是，生活太残酷了不是吗？她都想好了退休后的日子怎么打发了，生活突然给了她一个响亮的巴掌。她被打蒙了。

回家时坐了十几年的地铁突然就坐过了站，站在陌生的站口，她觉出了讽刺的意味，这多像她的人生啊？她以为总在一个轨道上跑，却突然出现了拐点，让她措手不及。

田二芳出了地铁站，打了车回家。平常她逛街也从不打车回家，她很俭省，这种俭省并不是缺钱，而是某种骨子里的清高，文化人的低碳环保观念。她看不上大姐家那种暴发户的浪费习气，也不喜欢小妹干什么都精于算计的小市民习气。

她进家门时，他竟然在家。

更让她意外的是，餐桌上放着四菜一汤，还有葱花饼。他烙了葱花饼，他竟然有心情烙葱花饼，他觉得此时此刻，她还有吃饭的心情吗？现在就是给她吃灵丹妙药都没办法医治她伤成碎片的心了。

她换了身家居服出来，从酒柜里拿了瓶过年时雅尔搬回来的红酒，给他倒上，也给自己倒了一杯，然后坐在了他对面。他暗里打量着她，她看得清楚，只是她沉住气，不说话。他假模假式地说着天气，说着某某名人

的八卦绯闻，甚至说着南海争端……她不声不响，打量着他。他穿着件酒红色的衬衫，头发似是烫过，有着看似自然的小小的弯度，不过分，恰到好处。那张脸再熟悉不过，可是，那么平凡的他什么时候变得儒雅英俊了？可见岁月对女人来说是把杀猪刀，对男人却是化妆师。岁月把她变老变丑了，却让他多了成熟的魅力。

终于那些一个个被他扯出来的话题还是断掉了，他有些紧张，紧张中故作松弛状。

端木彬说："我给雅尔打电话了，她跟朋友有约会，忙三火四的，真是，听老爸说话都没耐心！"

"哦！"她答应着。

端木彬又说："今天还真奇了，回来时没堵车！于是就拐了趟菜市场，好久没自己做饭了。"

她笑了，说："看出来了，心情不错！"净挑这些臭氧层子的话说，越发显得那是个礁石，他尽量往远了绕。她觉得真是可笑。她听婆婆讲过他小时候的一个小故事，有一次他淘气，玩，把阳台上的杂物给点着了，火一起来他就害怕了，他害怕得没有告诉家人，也没有打119，而是回到卧室里盖上被子睡觉，幸亏家人发现，才避免了一场火灾。这次，他又是在做鸵鸟吗？放出一点火星试探她？亏他还情感专家，人说都说人明白，轮到自己，一样捧着糊涂盆。

端木彬伸筷子夹了口菜放嘴里，又给她夹了一筷子，他说："你尝尝，这鱼挺鲜的！"

她尝了口，不置可否，她放下筷子，问："你可以告诉我了，她是谁？你们多长时间了？"

端木彬有些蒙，在她看来那是装样子。她从来没觉得他这张脸那么可恶过，他竟然那么虚伪，一个月前，他们甚至还有过夫妻生活，而且，质量……不低。现在，田二芳想起来只是觉得恶心。

"什么她是谁？"他的心虚明晃晃地摆在脸上，却还装，还在装得没有那个人似的。一起生活30年的那些日子都是白白过的吗？她如果连他说没说谎都看不出来，她这个妻子可算是白当了。

田二芳笑了，她说："端木彬，我真没想到一起生活了快30年，我竟然一点都不了解你，算了，我不是你节目上那些没了爱情没了婚姻活不下去的人，我只要个明白，你跟我说明白你们之间的事，我放手。我田二芳皱一下眉头，我都不是人！"

田二芳一口喝干杯子里的红酒，什么破酒啊，一点都不辣，跟糖水似的。

端木彬的面部表情抽搐了一下，张了张嘴，想说什么还没说出来，电话响了。

田二芳接起来，只听了一句，手机就从手里滑落到地上，手机的后盖摔掉了，手机通话却没断，里面曹金华的声音很顽固地传出来："叫上雅尔一起来，用不用我找车去接你们啊，喂？喂！"

端木彬的目光从地上的手机上移到二芳的脸上："芳子，出了什么事？"

田二芳面无表情却又仿佛是悲痛欲绝地问端木彬："今儿是什么日子啊？灾星一起往下落？"

端木彬弯身捡起电话，他说："大姐夫，我是端木，出了什么事了？"

大姐夫曹金华给四林打电话时，他正从菜市场出来。

因四林的妻子袁如意在家餐饮连锁企业做财务，这家餐饮企业是家族企业，关系错综复杂，他大舅一派，他三叔一派，他丈母娘一派，哪个是好得罪的？袁如意就有夹缝里生存的本事，算盘打得精，谁也不得罪不说，变成谁都得给三分薄面的拉拢对象。田四林对老婆的左右逢源也很佩服。

袁如意脑子特别拎得清。那时马淑云还没病倒，她特意让婆婆烙了春饼，备了小菜，临到中午让田四林送去。田四林还不解："就你一人，一中午饭，凑合凑合得了，至于弄这么复杂吗？"

袁如意点着田四林的太阳穴说他死不开窍，她说："山人自有妙计，你照办就是了！"

儿媳妇交代下来的事，马淑云自然卖力。那天中午，田四林提着饭盒进公司时，公司老总刚刚从会议室开会出来。袁如意招呼着大家吃幸福饼，那老总本都走了过去，又转回身来："吃什么好吃的，给我也来一块！"

本就是餐饮企业，老总什么好吃的没吃过？袁如意早把卷好的一张春饼递了过去。老总吃了一口，全公司的人都等着老总表态。老总三下五除

二把饼吃进去，说："再给我卷一张！"

这便是态度。袁如意眉毛、眼睛都笑出来了。

那之后，袁如意对婆婆就殷勤着，每次到老太太那儿都妈长妈短的，让婆婆烙春饼。她学是学会了，只是回来一烙就不是那个样。于是她跟田四林说："你妈太滑头了，留一手！"田四林说那就是个熟能生巧的活，又不是啥祖传秘方，留啥一手。可袁如意就是不信："就你个榆木脑袋，不知道就这一手值多少钱呢，肯定是想留给你三姐，让她开店！"

因为这，袁如意还闹过几回，都没闹出啥结果，她更笃信有秘方了。好几次跟四林叨咕："如果真有秘方，老总说给股份，真要是有了股份，我还累死累活做什么账啊……"

田四林懒得理她，净做大头梦，有那工夫看看电视看看书比什么不强啊！

袁如意下班晚，田四林得先去买菜。

田四林买了菜，正在胡思乱想。姐夫曹金华粗声大嗓地说："四林，你赶紧叫上弟妹来老太太这儿，老太太走了！"

田四林手里的大塑料袋"砰"地落到了街面上，里面的西红柿和洋葱滚了出来。

在马淑云第二次脑出血瘫痪在床上那时起，家里的每个人都做好了她随时会走的准备。但老太太硬生生地挺了两年多，大家都有些放松，以为老妈会像很多瘫痪在床的老人一样生命力很强。

这一刻突然降临，大家还是措手不及。

那个晚霞似火的傍晚，这个偌大的城市马淑云的那个小院那间小屋变成了一个圆点，每个孩子都成了一条射线，心急如焚地往家里赶。

三个女儿女婿，一个儿子儿媳除外，还有外孙、外孙女。30岁的孪生兄妹曹东阳、曹西佳，27岁的端木雅尔和15岁的魏来，这四个孩子都曾在姥姥的护佑下长大，那个黄昏日落，他们被悲伤包裹着从城市的四面八方奔向那个小院，与她来一场最后的告别。

坐在往老妈家去的车上，田大芬几乎是靠在了曹金华的身上。有多少年，她没这样依靠过他了？

曹金华在打电话，联系着各路人马办理老妈的后事。这些年，外面的什么事都有曹金华，所以，她并不知道一场白事到底要张罗些什么。

曹金华挂了电话对田大芬说："先别急着哭，到那儿先找张纸，把要通知的人写一下交给保乐，让他通知，咱妈没了，那些老亲少友，老理儿不能少了！"

田大芬擦着眼泪点头。她埋怨道："这三蕊也真是的，见着不行了招咱们回去啊，怎么连最后一眼都没让瞧见呢！"

曹金华从倒车镜里瞥了老婆一眼，他说："大芬，我说，三蕊两口子不容易，咱去了，别挑事，把妈安安宁宁地送走了，有啥话再说不迟！你们姐妹啊这个脾气，平时个个好好的，往一起一凑，就指不定闹出什么事来呢！老妈没了，我跟你说，再怎么，你是大姐，都得忍着。"

大芬的目光瞟向车外，她一想到13岁父亲工伤过世了，老妈那些年吃的那些苦，多少人劝她再走一步，找个男人一起帮她拉扯这个家，她都不肯，她说一个儿子还好，关键带着仨闺女呢，要找个好的还好，找个脾气暴的，闺女受气。那些个年啊，那苦吃的就不知道怎么说了，人家两口人的人家还吃不饱呢，老妈愣是把个家给扛下来了。那些年，自然灾害，老妈就弄点糖球什么的出去换米换面，守住一个四处漏风的家，也就算了。谁的心不是肉长的呢？

日子稍微好过了，老妈就在胡同口支起了早点摊子，就烙春饼，吃的人都是回头客，老田家春饼在东城都叫得响。也有人效仿，没一家的饼烙得有老妈的好。每天摊子前都排着大长队，就这，老太太还帮着姐仨带孩子，东阳、西佳要没有姥姥，她一个人能带得了俩孩子吗？那些事啊，都不能说了。这些年，自己家里外面一摊子事，照顾她照顾得少了，当时怎么就把照顾老妈的事儿全交给了三蕊呢？田大芬肠子都悔青了。

再掬一把眼泪，临了临了，她走了，他们竟然都没在她身边，田大芬不禁悲从中来，她说："老公，咱要厚葬我妈，她这一辈子太不容易了。"

曹金华的短粗胖的一只手按到了田大芬的手上，手上硕大的金戒指闪闪发光："这点不用你说我也会做，这老太太一辈子辛辛苦苦，咱东阳和西佳都是姥姥带大的，咱最早做买卖那一万块钱还是老太太给的……早知道这样，咱们把她接到咱家就好了……"曹金华也红了眼圈。

"不过，我毕竟是女婿，帮着张罗行。大事还得听四林的，他是儿子！"曹金华怕田大芬啥事都说了算的个性让小舅子不舒服。小舅子倒没啥，小舅子媳妇袁如意挑理挑得邪乎着呢！

田大芬白了曹金华一眼："儿子多啥了？妈病了，他们连口吃的都不往回买，还有，妈再怎么对咱东阳好，也还是想抱孙子，她就这一个儿子，这儿子怕媳妇怕得像一贴老膏药，那袁如意觉得自己有多美似的，就是不要孩子，我妈这死都肯定闭不上眼睛！"田大芬越说越恨，仿佛这样，才能让四溢的悲伤有个出口。

大芬、二芳姐妹到时，家里除了三蕊一家还有左邻右舍，都在感叹老太太这辈子不容易。77岁走的，也算是喜丧。大家劝慰着三蕊，也劝着另外的两个闺女：人早晚都有这一步，你们老妈没受着啥罪走的，你们都尽了心。有个年岁很大的老太太说："我这大妹子上辈子积德了，养活你们仨闺女，啥都不缺。我不行啊，我上辈子作损了，养活三儿子，一帮活狼。"老太太没看到人群里就站着她的儿媳妇呢，儿媳妇拉长一张脸上前拉她回家。

正说着这话，一身暗红色连衣裙的袁如意和抱着一塑料袋菜的田四林进了门。

田四林叫了声"妈"就跪下去了。田大芬看了一眼袁如意气就不打一处来："这什么场合，穿这身衣服？"

袁如意知道大姑姐的厉害，她也知道这不是吵架拌嘴的场合，她说："接到电话来不及回家换直接就来了。"她拉开老太太的衣柜，从里面找出田三蕊两件干活穿的衣服，一会儿换出来，跪在老太太面前时，眼睛也是红红的。

马淑云的衣服是早就预备好的，几个年岁大的人帮着换上。三蕊说什么要给老妈洗洗头，大芬、二芳也同意，老妈干净了一辈子，不能脏着走。袁如意表面功夫果然了得，她说："姐，我是媳妇，平常工作忙，没伺候着咱妈，这回，让我来！"

姐仨都闪到了后边，袁如意在众目睽睽之下尽职尽责地给老妈洗了头，擦了身子，姐仨帮忙给老妈换上衣服。那头曹金华买来了孝衣、白布，张罗着人在小院里支起了灵棚。魏保乐通知着亲戚，端木彬挽了袖子写挽联。田四林哭过后，独自坐在老妈的床边，一言不发。

雅尔跟着公司的人在郊区做野营培训。回来的路上一直在哭。到了姥姥家的小院子，直奔姥姥扑过去，几个孩子都是姥姥一手带大的，他们跟姥姥的感情一点都不比爹妈差。从前他们总说要带着姥姥一起出去旅游。那时候，姥姥坐轮椅上还能说话。她说："这腿都不能走了，还怎么旅游？"

西佳说："那怕啥？姥，我赶紧找一对象，雅尔也找一对象，然后让他们抬轮椅啊，背着也行！"

老太太咯咯咯地笑，像个小姑娘，她说："人家爹妈当宝似的大小伙子，说抬我这老太太，人就抬？"

"我姥，我让他抬，他敢不抬？不抬，直接飞了他！是吧，雅尔！"雅尔笑着回表姐："别嘴说，赶紧给姥找来看看再说！"

"就是，西佳，你得跟雅尔学着温柔点，你这破马张飞的，好小伙子都给你吓跑了！"姥姥训着西佳，却最疼西佳。这孩子这么好，咋就在找对象这事儿上这么难呢？

"姥，你OUT了吧，现在不兴温柔的，就兴我这破马张飞的，野蛮女友，你要不野蛮，不破马张飞的，人男的还不喜欢呢！"西佳总是理论多过实践。她的相亲史写出来赶得上大不列颠百科全书厚了。

"那啥特是啥意思？雅尔，你这姐说话姥听不懂！"

雅尔耐心地给姥姥解释那些个新词。老太太学习能力还挺强，下次见着田大芬时，拿着手里的MP4竟然也会说："你哦特了，这可不是手机，这是东阳给我买的听戏的玩意儿！"

家有一老，如有一宝。姥姥在，孩子们从哪儿回来都往这儿奔，从前，姥姥这儿总留着他们爱吃的东西。后来，他们从各地带好吃的来给姥姥，不管姥姥吃得动吃不动，买了来，姥姥看着都高兴。

直到她第一次脑出血。

说来也巧，是西佳救了姥姥一命。那天西佳逃避老妈安排的相亲躲到姥姥这儿来，正赶上姥姥不舒服躺在床上，有一句没一句地还跟西佳说话来着，她说："结婚这回事，还真不是挖到筐里就是菜，没遇到合适的，千万别瞎对付！"就这一句话差点把西佳的眼泪给逗出来。她过去揽着姥姥："要是我妈能有您半点觉悟，我过得得多快乐啊！"

西佳绝对是个漂亮姑娘，大高个儿，长腿细腰，说起话来脸上乱红飞过，有着说不出的妩媚性感。她没个男朋友，却有一大堆男性朋友，铁哥们儿，特别是那做医生的老皮，只要没值班，几乎是随传随到。所以，她也没觉得到底有多寂寞。姥姥倒是很相中老皮的，她说："别看人长得丑，但是能对你好，能对你好这日子就能往下过！"西佳自然听不进心里去，这城里30岁没嫁没娶的男人女人多了去了，老妈至于整天跟世界末日似的到处跟亲戚朋友发征婚广告吗？姥姥问了一句："找不找啊，不是问题，问题是啊，别死心眼儿，在一个坑里摔了，就爬那儿不起来，那哪儿行啊？"

西佳真的要掉眼泪了，她嘴硬，说："姥，我才不会干那在哪儿跌倒，就在哪儿睡着的傻事呢！"西佳明白姥姥说的是她的那次情伤，姥姥害怕她仍然走不出那段感情的阴影，西佳正跟姥姥细诉衷肠，姥姥头一歪，一口血吐到西佳面前的被子上。

因为救得及时，姥姥恢复了过来。全家人都说西佳立了一功。西佳搂着姥姥撒娇："姥，您可不许死，我还没带外孙女婿给您看呢，您就等着吧，我一定给您带一个24K纯帅哥来给您看！"

那之后，田大芬姐四个轮流照顾老妈。马淑云一度啥事没有，她说："你们赶紧都离我远点，我得清静清静，烦死我了！"

一家子人松了一口气，都说姥姥大难不死，必有后福，能活一百岁。却不想，半年后，姥姥再次脑出血，这次彻底躺到了床上。24小时离不开人，于是三蕊临危受命，大姐二姐和小弟四林出钱，三蕊出力。再次脑出血之后，马淑云说话便含混不清了，但是应该心里是明白的。过年，大家都回来，她也还是乐的，看看这个，看看那个，西佳、雅尔哄着姥姥，她便也呜噜呜噜地说些谁也听不懂的话。

可没想到两年多的时间，姥姥还是离开了。

雅尔哭得伤心，西佳更是边哭边唠唠叨叨："姥，您怎么那么不守信用啊，说好了我跟小雅都带帅哥回来给您看的，谁允许您走了？您在，我们这个家就都在，您在，幸福也就都在！"西佳的话惹得一屋子人又都哭了起来。

东阳哭得像个小孩子，倒是魏来静静地掉眼泪，然后安慰表哥："别哭了，姥姥一定不希望咱们这样哭，小时候，我哭，她都说男人的眼泪要往心里掉!"于菲菲抱着曹操靠一边坐着,曹操已趴在于菲菲的肩头睡着了。于菲菲没见过人死的模样,她很害怕,但又不敢说要回去。她跟姥姥没啥感情,她进曹家门时,姥姥已经坐轮椅上了,会握着她的手说些话。后来,她礼节性地问候问候姥姥,也不过是为着照顾婆婆的面子。

田二芳坐在老妈的床前,握着老妈的手,心里被悲伤装得满满的。她读过龙应台的那本叫《目送》的书。书里说:我慢慢地、慢慢地了解到,所谓父女母子一场,只不过意味着,你和他的缘分就是今生今世不断地在目送他的背影渐行渐远。你站立在小路的这一端,看着他逐渐消失在小路转弯的地方,而且,他用背影默默告诉你:不必追。

她连老妈的背影都没看一回,老妈就离开了。

田二芳想自己成了孤儿。她怎么那么差劲,一心都扑在女儿身上,女儿翅膀硬了,扑棱扑棱飞走了。一心放在丈夫端木彬身上,结果他一个短信告之他要离婚。她最亲的亲妈躺在床上,她为什么不能放开那个干巴巴没有一点意义的工作来陪老妈呢?她为什么不能放掉那个已然变得冷冰冰的家回来睡在她身边给她做个伴呢?子欲养,而亲不待。田二芳的眼泪连成了线,她的手变得很冷。二芳的记忆里,老妈的手一直是热的。二芳从小手脚就凉,老妈总是用自己的手给二芳焐手,晚上躺在床上,老妈也会把二芳的脚抱在怀里。她说啊,手凉的孩子没人疼。二芳想,她走了,手凉的孩子真就没人疼了。

这世界从此没有人贴心贴肺地在意她的冷暖,二芳如此一想,悲伤变成了坚硬的外壳包裹住她,泪水止也止不住。人在难过时,会有一种假象,觉得自己是孤立无援,无亲无故的。这样的悲伤里,她问三蕊:"老妈什么时候走的,眼见着她不舒服,怎么不给我们打电话?怎么不叫120送医院?"

被悲伤包裹的二芳把悲伤变成了芒刺,去刺身边的人,仿佛唯有这样,她心里的痛才能掩盖掉,缓解掉。

三蕊躺在床上,闭着眼,她刚哭得抽了过去,她没法答二姐的话,她也不知道老妈好好的,怎么就突然走了呢?

家里的一位老亲戚解着围:"你妈这是老了,老了,就像一只瓜,秋天到了,瓜熟蒂落,这样走的人是福气,省得到医院,挨那些针,遭那些个

罪，到了还是个死……"

二芳压下这口气，悲伤还积在心里。

田大芬心里却气得要爆炸，气的当然也是三蕊两口子。她看到厨房里那没切完的土豆丝没烙完的饼，那显然不是给老妈做的饭。她自己一大家子要管要顾，要不然，她就来伺候妈了。她拿了钱，指望着妹妹、妹夫照顾着老妈总会比保姆尽心些，可是，你看你看，老太太头发都黏成条了，也没给洗，还有，屋子里有一种怪味儿，那肯定就是没收拾干净留下的味道。再就是桌上那些药，都是曹金华托人从香港买来的，贵得吓死人，可是，好像没吃多点……但她得忍着，老妈去了，她是大姐，她不能发火，再怎么着，她都得像曹金华说的那样，安安静静把老妈送走再说……

最激烈的是三蕊。三蕊哭得最厉害，一会儿哭抽了过去，醒过来，自责，自己怎么就没发现她有异常呢？明明好好的，怎么说走就走了呢？三蕊对四林说："妈就惦记着你啊，喊你来着，我说明天就打电话让你来……"这话惹出四林一包眼泪来，袁如意却不高兴了，三姐这是啥意思，当着老亲少邻的，这不明摆着说儿子不孝顺不来看老妈吗？再说了，三姐横竖挡着不让大家见老妈最后一眼，别是……

袁如意拉着脸说："三姐，我们上班，忙，也每天打电话来，你都说妈好好的……妈想四林，你就应该给他打电话啊，工作再忙，回来看妈也是应当的……"

三蕊躺在魏保乐晚上睡的那个沙发上，没力气跟袁如意拌嘴，几个亲友安慰着她，说："你妈这是心疼你们，这样安安静静地走了，也是福分！"

大芬一眼一眼瞥着三蕊，都这种时候了，演戏给谁看呢？这屋子里演戏的还不止是三蕊，还有袁如意。平常连影儿都不见的她，这回倒穿了三蕊干活穿的旧衣服，处处显欠儿，贤惠得要命。

三蕊在这场哭的盛宴里还是想到了儿子，儿子的时间一点都不能耽误，她叫来了魏保乐，她说让魏来回家吧，他得好好休息，明天还得去补习。魏保乐嗓门一向大，他说："这都什么时候了，他怎么能有心思学习？"

屋子里很多人的目光都聚到田三蕊这儿。三蕊抬眼碰到大姐那怒不可遏的目光，她掐了一下魏保乐："嚷什么啊，孩子在这儿妈也不能活过来，还有，菲菲抱孩子也回去，姥姥不会挑他们这个！东阳，你送菲菲回去，顺便把魏来送到地铁站！"

三蕊拉上于菲菲和曹操以平息大姐的怒火。没承想大姐当啷回了句噎死人的话："菲菲一个人抱着孩子回去干什么？就尽这一晚上孝能死吗？"于菲菲听小姨这样一说，本来抱着孩子就想让东阳把她送回娘家的，结果被婆婆补这一句，倒真是站不是，坐不是了。

魏来也拗着不走。三蕊恨恨地不便再提。

那一刻，田家成了一战前风雨欲来的欧洲火药桶巴尔干，一颗火星子就能炸得姐弟四人血肉横飞，但每个人都极力地控制着自己的情绪。

马淑云安详地躺在床上，脸上一点都没沾染死亡的气息，皱纹的深壑，白发的森林，她身上的衣服一个褶儿都没有，那是她素来的样子，让人觉得她的溘然长逝，宛如跌进梦里。

儿孙们悲伤着各自的悲伤，只有她，无悲无喜。

这世上的悲欢离合幸福痛苦，都与她再没关系了。

只是，她的女儿们，她女儿们的男人们、孩子们，她唯一的儿子、儿媳，在没有她的日子里，会幸福吗？

若她活着，她会豁达地笑着说："一辈子不管两辈子的事，我这个老太太糊涂了，能管得了你们谁啊？"

可是，她真的能放下心吗？

她走时，都没想见见他们吗？

她总是对四林说："我不管你们是丁克还是啥马赛克，孩子还是得要一个，不行就领养一个，你看我，你爸那缺德的走得早，我还有你们四个，我就是往床上一躺，我也不担心，你们再怎么不会让我死在这屋没人知道……"

她担心儿子老无所依。田四林也想要孩子，只是，二三十岁时，袁如意不想生，错过了，就更没这个打算了。他应付老妈的话是，现在有孩子也得住养老院，想那么多干啥？

老妈躺在这里，无声无息。田四林心里的愧疚变成汪洋大海，他是她唯一的儿子，她想抱孙子，或者孙女，男女她不挑，甚至亲不亲生的她也不挑，自己不孝……

袁如意自然也知道四林眼泪滔天为着哪端，她对老太太也愧疚着，但

她不能说，她害怕一说，那三个无处发泄的大姑姐会剥了皮吞了她。

没见着老妈最后一面的大女儿、二女儿泪流成河，就是一直守在她身边的三女儿三蕊也没在她咽下最后一口气时，握着她的手，给她一点温暖。

人生有很多遗憾无法弥补。

树欲静而风不止，子欲养而亲不待，我们在送走他们时，心里那些悔恨如暴露在阳光下的白沙滩，只能让岁月的海水不断冲蚀。

且走且忘记。

直到自己也年老。我们变成他们，才会真正理解。悔恨会又一轮袭来。

小猫巴啦看着一屋子里的人悲伤难过，它像得道老僧一般，静静地躲于一角，一言不发。

战争还是爆发了。

火药桶是大姐田大芬引爆的。

安葬了老妈，送走了老亲旧友。一家人终于坐了下来。

曹金华安排了一桌酒席。酒杯一端起来，曹金华眼圈就红了，他说："妈走了，咱们这个家不能散。从今天起，你们要是不嫌弃我曹金华，就把我当成个大哥，他们四个是姐弟，这缘分不必说，咱们仨连襟加上弟妹如意，咱们来到田家，成为亲人是上辈子修来的福分，咱们仨男人干一杯，弟妹你随意。从今儿起，咱们得带着咱们四个家走向繁荣富强！让老太太泉下有知瞑目！"

袁如意没含糊，一扬头，杯子见了底。眼泪涌了出来。曹金华赞了声："弟妹，好样的！"田大芬深度白了曹金华一眼，这什么时候，喝这种没滋没味的酒，心真够大的。还有，她有什么资格喝酒？她嫁进田家，连蛋都没下一个！

田二芳看了一眼端木彬，他也正在看田二芳，目光碰上，很快两个人都挪开。端木彬一口把杯里的酒喝尽，亮着酒杯给曹金华看。魏保乐当然不含糊，一口把酒喝了，又给大姐夫、二姐夫倒上酒。三蕊不高兴了，拉了魏保乐的衣襟一下："喝一口就得了，这什么时候，喝起没完？"

"大姐夫这不说话呢吗？再说了，送走咱妈，咱这心里……得，大姐夫、二姐夫，我魏保乐没啥本事，但绝对热心肠，有啥事吱一声，我保证立马到！"魏保乐平时就好酒，这样的场合，正准备挥开膀子喝一通。

田大芬却拉着一张扑克脸说曹金华："差不多就行了，妈刚走，喝个什么劲呢？"

曹金华不想搞僵气氛，况且酒喝起来，魏保乐还真就拦都拦不住，这点他是早有领教的。于是他说："这酒呢，咱仨有的是时间喝，什么时候，你俩想喝酒就去我那儿，我保证咱喝好、喝透。今儿送走老太太，人困马乏的，早点吃完饭，回去歇了吧！"

不喝酒，酒桌就有点闷，谁也不敢轻易提老太太的事，提了，这顿饭就没办法吃下去了。也许是这两天都没好好吃饭，那顿，大家都在努力地吃饭。

曹操最先吃完，叽叽歪歪地不愿意在座位上坐着，三蕊也一眼一眼看魏来，为姥姥的丧事，他都耽误好几天课了。雅尔的公司催她赶紧回去做活动推广方案，一天几个电话追来。

田大芬这时摆出大姐的范儿来，她说："孩子们都先回去吧，咱们姐弟都留下，妈没了，很多事得说道说道！"说道什么啊？曹金华瞅了田大芬一眼，田大芬并不接老公的目光。

吃饱喝足的孩子们显然有些如释重负，西佳站起来帮于菲菲抱孩子，东阳去开车。

孩子们走了，酒桌前刚刚还挤挤搪搪的，现在一下子空旷很多。

三蕊先说了话，她端起酒杯站起来："大姐，大姐夫，二姐，二姐夫，四林，如意，我跟保乐今天给你们道个歉，我们没照顾好妈……妈这也是怪我们呢，不然，我们那么认认真真照顾她两年多都没事儿，怎么就在错眼儿的时候走了呢？"三蕊的眼泪流了下来。

袁如意赶紧起身拿了纸巾给三姐，她说："三姐，咱们都没有怪你的意思，都说久病床前无孝子，虽然妈走时，咱们都没在跟前，是会抱憾终生，但是，你也尽心了，别想太多……"

田三蕊很火大，会说的不如会听的，弟媳妇这话是什么意思，什么叫久病床前无孝子？无孝子也是他田四林和袁如意，她有什么资格说这些话。她还没发作，二姐夫端木彬说了话："是啊，弟妹说得对，三蕊，老太太躺床上这两年多没长褥疮已经是奇迹了。这人老了，总得有走的一天，你和保乐替我们大家尽了孝，没人埋怨你。真的，你也别自责了！"

田三蕊不理端木彬，单把枪口对准弟弟四林："话说到这儿，我也想说说，四林，咱们家三个姑娘都是草，就你是棵树。从小，家里有点好吃的，我们都是一份，就你是双份。可你这棵老田家的树怎么对待妈的呢？两周回来看一次，妈盼星星盼月亮的，结果你倒好，不来也不打电话问一声，你当老太太不明白，心里明白着呢！久病床前无孝子，如意，你这话说得真是千真万确。"

四林垂着头。袁如意倒不得不回击了，她说："三姐，你这话可真有意思，你说你道歉，我好心好意劝劝你，你倒把矛头对准我跟四林了。我们不像你，工作自由，我们都是被工作把个死身子，是想出来就可以出来的吗？"

"对，你们都忙，忙得将来当上劳模都可以把老妈卧病在床不来看当成是功绩说吧？我就活该是该死的，谁叫我没本事忙来着。魏保乐，谁叫你没本事把你老婆养成阔太太来着，活该就是伺候人的！"田三蕊连哭带说。

"行了，别说了！三蕊，谁也没说你什么，你别总是心娇！"

田三蕊抹了一把眼泪，一扬头，把酒喝干。"嗯，是我心娇，我照顾妈时，我就知道最后是这样的下场，你们都是恩主，最后罪人是我。得了，这些咱都不说了，妈的后事姐夫安排得挺好，让妈走得风风光光的，姐夫，一共花了多少钱，你说个数出来，我们姐弟四个平分！"

"三妹，不用，真不用！这点钱姐夫出得起！"曹金华对别人都大方得手淌金山，何况对自己有恩的丈母娘呢。

"这不是出得起，出不起的事儿，妈养活了我们姐弟四个，都是一样的，不能让我大姐一个人出钱。还有，之前你们给的生活费没花完的我也都存在这张卡里，每个月大姐、二姐各存一千五，四林存一千，说是给我照顾妈的钱，这钱我没有全花了，一会儿算算账，剩下的你们平分拿回去，照顾妈的钱我不要，这也是我应该的……"

"咱一家人还分这些干什么？钱让你拿你就拿着，推来推去的，像什么？"曹金华把银行卡推到三蕊跟前。

三蕊不接，只扭着头掉眼泪，魏保乐很心疼老婆，他递了纸巾给三蕊，他说："你别难受了，咱尽心了，妈不会怪你的！大姐、二姐、四林也不会怪你的。"

袁如意心里简直要冷笑了，三姐这守在老妈身边，春饼那秘方肯定她得去了，老总一直惦记着呢，自己也是，要上点心，好好哄哄老太太，何至于这么措手不及，还有这套房，小是小，但这可是北京城三环里的房……但大家都保持着高风亮节谁都不提，她袁如意也就张不开口。

魏保乐这话大芬很不爱听。谁说三蕊什么了吗？但她还是忍着。三蕊坐下哭，田二芳接茬儿哭了起来，她说："我对不起咱妈，小时候，我总生病，妈一个人半夜三更背着我去儿童医院，那大夫都说，这孩子这样，扔了得了，妈气得跟人大吵一架……可我呢，我怎么就没多回来陪陪她呢？她临死都没见上我一面……妈这辈子一点福都没享着……"

袁如意跟着哭："我也对不起咱妈，妈就想抱个孙子，我都没能让她老人家如愿……"

田大芬这回终于忍不住了，她说："哭哭哭，这会儿一个个的都知道哭了，活着不孝死了乱叫，妈活着时都干什么去了？"

田大芬这话针对袁如意的成分更大，却不想误伤了田三蕊。也难怪，这话把自己撇得干干净净，却置二芳、三蕊和四林夫妇于何地呢？二芳还好，毕竟没有担着照顾老妈的重任，倒是三蕊，辛辛苦苦，接屎端尿，伺候一个卧病在床的人容易吗？都说久病床前无孝子，自己没抱怨，这倒成不是了！

"谁孝？大姐你说谁不孝？"田大芬的一句话成功点燃了三蕊心里的炸药桶。这两天，两个姐姐表面上没说什么，但她的眼里明镜似的，她们都在用行动指责着她没照顾好老妈。不然，老妈能连医院都没进就死在了床上吗？四林夫妇连句感谢的话都没说。田三蕊心里的委屈早就万马奔腾了。

三蕊腾地站起来，手指着大姐声音颤抖着问："我叫你一声大姐，你不能妄口扒舌地说话，你说谁活着不孝死了乱叫？咱们在座的姐弟四个，谁孝谁不孝？妈瘫痪在床这两年三个月，你们谁来陪妈待过完整的一天？是，你们拿钱雇我，拿钱雇我，我就是保姆吗？你们不出去打听打听，照顾一个瘫痪在床上的老人要多少钱？每次你们两个回来那眼睛都像刀一样，二姐，你是比我干净，读书多，知道怎么样搭配着吃科学，那你怎么不来给妈做顿饭呢？大姐，你有钱，妈吃药看病都是你花钱，这我都知道。我没钱，我出力，可我落什么好了？我家魏保乐就是傻呗，奸一点

的，凭什么四个人的妈我一个人伺候啊？"

魏保乐拉着三蕊不让她往下说。他说："咱伺候妈还不是应该的，你说这些干什么？"

三蕊哪是他能拦住的："你少管，没你事儿！"魏保乐闭了嘴。

三蕊继续痛诉革命家史："我伺候我妈，我是应该的，我不说啥。可是，不能到头来落个不孝的骂名吧？你们谁给妈换过尿不湿吗？你们谁回来给妈洗过一次澡都当功勋彰挂着，逢人就说，说你们不帮妈洗澡，老太太就干巴着，你们说这话时考虑过我的心情吗？妈这两年就洗八次澡吗？每次回来都先摸妈的头发干净不干净，闻被子有没有味儿，敢情就你们是亲闺女，我是后要来的呗？你们是不是当过地主婆啊，一个个严厉得哪像是姐啊……还有四林，你是儿子，你家没孩子，负担轻些，可这个家你来过几回啊？来了，跟个客似的往那儿一坐，坐够了拍拍屁股就走，如意，按理这话我不该讲，可是，你这个媳妇这两天在亲戚面前表现得真叫人恨不得鼓掌叫好，这种场面戏谁不会演啊，可是，咱妈活着时，你在这家里伸过手干过活吗？我田三蕊再傻呗，多寻思一会儿也寻思明白了，你们太欺负人了……"

田大芬一拍桌子站了起来："三蕊，我们还什么都没说呢，你就没完了。妈是没了，可我还是你姐。我这五十来岁的人了，用你指着鼻子说话吗？"

端木彬站起来拉架："大姐、三妹，咱妈刚走，有什么话咱们好好说。咱妈活着时，咱们都能和和气气的，以后咱们……"

田二芳拦住端木彬的话："以后田家没你的事了，端木彬，戏演演就行了，再演就过了！"

端木彬讪讪地坐下。在座的诸人没有理会田二芳话外的意思。只是曹金华觉出点不对劲，他说："二芳，你这说的是啥话？怎么田家就没我们这些当姑爷的事啦？你们妹仨能耐，还能能耐到天上去？"

田二芳没接姐夫这个茬儿，倒是对三蕊说："小妹，当初我跟大姐说要请保姆，是你自愿不出去打工伺候妈的。我跟大姐也寻思着你在外面做钟点工也是做，还不如在家照顾妈，四千块也是你自己提的。现在你嫌少，你说个数，大姐和小弟我不管，我那份，我一定补给你！"

三蕊被二姐一推六二五的话气个半死。她冲着老妈说话，她说："妈啊，就算没有人给钱，你三闺女伺候你也是应该的。但没有她们这么欺负人的。我田三蕊是穷，魏保乐是没本事，但是，你三闺女对你怎么样，你说！"

柜子上黑纱大花下的相框里，马淑云微微地笑着。照片旁的那盆万年青翠绿翠绿的。

田大芬冷笑了两声，她说："田三蕊，你还真别说谁穷谁富的话，谁富也不是当街抢来的，谁穷，也不是谁欠你家的！我们信任你，把妈交给你，可是你呢，你一门心思就是你家的魏来！"田大芬指着厨房："那天我进门时看到厨房的面案上放着没烙完的饼，那饼是给老妈做的吗？还有，那次你二姐十点来，老妈竟然连早饭都没吃，还有，你姐夫从香港托人带过来的药你都没给吃，你还敢说你问心无愧……"

一直闷声不响的四林也说了话："三姐，妈都走了，你辛苦也辛苦了，咱能不能不这时候掰扯这些烂事儿？"

那么多的质疑投枪匕首般一起投过来，田三蕊一时无法招架，她只好冲过去捧着老妈的相框哭。人扑过去，那盆万年青被碰到了地上，瓷花盆碎成几瓣，土撒得到处都是。万年青的根露了出来。

曹金华真急了，吼了一嗓子，他说："你们这还是亲姐弟呢，让不让人笑话？这老太太还尸骨未寒呢，你们闹什么闹？一个妈能养三闺女一儿子，三闺女一儿子难不成还养不了一个妈吗？妈活着时都没事，这人都走了，有座金山银山供你们抢也行，啥都没有，掰扯那没用的干啥？"

曹金华的话把田大芬的愤怒与田三蕊的哭闹还有田二芳的眼泪都震住了。但这也只是临时的，大堤一旦漏了水，怎么会一只袋子就堵住呢？很快便大堤崩溃，洪水滔天了。

魏保乐过去拉起了田三蕊，他说："走，咱们回家！"

田三蕊不肯，她紧紧地抱着老妈的照片泪如雨下，她说："妈，妈，您说句话啊，他们冤枉我，他们冤枉我啊，那药您一吃就发烧，他们不知道，他们不知道啊……"

人总是自私的动物，痛苦无法独自承担时，总是喜欢把痛苦的根源推向外面，向外找原因，推掉身上的责任，伤害离得最近的人，他们以为这

样可以减轻痛苦，孰不知，这只是用暂时的恨替代的痛苦，这恨意过后，短暂凛冽的痛苦会以更绵长的形式存在。

马淑云过世后，内疚、自责、自身家庭的矛盾与痛苦折磨得四姐弟以最为便利的彼此伤害的面貌呈现了出来。

后来，田家四姐弟想起那天的事，原来在心里积了那么久的小到芝麻粒样的事在那时都变成了刀枪剑戟斧钺勾叉，恨不得从记忆里拎出每一件事都能把对方钉死在道德的耻辱柱上。

大芬委屈自己出了钱，结果被小妹认为她为富不仁，她从小吃了多少苦，她这辈子吃了多少苦？要有文化能吃这些苦吗？

二芳恨大姐这种时候不压事，恨小妹明明有过失，偏偏把责任往外推。姐俩信任她，把老妈交给她，也是成全她找到一份工作，结果好心当成了驴肝肺。

三蕊更是一肚子苦水没处倒，伺候老妈两年多，容易吗？这里面的辛苦委屈向谁说去？当保姆，不高兴了还可以辞职，自己的老妈，大姐一家子都靠她呢，她又是心脏病、高血压，难道让她伺候吗？二姐上着班不说，从小她就摆着仙女的款儿，哪是会照顾人的。只有自己，下岗，本就做着钟点工，照顾老妈来也算专业对口，顺理成章。可是，她们总得体谅体谅自己的不容易，总不能拿了钱就做了恩主……

四林本就不是善于表达的性格，袁如意那私企又忙来忙去，加上他们也的确是对老妈的事不够上心。平常不上心，这时候若是再让大家指责了去，可不就落了不孝的罪名吗？再加上没达成老太太的意愿让她抱上孙子，他们不把自己的愧疚往外转移，难道坐等着火着过来烧到他们吗？

姐妹三个加上袁如意，四个人四张嘴，每个人都在从自己的角度出发指责着别人，扯着扯着就扯远了，大姐说了她结婚时家里连床被子都没给，自己起早贪黑挣钱全帮衬着两个妹妹读书了。二姐说结婚后回来吃顿饭小妹都不高兴，就是因为读书多，就像欠了你们每个人似的。

小妹说，我家魏保乐是没本事，是让人看不起，每次过年过节回家，大姐夫、二姐夫客一样坐在客厅里高谈阔论，魏保乐驴一样在厨房里煎炒烹炸，弄一大家子的饭，你们有良心吗？

袁如意说，是儿子就该死吗？我们也是尽了我们应尽的孝道的。我们从没不给钱，你们怎么定就怎么算，还要怎么样？

话题是无限发散的。那条线终于还是收了回来，说到老妈，满怀悲戚。大芬起来给了三蕊一耳光，在一旁抽烟的曹金华和喝茶的端木彬过来拉，三蕊摆出了要拼命的架势，魏保乐再当牛做马也是有血性的，他骂了大姨姐，他说："你个泼妇，在家里耍威风还不算，还出来闹，真当自己是慈禧老佛爷了吧？"

魏保乐推搡着大姐，曹金华也不高兴了："魏保乐你是爷们儿吗？她们姐妹的事，你个老爷们儿掺和啥？"

压事的还是端木彬，他平日温文尔雅，谦谦君子，那天却发了火。他把三蕊扣在桌子上的马淑云的遗像端端正正放好，他吼了一嗓子："你们都看着老太太！你们都让妈看看你们，她刚刚走，尸骨未寒，你们就闹得天翻地覆。咱们家这还没有万贯家产要争要夺，你们是一奶同胞亲姐妹，是妈含辛茹苦把你们养大的，从小一个锅里吃饭，一张床上睡觉，谁吃亏谁占便宜真的就那么重要吗？都是当妈的人，你们想给你们的儿女做个什么榜样？为这些鸡毛蒜皮的小事大吵大嚷，你们不觉得丢脸吗？"

大芬与三蕊都不吭声了。唯有二芳冷笑了一声，她说："果然是上电视锻炼出来的好口才，只是说人时先想想自己，这屋里谁都有资格说给儿女做榜样的话，你有吗？"

端木彬默然站了一会儿，屋子里的空气像要爆炸了一样。

端木彬转身离开这个小屋。门一开一关，放进来的新鲜空气，每个人都仿佛从一场噩梦里惊醒一般。魏保乐拿起外套拉三蕊："咱们走！"

那天，从老妈的那个小屋里出来，田三蕊倚靠在魏保乐的怀里，她说："保乐，以后这世上我只有你跟魏来两个亲人！"说完，泪水再次把她秀丽的一张脸淹没。

那天，田大芬跟曹金华从老妈的老房子里出来时，她的嘴里仍在碎碎念："你说这好人能当吗？咱们有钱怎么了？有钱就欠着她的吗？我这当大姐的怎么对不起她了？要不是为了供她跟二妹上学，我何至于那么早就不上学帮妈摆早点摊子啊？我吃了那么多苦，我怪过谁了？"

门一次次被打开，一次次被摔着关上。

巴啦每一次都被惊吓到。它不明白这世界上发生了什么事。那个面容

慈祥给它最多爱的老人走了，怎么就没了一块风和日丽的天了呢？

那天，大家都走了，田二芳一个人坐在仍然充满着老妈气息的房间里泪水涟涟。她不知道未来等待她的是什么，老妈走了，老公再离了，姐妹们也闹得分崩离析，单位改制，她会被退休吗？人生仿佛一下子就走到了尽头。

田二芳在黑暗里坐了不知道多久，口干得像一张放了半个月的面饼子。她起身去厨房倒水，她看到面案上没有被擀成饼的面团还在。那些面也还在，只是……田二芳的泪涌了出来，这世界上再也没有她，她真的成了孤儿，她还喊谁妈呢？

从前，春天一到，老妈就会摆上各种小菜，炒上一碟土豆丝，切上葱丝，配上甜面酱，然后把两个揉好的面团中间沾上一点油擀在一起，薄薄的一张放进锅里烙，烙好，中间揭开，一面软一面脆，软的那面放上小菜土豆丝葱丝甜面酱，卷起来咬一口，那真是人间美味。

田二芳擦了擦眼泪，洗了手，她想接着烙幸福饼。

老妈不在了，她把烙饼的手艺传给了姐妹三个，可姐妹三个烙的饼哪个也没老妈烙的好吃。只可惜，老妈的幸福饼再也吃不到了。袁如意一直说老妈藏着幸福饼的秘方，田二芳说："妈，您这一走，这世界上真的就再没有幸福饼了吗？"

和着眼泪，田二芳一步一步按照着老规矩烙着饼，就好像老妈就站在她身旁看着……

只是，饼烙好了，菜卷好了，咬一口进嘴里，全是苦涩的味道！

巴啦终于还是叫了两声，这些天，没人顾到它，它太饿了，饿得叫声软弱无力。田二芳还是看到它。把它抱在怀里，泪流满面。

那晚，巴啦吃了幸福饼，那饼很硬，不好吃。不好吃的饼为什么叫幸福饼呢？它不懂。

猫的世界，人没办法理解。

人的世界，猫更是……算啦，它不想了解。

第二章

逆流成河的忧伤

星期六，东阳哭丧着脸子进家门时，田大芬正在动员西佳去相亲。

人民公园的相亲大会田大芬回回都没落下，跟好几个男方的妈聊得很热乎，资料照片拿了一大堆，到西佳这儿就全都给否了。这让田大芬很不服气。田大芬说："你真别以为去那儿找对象的都是歪瓜裂枣，我跟你说，优秀着呢，有好些个海归，英国回来的，美国回来的，法国回来的！"西佳瞪了老妈一眼："您直接说八国联军的假洋鬼子都在不就得了！"

田大芬不理会女儿的冷嘲热讽，继续百折不挠地说下去："还有一个在华尔街卖东西，那妈简直嘚瑟得不行，我心说，嘚瑟个啥，要有本事还用这死热荒天地老妈出动帮找媳妇？"

西佳摆开架式化妆出门："我这在公司累死累活忙活一礼拜，周末您就不能让我清静清静？"

田大芬不理西佳那个茬儿，抻出一张照片："不过，照片我看了，还真挺帅的，没准儿就是一漏网之鱼，咱捡了个漏儿呢！"

西佳听出别的味道："哎，我说妈，您这是潘家园淘宝哪，您！还有，您这意思是我曹西佳没本事，才要您死热荒天地蹲公园替我找老公呗？"

田大芬推了西佳的肩膀一下："你净挑你老妈这没用的，有本事就给妈领回来一个，我乐得这大热天吹着空调看着电视。"

"哎呀，干什么啊，人妆都花了。"西佳一歪身子躲老妈，手里的眼线笔在眼皮上画了一道。西佳用棉棒仔细擦下去，重新画，然后对着镜子左照右照，满意后说："要是随便领，那不现成的吗？老皮，我都领回来多少次了，人家连妈都叫您了，您不答应啊！"

田大芬扑哧一声笑了："就那老皮，我同意你嫁，你嫁吗？"

西佳用眼角夹了老妈一秒钟，也笑了："是惨点，就凭我这样的白富美，怎么也得配个高富帅啊，老皮那明明就是矮穷丑啊！"

"矮倒也不矮，穷能穷哪儿去，人一主治医生呢，丑是真丑，也是，一分钱一分货，稀饭吃了不经饿！要再好看点，还能跟你似的剩到现在，早抢了！咱就是要撒大网……"田大芬正准备给西佳上理论课，西佳及时转了话题。

"不过，有一点老皮倒是很合我意，他父母都在国外，离得远，亲戚少，省得像你们老田家动不动就打成一锅粥！"

"哎，你这孩子，有你这么说话的吗？我们老田家怎么了？"

"当我不知道呢？我姥姥后事办完那天，你们吵了架回来的吧？妈，我跟您说，我看我舅妈那假模假式的样儿，都够进人艺演话剧的了。还有，我小姨吧，是很可怜，力没少出，坏就坏在心态不好。她总觉得别人都瞧不起她，其实，她不知道，她在觉得全世界都瞧不起她时，根本就是她没瞧得起她自己。"

田大芬叹了口气："我这个当大姐的，也不知道该怎么当，反正到最后，都是不欢而散！"

"您啊，管八家，最后谁家都没管好，现在，谁家都是各自当家，谁用联合国管啊？我姥没了，咱们呢，好就经常聚聚，不好就少走动，真把您气个好歹的，我也舍不得！"

娘俩正唠着家常嗑儿，东阳进门把西佳救了。

西佳拿了老妈歪歪扭扭的小本上记的电话号码，餐厅地址，她决定去会会在华尔街卖东西那家伙。当然，她没忘了先给老皮打一电话，她说："今天本姑娘相亲，然后一起吃个饭吧，我想吃麻小了！"

老皮咕噜了一声什么，曹西佳没听清，她问了句，老皮说："曹西佳，我提醒过你，打完电话要按结束键，刚刚你跟你妈说的话我都听到了！"

说完，老皮挂了电话。

曹西佳抓了手机翻记录，果然，在跟老妈聊天之前，她打电话给老皮问什么地方能买到豆芽机，老妈让她在网上买一个，她想不如用用万能的老皮，谁曾想……唉，这手机就这点最不好，你不按结束键，对方要是也刚好没挂，悲剧了！

曹西佳一边抓包出门，一边给老皮打电话："你还真生气啊，你还不知

道我这人啊，我这人不懂音乐，时而不靠谱，时而不着调。我跟我妈说话那不顺嘴开条运河就不错了。再说，老皮，就我真打算嫁你，你还真打算娶我啊？我都快成齐天大剩了，你老人家也不说伸出革命同志的友谊之手救姐妹于危难之中，你还生气，我还生气呢！我曹西佳差啥啊，你倒是暗恋我一下，我拒绝一回也算给我点自信啊！要不，就是你真的对我有意思……哎，我明白了，你肯定是喜欢我，所以听到我们娘俩说这些话，你才不高兴的！哎，皮若愚，是这样吧？你就招了得了，也让我嘚瑟嘚瑟，你长得硌碜，可好歹一主治医生啊！"

曹西佳"咚咚咚"倒出一水桶的话，老皮还真就没脾气了。

东阳一屁股坐在沙发上，用八分贝的声音喊了一声妈。田大芬的屁股早就离了沙发去厨房拿好吃的，说着一起住一起住于菲菲偏不愿意。单住她又不会做个饭，东阳一路瘦下去，田大芬心疼得不得了。东阳一米七八的个儿，还不到110斤，这像话吗？

田大芬从东阳进这家门的那一刻就知道儿子有使命在身来着。不然，他不会一个人回来。

这几乎成了惯例。于菲菲琢磨出一事儿来，就派曹东阳回来传达。上次是要给曹操买钢琴。田大芬是不愿意让孙子学什么钢琴的，自己家这边曹金华家那边没一个人有音乐细胞的，东阳、西佳唱个《两只老虎》都跑调，就这，还想学成郎朗吗？曹操是个小胖墩，田大芬很想让孙子学个跆拳道锻炼锻炼。

只是，之前上哪家幼儿园时田大芬跟于菲菲吵了一架。那架田大芬吵输了。于菲菲放下狠话说："你的儿子你管着，我的儿子我要说了算！"说完抱着曹操转身就走了。一周没让曹操回爷爷奶奶这边，田大芬做梦梦到的都是孙子。还是曹金华开着车把儿子一家三口接回来，一起吃了顿饭，这个结儿才算过去。

所以，在学钢琴还是学跆拳道这事上，田大芬没想再跟于菲菲别着干，人家手里有"人质"呢，自己能怎么办？拿了两万块钱让买钢琴，于菲菲说不够，琴自然要买好的，不然把手练坏了，还要找老师教，贵着呢！

田大芬不高兴，刚一皱眉，曹金华发了话，拿出一张卡："这上面还有三万，拿去花，他爷爷挣钱就是给孙子花的！"于菲菲立刻就眉毛眼睛都笑出一朵牡丹花来。

田大芬知道曹金华是怕自己再跟儿媳妇闹红脸，但这气她还是咽下了。这钱给孙子花，花就花吧。关键问题不是钱，花钱她不心疼，她不高兴的是于菲菲千方百计从婆家往外抠钱这种行为。当初，自己怎么就看上她了呢？

大钢琴锃明瓦亮买回来了，老师请了，上了没两节课，曹操就哭着喊着死活不学了。钢琴成了摆设。每每田大芬想到这回事心里都堵得慌，好几万块买一钢琴摆那儿占地方，买张桌子还能使唤使唤呢！

这回又起什么幺蛾子呢？

东阳嚅嚅喏喏开了口，于菲菲要开家快餐店。

田大芬把剥了一半的芒果扔到盘子里，她说："有本事开去呗，她什么时候这么把婆婆放眼里了，要跟我们商量！"田大芬是揣着明白装糊涂。她当然明白于菲菲让东阳回来说这话的意思，她有点气儿子没骨气，怎么就这么窝囊废呢，媳妇儿说啥他回来学啥，一点小子的骨头都没有。

"菲菲的意思是，我爸在西三环那边那套办公室能不能租给我们用……"

"用可以啊，这不用问你爸，我就能做主。那边的租金一年四十万，租给你们，便宜点，三十万吧！"田大芬继续装糊涂，一副公事公办的样子。

"妈，您也知道菲菲生了曹操后就一直没工作，我在那公司做得也不怎么样，一个月拿四千块薪水，够吃还是够喝啊？我想的是，我姥原来不是开老田家春饼屋吗？我和菲菲就弄这个，那一带全是写字楼，中午吃盒饭吃得肯定腻，咱这口味肯定行啊……您和爸先帮帮我们，店做起来，挣了钱，我们一并都还给你们……"东阳显然是被于菲菲教得很好，这些话东阳自己万万想不出来。

"这些话是你媳妇儿教你说的吧？我说东阳，你也挺大一男人，长长脑子行不行，别你媳妇指条道，你就头也不抬往前跑。你也辞职开快餐厅？你开餐厅你会啥？上灶？跑堂？当老板？哦，有你媳妇儿，这老板你还真就当不上。还有，卖老田家春饼，你会烙那饼还是你那媳妇儿会烙？总不能我去给你烙吧？异想天开！"面对老妈的冷嘲热讽，东阳的脸一阵红一阵白。

"我这不寻思着雇我小姨吗，肯定比她当钟点工给得多！"

"你们这小算盘打得倒真是精啊，你们当甩手掌柜的，让你小姨累死累活，你长脑子了吗，你小姨那脾气我都弄不了，你们能摆弄得了？再说了，她要开饼店，她为啥不自己干，要给你们打工？"

"她不没钱吗？"

"你有钱？哦，你们指着我跟你爸掏钱给你们当老板呢！"

"妈，您让我咋办？我不来说不来说，于菲菲就没日没夜地跟我闹，您看这胳膊，这胳膊让她给我掐的！"东阳伸出胳膊。田大芬的火腾就蹿了上来："你挺大一男人，你还好意思说啊，她掐你你不会掐她啊？这事我得管管，没人了呢！"田大芬抓电话，东阳赶紧按下去。"妈，您就别给我惹事了，您就给个痛快话，这快餐厅给不给开，我回去告诉于菲菲就完了！"

"东阳，你媳妇儿是不是说啥话到你那儿就成了圣旨啊？于菲菲想一出是一出。她说啥你听啥，你说你三十岁了，白活。开一家快餐店得多少钱你们心里有数吗？别上嘴唇一碰下嘴唇就开一快餐店，我跟你爸这份家业不是天上掉馅饼中来的，是一点一点苦巴苦熬挣出来的，你爸这么大岁数了，还不每天在外面跑……"

"算了，就当我没说！"东阳脸上进门来的沮丧还有些表演的意思，这回变成了真正的沮丧。

田大芬显然没想停住唠叨，她说："你眼瞅着就三十了，得自己拿点主意，别什么事都听你媳妇的！我跟你说，这人不能惯，越惯越上脸。"

"那让我听谁的？我就是听了您的，我才跟简丹分手的，我听了您的，我娶了于菲菲，就这样，您也不满意，跟于菲菲干得对面不相逢的。你们谁想过我的感受吗？我也是个人，是个男人，我没什么出息，就想好好过日子，可是，我为什么不能跟爱的人在一起生活呢？为什么不能呢？妈，从小到大，我都听您的，我按照您跟爸的意思学了我不喜欢的工商管理专业，我听了您的意思跟那么喜欢的简丹分手，您知道吗，一直到去年，我还会做梦梦到她，梦到她哭着对我说，你回去做你妈的宝贝算了，我不会嫁给你这样的窝囊废……"

东阳从没跟老妈说过这些话，他的头埋在两手之间，呜呜地哭了起来。

田大芬最大的软肋就是儿子。看到儿子在自己面前埋头痛哭，她的脑子全蒙了。人一蒙就出昏招。她给于菲菲打了电话，她冲口而出的话是："于菲菲，你是想把我儿子逼死吗？"

于菲菲冷笑了两声，她说："这您还真抬举我了，要逼死他，也是您逼死的。他三十岁了，还是一奶嘴男，您说这赖谁呢？要不是您手捂着手摁着，三十岁还不让他断奶，他能这么大还是个窝囊废吗？"

放下电话，东阳已经离开。田大芬气得手脚冰凉地坐在沙发上，好久，她不知道自己这是造了什么孽。姐妹姐妹闹得老死不相往来，儿子儿子闹到恨她的地步。

当年生下龙凤胎，曹金华恨不得把她供成老佛爷。也许是因为生活在全是女孩的家庭里的缘故，田大芬格外护着儿子。东阳也很乖，听话，性子软，不像西佳，要强，有主见。很多人见了西佳和东阳，最常说的话是，西佳倒是个男孩性格，大咧咧的，东阳倒像个女孩，有些内向，很腼腆。越是这样，田大芬就越是对东阳放不开手，事事把着护着，结果就成了现在这个局面。西佳虽然没对象没结婚，她这个当妈的着急。但她心里是有底的，经历过那样一场少不更事的恋爱，西佳无论再遇上什么男人都不会吃亏了。而东阳，那么好的孩子，只是性格软得像面团，自己不好好给把着关，将来自己这么大的家业交给谁呢？

从段城的办公室出来，雅尔突然很想哭。这种感觉在雅尔这儿很少出现。当初就是被闺蜜挖了墙脚跟男友分手，跟闺蜜决裂，她也只是独自哭了一场。从小到大，端木雅尔都是个优秀沉默到接近乏味的女孩子。那个跟闺蜜混到一张床上的前男友给了她句评价："你太完美了，完美得我配不上你！"

很长一段时间，雅尔都在跟自己别扭，完美也是错吗？有哪个女孩不是拼命地让自己更完美呢？微博上有个热点，说出你遇到的最扯的分手理由。雅尔把这条写上去了，很快有很多人评论，他们说，别理这样的人渣，让他有多远滚多远。又说，他说得没错，他这么笨的蛋真没条件配上你的完美。

雅尔从一家跨国公司转到这家新成立不久的户外用品公司，完全是为了段城。

雅尔是在一次公司推广活动的餐会上认识段城的。

段城长得并不是很帅，不高不矮，不胖不瘦，细长眉眼，是落在人堆里不会很引人注目的那种男人。但就是有一种男人像玉，你要静下心来听他说话，看他做事，他的温润他的美好自然会显现出来。

那个餐会上，有个暴发户一样的客户挺着啤酒肚大杯喝酒大块吃肉，粗声大嗓吹牛皮，业务做得就快冲出地球奔向宇宙了。大家把暴发户当成笑话一样看，各种揶揄各种调侃扔过去，暴发户也不知是浑然不觉还是根本就是乐于配合大家演这样一场戏。雅尔看到段城，他面前的碟子里只有一点青菜，他很认真地听暴发户讲话，不调笑不讽刺，保持了很好的风度。雅尔的目光碰上段城的目光，他笑着点点头，然后继续听暴发户演讲，很配合地适度微笑，安安静静。这很入雅尔的心。

这是个人声鼎沸的时代，人人都急于表达自己的观点，肯于安静倾听便成了很珍贵的品质。

末了，暴发户请全体人去唱K，这回调笑他的人倒都有点捧着暴发户的意思了，一个个鞍前马后，毕竟吃人嘴短。

端木雅尔先溜了出来，站在门口拦车时，看到段城。他问她去哪儿，可以顺路送送她。说完又赶紧抱歉地笑了："当然，如果你愿意的话！"

雅尔提着包也跟着笑了。他是陌生人，她却觉得他是个可以信赖的人。从小到大，田二芳教育雅尔不要轻信于人，雅尔对人也一直很隔膜。但人与人之间的气场就是很奇怪，那天晚上，她把信赖给了他。

坐在车上的两个人总得找些话题填充那段路上的时间。段城说他正在创业，做户外体育用品，他说："奥运会我们中国拿的金牌不算少，我们是个金牌大国，但全民运动开展得还不够，我希望能通过我的公司让更多的人运动起来，到大自然中去，跟山跟水亲近亲近……"

雅尔就是个标准的袋鼠族。除了上班之外的时间，她基本都宅在家里，在床上或者在沙发上抱着电脑上网，像只袋鼠。她问段城："像我这样的没一点体育细胞的人能参加户外运动吗？"

"当然能！"段城答得果决。

雅尔笑了："销售第一要点，不能对你的客户说NO。"

段城瞟了雅尔一眼，拿出一张名片递给她："这周末你可以来我们公司看看！"

那周末雅尔还真的去了段城的公司。在很郊区的地方，一个比农家院好不了多少的地方，一队人马正准备着去登山。一身野外休闲服的段城正在给大家讲注意事项。

队伍出发，雅尔跟着段城单乘一辆车，段城一眼看到雅尔脚上的高跟鞋，他说："小姐，你这是去爬山吗？"他把车开回去，找了双登山鞋给雅尔，雅尔别扭着："我不穿别人的鞋！"

"它现在是你的了！"雅尔那才知道，段城的公司还做户外旅游用品。或者说这才是公司的主营业务。

那次爬山，段城说了他的一些经历，15岁独自一个人去西藏旅游，17岁在非洲大草原看野生动物大迁徙，20岁在英国读工商管理，28岁回国创业。越是接触，雅尔就越觉得这块玉一样的男人有魅力。这是她那个嫌她完美的前男友遥不可及的境界。雅尔需要一个让自己高山仰止一样崇拜的男人，段城是这样的人。

袋鼠族的笨拙在临近山顶时显现了出来。腿像灌了铅一样，抬脚迈一步都比登天还难。段城鼓励她说："这是生理极限，挺过了，就好很多！"

雅尔不想在大家面前丢脸，人撑着往前走，踩一块石头时，腿一软，脚踝跟地面来了个一百八十度贴合。雅尔疼得眼泪立刻涌了出来。队友们围了上来，段城很有经验，让大家散开，让副领队带大家登顶，自己陪雅尔。

他帮雅尔脱掉袜子，手轻轻地按上去，问雅尔哪儿疼，然后他掏出云南白药的喷雾喷上，疼痛减轻了许多。雅尔很不好意思。段城很熟稔地揉了揉雅尔的脚后跟："这样的意外几乎每次野外活动都有，没事儿的！"阳光从树叶的缝隙落下来，落到段城汗涔涔的一张脸上，雅尔很想伸手替他擦擦汗，如果是西佳，伸手就擦了，只是，她是雅尔，雅尔只是想一想便红了脸。

他帮雅尔穿上袜子，把肩膀闪给雅尔，雅尔不解，问干什么，他说："背你下山！"

雅尔不肯伸胳膊，她坚持说自己可以走。段城转过身来："给我一次在美女面前献殷勤的机会呗！"

雅尔的脸红成了一朵鸡冠花。

　　一切完美得像一个烂俗言情剧的开头，或者是一场完美恋爱的开头。雅尔很显然也对这个人寄予了很大的期望。

　　一周后，雅尔再次出现在段城面前，她说："我是来投诚的。让我干点什么都行，薪水多少都行！"

　　进了段城的公司后，雅尔简直就变了个人。一向不爱运动的她爬山、宿营、攀岩、蹦极，所有雅尔前27年想都没想过的事，一年多的时间里几乎都尝试了。她不再是那个见点太阳就怕晒黑使劲涂防晒霜的OL，她也不是城中一有流行感冒就准有她一份的纤弱女孩，她的胳膊和腿都壮了一些，她也晒黑了。老爸端木彬好几次用异样的目光看着女儿，他问："我很想认识认识给我宝贝女儿这么大影响力的男人！"

　　雅尔不置可否地笑，一转手把老妈网上给买来的防晒霜扔回给老妈。田二芳不喜欢女儿这样的变化，她一再跟女儿说的是所有的感情里，不能先把自己豁出去，扔进去。有多执着，有多依赖，到头来就有多受伤害。

　　雅尔承认老妈说得对，但是，她已经把自己扔里了，怎么办呢？

　　好几次，他跟她两个人打前战去探露营的地儿。晚上，空山之中，天上的星星眨着小眼睛，地上的大树黑黝黝地虎着脸立在那儿。一个小帐篷支起来，雅尔跟段城坐在帐篷外小河边，说着各自的经历，像说别人的事。段城说得更多的是他小时候的事，雅尔会说到自己的感情经历，她很少对人讲起这些，讲着讲着，泪流满面，他便替她擦了泪。她靠着他的肩膀，他亦没有拒绝。

　　雅尔以为会有亲吻，甚至，她也做好了顺水推舟的准备，身体里滋生出来的欲望被这夜色包裹得格外迷人。山高月小，蝉噪林愈静，鸟鸣山更幽，空山里寂寞的男女，不发生点事情都对不起那些围观的树和星星不是吗？

　　但是段城就那样拥着雅尔，像捧着一块玉，小心翼翼，生怕磕到碰到。雅尔也便偃旗息鼓，她觉得这样也很好，没必要刚一开篇就奔着万丈红尘去。她甚至是喜欢他这样持重的，至少，那是她要的爱情的模样。

　　只是，在雅尔到段城公司的这一年多时间里，她战士一样南征北战为他开疆拓土跑市场，他们的关系也如战友一般，宿营、爬山，他帮她克服怯懦克服懒惰，他们的关系却像是攀岩时身上挂着的保险带，她往后退一退，他就往前进一进，她往前进一进，他就往后缩一缩。

雅尔从某本书上看到说两个人的关系将明未明时最美好，小暧昧，小温暖，小感觉，像枚青橄榄，嚼着很有味道。

那一段，段城总是眉头深锁，郁郁寡欢的样子。公司业务蒸蒸日上，他有什么心事呢？难不成他的家里……雅尔从没听段城讲过他家的事。雅尔试探着问几次，段城总是温温地笑："没事儿，真没事儿！"雅尔也就安下心来。

雅尔几乎可以确定段城是喜欢自己的，他们是最佳partner，他在她软弱时替她擦眼泪，在寂静的夜晚拥她入怀，这都不是爱是什么呢？也许他们需要更长一点时间。雅尔甚至想，自己每天守在他身边，还怕他跑了不成吗？

可是，他还是跑了。

他把她叫到他的办公室里，拿了一瓶绿茶，然后他倚在老板桌上，他拿出一张照片，照片上的女孩巧笑嫣然，是那种跟雅尔不同的美丽。

雅尔有点蒙，但很快明白过来。原来，他们之间没深入到爱情的地步。

他说："雅尔，虽然咱们什么都没有说过，但我觉得我要跟你有个交代！对不起！"

雅尔的修养让她不会在段城面前流出眼泪来。他说得没错，他们之间什么都没有说过，他要交代什么呢，他有什么对不起她呢？从头到尾，也不过是不明就里的她在主动，把一场单恋演绎到如此地步，又有什么好怨的呢？

雅尔努力地想扯出一点笑来，只是那笑死活不肯出来。雅尔放弃了努力，她说："这是好事，段总，祝贺你！我想我应该准备礼金了！"

雅尔抱着文件出来，很想哭很想哭。只是进了洗手间，哭的冲动变成了逆流成河的忧伤，那忧伤浸到雅尔的身体里，满坑满谷。

想哭却哭不出来的滋味，雅尔还是第一次尝到。她打电话给老妈，她说："妈，我想吃您烙的春饼卷土豆丝，嗯，我晚上回去吃！"

雅尔突然很想姥姥，很想很想。她第一次失恋时跑到姥姥那儿。那时

姥姥还能说话，她说："小雅啊，人这一辈子啊，说长不长，说短不短，总得遇到这样那样的事，总得遇到这样那样的人，遇到好人，要学会感恩，遇到坏人，没什么，当被狗咬了一口，被狗咬了就不活了吗？多傻啊，咱得好好活，活出个样来……"

雅尔看着镜子里的自己，他结婚是他的事，她爱他，却是她端木雅尔自己的事。她冲自己笑了笑，悲伤再次弥漫。

那悲伤变成痛，痛彻心脾。

雅尔打电话回来说要吃春饼卷土豆丝时，田二芳正在床上躺着。

巴啦躺在床角，它很不适应新环境，总是处于万分惊恐的状态。

老妈过世那天是个分水岭，田二芳五十岁的人生发生着天翻地覆的变化。

老妈走了，姐妹闹翻了。老公提出离婚。单位改制，方案里，田二芳被归为内退人员。一下子失去亲情、婚姻、事业的女人还有活路吗？这五十年，田二芳自己手里紧紧握着的视若生命的东西，一觉醒来，手里空空如也，什么都没有，一场空。田二芳完全是头重脚轻的感觉。

母亲的葬礼过后，端木彬没有再提离婚的事。但两个人之间已经有一道马里亚纳海沟，田二芳不敢往下看那道裂缝，看了，想了，害怕会掉进无底深渊。他无声无息地出入这个家，不说话，这让田二芳更绝望。如果他可以坐在她对面坦陈自己的想法，哪怕说出他在外面爱上了哪个女孩，也比这样死水微澜强。真有那样一个女孩，田二芳也不愿意用狐狸精、小妖精这样的词，她觉得这样既辱没了端木彬，更轻贱了自己。

没忍住的是她。就像一场婚姻爱情的战役里，首先出招的一定是女人一样，女人忍不住。因为在意，因为牵挂，忍不住。

那日端木彬进门时已经是晚上十点了。他应该是喝了一点酒，二芳对酒味儿极其敏感。端木进门，换了拖鞋，进了洗手间，出来，在书房门前按亮灯，转身想进去。

"你站住！"端木彬回过头来，借着书房里透出来的一点光亮，他这才看到阴阴恻恻坐在黑暗里的田二芳。

田二芳的话惊着了巴啦，它迅速起来，瞪着眼睛看了一下屋子里的两个人，然后窜向了某一个方向，碰倒了什么东西。田二芳不去管它。

"怎么还没睡？头疼药没了吗？"

他倒记得自己的头疼。二芳冷笑了一声，她说："你在电视上分析别人的婚姻，抽筋露骨，一针见血，那你可以分析分析我们的婚姻到底出了什么问题吗？你总不会想日子就这么不见太阳不见风地过下去吧？"这话二芳在肚子里打了很多遍草稿，真正顺利说出来时，还是口干舌燥。

端木彬端在离灯光近的地方，他觉得自己成了被审判者："我累了，明天再说！"

"我们快三十年的婚姻，你总不能'我们离婚吧'五个字就把我打发了吧？我不想说我为你失去的青春，也不想说我为这个家牺牲了什么，事实上，即使不跟你，我的青春也不会停在那儿不流走，即使不为这个家牺牲，也会为那个家牺牲。如果说这是女人的宿命，我也是认的。但是，这并不意味着，我可以安之若素地接受离婚这个事实。就算是住很久的邻居要搬家，也得说几句留恋的话吧？端木，我们都是知识分子，我不想离个婚变成仇人！"话一旦说开，便如流水，拦都拦不住，就仿佛它们原本就积在那儿，有一个小豁口，就汹涌而出了。

端木彬转过身来，打开客厅里的灯。像个黑暗的舞台，突然灯光亮了，两个人置于光明之下，都有些不习惯，甚至是紧张。端木彬看到沙发上、茶几上、地毯上，到处都是影集，他几乎不知道，家里有这么多的影集。

"怎么？多吧？这还是早些年的，这些年的都在电脑上！"

田二芳的脸上很平静，这让端木有了坐下来聊聊的勇气。

他坐下来，拿起一个影集翻了一页，有一张照片自己背着海站着，手里拎着一条大海带，好像正说着什么，边上的二芳满脸笑着，头发被海风扯得四处飞扬。他忘了那是在哪儿拍的了。他抬头，二芳像是了解他的心思："在蓬莱，雅尔拍的！"

端木合上影集，他打算跟田二芳聊聊。

"大概是两年前吧，我不敢往窗边站，站在窗边，总有想跳下去的冲动。我觉得很没意思，听各种各样的人讲述他们的烦恼，他们的麻烦，然后我貌似专业地给些意见，其实我心里是怀疑的，我说的那些话真的能让他们走出困局吗？我不愿意回家，回到家，你基本都坐在电视前看韩剧，

没完没了。

　　我很想跟你说说我心里的恐慌，我也很想跟你出去走走，可是你说，老妈瘫痪在床，自己没有帮上什么忙也就算了，哪有心情出去游山玩水？这是个太充分的理由，充分到我再无法提这样的要求。

　　雅尔不在家，我觉得孤独，无助，觉得这一辈子就这样灰扑扑地过去了。我就像一个进了漆黑隧道的人，我希望有个光亮的出口。可是，你总是在看电视剧，没完没了，旁若无人。我承认你是个好妻子，你给我做饭，把我的衣服熨得妥妥帖帖的，但你有文化，你知道，夫妻间，仅仅有这些是不够的……

　　我说我希望有个光亮的出口，然后有了这样的机会，一个听过我讲课的学生到电视台做了编导，她请我去做节目。

　　我没想成名成家，或者成为名人。但是我喜欢那种状态。人在舞台上，有人讲述自己的苦难，而我是那个可以点醒他的人，或者也点不醒，但是，我说的话，很多人听，他们觉得那是重要的，而且，他们的目光让我觉得我是有价值的，有存在感的，这就够了。更重要的是，跟那些年轻人在一起，他们的语言，他们身上散发出的青春气息让我觉得自己还年轻，还有活力，而不是暮气沉沉，一步一步等待死亡降临……"

　　端木这两年的电视没白上，一张嘴，就流出一条河。

　　田二芳挺着腰坐的姿势让她很不舒服，她的背往后靠住沙发背，她说："你说得没错，我就是暮气沉沉，这个家就是暮气沉沉！我幼稚地以为我和你可以暮气沉沉地过下去，却没想你半路来这么一下子……"自从端木发了离婚的那条短信起，田二芳说话的语气就总是含着讽刺。那是不自觉的。她说了不怨恨，事实上，怨恨已经充斥在她整个身体的每一个细胞里，她清除不掉。

　　"二芳，我只是觉得到了我们这个年纪，真的可以随心所欲无所惧了，我只想过几天自己想过的日子，只是这样而已……"

　　"你跟我老实说，你是不是外面有人了？是不是老房子着火，救都没得救？"二芳几乎是微笑着说了这句话，"她多大？不会比雅尔大多少吧？"

　　"我说没有你信吗？"

　　"只要你说没有，我就相信。端木，我信你信了一辈子……"二芳说这些话时有些哆嗦，心像要跳出胸口，真不如一口气上不来死掉算了。

"我没有。我就是见了外面的世界，就像一个在沙漠快要被渴死的人突然遇到湖水一样！"

"你跟我在一起，在这个家里，像是渴死的人？端木彬，你自己想出轨拜托能不找这种缺德的理由吗？"田二芳不喜欢自己这样尖刻地说话，但她没办法制止自己。

巴啦似乎是被吓着了，窜进了阳台，喵呜喵呜地叫着。那是想家了吧？两个人之间有短暂的沉默，猫的叫声格外清晰。

端木打破了沉默，他有些恼怒又有些无奈："二芳，如果你用这样的思路想问题，那我无话可说！"

"你既然坦诚了，就不妨再坦诚一点，你爱年轻的女孩子，难道真的就只是心灵交流吗？别把自己说得那么高尚，玉洁冰清的，我们都是成年人，我们的女儿也已到了谈婚论嫁的年龄！你是学心理的，走向衰老的男人想用一个姑娘青春的身体焕发第二春，不是有这样的理论吗？你不是第一个，也不是第二个，你大可以讲得再直接些。"其实，端木迷恋不迷恋年轻的身体这回事对她田二芳来说有什么意义呢？但女人就是这样，爱在一些无意义的细节上较真儿。有女人说，我宁愿他爱上的是年轻女孩的身体，精神上还是爱我的。有女人说，他精神出出轨，走走神，我都可以容忍，我要的是身体上对婚姻的忠贞。事实上，区别并无二致，对婚姻的背叛就是背叛，无论形式还是实质。女人也不过是口是心非的软体动物，总是想抓住些什么，而不是一下子失去全部。

端木彬放弃纠缠："二芳，我只能说我对不起你！我净身出户，房子、车子、家里的存款，这个家里的所有一切我都不要。只求你给我自由，我五十岁了，五十而知天命，剩下的这几十年，在我还能折腾动时，我不想虚度！"

"虚度？你第二春，当然能折腾得动，可是我的青春呢？我的青春虚度过去，我又跟谁说呢？"跟自己白头偕老不是理想而是虚度吗？田二芳的心被这两个字冻成冰块。嘴里不由得再扔一刀出去。

端木默不作声。

田二芳冷笑了一声："这个家里的一切你都不要了，那雅尔呢？雅尔你

也不要了吗?"

"雅尔?"很显然,端木彬根本没把这个已经独立生活的女儿打算在他的离婚条件内。

"光顾着自己去找湖水了,连女儿都不要了,果然是男人,自私起来,谁都没有了!"田二芳的声音里已有些颤抖。

"雅尔结婚,我不会不管。如果必要的话,咱们离婚的事,我也会跟她谈,我搬出去,让她搬回来陪陪你!"端木彬努力找出对策。

"想得真周到。自己奔向新生活,不忘了把女儿揪回来陪这个变成怨妇的前妻。端木彬,这么多年,我怎么就没看出来你存着这样一副心肠呢?"田二芳努力控制着自己的情绪,却仍然带出凄厉的刀子来。

"你刚说了离了婚也不想变仇人……"

"我说过?我说过怎么了?说过的话就都板上钉钉,白纸黑字成了合同吗?你说过的话还少吗?你说过跟我白头偕老,你说过就算我将来不能动,你也会不离不弃,那些话都是个屁吗?"谈话的氛围就此崩垮掉。二芳泪崩,她抓过一本影集,抽出一张照片一撕两半,再抽出一张,正是那张他和她都笑得灿烂的照片,她使劲撕,照片上塑着膜怎么都撕不开,他过去抢,照片成了两半,他和她手里各执一半,照片上她仍然在笑,笑得春光明媚。二芳一屁股坐下去,哭声响起。

之后的很多天两个人又陷入冷战。事实上,也只是田二芳自己在冷战。端木彬前两个晚上没回来,她会不由自主地想他和那个女孩一起吃饭时谈笑风生的样子,他们在床上缠绵的样子,她管不住自己不往那里想。后来,他回来,无声无息。

那些日子,她甚至不敢看电视,怕看到他坐在节目上侃侃而谈。她对他说的那些狗屁话不屑一顾。一个背叛了家庭背叛了婚姻的人,有什么资格给别人指点?不看电视就更寂寞,她去网上斗地主,斗得人都麻木了一样,一个人冒出来骂她,问她会不会玩,她也恼了,跟那人对骂,她说:"你个王八蛋,我就不会玩我怎么了?有本事你来枪毙我啊!"那个玩家没想到她会这么饿,骂了句神经病就退场了。她关掉电源,电脑瞬间黑掉,她很想打电话给谁哭一场,给雅尔吗?不行,不能让她知道。给大姐和小妹吗?念头一起,风助火势一般呼啦啦燃烧,她拿起了电话,按了大姐的号码，但很快她就挂断了。最近的人可能是支撑，但也可能是离你最近的看笑话的人。

这些年，自己那么清高地看着万丈红尘里为钱为生活扑腾的大姐和小妹，自己置身事外一般。家里的事但凡能不伸手就不伸手，如今，自己跌了这么大一个跤，去跟大姐小妹说，她们……

田二芳不敢想下去，她坐下来，拿着遥控器换台，她要看看自己的老公在电视里说些什么，她为什么要怕见到他？错的又不是她！巴啦在田二芳身边跳来跳去，田二芳想起没有猫粮了，要想着给它买些猫粮来。

它很寂寞吧，总是对着门叫。叫累了，找个角落趴下。田二芳起身开了听鱼罐头给它。它闻了闻，不肯吃。

田二芳没心情管它，继续在电视上寻找负心人的影子，想看偏就没有。她重启了电脑，那些节目网上都有。她搜了出来，一个一个看过去。他真是伪君子啊，他怒斥一个劈腿的男生，他说那男生不值得拥有这么好的女孩。他对一个一再容忍丈夫出轨的女人说，你这就是犯贱，你越在意他，他就越得寸进尺。看到这儿，二芳笑了，她想，自己也可以做那样犯贱的女人，她不离婚，不是她多在意他，而是她不能让他们如愿。她对着电脑屏幕上慷慨激昂的男人说："你不是急吗？那咱们慢慢来吧！"

做了决定真就轻松了下来。那一夜，她竟然睡得很香。

清晨，田二芳早早醒来，雅尔的房间里端木的旅行箱没在，应该是又出差了。拉开窗帘，清晨的阳光爽朗地撞进客厅里，更显出了这个家的空旷。

田二芳在厨房里转了一圈，什么都不想吃，拎了包出门。走到楼下才发现不过六点。既然出来了，也就不想再回去，倒是可以走走。走到一个小公园时，田二芳决定进去坐坐，这一段总是胸闷气短。这个小公园就在上班路上，她竟然很少进来过。她不知道小公园的清晨会有那么多人在跳舞，那种舞很奇怪，双臂伸出去，脚尖踮着。田二芳突然想起，自己若真是退休了，每天大块大块的时间用来干什么呢？她也会跟这里的那些老太太一样清晨或者傍晚来这里跳这种直来直去的舞或者扭秧歌吗？雅尔结婚了，她的世界里有了更重要的人，她这个老妈成了她生活里的边缘，甚至不如她一起工作的同事可以时常见面吧？这样一想，二芳不禁悲从中来。

想当年，自己姐妹仨先后嫁了，搬离了那个家，老妈一个人的日子是怎么度过的呢？那段时间，自己的世界先是被爱情占据着，后是被老公女儿占据着，自己由一个两手不沾阳春水的女孩子变成了一个勤劳能干的家庭主妇，看望老妈的次数屈指可数……

二芳的眼泪滑了下来。世界上最可悲的事是子欲养而亲不待。

二芳快步走出公园，走到单位，身上出了一层细密的汗。愉快地跟传达室的大爷打了招呼，进办公室打扫。然后同事陆续来了。二芳进了所长办公室，她在那张内退的名单上签下了自己的名字。没到下班时间，她就从单位里溜了出来，办公室里的东西她什么都没打算要。她在往菜市场去的路上，想起顾城的一句话：命运不是风，来回吹。命运是大地，走到哪儿你都在命运中。整个都是，有什么你还舍不得？

这世界上能伤害你的，只有你自己。你不愿意，谁能伤害得了你？

一个人的生活也是好生活。何况，她还有巴啦。她想起老妈从前也是这样吧，一人一猫过着日子。

女儿要吃春饼，她要好好显显自己的手艺，她微笑着指了指小香菜，问："这个多少钱？"

魏来的老师打来电话说魏来没有到学校上课时，田三蕊正在跟雇主吵架。

146平米的房子，做清洁，说好了一小时25块的，结账时，雇主挑出了一堆毛病，这儿没擦干净，那儿没打扫，田三蕊擦汗，忍着不回嘴。房子太大了，就是各处走一遍要多长时间呢？三蕊一向干活手脚麻利，即使这样，两个小时也像打仗一样。她想着，只要顺利拿到钱，听几句小话儿算什么呢？又不会缺块肉，当初做保姆培训时人老师就说了："咱是服务行业，服务行业最重要的就是态度！"

三蕊怎么也没想到自己的一忍再忍让雇主以为是软弱好欺负，胖得跟个大圆桃似的女主人趿着拖鞋扯出两张20的钱递给三蕊："就40吧，我就不向你们公司投诉了！"

三蕊一听，心里本就使劲压仍往上蹿的火苗子腾地一下就蹿出来了。得了便宜还卖乖，钱给少了不说，还不投诉了？凭什么我累死累活干完活，还落你这样一句话啊？

"那不行，说好了25的，就得25。您家这么大房子，这么多活，两小时，您再找个钟点工来，能干一半就不错了。我都没向您多要，您这还克扣我……"

"哎，你来时，说好了这些活的，也没嫌多，现在倒嫌活多了。早说30块一小时也没问题啊，我家这么大个房子，差你那十块八块吗？关键是你没给我把活干好……"

三蕊浑身无力，她说："不管怎么说，今天你要不把这10块钱给我补上，我肯定不干！"

大圆桃样的女主人倒不服气了，叉个腰："我还真就不信邪了，你不干，你能把我怎么样？"

三蕊一愣，她还真没想出要怎么样。一抬眼看到大圆桃女主人洋洋得意那副正大仙容，三蕊头脑一热，她进厨房打开水龙头哗哗接了一盆水，大圆桃女主人跟在后面吼："你要干啥？你要毁坏我家东西，我可要报警……"

三蕊一转身，女主人以为三蕊要拿水泼她，吓得赶紧躲，三蕊端着一盆水直奔客厅，水断断续续地洒，女主人跟在后面喊："你干什么？你这是干什么？"

三蕊也不吭声，两盆水洒下去，拍了拍手说："空气太干了，这活算我赠送的，10块钱给您买药吃了！"

大圆桃拉住三蕊不让走，三蕊包里的电话响了。

魏来的老师说："魏来妈，魏来今天又没来上课，今天是模拟考试，初三的时间你应该知道是个什么概念……"

老师唐僧一样吧啦吧啦说的话田三蕊都已经听不进去了，她嘴里答应着，脑子一片空白，身上的力气被抽走了一样。

魏来又没去上课，这死孩子去哪儿了？早晨走时不好好的吗？去网吧？田三蕊惊出一身汗，她说："我知道了，我回去一定收拾他。模拟卷子我去学校拿吧，我会监督他做完的。好的，好的，老师，您费心了！"

挂了电话，大圆桃还不依不饶，突然田三蕊就急了，她一把扯住雇主女主人："你住这么大的房子，你事事如意，把人使唤得跟你家丫头似的，我就是一穷命，我什么都没有，靠着一双手养活自己，养活儿子，我就活

该被欺负吗？"

女主人有点被吓着了，家里的门开了，从外面走进来一个男人，见两个女人你拉我扯，皱了眉："你们这是干什么？"

大圆桃的眉眼立刻缓和了下来，从桃太郎变成了水蜜桃："你怎么这么早就回来了？"

三蕊意识到这是这家男主人，连忙站直身子抢先一步说："您老婆使唤我干2小时活，说好了给50块钱的，给钱时非少给10块！您也是做大买卖的人，能这么不讲诚信吗？"

男人的眉头皱得更紧了，瞪了女主人一眼："赶紧给人家，闹什么闹，不怕丢人？"

说完换了鞋往屋里走，地滑，一个不小心，脚往前一滑，人跌坐在地板上。

大圆桃慌忙去扶。"摔没摔着，啊？用不用叫120？"

"神经病啊，叫120？你怎么搞的？家里一地水？"男人疼得龇牙咧嘴。女人不敢接话，把男人扶坐在沙发上，赶紧抽10块钱给田三蕊："赶紧走吧！要把我老公摔坏了，你们公司就该倒了！"

"废什么话！还不给我拿衣服换！"男人喊了一声，大圆桃一溜儿小跑着过去。

田三蕊接过钱，心想：原来在自己面前虎一样的女人，在她自己的男人面前不过是只老鼠。

出了雇主家的小区，田三蕊给魏保乐打电话，电话不通。田三蕊气得骂了一句，这一段，魏保乐也不知道一天到晚在忙什么，一个破私立学校的食堂一个月才挣三四千块，事倒没完没了。

田三蕊骑着电动车赶到家门口时，刚好看到魏来背着书包晃晃悠悠地往楼门口里走。田三蕊三步两步走过去："你去哪儿了？"

魏来眼皮也不抬一下："还能去哪儿，学校呗！"

"抬头，你再给我说一遍！"三蕊听到自己声音里无可遏制的愤怒。她在心里提醒了自己一句：冲动是魔鬼。但是，提醒有用的话，这世界上真就没有那么多事了。情感长着飞毛腿，总跑在理智前面。

魏来没有抬头，加快脚步往家里走。田三蕊一路小跑跟在后面，嘴也没闲着，唠唠叨叨说："这都什么时候了，火烧眉毛的时候，人家一天24小时还嫌不够用，你倒好，旷课，越长越出息了……"

小区里的人都在转头看这一对母子，魏来走得飞快。田三蕊跟得气喘。

进了家门，魏来换了鞋就要进自己的房间，三蕊敏捷得像一只豹子拦在儿子房间的门口，人却是喘着粗气："今天你去哪儿了？你们李老师打电话说你没上课！你不能连个解释都不给你的老妈就这样完事吧？"

魏来这回抬了头，目光直直地对上三蕊的目光，是愤怒的姿态，却半个字都没有。

"去网吧玩游戏了？"那几乎是肯定的答案，之前魏来也去过几次，那是在田三蕊怕他在家里偷着上网把网线拆了之后发生的事。三蕊却颤巍巍地说出来，巴不得儿子能够否定她并给她个合理的解释。那个合理的解释是什么，三蕊也不知道。哪怕是儿子骗一骗她，她也是宁愿的。

母亲的心不过如此。

"你怎么就这么不懂事呢？咱们这个家还有什么指望？啊？不就指望你吗？你妈被人看不起，咬着一口气苦巴苦熬地出去做钟点工挣钱，供你吃供你穿，别人家孩子有的，我跟你爸尽量都让你有。可是你爸你妈呢？你爸净拣你不穿的运动鞋穿，你再看看我这手，让洗洁精拿得一层皮一层皮往下褪，你妈给人家拼了命打扫两小时，人才给40块钱，你补一节课80，你不好好学，你对得起谁啊？"

魏来仍是那样梗着脖子像看仇人一样看着自己的老妈。他的嘴开合很小，声音却准确无误地传了出来："这是你们自己没本事，往我身上赖什么？"

现在的孩子怎么能那么冷酷那么残忍呢？他的心里到底都装了些什么，田三蕊很想掏出来看看。孩子小时候盼着长大，长大了，倒觉得不如小时候了，小时候，抱在怀里，吃上穿暖便千好万好。长大了，要吃要喝不算，还得气着你折磨着你，操不完的心。完全就是狼崽子嘛。

田三蕊一瞬间崩溃下来，手伸了出去，手起"刀"落，"啪"的一声，手与儿子脸接触的清脆响声把两个人都吓了一跳。

魏来手里的书包掉到了地板上，人像一只小兽一样窜了出去，三蕊好半天反应过来跟着跑出去时，楼道里早已没了人影。

　　三蕊转身进了家门，关上家门，人软软地坐在地板上撕心裂肺地痛哭起来。哭了好一会儿，有那么一刹那，田三蕊猛醒过来，儿子这样不管不顾地地冲出去，万一被车碰到，万一离家出走，万一碰到坏人……他还那么小……

　　她连脸上的泪都不顾擦一下立刻爬起来去打电话。打魏来的电话，要说的话她都准备好了，她要说的是："儿子，妈错了，妈不该打你，赶紧回家吧！"可是，电话里那个全国人民都很熟悉的女声说："对不起，您拨打的电话已关机！"

　　田三蕊的心慌得像要跳出来，把电话打给魏保乐，阿弥陀佛，魏保乐的电话通了。

　　"保乐，我惹大祸了……我把儿子……打跑了！"

　　平时，田三蕊咋咋呼呼，这个家里的大事小事她全说了算。但到关键时刻，女人还是会六神无主，还是需要男人做个主心骨儿。

　　魏保乐的心也忽悠一下，但他说："三蕊，你别急，我这就回去，咱小来不是那种不懂事的孩子，没事儿的！"

　　魏保乐一整天处于亢奋当中。他没想到一天眼瞅着就结束了，最坏的事情还等着他。老婆哭嚷着打电话来说儿子跑了。他的脑子蒙了一下，他劝慰了三蕊，挂了电话，心里想：儿子都那么大了，不傻不疯的，还不知道回家吗？女人家就是不经事！

　　好好的，干吗打儿子呢？魏保乐很想骂人，但他不知道自己要骂谁，三蕊是不敢骂也不能骂的，她都那么难过了，再骂她，她那脾气上来，再真出点什么事……儿子能骂吗？自己这没骂还都跑了呢？这年头，儿子比老子腰杆子要硬实，儿子的话就是圣旨，老爸老妈屁颠颠地当成圣旨去完成还怕人不高兴呢，一家一个活祖宗，谁家不这样呢？

　　今天，他跟老板，也就是那所谓的校长大吵一架。不为他自己，为菜市场上欠的那些菜钱。

　　那私立学校根本就是骗人的，不知从哪儿撺掇来的老师，也不知从哪儿招来那么多不可一世的孩子，校长更是骗功了得，什么都欠账，菜市场的钱魏保乐都欠了五位数了。学校陆续出了几件背时气的事，家长来学校闹个没完，据说有关部门也在调查学校的办学资格了。校长多少天多少天不知躲到哪个老鼠洞里避风头了。

食堂里的老孙提醒魏保乐赶紧想辙溜吧，不然，这账不得你还啊？

魏保乐心里真就那么"咯噔"一下，可不是吗？自己都半年没拿到工资了，这样往进拖，工资拿不回来也就算了，菜市场的钱再让他还，三蕊还不疯了？

那天，不知太阳从哪边出来了，魏保乐一眼看校长的车停在了学校办公楼前，魏保乐赶紧去了校长办公室，他跟校长说他得辞职。瘦得快成一道光似的烟鬼校长拿眼皮夹了一眼魏保乐，说："可以。咱这里就是自由，随时可以走！"

"那我的工资……"

"咱这儿有规定，你没提前三个月通知，只能拿一半薪水！"烟鬼校长极不耐烦。

算了，一半就一半吧。"校长，那这些票子你给签个字让财务给报了，我好还给人家！"魏保乐把菜市场买菜的单子递给了校长，这些菜是他买的，他得把账给人结清了再走，不然，他拍拍屁股一走，人菜市场上的人冲谁要钱？

烟鬼校长的目光"当"地落到魏保乐歪歪扭扭记账的那张纸上，突然拍了一下桌子："你走你的，这账要你操心吗？"

"人家是赊给我的，我当然得还给人家再走！"魏保乐知道事情不会这么顺利，但他想校长也就别扭一下，总不至于吃了人家的菜不给钱吧？

"你滚蛋就行了，这个不用你管！"烟鬼校长的目光移到电脑屏幕上，那上面是"斗地主"的牌桌。

"那不行，那些菜是我买回来的，账是我赊的，我走之前，一定把这事办利索了！人卖点菜挣点钱养家糊口呢，我不能亏了这个心。"

魏保乐坚持着。

烟鬼校长的目光再次落到魏保乐的账单上："茄子一块九毛五，鸡蛋3块？你这是买的金蛋吗？"

魏保乐一看校长这是打算耍无赖，他也就索性无赖奉陪。他一屁股坐在校长的大班桌上："这价你去菜市场买个试试，看能不能买来。我现在辞

职了，不是你的员工，吴良才，我还真就告诉你，就你这号人办学校，我呸，我魏保乐不是那种塌人台的人，不然，我向相关部门举报你一下，也叫你吃不了兜着走。今儿这事，你签了字，我拿钱还账咱没事，不然，咱且折腾着！"

"反了你了呢！"烟鬼校长打电话叫保安。只是校长未想到，他还欠着保安的工资，倒是魏保乐的食堂没亏欠着保安，魏保乐一向是好交好为的性格，再加上人实在，学校里没有不喜欢他的。所以，保安被叫来，杵在那儿并没有急于把魏保乐怎么样。倒是魏保乐来了劲头，一把揪住烟鬼校长的衣领子，烟鬼校长本就弱不禁风，魏保乐厨子出身，身大力不亏，他揪起来，又松了松手，生怕一使劲那脖子断了。

烟鬼校长"哎哎"地叫，示意保安快点"保"他，终于认清形势，便扯着嗓子说："保乐，你这是干啥？不就签个字吗，我这就签！"

魏保乐松了手，烟鬼校长捂着脖子一通咳，然后翻了半天翻出一支笔来，在那张账单上歪歪扭扭签下"吴良才"三个字。魏保乐想，家长们不知道咋想的，就冲校长这名字也不能把孩子送这儿来祸害啊！

签了字，烟鬼校长又捂脖子，抬头看魏保乐还不走，魏保乐说："你还没给财务打电话呢，吴良才，我还跟你说，别老虎不发威，拿我当病猫，我魏保乐今儿要不把这事利利索索办完离开，你的日子甭想好过。不信，你就试试！"

烟鬼校长抬着脸瞅魏保乐，突然就笑了："保乐，咱俩好歹共事一场，也不必这么绝吧！"话这样说，还是打电话给财务让给魏保乐支钱，而且，把六个月工资也都发给魏保乐。

魏保乐把钱一份一份还给菜市场那些小贩子时不忘邀功："以后啊，俺们那学校的账千万别赊了，一把一利索，这回，要不是我魏保乐，这钱谁能要回来啊！"拿到钱的小贩子们也很给魏保乐面子："那是，还是魏哥本事大，这年头，都怕横的。要不是碰上你这有信用讲义气的，我们也不敢赊啊！"

揣着六个月工资的魏保乐坐到了一家卤煮店里，要了一大份卤煮，盘算着先不跟三蕊说辞职的事，先慢慢找着工作，工资只给三蕊五个月的，留下一个月的工资零花，坐个车打个简历啥的……心里突然就有些空了。

当初来这学校做食堂采买就是为了不做厨师的。一个大男人烟熏火燎的，整天窝在饭店里，人都像一锅炖菜一样炖得没了一点精气神儿。这辈子混得，没混出一点人样儿来。不过，很快魏保乐就自我安慰了起来：比上不足，比下还有余呢！自家三口人健健康康的，有房住，没大钱也有小钱花，挺好。他正自我安慰着，电话响了，三蕊说她把儿子打跑了。这……娘们儿！

魏保乐赶紧结了账往家奔。

见到魏来一个人坐在马路边上发呆时，曹东阳正跟简丹在一起。

东阳跟简丹把断掉的弦再接上始于一周前。也就是在一周前，东阳跟于菲菲办了离婚手续。

从老妈那儿碰了一鼻子灰回来，曹东阳知道妻子于菲菲不会有什么好话。只没想到丈母娘也加入到这场数落当中来。她说："有钱有什么用？有钱不给儿女花，难不成还想带到棺材里去？"曹东阳知道自己不能接茬儿，接茬儿这事就没完没了了。丈母娘见女婿不吭声，她转头训女儿："当初我怎么跟你说的，你一重点大学的，长得又不差，找什么样的不行，找这种土鳖家里长大的，要本事没本事，要能耐没能耐，还耳根子软得跟面团似的，啥事都他妈做主，这下好，把你娶进门，还挑三拣四，这个不行那个不许的……"

东阳很想说点什么，再怎么着他这个大活人在丈母娘面前坐着呢，她也不能当着他的面就说这些不三不四的话。但他真是不知道说什么。

于菲菲回嘴顶了老妈一句："孩子都生了，现在放这马后炮有什么用？当初你不也挺赞成的吗？"

东阳终于没忍住说了句："你们当我家是有钱人那就错了。这城这么大，有钱的人家多了去了，但绝对不是我们家！"

"这你不用声明，看出来了！哪有有钱人家给孙子买台钢琴还挤牙膏似的给钱的？说出去，你不嫌丢人，我都嫌！"于菲菲很不高兴这种时候曹东阳还顶嘴。

看到于菲菲那张写满鄙夷的脸。东阳脱口而出的是："我们离婚吧！"

于菲菲愣了一下，她万万没想到离婚这话会从东阳嘴里说出来。头脑

一热，谁怕谁的精神上来了，于菲菲拍案而起："曹东阳，今儿咱们就去离，谁不离谁就是孙子！"

于菲菲有成竹在胸是因为她手里有"人质"，他们老曹家的命根子都在自己手里掐着呢，还怕他曹东阳跑了不成？

那是让于菲菲无比后悔的一个决定，后来她自己说那简直就是脑子进水泥了。

曹东阳也是一时气话，只是人被于菲菲逼到悬崖边上，还能怎么样？两个人甚至没提财产。于菲菲没提是因为她根本就没想离。东阳没提是他对自己的人生失望至极。况且，从不操心生活的人怎么会把物质摆到脑子里？

从民政局出来，于菲菲睬都没睬曹东阳趾高气昂地开车走了。倒是东阳蔫头蔫脑，十足卢瑟（失败者）的形象。

东阳突然很想简丹，自己跟简丹谈恋爱时，常常两个人吃一份面，或者两个人挑午夜场看一场电影，都觉得很幸福。可现在，别说幸福，就是一点点安宁的日子都需要用钱来买。

思念的闸门打开了，那思念像野草遇到火，风助火势，火助风威。

东阳出了门，开了车子在城里乱转。这些年，每次跟于菲菲吵架，他都是发疯了似地开着车子乱转，仿佛这样才能把自己对简丹的思念抛撒掉，四年了，自己跟于菲菲的儿子都四岁了，怎么忘记一个人就那么难呢？

记忆是件很奇怪的东西，记得或者忘掉不是按照时间顺序来决定的，谁会忘记那些如春花秋月般美好的事情呢？

现实生活里的不如意越多，他就越想念简丹和简丹带给他的最纯净的初恋。

曹东阳千不该万不该把那个在心里盘旋了无数次的电话打了过去。之前他也是跟她联系过的。他给她发短信，没回。他给她写过邮件，邮件石沉大海，无声无息。他以为她换了手机号码，他甚至去移动以给她的手机交费为名，查到那手机号的主人还是简丹。

那个晚上，离了婚的曹东阳在老妈、丈母娘、老婆的三方夹击下，脆弱得像一棵水草。他拨了四年来一次都不敢拨打的电话号码。

手机居然接通了。"喂！"是简丹的声音，她在哭。她竟然在哭。

曹东阳四肢几乎是不能动了，幸亏天晚，街上没人，他的车子往前冲了一下停住了。

"小丹，是你吗？告诉我，真的是你吗？"曹东阳人瘫软在座位上，恍然如梦。

"你还找我干什么？你过你的幸福日子就好了！"四年的时光并没隔断那缕怨恨。简丹这样说，曹东阳竟然是高兴的，这意味着她没有忘记他。

"小丹，你怎么了？为什么哭？告诉我，为什么哭？"

"我哭或者笑跟你有关系吗？曹东阳，我恨你，你给我记着，我这辈子的不幸都是拜你所赐！"电话断了。

曹东阳坐在车里愣了好一会儿，确定自己不是在做梦，她没有忘记他，她还在怨恨他，他心疼却又是快乐的，他又把电话拨了过去。这回哭的是他，他说："简丹，我不是想纠缠你，我只是想告诉你，我也恨我自己，我到今天的地步，是我罪有应得……"

接下来的时间，两人各自讲述着自己的经历，两个人捧着电话哭，手机发烫了，手机进了泪水，手机快没电了，曹东阳在手机断掉前一分钟说了自己所在的位置。说完，手机寂寂无声。

北京的夜竟然那么空旷高远。东阳走下车，深深地呼吸了几口空气，惆怅中有欣喜。

跟自己分手后，简丹迅速地嫁给了一个工科男，她原想着，既然不能嫁给爱情，那就嫁给踏实吧。当初选择工科男时，工科男身上的大男子主义还让简丹有些庆幸。"曹东阳，你就是太软弱了，什么都听你妈的。当初你要是坚决一点，哪至于……"电话那端简丹对东阳的怨怼依然。

简丹想得真的是过于简单了。婚后工科男什么家务都不干不说，脾气大还小心眼。简丹在公司里做企宣，接触的人自然不能光是女的，有时候活动晚了，有男同事顺路送简丹回家，这肯定是要大吵一架的。吵着吵着，简丹厌倦了，再回来晚了，也不解释，工科男更恼了，有一次扇了简丹一耳光。那一耳光之后，工科男道了歉。简丹也原谅了他。

但那只是个开始。工科男打简丹的理由越来越多，有时甚至不需要理由，她端着果盘过来，他伸手就给她一巴掌。有一次逛街，简丹提议说吃了饭再回来，省得那么累，回来还得做。工科男没同意，这也就算了。进

门一个巴掌就把简丹打倒在地，让她跪着，简丹跪得膝盖都没了知觉。那次之后，简丹对工科男彻底失望了。

简丹大学毕业是为了曹东阳留在这城里的。跟东阳分手后，她在这城里能依靠谁呢？打电话给千里之外哈尔滨老家的老爸老妈吗？不能。她要离婚，工科男便又下跪又写血书地求情。可下一次，还会打。东阳听得心疼死了。当初自己跟简丹处对象时，有次闹着玩手不小心打到简丹的下巴上都心疼得不得了，抓着简丹的手往自己脸上打。可是，现在心疼有什么用呢？她人生中最大的伤害不是自己给的吗？

后来，她拿了份刊有妻子不堪虐待杀死老公的报纸找了工科男的父母，她把身上的伤给他们看，她跪下哭着说：如果这样下去，结果就是一样的。工科男父母都是明白人，他们扶起简丹，逼儿子跟她离婚了。她在电话里边哭边说她终于跟工科男离婚了。可是，那男人还是来骚扰她，就在刚才，他喝醉了在外面砸门，她吓死了，报了警。东阳打电话来时，她刚从派出所回来，正在哭。她不知道明天要怎么样，她说她要回老家了，再不来这个伤心地。

曹东阳想，这就是命运吧，在她转身离开之前，他找到她。

曹东阳看到一辆出租车停在自己的车子附近，看到纤细得如一棵柳树一样的简丹在路灯下四处张望，他不知道自己怎么像炮弹一样冲出去的，他把简丹抱在怀里，紧紧地抱在怀里，就像从没失去过一样。她那么瘦，她那么无助，曹东阳从来没觉得自己这么有力量过。他要为她撑起一片天，不惜一切，他要做她的男人。他要留住她，给她幸福，很多很多的幸福。

接下来的一星期是又疯狂又美好的。

东阳先是去公司找了老爸曹金华。除了于菲菲逼迫他去跟父母要钱，他自己从没主动跟老爸要求过什么。所以，面对儿子郑重其事坐在自己对面，曹金华也不由得郑重起来。

东阳说："爸，我需要一些钱。别问干什么，也……别告诉我妈和于菲菲！"就算是离了婚，在曹东阳的脑子里，也还是畏惧菲菲。

曹金华审视着儿子，儿子长这么大，一直像只小绵羊。他甚至为这事跟老伴田大芬争吵过无数次，他嫌老伴太过宠东阳了，把一个好端端的男孩子宠成了个小宠物，这样的男人怎么在这世上立足？一儿一女相较而言，曹金华更喜欢女儿西佳，西佳有啥说啥，人也明朗得像一道彩虹。而东阳，像一片阴云，目光总是闪烁不定，总是没一点精气神。

在东阳的婚姻问题上，曹金华没有过多干预，儿子也没求助于他。他太忙，家里的事也就都交给了老伴处理。他只知道田大芬搅散了儿子的初恋。这事，他没发言，初恋成功的少之又少，儿子不坚持，也许就没到那分儿上。对于菲菲，曹金华是后来有些反感的。有钱人总是对钱更敏感些，这个儿媳妇之前太会做人，见了他这个公公总是显得格外乖巧懂事，而背后又总是让儿子来要钱。这样两面三刀的人，曹金华很看不上。他有时会想，跟了这样的女人，儿子这辈子的日子可怎么过呢？

这次，东阳越过老妈和于菲菲直接张口向他这个老爸借钱，而且不给原因，曹金华觉得儿子身上有了某种变化。他拿出一张卡推给东阳："这是我的卡，要多少，你自己取！"

东阳的眼睛有些湿，他哽咽了一下说："爸，谢谢您！"

曹金华站起来走到儿子身边，他拍了一下东阳的肩膀："爸不知道你碰到了什么事，但爸知道你不是个没分寸的孩子。你记住，无论遇到什么样的事，只要你愿意，老爸永远会给你最大支持！"

东阳的眼圈又红了。曹金华抽了纸巾递给儿子："男子汉，眼泪都是金豆子，轻易不能掉！"

东阳使劲地点了点头。转身走时，曹金华觉得年纪轻轻的儿子像个大大的感叹号。

东阳从老爸那儿出来，去租了房，买了新手机上了新号码，然后给简丹打电话。他开车帮她搬家，给了她新的手机，简丹看着东阳忙前忙后为她做这一切，鼻子一酸："曹东阳，如果4年前你能这么做，不，哪怕你有一点点决心，我怎么能忍心跟你分手呢？"

曹东阳假装没听见，他问："辞职你会不会很难过？我不能24小时守在你身边，我害怕他找到你，伤害你……"

简丹泪汪汪的大眼睛瞪着他，继而紧紧地抱住他，使劲地吻他。两个人的眼泪混在一处。

在新租的那个小房间里，东阳觉得自己真的疯了，当年两个人在校园

里偷食禁果的感觉仿佛又回来了。所不同的是，当年，简丹是羞涩被动的。现在，简丹像一枚成熟的桃子。东阳感受到她的奉迎，这样他很心疼，他不要她受委屈，哪怕是一点点也不行。他把她抱在怀里，像捧着珍宝，他告诉她，她可以像从前一样在他面前耍小性子发脾气，他会宠她。

简丹的眼泪再次汹涌而出。她亲吻着他。

东阳迷醉在心爱的女人的身体的温度中。某一刻，他想到这属于他的盛宴曾被某一个不食人间美味的猪拱过，践踏过，他的心像被针刺了一样疼。他说："小丹，我的心肝宝贝，我怎么会让人欺负你？"

他的泪流出来，她的舌尖做了清洁工，一点点吻掉泪水，那泪水苦涩，心却是甜的。身体再次纠缠在一起，失而复得的两个人，不舍得须臾分离。

人总要在现实中醒来。

于菲菲打来电话怒骂："死哪儿去了？再不回来，孩子病死了别赖我！"

曹东阳从简丹的床上起来，他对闭着眼睛躺在床上的她说："对不起！"

简丹一声不响地伸出手臂缠住他："永远别跟我说对不起，我要的不是对不起……"他重又回到床上，跟她厮磨在一起，直到她提醒："乖，快回去！"他才依依不舍穿衣。

那时，糊涂的东阳被幸福击中的东阳都没有想起自己已经不必为那个叫于菲菲的女人负责，他跟她，已解除了法律上的关系。他竟然忘了。

简丹一定要送东阳，两个人便搂着走出小区，小区外是个繁华的夜市，华灯初上，正热闹着。东阳一眼看到夜市对面的马路牙子上坐着一个穿着黑白相间的学生校服的男孩，他心里还想，跟魏来一个学校的啊，魏来就穿着这样一套校服。再往前走仔细一看，可不就是他吗？这离小姨家三站地不止吧？这钟点他不在家学习跑这儿干吗来了？

魏来也刚好看到表哥和一个漂亮得即使在这黑夜仍然像一道光一样的女孩子。

"你怎么在这儿？"曹东阳问。

"东阳哥，能请我吃点饭吗？我都一天没吃饭了！"白天混了一天网吧，魏来兜里的钱都花在网吧里了，从家里匆忙跑出来，兜里一分钱都没有。

东阳赶紧转头对简丹说："我小姨的儿子，你先回去，我带他吃点东西送他回家！"简丹懂事地使劲握了握东阳的手，转身离开。

魏来探头看简丹的背影："东阳哥，你还真挺厉害的，有这么漂亮的女朋友！"

东阳照着魏来的脑袋拍了一下："小屁孩子，说什么呢！"

"别骗我了，就你们大人那点事儿，当谁不知道啊！再说了，我都多大了，哪还是小屁孩？"魏来在表哥面前很轻松。东阳和魏来在一烧烤摊子前坐下来。魏来迫不及待地点着各种吃的东西，他说："我这人就是运气好，这时候都能遇到你！"

"你还没告诉我，你怎么不在家学习，跑这儿来混了！"

魏来还没回答，曹东阳的电话响了。他以为是于菲菲追命来的。却原来是西佳，她说："曹东阳，你快点开车来小姨家，魏来离家出走了，家里人都急疯了，正满世界找呢！"

东阳的目光扫了正狼吞虎咽吃东西的魏来两眼，他说："让大家都撤回来吧，魏来跟我在一起呢，吃完烤串，我送他回去！"

一家子的兵荒马乱就此偃旗息鼓。

东阳递给魏来一杯酸梅汁："说吧，为什么从家里跑出来？"

第三章

措手不及的爱情

晚八点，田三蕊和魏保乐还没找到魏来。他们扑到派出所，派出所说可以做失踪登记，但没法立案调查。也就是说，警察毫无帮助。

那能求助的也只是亲戚朋友了。

魏保乐瞅着三蕊："给大姐、二姐、四林他们打电话吧，没准儿……"

"魏来不会去找他们，平常这孩子都不去！"三蕊仍然不愿意联系两个姐姐。老妈过世后，姐妹那伤筋动骨的大战还是她心口上血淋淋的伤。烧头期和三期，三个姐妹都是各自去的，谁都没见谁。三蕊去时，碰上四林和袁如意。四林叫了声三姐，三蕊没理，径直离开。她下了狠心的，老妈一死，姐妹好了就往一起处一处，不好，跟陌生人就差不多了吧？虽然这样想，三蕊还是难过得要命。某一晚，她做噩梦醒了，掐醒魏保乐，她枕着他的胳膊说："这辈子，我就只有你跟魏来两个亲人了，你要是背叛了我，我就把你废了！"魏保乐打了个哈欠说："我当你这是挑逗！"三蕊却真真切切地哭了起来。

魏保乐给大姐夫曹金华打过电话，两个人私下里还约出来喝过酒，他们是"一担挑"，说老太太都走了，姐妹几个闹得扭头别棒的，这又何必呢！只是，男人可以无所谓，亲姐妹，有些东西横在那儿，要靠时间或者别的东西来消化。

但姐妹终究是姐妹，打断骨头连着筋。魏保乐家是外地的，在北京的亲戚也就是田家姐妹，比如这次，小妹家的儿子离家出走事件，魏保乐觉得此时不求助大姐、二姐她们，还求助谁呢？

"那你说怎么办？叫东阳、西佳他们帮着找找也好！这孩子没一个人过，这要是过了一夜，真就……"魏保乐觉得身体里的火呼呼着上来。嘴唇上眼瞅着就起了大水泡。

三蕊不再吭声，在儿子这件事上，姐妹之间的那点恩怨算得了什么呢？就算有再大的仇也得退居其后。换句话说，如果她们帮自己找到儿子，一切她都可以不计较了。

于是魏保乐打了电话。最先赶来的是大姐大芬。她还是一贯的风格，上来就指责："你们是怎么当爸当妈的，孩子这是什么时候，中考，人家捧还不知道怎么捧呢，你这倒好，还打上了！现在的孩子，哪个是打得的?"

三蕊哭。魏保乐一眼一眼看着大姨姐，心说：这是让你来帮找孩子的，要埋怨，还用得着你来吗？

田大芬一向是刀子嘴豆腐心，七三八四把数落的话说完，开始打电话，叫曹金华赶紧找公安局的朋友，看能否各个派出所都通报协查一下。电话间隙，大姐对魏保乐说："找几张小来的照片，最好把今天穿的什么也描述一下，他没离开过家，也不能走多远。你们别慌。"

三蕊这才想起来找魏来的照片，翻来翻去翻出一张学生医保卡，上面有魏来清清秀秀的一张照片。三蕊想了半天才想起来魏来穿的是校服走的。

袁如意问三蕊有没有魏来同学、老师的电话，田三蕊翻了包里的通讯录，找出几个电话来，袁如意一个一个给打过去。田四林跟着魏保乐出去奔网吧、车站找。

田二芳赶来时，雅尔也从公司里赶了过来。雅尔从小姨手里接过医保证，奔出去复印。二芳递了纸巾给三蕊："先别着急上火，魏来不是不懂事的孩子，他兴许就是想吓吓你，他这么大了，也不会轻易上坏人的当……"

三蕊接过了二姐递过来的纸巾，她说："都怪我太冲动了，我从没打过他。我今天心情不好，这都什么时候了，他还去网吧？我就唠叨几句，这孩子还不让说，我一冲动就动了手！"

西佳匆匆结束了一场相亲赶了过来，一进门就问："小姨，魏来有什么事你找我啊，你不知道我专能收拾他吗？没事儿，你放心，我那哥们儿你知道吧，老皮，没别的能耐，就是朋友多，那叫一三教九流，贩夫走卒，都门清着呢！"

二芳不知道外甥女口中的老皮是什么人，问了一句："西佳，这老皮是混黑社会的啊?"

西佳正在打电话，听闻二姨这样一问，捂了手机听筒说："主治医生，

这年头，甭管黑社会白社会，有病都得抬脸求大夫，比警察都好使！"

大家松下来的一口气又都提了起来，孩子丢了，找主治医生，这哪儿跟哪儿啊。

田大芬挥斥方遒打完电话，立刻做下面的吩咐："大家也别跟家干坐着，分头出去找找吧，能去哪儿，不外是常去的网吧，还有，如意，他的老师那儿同学那儿都问过了吧？再发动发动他们，让他们帮着提供提供线索！"大芬再次像马淑云过世时那样，把一切安排得井井有条。大家穿衣换鞋，正准备分头行动，西佳拿着手机"哎哎哎"地叫，她说："都回来吧，魏来这小子跟曹东阳在一起。这曹东阳也真是的，这么晚跟魏来在一起也不打个电话给小姨，哼，看他俩回来，我怎么收拾他们。"

西佳正愤愤不平，屋子里的人显然都松了一口气，大芬给曹金华打电话，电话不通，她正嘀咕着，曹金华和四林、魏保乐一起进门来，曹金华说："别着急，我都找人了，这小崽子除了不出现，出现，肯定给咱送回来！"

"不用找了，找到了！大姐夫，赶紧跟你那些朋友说声对不起！"田二芳急忙汇报情况。

孩子找到了，还没回来。一场危机就这样刚开始铺排就化解了。一时间，大家竟然都有些尴尬。西佳正接着电话，雅尔又不是很会调节气氛。还是大姐先开了腔："孩子回来，什么都别提了，中考压力大，你们要给孩子减压，别把孩子真逼出点什么事来。学习再好，也不如健健康康，平平安安来得实在！"

西佳挂了电话，正听到老妈后面的一句话。她说："那是，你看我们家，我跟曹东阳学习都不咋地，人比尔·盖茨大学没读完，还不照样钱挣得哗哗的！"

曹金华撇了撇嘴："还好意思说自己，你上学那会儿，我三天五天就被老师叫办公室去。从五年级就早恋，拦都拦不住，你说你都干了些啥，早恋让人操心，这到了该谈婚论嫁的年纪，倒剩下了，你倒给我拉回来一个姑爷啊！"

三蕊笑了，拉住西佳："就凭咱西佳这样貌，只有咱挑人的份儿，没有人挑咱的份儿！"

西佳搂着三蕊洋洋得意："还就我小姨会说话，那帮男的都是瞎的。你们不知道今天跟我相亲这位，呆头呆脑的，上来就跟我说要找范冰冰那样的，说他喜欢的女孩要漂亮有霸气HOLD得住，说他家的家产将来得交到他手上，他得找个贤内助。我直接问，那你看我像范冰冰不？我能HOLD住你家的家产不？这男的吭吭叽叽好半天说：你腿还挺长的。要不是我修养好，我一杯冰可乐泼他脸上了，我。还家产，就一修车铺子，人李嘉诚、何鸿燊那才叫家产好不好？"

雅尔笑得直咳嗽。大芬说女儿："跟你相亲的，就没一个你说好的，我就不信这世界上的烂糟男人都被你碰上了！"

"真的，我发现啊，我就是人渣吸铁石。也不知道本姑娘的气场怎么就那么足，极品男人、渣男乌泱乌泱往我面前挤，推不开搡不开的。昨天那个更有意思，在饭店吃饭，大厅里可以点歌。正吃着，突然听见音响那里传来了主持人的声音：'下面是张先生为曹西佳小姐点的歌曲，张先生祝愿曹西佳小姐幸福快乐，青春永驻'！"西佳捏着嗓子学主持人的音儿。

"这不挺好吗？"雅尔插嘴。雅尔很喜欢表姐西佳，跟她在一起，一点都不带寂寞的，光咧着嘴笑就成了。

"是啊，我跟这儿正美呢，结果，主持人停顿了五秒钟，接着说：'歌曲的名字是《可惜不是你》！'哎呀我的妈呀，真当这是《非诚勿扰》了吧！不是我就不是我吧，我二话没说，起身走人！结果就这二货还发短信说，他没别的意思，就是特别喜欢这首歌，还约我去看《蜘蛛侠》，侠个屁，哪儿凉快哪儿待着去吧！"西佳说话都像演戏，一屋子人都被她逗笑了。

那晚，魏来回来低着头，大家都安慰说："你妈兴许更年期呢，别跟她一般见识。"西佳更是揽着魏来的肩膀说："这礼拜天陪姐相亲去呗，这回姐挑个高富帅，咱狠狠宰他一顿！"

大芬掐了一下西佳："别没正事！"

魏保乐赶紧宣布，他说："明天正好周六，我请咱们全家吃顿饭。"三蕊赶紧拿眼睛白魏保乐，一激动就说胡话，请这么一大家子人吃饭怎么也得小一千，自己这得干多少小时才能挣来这一千块啊。但魏保乐话已经说出去了，自己总不能往后捎。她撑着笑脸赶紧往回圆着说："是啊，大姐、

大姐夫、二姐、四林、如意，你们把自己家的人都张罗齐了，咱们也聚聚！也不外面吃去，在家，保乐做，我打下手！"

曹金华先投了赞成票："好，你们姐妹啊，就得常聚聚，老太太走了，咱们再不往一起凑凑，这不就生疏远了吗！这礼拜你们家，下礼拜我们家。"

田三蕊特意叮嘱二姐："一定把我二姐夫叫来啊，他现在都成名人了，我净在电视里看到他！"

雅尔抬头看老妈的脸，二芳含混地答应着。

两个大男人都说了话，姐妹三人也就不便说什么了。倒是袁如意赶紧推辞："三姐，我们公司下周财务大检查，刚才还是请假出来的，让四林来吧，四林代表我！"

四林却说："我明天去上海开会，三姐，以后吧，咱吃饭的机会不有的是吗？我倒真想吃春饼了！"

三蕊沉下脸："你们忙就忙你们的，饭有什么好吃的！"

一句话顶得四林两口子有些尴尬，起身告辞。出了门，袁如意很不高兴地对四林说："你三姐是不是早更啊？怎么一说话就谁欠她八万吊那死样子！"

四林说："你知道我不愿意来，还让我来！"

袁如意"喊"了一声："她不敏感吗，我怕咱俩都不来，她再说瞧不起她！再说了，你姐，你往哪儿推呢？"

那晚躺在床上，魏保乐把六个月工资全都掏出来给了三蕊，他原本想留一个月的工资做私房钱来着，临了临了，还是没下去手。三蕊数好钱放进床头的抽屉里锁好，踮着脚跳到床上问魏保乐那校长怎么发了横财不押工资了，魏保乐的手不安分地探进三蕊的睡衣里，他说："你老公什么事办不到的？他不给，不给我就让全校的人都饿肚皮！"三蕊笑着白了魏保乐一眼，伸手去拨他的手："还有这个心思！"

"为什么没有？咱魏来这也是坏事变好事，他这不离家出走，大姐、二姐、四林两口子能齐刷刷地登咱家的门？"

"谁稀罕他们来？妈说得没错，大姐就是管八家，谁家的事她都管，来了，这一顿数落，就她有理，她什么都对！那副样子，我看着就来气，你还要请他们……哎，你都多大岁数了，还馋嘴……唔……"

42岁的三蕊仍然保持着很好的体型，虽然穿着比不上大姐的华贵，二姐的气质，但也是要腰有腰，要胸有胸，浑身散发着成熟的漂亮女人韵味，好多次带魏来出去说是母子，让人很跌破眼镜。虽然生活不事事如意，当初头脑一热没扛得住打工酒店的大厨魏保乐的忽悠嫁给了他，这些年日子过得紧巴巴，但在某些方面三蕊是满意的。

魏保乐是没出息，但他爱老婆爱家没得说。

通常这样一来，三蕊的满腹怒气就被这桃李春风给弄散了。他是没大姐夫有钱，没二姐夫有文化，但他那么棒，他的好是明珠暗藏的好，是锦衣夜行的好，这快乐只属于她一个人的，她还有什么不知足的呢？

这一晚，儿子离开又回来，一场虚惊。姐妹之间的一场争吵就此破冰。

那晚，魏保乐很满意今天自己的"外交智慧"，他说："没有过不去的火焰山，没有坐不到一个桌上的姐妹！三蕊，明天，你就瞧好吧！"

三蕊依旧闭着眼，她在幸福里。半晌，她呢喃着："我烙春饼卷土豆丝吧，上回没吃到！"

沉沉睡去前的那一刻，田三蕊依偎在老公的怀里，她说："多亏他回来了，不然，这晚上我就活不过去了……"

魏保乐亲着老婆的头发，他喜欢她洗发水里散发出来的淡淡香味。他下定决心，无论自己吃多少苦，受多少累，一定要让老婆孩子过上好日子。

就这么定了。

从小姨家出来，西佳摇着车钥匙要送雅尔跟二姨回家。二芳看了雅尔一眼，对西佳说："你送你小妹回去吧，天挺好的，我走走！"

雅尔知道老妈有心事，便让西佳回去，她陪老妈走一走。

月亮明亮得让这城市里的路灯显得很多余。

就像老公端木彬突然闹婚变让田二芳觉得很多余。

田二芳急忙收起刚刚露头的小伤感。难得跟女儿一起散散步，她不想把气氛弄坏掉。其实，她是很想问问女儿的，如果老爸老妈离婚，她会怎么想。她想女儿一定是没有那样的心理准备的，她跟他，自由恋爱，顺理成章地结婚，有了可爱懂事的女儿。床事也是如胶似漆过的。只是，两个

人都是知识分子，都懂得节制，开始时，一周三四次，后来，一个月三四次，再后来，就很随性了。说是随性，其实是偶尔，那偶尔也许是几个月，也许是半年。二芳也不太在意这些，夫妻间不都这样吗？开始时馋猫一样没完没了，后来如狼似虎，再后来没滋没味，岁数大了，连吃东西都没滋没味，何况这些。

两个人也还是好的，二芳一手打理着端木彬的生活，他穿的内裤都是她给买的。她给他买什么他穿什么，听话得很。雅尔也总说就要找个老爸这样的男友，温和，温暖，温存。什么时候起这样一个有温度的男人对自己冰冷了起来呢？

雅尔挽着老妈的胳膊，她说："妈，你有心事。"

这话雅尔不是第一次问。上回她回家吃春饼便问了田二芳这句话。女儿是敏感的，她回到家，到处看。"妈，巴啦闹不闹？我还以为小姨或者大姨得把它抱去呢，那天还想来说来着！还真是跟你回来了。哎，对，你们还真生气啊？妈，我觉得你跟大姨都有点没事找事，小姨小姨父真挺不容易的，改天我请你们吃饭吧……"她搂着巴啦，巴啦居然很温顺的。她说："巴啦，姐姐再回来给你带好吃的，你是喜欢吃猫粮呢还是喜欢吃鱼呢？鱼吧，鱼多有营养啊！"

女儿在，这个一潭死水的家就变成了活水。空气里都是活跃因子。

雅尔又有了新发现，咬着一只苹果来问："妈，这本《巨河流》上回我回来你就看到133页，怎么隔了这么久，还是133页？"她又问："妈，你的衣柜里怎么都是你自己的衣服？"她像个勤于发现的小精灵，不断地在这个家里发现不对头的地方。田二芳疲于应付。

好在，端木彬回来了。田二芳打电话叫他回来的，她说："我通知你一下，女儿回来吃晚饭！"她并没有明说让他回来还是不让他回来，主意他自己拿。

端木彬进门就喊着"我的小公主"，雅尔亲昵地搂住老爸的肩膀，她说："你赶紧交代，你是不是得罪我妈了，我看你在这个家里的痕迹越来越少了！"

端木彬急忙拿眼睛去搜索田二芳，二芳"当"回了一句："别瞅我，你闺女当福尔摩斯我也没办法。"端木彬把心放进了肚子里，这并不是一顿鸿门宴，并不是母女俩对自己的会审，他跟着女儿打哈哈："你不知道你爸成了空中飞人吗？天天早上睁开眼都得想好一会儿才知道自己在哪个城市的床上！"

雅尔笑着替老爸拉开餐桌旁的椅子："这可不是你这个教授应该做的啊！浮躁，太浮躁了！"

父女俩坐在餐桌前边吃边聊。雅尔喊老妈一起吃，二芳端了一小碟雅尔爱吃的脆萝卜咸菜坐在雅尔身边，她帮女儿卷饼，自己并不吃。

那晚，吃完饭，雅尔提议一家三口去看场电影。或者女儿真的是嗅出了两个人之间的某种味道。二芳极力拒绝，她说外面人那么多，挤什么挤。

雅尔还在做说服劝导工作，电话响了，接了电话，雅尔火急火燎地拿包往门外走，走前还不忘叮嘱老妈老爸："我就不做灯泡照亮你们的二人世界啦，老头儿老太太，不要辜负良辰美景哦！"

屋子里少了一个人，竟像是少了很多。空气硬硬的，凝固了一样。端木彬坐立不安，好一会儿觉得雅尔走远了，起身说："你也累了，早点休息，我也走了！"

猝不及防，一只抱枕摔了过来，不偏不倚正摔在端木彬的头上，抱枕滚落到地板上，端木彬的眼镜的一只腿挂在耳朵上，一缕头发落在额前，看着有点狼狈。他不吭声，低头穿鞋，田二芳猫一样敏捷地窜了过来，一脚把他的一只皮鞋踢到客厅中央。她怒视着他，像是受伤的豹子。

"你这是干什么？"端木彬无奈地低吼了一声。

"干什么？干什么你不知道？咱俩还没离婚，你凭什么就明目张胆地不回家？你这么着急，她等着你的吧？你们是不是很着急，着急我松口成全你们？"田二芳声音尖锐得像刀尖划过玻璃。这许多天，她一个人坐在这间屋子里，那些愤怒、委屈、自尊带来的自卑，种种复杂情绪折磨得她快发疯了。她退休了，却没有一个家人分担她的失落。她失去了母亲，没有一个人能抚慰她的悲伤，她的老公出轨了，她的世界一片空白。

在准备这顿晚饭时，她以为自己可以心平气和了。她以为自己所有的知识储备足以应付生活里的巨变，但还是做不到，还是没做到。

她做了一顿好饭，看着女儿与老公边吃边笑，就像什么事都没发生过一样。他怎么可以那么虚伪？他怎么可以那样若无其事？她跟他一起走过

的三十年的人生就被他那么轻轻一抹就抹掉了吗？她像只炸药桶，每时每刻都会爆炸。

女儿走了。她终于炸开了花。

他还试图用理智与知书达理那一套道德修养安抚她。他说："我们都是成年人，我们不要这样闹！"

"我就闹了怎么样呢？"田二芳抓住了端木彬的衣襟，她拼了命一样打他咬他，不管不顾。豁出一条命能怎么样呢，反正这辈子也这样了。

端木彬狼狈应付，眼镜摔碎了，衬衫被扯坏了，她犹嫌不够，冲进卧室找了剪刀出来，他以为她来索命，大惊失色："二芳，二芳，你别冲动，你真的别冲……"他看到她不是要拿剪刀剪了自己，她在剪他的衣服，那些衣服几乎是瞬间都堆在了客厅的地毯上，她的剪刀三下两下把它们变成布条，她的头发各自为政，她的脸上泪水混着执拗的表情，端木彬吓着了，他完全没有了心理专家的分析能力，他决定快点撤，他的右脚找到那只被她踢跑的鞋子，右脚刚刚落进去，他就听到她说："端木彬，今天你从这个门走出去，我就从这个窗跳下去，看咱俩谁先到地面！"说话间，她手里的剪刀剪开了一件真丝衬衫，那是他生日时她送给他的生日礼物。端木彬后背发凉，他颓然坐在沙发上，他的手捂着脸，半晌，他说："二芳，你想怎么样？"

这句把田二芳问住了。她想怎么样？他现在回来，她可以装成什么事都没发生过吗？难不成真的要成全他，潇潇洒洒签字离婚然后看着他风光无限地娶着小媳妇儿过着好日子？哪条路都走不通，田二芳说："在我想清楚之前，你必须每晚都回这个家来住，还有，不许再上电视，否则，我就去你们学校闹，去她的单位、她的家里闹。反正就是不过了，反正破罐子破摔，谁都别想好！"

"田二芳，你好歹是个知识分子，别像泼妇一样好不好？！"端木彬有些气急败坏。

田二芳抬起头，冷笑了一声："端木彬，我忘了告诉你，从今天起，我就是退休人员了，我有大把时间看着你。做死囚，是你自找的！"对的，那一刻，田二芳做了决定，反正好日子已经玩完了，那就破罐子破摔，大家都甭想好过吧！田二芳起身进雅尔房间把他的行李箱倒出来，然后开了窗，把行李箱扔了下去。端木彬一声惊呼扑了过去："你疯了，这样砸着人怎么办？"

田二芳坐回原处继续毁那些衣物："砸着人好啊，我坐牢，你们这对狗男女正好双宿双栖，你还可以控诉下这些年，你多不幸福，跟这样没素质的人过着没爱情的无性生活……"

喧腾的屋子终于回归了寂静，死一样的寂静。田二芳坐在一堆剪碎的衣服上，端木彬垂着头坐在沙发上。夜华丽袭来，一块黑布包裹了两个人。

巴啦的眼睛很亮，它或者终究是弄不明白这两个人是在演什么样的故事，它厌倦了，起身挪了个地儿，趴下，闭着眼睛，假寐。

终于，他站了起来，他说："我答应你，在你想通之前，我不离开！"

田二芳抬起头冷笑了一声："想通什么？想通你移情别恋？你别做这个梦了，咱俩不会离婚，绝对不会。"

那之后的每一天晚上，端木彬都准时回家，只是，他不跟她说话，也不吃她做的饭。她也索性不做他的饭。哪一天，他没回来，她的电话就准时打过去，她说："黄牌警告，如果十点你还不回来，那么明天你就等着上新闻吧！"

端木彬从没想过会是这样的情形。

田二芳也没想到，但走着走着，就成了猫捉老鼠的游戏，玩得有点上瘾。

那晚，月光尚好，田二芳打端木彬的电话，她问："你在哪儿呢？"

他没答，反问："你在哪儿呢？"

"我在跟女儿散步，今晚女儿回家住，我还想着，有人陪我，或者你也可以陪你想陪的人呢！"

二芳挂掉电话，雅尔笑："妈，您真逗。您还真吃我爸和外面那些小女孩的醋啊？我看过我爸录节目，工作人员都我这么大！"

"现在嫩草都爱老牛，这你还不懂啊？"

"有吗？妈，您发现什么情况了？"雅尔问。

二芳指着商场橱窗里的一件酒红色的连衣裙说："那个挺好看的，你说我穿，你爸会喜欢吗？"

其实，她心里想的是，穿着这件裙子去见"大梦方觉醒"应该不错。

　　雅尔知道老爸老妈之间是有些问题的，他们在她面前演戏。只是，她不知道他们到底出了什么问题，已经进行到什么程度，已经分居了吗？已经离婚了吗？她不敢细想，也不敢仔细追究，她只想做只鸵鸟。

　　雅尔觉得如果用一种动物来形容自己的话，鸵鸟再合适不过。在父母的关系上，她一边寻找着蛛丝马迹，一边心里自我安慰：应该是什么事都没有，是自己太过敏感了。

　　在跟段城的关系上，雅尔也在采取鸵鸟策略。她想，就像现在这样看着他微笑、沉默、得意、失落，每天能尽自己一点微小的力量为他扛下一点事，分担一点忧愁就好。

　　段城的妻子易小桥雅尔见过两回，是美人。现在街上叫声"美女"连老太太都会回头，但实际上，真能担当起"美女"这两个字的人没几个，包括电视上的那些当红明星们。女人看女人，都觉得美，那就应该八九不离十。男人的审美眼光有时的确是参差不齐。

　　易小桥绝对是经得起考验的美女，与她相比，电视上的很多做过大装修的明星们简直就是路人。应该是从小练过芭蕾吧，易小桥有种挺拔的姿态，那是天鹅的姿态。雅尔没见过那么白的人，是那种通透的白，雅尔想到糯米糍、水豆腐，抑或是诗人笔下的卷起千堆雪。眉眼更是秋水横波，莞尔一笑也动人。这世界总是有一些东西让你觉得不公平。从小到大，雅尔也是一路被赞为美女走过来的，可是，在情敌易小桥面前，端木雅尔觉得自己简直就是个粗鄙的使唤丫头。

　　那样的美人儿，女人见了都嫉妒，男人又怎么会不喜欢呢？雅尔也终于明白那段日子段城为什么眉头深锁，雅尔很想知道，他曾经把自己和易小桥放在同一个天平上衡量过吗？哪怕衡量过，他选择了易小桥，雅尔心里也有了一点点安慰。女人总是这样，一步步往后退，给自己找个借口，给那个混蛋男人找着理由。

　　蜜月归来，段城携新婚妻子一同请公司同事吃饭。易小桥轻言细语地感谢大家跟段城一起创业，说完，一仰头，一杯酒一饮而尽。

　　雅尔注意到段城的目光一直转绕着易小桥，那目光里是浓浓的爱意。

　　同事起哄让段总讲恋爱史。

　　段城磨磨叽叽不肯讲，倒是易小桥大方，讲在国外留学时，段城在她父母开的中国餐馆里打工，他总是打破碗，老爸要付钱让他走人时，易小桥见了，她说："也不知道怎么搞的，我的心就那么怦怦怦狂跳了几下，结果当着我老爸的面我就拉过他的胳膊说，爸爸，他是我男朋友，我一直想介绍给你的。"她老爸当时有点蒙，老段还以为她学雷锋做好事，事后一个劲谢谢她，她说："谢什么呀，我真的是看上你了，I LOVE YOU！"

雅尔看了一眼段城，段城低着头在笑，手跟易小桥的手紧紧地扣在一起。

"你们不知道啊，老段那脸红得跟关公似的。他不主动我主动啊，我喜欢腼腆的男孩子，在座的姑娘们，我给你们做榜样，见着 Mr. Right 就往上冲，千万别让！"易小桥冲段城莞尔一笑："他啊，总说我是女人外表下藏着一颗爷们儿的心。那又怎么了，我幸福就行啦！"

段城笑了，说："你把我这个老板说得这么无能，他们都该不听我的造反了！"

"温柔的男人才最有力量，你们说是不是？"易小桥明眸善睐，巧笑嫣然。一班同事很快就被她迷住了。

雅尔的绝望锥心透骨，索性就粗鄙起来，挽起袖子跟男同事拼酒，易小桥给雅尔倒酒时，很贴心地说："别跟他们一样喝，这酒后上头，喝多了，明早会头疼！"雅尔冲她轻轻地笑了，然后说："嫂子，你可真漂亮！"易小桥拍了雅尔一下："你才好看呢，我还跟老段说，怎么让那么漂亮的姑娘跟你们做驴友，皮肤粗糙了，看人老公不来找你们！"

雅尔笑，笑得像个傻瓜，一仰头一杯酒又喝了下去，全然不顾自己根本不能喝酒的事实。她的脸上已出现了一片一片的红疹子。

段城拦下了那些酒，他说："雅尔不能喝了，咱们也散了吧！"雅尔还逞能，杯子却被段城抢了过去。他安排一男同事送她回家，雅尔不肯，把手机递给同事，说："找黎……黎明朗，让他……让他来接我！"

易小桥从雅尔同事手里接过手机，说："这是男朋友吧？"雅尔不回答，趴在桌子上一动不动。易小桥把电话打过去，很快，黎明朗就过来了。

黎明朗一米八七的个子，人长得也很明朗阳光。段城暗自打量着他，易小桥小声说："我就说雅尔的男朋友差不了嘛！"

黎明朗扶着雅尔问："怎么喝得这么多？"他抬头冲大家很抱歉地说：

"麻烦帮忙叫下救护车，她酒精过敏！"

大家这才注意到雅尔的脖子、手都已经红通通的一片了。

那天夜里，雅尔在医院里，黎明朗守了她整整一夜。

早晨醒过来时，黎明朗刚好买了粥回来，他说："你还真够可以的，暗恋人家灌醉自己！"

"闭嘴！"雅尔的头像被一根铁丝横穿着，说话都疼。

每个人总会在一个人面前说话做事无所忌惮，像个任性的孩子，黎明朗就是端木雅尔的那个人。他是雅尔的树洞，开始是在网上，继而见了面，成了现实生活里的朋友。雅尔所有的高兴、不高兴都说给他听。而他，也自觉自愿地承担起树洞的职责，给雅尔出谋划策。

雅尔暗恋段城，黎明朗说："这都什么时代了，还暗恋，男追女，隔座山，女追男，隔层纸，你就放马过去，摆明了跟他说，行就行，不行拉倒呗，这世界上又不是他一个男人！"雅尔说那不是她的风格，黎明朗损她："那你的风格就是暗恋人家，拼死拼活鞍前马后地为他服务？"

雅尔瞪黎明朗："那就不兴他爱上我？"

"你还真不了解男人，男人要爱早就爱了，怎么能等到这时候？"

"那你呢？咱俩怎么就关系这么纯洁呢，网上时还暧昧了一下下，怎么到了现实里，就完全是死胡同了呢？你为什么看不上我啊？"雅尔没喝酒，却装疯卖傻。

"别勾引我，我跟你说，我这人立场不坚定！"黎明朗半真半假。

"喊，你刚刚还说我不了解男人，还说男人要爱早爱了。咱俩认识这么长时间，你要喜欢我，还不早就喜欢了！"雅尔心情如灰。

很多事还真就很难说，不知不觉挺好的两个人就一路奔着蓝颜红颜去了。

段城结了婚，黎明朗劝雅尔赶紧脱身，越快越好。他说："你总不会是想当第三者破坏人家家庭吧？"这话严重了，因为这句话，雅尔半个月没理黎明朗。黎明朗亲自上门炒了两道好菜，雅尔才算作罢。

她也想过，其实黎明朗是个不错的人选。长得不差，人品不差，工作不差，可两个人怎么就处成了兄弟姐妹呢？雅尔想过，如果黎明朗出现在段城前面，自己或许可能爱上他。只是晚一步，一切都变了另外的模样。

她把这感觉跟西佳说过，西佳说："这太可能了，这个世界上，有时候吧，我们是死心眼，其实爱情和婚姻从来都不是一元一次方程，只有唯一的一个解，只是我们死心眼，认死理，以为除了这个人，再没幸福！就像老皮，除了丑点吧，特适合当老公，其实丑也是老公的合适条件之一，你想啊，他丑，别人看着恶心，我看着欢喜，多省心。但是呢，我跟他就是不来电！倒是那个王八蛋，伤得我死了一回似的，却怎么都忘不掉……"

老皮雅尔见过，的确是丑得很有风格，不过，说话很幽默，跟他在一起，笑得腮帮子都酸，跟风趣的西佳是挺合适的一对，但西佳视觉系，死活要找帅的。雅尔倒不在意男人的长相，只要感觉对……西佳瞎出主意："要不这样，我把老皮介绍给你，你把黎明朗介绍给我！"

雅尔瞪大眼睛："咱俩这是在做交换吗？"西佳哈哈大笑："不舍得了吧？妹，你对他有意思啊！"

每次黎明朗损雅尔，雅尔都很生气，是真的生气，黎明朗简直就是传说中的腹黑男啊，自己当初怎么就选了这么样一个人做朋友呢，明明是损友嘛。但每每有心事，除了西佳，她又都会对他说。

她所有丢脸的事他都知道。

就像这次，在暗恋的人的新婚答谢宴上醉得一塌糊涂，这事儿够他嚼很长一段时间了。想想雅尔就沮丧。

雅尔让黎明朗闭嘴，黎明朗才不会闭嘴，他说："长本事了，还喝酒，你还怕你那小心思别人看不出来啊？要我是段城，我也选他那小媳妇儿，长得真叫一漂亮！"

"你去死吧！"雅尔伸手想抓点什么打黎明朗，却什么都没找到，头疼得厉害。

"头疼吧？躺好，我给你按摩按摩！"

雅尔不再犟下去了，乖乖躺好，黎明朗的手在雅尔太阳穴上轻轻揉，他的手指纤长，在雅尔的额头上，像弹钢琴。雅尔见过他画图，那么复杂的图，在他的手里却像是画画一般，很神奇。

"你啊，就是逞能，干吗把自己弄得苦哈哈的啊，你又不是苦菜花。"黎明朗仍然不忘唠叨。

"《大话西游》怎么还不重拍呢？"雅尔闭着眼问。

"怎么了，想看《大话西游》？"

"我是想，如果重拍，我可以替你报名去演唐僧！"

二姨和雅尔没让西佳送，西佳便想着晚上还可以约到谁，她可不想这么早回家听老妈进行婚恋教育。正好老皮的电话打进来，他说："曹同学，能否友情提供一下您老人家的肩膀！"

"怎么啦，又失恋了？"

西佳在"忆难忘"见到老皮，老皮哭丧着一张脸，西佳在他面前停留了两秒钟，哈哈大笑起来："请问你穿成这样，是对这社会有什么不满吗？"

一向是一身运动休闲装扮的老皮，这回整了一身西装配一大背头，头发还整得油汪汪的。

"小咪去加拿大了！"老皮有气无力地说。

西佳一屁股坐下去，拍了一下老皮的肩膀说："行啊，哥们儿，咱俩合伙开一托福或者雅思培训班吧？你这成功率挺高啊，三任女友，个个出国走人，你说说，你是出国培训班还是把人逼得在咱中国都没法待下去了？"

老皮坐直身体："喂，曹西佳，你相亲失败时，我可是从没打击过你！做人要厚道！"

"嘁，那是我没给你打击我的机会。我这样智慧与美貌并重的姑娘，相亲失败，那是你们男人的悲哀啊，他们没有看透和氏璧的眼光，那怨谁呢？可你呢，你失恋，那是顺理成章的啊，你想啊，你这样的都找到漂亮姑娘结婚了，我们女同胞得多心灰意冷前途惨淡啊！"

西佳坐下来要啤酒，一瓶啤酒下肚，她有了主意："要不，咱俩联手上《非诚勿扰》吧。"

"咦，咱俩联手？还上那节目丢人现眼干吗啊？咱现在牵手不就完了吗？"老皮眨巴着他的小眼睛美滋滋地说。

"刚还说做人要厚道，你这是厚道吗？人小咪刚走，你就打我主意，再说了，咱俩认识的时间都快赶上我跟曹东阳认识的时间久了，你下得去手吗？我承认我智慧与美貌并重，这世界上像我这样的女孩就是打一灯笼瞪大眼睛找还得看运气……"

老皮举手求饶："我说大姐，您行行好吧，我这送机伤心，忙活一天了，刚吃了点东西，您别让我再吐出来！"

西佳还沉浸在她自己的说话状态里："我这样的往台上一站，心动女生的位置就没别人的了，全国未婚男青年乌泱乌泱往南京涌啊，那收视率噌噌往上蹿……另外23个女嘉宾都成了摆设，每个男的都是特意为我来的！"

老皮的手覆在西佳的额头上。

"不发烧啊，我说，你横空出世，没准儿能红！"

"嘁，你就不能让我做做梦啊！扫兴。那你说，我要在台上站个溜够，打扮得美美的，深情款款地说，我来了，你在哪儿，等半天，还没人为我而来，咋办？"

"明白了，我就扮一高富帅整一特浪漫的景儿上台把你牵下来！"

西佳"噗"地把喝进嘴里的啤酒喷了出来，她笑了半天说："就你……都快成屌丝形象代言人了，还高富帅，我的妈呀，你这是跟鲁迅学的吧，学会反语了！"

"那我就没招了，你说咋整！"

"嗯，你还是别去了，我要不真以身救你，估计你就被女孩们给灭了。至于我嘛，没事啊，没人牵手，我就揣兜，再不然，我就混成这节目的老人，黄涵老师老了，我坐乐嘉身边！"

这回笑得喘不上气来的是老皮，他竖起大拇指说："有志气，有理想，佩服，佩服！"

西佳跟老皮在一起，东拉西扯时间就混过去了。混着混着西佳就喝多了。喝多了的西佳挺没酒品的，她开始哭："你说我怎么了我？再过几个月就七夕了，人织女还有个牛郎陪着呢，我孤孤单单一个人，我招谁惹谁了，我就想结个婚，我怎么了？"

老皮抢西佳的杯子："这不是我失恋吗？哭也应该是我哭啊？"

"老皮，我想东子了！"西佳松开啤酒瓶，人歪倒在老皮身上哭了起来。

"都这么久了，人都结婚了，你还想他干什么？"老皮除了怜惜，没了别的话。

想当年，西佳、东子、老皮野马一样在这城中尽情地撒欢玩耍。后来，东子和西佳谈了恋爱，老皮成了全程见证者。老皮见证了像雾像雨又像风，见证了春花秋月都比不了你最好，当然也见证了郎心似铁一去不回

头。老皮心里不是没失落，可是，任谁看都是觉得东子跟西佳是天造地设，西佳跟自己是美女与野兽，老皮只有祝福的份儿。只没想到，王子与公主并没有从此过着平安幸福的生活。

东子跟一富家女认识八天闪婚了。直到他们把证都领到手，西佳才知道。而那时，西佳刚知道她怀了东子的孩子，还跟老皮商量着给东子一个惊喜，然后逼老爸老妈赶紧给他们办婚礼呢！突然东子来了这一手，西佳的天都塌了下来。

当年，为了东子抛弃西佳，老皮去打了东子。东子抹抹嘴角的血说："老皮，你别那么虚伪，来指责我，你心里不定怎么高兴呢，说真的，你应该感谢我。我是你的大恩人，你不一直都喜欢曹西佳吗？我离开，你补上！"为了东子这句话，老皮又给了东子一拳，就是这一拳让东子在医院躺了一个月，而老皮在派出所里蹲了15天，两个人从此割袍断义老死不相往来。

西佳打掉肚子里的孩子，大病一场，病愈之后向所有的亲人朋友宣布：把你们手里的优质男都介绍给我吧，我曹西佳就不相信找不到一个比那个王九段减王一段的王八蛋好的。我要幸福给他看。

老皮差点掉下眼泪来，他知道西佳是怀着怎样凛冽如刀的心情说出这番话的。他拥着西佳说："咱不用幸福给谁看，你幸福就好！真的，你幸福，比什么都重要！"后来西佳很多次对老皮"刑讯逼供"："你说那话是不是爱我？你就说次实话呗！"老皮说："你看你看，你这样无赖。"

那之后，西佳一次次相亲，一次次失败，老皮陪在她身边。每次听她眉飞色舞地讲相亲遇到的极品男，老皮都会安慰她："别着急，你的 Mr. Right 正在路上！"西佳会神色黯然地说："我见到他，先踹他两脚，谁叫他走得那么慢，让我吃这么多苦的！"

"或许他迷了路！"老皮唯一能做的也就是陪在她身边。

老皮有了女朋友，西佳便自动消失，这让老皮心里很不好受，他主动联系她，他说："你跟那王八蛋在一起时，我不照跟不误当电灯泡吗？我都没嫌你亮，你跑什么啊？"西佳假装不在乎地说："你太把自己当上帝了。我这么漂亮一姑娘，想约我的帅哥从长安街排到东四环，以前要不是怕你人难看没人陪，我好心做公益，我能跟你混吗？现在好歹有一傻姑娘接手你了，我还不有多远滚多远啊！"

老皮听着电话站在西佳的卧室门口，西佳蓬头垢面地拿着电话正跟自己侃。"我是来看从长安街到东四环的帅哥的，我还想着找交警朋友来帮忙疏导交通……还真吹牛不上税！"

西佳继续嘴硬："一看你就是一文盲，连夸张手法都不知道。我这不正准备打扮着约会去嘛，我跟你说，我相亲遇到一华尔街高富帅，那人长得跟金城武似的……喂，你别用这目光看我行不，好看也不能这么看啊！"

老皮一直没告诉西佳的是，他的每一任伤心离去的女友告诉他的一个事实是，你喜欢那个曹西佳你就跟人说啊，何苦这样挂羊头卖狗肉，拿我打碴儿呢！

那天，西佳喝得大醉，说想东子了。老皮抱着西佳无比怜惜，他说："我帮你报名去相亲节目，西佳，找一个爱你的人嫁了吧！"

老皮把西佳送回家，给他们开门的是西佳的双胞胎哥哥曹东阳。东阳比西佳早到这世界上三分钟，便成了哥哥。只是西佳不认，从小到大都直呼其名，从不管他叫哥哥。

曹东阳跟老皮一起下楼，老皮以警察的职业敏感发现东阳的脖颈处有几道抓痕，他人也是颓废无力的样子。他问了句："没事吧？"曹东阳费力地挤出一点笑容："没事儿！"

曹东阳当然有事儿。事儿还不小。

东阳并不是个坏男人，相反，他的内心太过柔软，所以，面对于菲菲与儿子曹操时，曹东阳的心里是愧疚的。

他把魏来送到小姨那儿再赶回家时，家里空无一人。打电话给于菲菲，于菲菲的愤怒像是要把电话给炸掉。她说你们曹家人还有人味吗？孩子发烧快死了，连个人问都没有，这会儿打电话来了，早干什么去了？

曹东阳耐下性子问孩子在哪儿，他这就过去。于菲菲哭了起来："在急救室，你是打算过来看最后一眼吗？"

东阳心里一惊。自己光顾着跟简丹的风花雪月了，他忘了自己还是个父亲。一路上心里悔得要命，心里一再骂自己，如果儿子真有三长两短，自己可以原谅自己吗？

急救室门外，曹东阳一出现，于菲菲像头母狮子一样冲过来，揪住东

阳的头发就打。东阳在躲闪之间，看到丈母娘冰冷的目光。急救室的门开了，护士出来训斥："打什么打？这是打架的地方吗？有你们这样的父母，难怪把孩子弄成这样！"

于菲菲松了手，东阳奔到护士跟前问孩子怎么样，护士说："急性肺炎，晚来一点，后果你们自己想吧，这时间还有空打架，真够行的！"

于菲菲撕心裂肺地哭了起来。东阳浑身无力地倚住墙，手机响起来，他看了一眼，是简丹，犹豫了一下，他关掉了手机，他暗暗发誓，如果老天爷保佑儿子没事，他一定全心全力做个好父亲。这样一想，心也是被刀剜了一样疼。自己这才勇敢地想选择自己想要的生活，老天爷就要这样惩罚自己吗？

他看了一眼伤心欲绝的于菲菲，觉出她强悍之下的可怜来，他走过去抱住于菲菲，说："一定会没事的！"那一刻，面对着急救室里的孩子，他们只能结成同盟，彼此相依。

急救室的灯灭了，孩子被推出来。两个人连同姥姥扑过去，孩子没事儿了。丈母娘瞪了东阳一眼："还杵这儿干啥？还不回家拿钱去，还有孩子住院的东西！"

东阳"哦"了一声，转身跑出去。车子在街上转了两圈儿才想起还是得回父母那儿，自己根本不知道拿些什么。

进了父母家，不知怎么东阳就哭了起来。手捂着头呜呜唧唧哭得像个孩子。宝贝儿子进门就掉眼泪，再一看脖子上的抓痕，田大芬立刻就疯了。

"于菲菲挠的？太过分了！"她转身就抓电话，东阳跪到了地上，泣不成声："妈，您别闹了，曹操住院了，刚刚从急救室出来！"

田大芬一屁股坐在沙发上："孩子怎么了？我就说不能让你们带孩子，偏跟我对着干，这下好……"

"妈，您能不能听我说说！"

这许多年，东阳都在听老妈的，言听计从。他几乎没给自己做过主，小到买什么样的衣服，大到高考选择什么样的专业，他从来没按自己的意愿选择过。甚至，渐渐地，他也不清楚自己的真实意愿到底是什么，反正不用他操心，一切就OK了。西佳问过他："人都有青春叛逆期，你怎么连个波纹都没有？"

有个那么强悍的老妈，在外面还管八家，号称是奥巴马，管着全世界的事，何况是对自己的宝贝儿子。曹东阳是很认命的，况且，他还没觉出来这有什么不好。

　　直到遇到简丹。爱情如春天的山花般清新绽放，那是他的初恋，美好得让他觉得自己平庸的人生有了光彩。

　　"五一"，两人携手同游杭州，乌镇的小旅馆爆满，他和她只找到一个单人间。她说没事，怎么样还不将就一晚。晚上，他抱着被子往地板上铺时，她拉住了被角，她说："地上多潮啊！"

　　他的脸涨得通红，简丹咯咯咯地笑，他捉住她的手："让你笑，让你笑！"两个人跌倒在小小的单人床上。东阳的指尖碰到简丹的胸，那竟然是棉花团一样软，让人不舍得放开。简丹握着他的手，他的手便成了停靠在岸的船，他的手是大船，她的手是小船，小船牵引着大船游进了港湾。他不知道，爱情竟是那样浓烈得如同泼了油彩的一幅油画。

　　唇亦变成一叶轻舟，他的心忽而云霄忽而谷底。她亦是不懂的，两个乖孩子像在实验室里做实验，手忙脚乱，却又意醉神迷。终于，柔软包裹了坚硬，他成了男人，她成为女人，他把她拥在怀里，说："怎么可以这么好？"

　　接下来的几天，乌镇与西溪的景致都成了模糊的背景，东阳变成了小孩子，他时时刻刻要牵住简丹的手。在回北京的飞机上，他的眼睛一眨不眨地看着她，他说："如果可以把你变小揣在兜里带回家该有多好！"

　　简丹捏着他的鼻子叫傻瓜。

　　于是她变成了他人生的第一个秘密，他像得了好吃的东西不敢一下子全吃掉的小男孩一样，小心翼翼地藏着这个秘密。但这怎么能逃得过老妈的法眼呢？有位作家也说过了，这世界上最不能隐藏的就是打喷嚏和爱情。一向那么蔫那么宅的东阳一趟乌镇回来突然明媚多话又总往外跑，田大芬用脚后跟都能想出发生了什么。

　　三句两句套出了实情，女孩家在外地，大学毕业后人在一家小公司做企划宣传。东阳看到田大芬皱了皱眉，他说："妈，您见见她吧，您肯定会相中她的，她特别漂亮特别好！"

　　田大芬心里冷笑了一声，特别漂亮特别好，谁恋爱时，不都是蒙了眼

睛的瞎子没了脑子的傻子？她说："带回来给妈看看吧！"

于是，简丹进了曹家的门。曹金华本来在家的，儿子与女友没进门前，承包的工程出了点状况，临时走掉了。西佳跟朋友去黑河玩了。这倒很如田大芬的意，她根本没把儿子眼里"特别漂亮特别好"的女孩放在眼里，既然不能成，有什么见家里其他人的必要？

那天，简丹穿了条淡黄色单肩连衣裙，本来是没想穿丝袜的，但在出门前想了想，还是把丝袜穿上了。平常披着的一头长发还是束成了马尾。

简丹提着买来的果篮和鲜花，不想一进门，东阳把花递给老妈，田大芬立刻皱着眉头喊："快扔出去，你不知道我闻不得百合的味儿啊？"东阳有些愣，平常西佳捧着一束一束的花回来，没听说老妈对百合花的味道过敏啊？

简丹红了脸："阿姨，对不起，我不知道您不喜欢这味道……"她转身，把那束开得热闹娇艳的花放在了门外的角落里。

"进来吧！"田大芬扔给了简丹一双拖鞋。简丹的脚刚要往里伸，田大芬又扔了一句话过来："把袜子脱掉吧，外面灰大，怪脏的！"

简丹一下子僵在那儿，继而眼泪都要掉下来了："阿姨，我这是新换的，干净的……"她的目光找到东阳的目光，她期待着东阳说："脏什么脏，穿着就行！"可是东阳却像求老妈一样说："妈——"

田大芬已转身进了客厅。简丹站那儿足足五秒钟，然后脱了丝袜，进了客厅。

田大芬埋怨着东阳，带女朋友回来也不买点蛋糕和水果回来。东阳急忙说："妈，小丹买了果篮……"田大芬想都没想说："咱家什么时候吃过果篮里的水果？喏，去咱们常去的那家水果店买几只澳芒，还要一只榴莲，哦，对了，有红提也称一点，小丹，你喜欢吃什么蛋糕，让东阳买回来！"

"不用了，阿姨，真的不用！"不论简丹怎么推辞，东阳还是被老妈支了出去。简丹很快明白田大芬的用意。

田大芬的"盘查"是全方位的。父母在什么地方上班，工资多少，有什么病吗？爷爷奶奶姥姥姥爷还在吗？用负担养老吗？林林总总的问题都得到了答案后，田大芬做了总结陈词，她说："我们家的条件你也看到了，就算不看家庭条件，东阳个人的条件也是数一数二的，名牌大学毕业，公司高管，人长得一表人才，喜欢东阳的女孩子多了去了，他挑上你，是你的运气，但是，运气谈谈恋爱还可以，真要是走进了婚姻，很多事，你们不会考虑，我这个当妈的就不能不考虑。首先是两个家庭的文化背景，东阳从小娇生惯养，没吃过苦，没操过心，长这么大，连只袜子连个内裤都没洗过，我相信你很能干，小户人家出来的女孩子都很能干，但是，你跟东阳的价值观相差会很大，东阳可以眼都不眨买一双几千块的限量版运动鞋，你可以吗？哈尔滨虽说是个省会城市，但是跟北京比……还有，你们东北人大葱大酱的，我们家也不习惯，那大酱别说吃，光看看就够恶心的了……"

简丹的心一点点变凉，她不明白自己就是爱上了一个男人，为什么要受这样的屈辱？她含着眼泪站了起来，她说："阿姨，我承认东阳是很优秀，你们家的环境也的确不错，但这在我眼里，抵不上我的喜欢。我喜欢的是东阳的单纯，当然，他的家境，他的生活背景都是我没法选择的。如果可以选择，我宁愿他跟我一样普通，一样靠自己努力打拼攒钱买房子买车，阿姨，我不知道您怎么想我，但您今天说的话我听明白了，附加太多条件给我们的爱情，我想，我也承受不起！不好意思！"简丹站在门边，一点一点把丝袜穿上，走出门时，看到那束委屈的墙角的百合，她弯身拾起它，捧着走进电梯里。

那天东阳回来，简丹已经走了。东阳问老妈发生了什么，田大芬只是很慢地剥芒果皮，轻言慢语地说："她不适合你，别浪费时间了！"

"你怎么知道不适合？又不是你谈恋爱？"那是东阳第一次顶撞田大芬。田大芬更坚定了自己的决定是正确的。一个能让自己的儿子失去理智的姑娘，能好到哪儿去？况且那姑娘表面上文文静静，骨头却硬着呢！

东阳疯了一样打简丹的电话，电话不通。

曹东阳在简丹的出租房外站了一夜，简丹出来，眼睛肿成了只桃子，她说她实在没信心跟这样的婆婆相处，她问东阳能否跟她回老家，哪怕一两年再回北京也好……东阳沉默了，简丹失望地提出了最后的要求："那就跟你妈说清楚，结婚后咱们不一起住！"东阳赶紧点头，可是，田大芬没给简丹和东阳机会，她去了简丹的公司，当着简丹的同事笑呵呵地说："做人

不能太无耻，我儿子明明有女朋友了，你还横插一杠子，想怎么样啊！"简丹的脸像被人狠狠抽了一巴掌，她抓起电话问曹东阳，她说："你什么时候有女朋友的，我怎么不知道？"话一说出去，简丹明白了这不过是田大芬的计策。简丹想过争来着，她想用爱情的力量把东阳争取过来，可是，东阳把老妈说的话都说给简丹听，再把简丹说过的话都说给老妈听，两下里谁都觉得对方是敌人，东阳就是那个要守住的阵地。简丹的哭诉越来越多，终于东阳也变得不耐烦。

自然就有了胜负。

简丹一场恋爱谈得遍体鳞伤。她跟东阳说："你斗不过你妈，不，我说错了，妈宝，这个词你听说过没有？你根本就是你妈怀里的宝贝。我在这城里无依无靠，我需要的是一个能给我遮风挡雨的男人，这个人不是你！你还没长大，放了我吧！"那天，东阳抱着简丹大哭一场，他觉得他的世界都染上了黄昏的颜色。

跟简丹分手后，东阳发誓这辈子不再结婚了。田大芬轻蔑地笑了笑："开始时，谁不是这么说的，过不了多少天，人就变了！"

于菲菲开始出入曹家。西佳跟东阳说那是老妈选定的准媳妇。东阳瞟都没瞟她一眼，她说话的声音太过尖利，她的个子也太高了些，还有，她对什么事情都有一大套看法，东阳不喜欢，但是滴水穿石，慢慢地，东阳也便把老妈的话听到了耳朵里，既然不能娶自己爱的人，娶谁还不是都一样。既然一定要过老妈这一关，于菲菲就于菲菲吧。

曹东阳跟于菲菲结婚前的那个晚上，他一个人喝得烂醉。一路走下来，儿子都有了，偶尔，曹东阳一觉醒来，看到躺在身边的于菲菲，会觉得恍惚，有种不真实感。他痛彻心扉爱的女人在哪儿呢？他不敢问不敢打听，他没有任何感觉的女人却睡在自己身边，他们一起生活，一起打理着这个叫家的地方。

如果这样安静过下去也行，就这，也没办法做到。

就算娶了老妈满意的媳妇，婚后的婆媳大战也没能避免。东阳常常觉得人生过得灰扑扑的没意思，自己才三十岁，便老气横秋的，他做的事既没称了老妈的心也没如了妻子的意，他在夹缝里快要窒息了，像在小河沟里缺水缺氧濒死的鱼一样。

然后，那一晚，他找到了简丹，失而复得，鸳梦重温的滋味好过一直在一起一千倍一万倍。

　　那一周的好日子让曹东阳觉得自己活了过来。他想：他再也不能失去简丹了，再也不能了。也许真是老天爷可怜他，在他再次遇上她之前，把婚离了。

　　可是孩子病了，孩子一病，他又动摇了，软弱了，他是个父亲。

　　他跪在老妈面前，一把鼻涕一把泪把这些话说了出来。他说："妈，您知道吗，人家说得好听叫我是妈宝，不好听就是窝囊废。您说我是公司高管？我管什么了？我在我爸的公司里，上上下下表面上对我恭敬，背地里没人把我说的话当回事！我三十岁了，我活在你们两个女人，不，加上我丈母娘三个女人的唾沫星子里，您说我活着有意思吗？"

　　田大芬有些蒙。这些年，自己苦巴苦熬为这个儿子殚精竭虑不就是想让他过好日子吗？自己的确是挑走眼了，给东阳找了那样厉害得跟刀锋似的媳妇儿于菲菲，可是，谁能一眼把人看到底呢？现在，儿子跟前女友简丹又勾搭上了，这可如何是好？看这样子，儿子这是铁了心，那简丹离了婚，抓住东阳这根稻草，就算她再长袖善舞，估计也很难轻易让他们断掉……

　　她说："儿子，妈没别的，只是希望你过得幸福。现在最重要的是把孩子的病治好，至于你跟菲菲能不能过下去，或者你跟简丹要怎样，这事容我想想，妈不会坑你的，这点你要相信妈！"浑身燥热，田大芬的更年期症状总是时有时无，挥之不去似的。

　　"妈，我跟于菲菲把婚离了！我们离了婚了！"

　　田大芬简直是傻在那里，什么？他们小两口不声不响把婚离了？这哪行，不行，绝对不行。

　　"东阳，你听妈说……"话还没说完，门开了，老皮把喝得酩酊大醉的西佳送了回来。西佳进了家门嘴里还在喊："老皮，你给我告诉那王八蛋，我想他了，让他给老娘滚出来，他说闪婚就闪婚啊！"

　　"想什么想，犯贱吧，你！"田大芬骂女儿。

　　老皮赔着笑脸给田大芬："阿姨，是我不好，没看住，让她喝高了！"

　　田大芬觉得浑身没劲儿，自己这一儿一女倾注了她全部的精力。

可到头来呢？儿子婚姻不幸福，女儿感情路坎坷，自己真的做错什么了吗？想想真是够让人沮丧的。她开了冰箱拿了一瓶冰矿泉水出来。喝了两口，身上的燥热退了下去，心却仍然烦着。

那晚，东阳弯着背走了。西佳哭闹够了睡着了。

田大芬却怎么都睡不着。曹金华一身酒气回来时，她问："这些年，曹家的事，田家的事，儿女的事，姐妹的事，我都凭着一颗好心去管，结果怎么一点好都没落出来呢？"

曹金华瞪了她一眼说："闲的吧！早点睡得了，明早还得去看孙子呢！"

田大芬这才后悔起来，自己怎么还能躺这儿睡觉呢，得去医院看孙子啊！都让东阳给哭蒙了。她立刻起身穿衣服，曹金华喊："这都几点了，去干什么啊？还说操心操不够，真是！"

曹金华沉沉睡去，田大芬一个人出了家门。

不知什么时候天上下起了雨。田大芬觉得这场雨不光下在地上，也下在她的心里。

第四章

迷失或者遇见总有天定

魏来离家出走的第二天，他起床时，看到一杯牛奶两只煎蛋和面包片都放在餐桌上了。魏保乐从洗手间里出来，他说："快点吃吧，要迟到了！"

魏来进了洗手间，忍不住探头出来问了一句："我妈呢？"

"去家政公司了。得去早点才能排到好点的活！"

魏来"哦"了一声。昨晚东阳哥送他回来，家里人谁都没问他一句去了哪儿，为什么逃课。就像那是一个炸弹，一问，就把一家人都炸得血肉模糊了。或者，那会触痛他，他会再次离家出走。

魏来也是别扭的，老妈的眼睛肿得像只桃子，她不理他。老爸拍了拍他的肩膀让他洗澡睡觉。折腾一天，魏来倒是沾了枕头就睡着了。醒来，还是得面对父母。

那个清晨，魏保乐出现在洗手间门前，他说："儿子，爸跟你说几句话。昨天你妈哭了半宿。爸不知道要怎么劝导你，只是，如果你希望将来也跟你爸你妈这样每天为生活奔波着，你现在尽可以挥霍时间。我们不拦你。还有，你妈每天做钟点工，从一家奔向另一家，挺累的，还受气，她可能快到更年期了，唠叨些，你都担待些，谁叫你是男人呢！"魏保乐拍了拍儿子的肩膀。

魏来在镜子里看到自己的那张脸，脸上青春痘野火烧不尽，春风吹又生，一茬儿又一茬儿的。嘴唇周围也往出冒黑黑的小胡子。他突然挺讨厌自己的那张脸的，自己逃课玩一天游戏回到家，老妈说几句自己就离家出走，真是太不懂事了。

那天，魏来的英语考试他考了46分，不知道怎么就那么背，蒙的答案，都能对这么少。

魏来鬼使神差地离开了学校，进了网吧。其实，他对网络游戏没多大兴趣，只是，一坐就坐了一天。晚上回到家又累又烦，老妈一唠叨，就冲撞上了。不知道怎么回事，青春期真的就控制不了自己的情绪呢？

老爸说的话对，魏来想着，晚上回来一定要给老妈道个歉。

坐在地铁里，陶小桃赶紧挤过来，她说："昨天你去哪儿了啊？你爸你妈把电话都打到我家去了！"

魏来没什么心情搭理陶小桃。他说："要你管！"

"哎，你这人，怎么不识好歹！"陶小桃嘟囔着。

地铁里，一个男人打着电话："对，一个老人，要陪护，什么？2500？你们怎么不去抢劫啊？"

男人挂了电话跟旁边几个人一起骂保姆："现在的保姆都是香饽饽，这不干那不干还死贵死贵的，没听网上说吗，主人不在家，还偷着虐待老人和小孩！真不要脸！"

一个胖胖的女的说："你想啊，素质差才去干保姆，有点本事的，谁去干那伺候人的活啊！"

魏来很想站起来说点什么，可是，他没站起来，什么都没说，只是鼻子酸酸的，很想哭。

陶小桃发现魏来有些不对劲，问："你怎么了？"

魏来摇了摇头，掏出手机给老妈田三蕊发条短信，他说："妈，我知道错了，我会好好读书的，您放心吧！"

短信写好后，魏来后悔了，自己这样跟老妈竖了白旗，会不会太矫情了？他把那条短信一个字一个字删掉了，却不想手机上竟然有条短信飞了进来："儿子，妈很后悔打了你，妈错了。妈知道你学习很辛苦，心里也烦，不应该还给你添乱。如果你很想上网，妈会把家里的电脑装上网线，要玩在家里玩……想吃啥告诉妈，妈晚上给你做！"

魏来转头望着窗外，他害怕眼泪掉下来让陶小桃笑话。

他一直都是个听话的孩子，偶尔叛逆一下，脱离一下轨道，很快又回到了正常的轨道。但他又是个不善于表达的男孩子，他把对老妈的歉意放在了心里，他问陶小桃："能帮我补补英语吗？我教你物理和数学！"

陶小桃伸出右手跟魏来击了下掌："成交！"

雅尔站在投影仪前解说完了自己的策划案，段城带头鼓了掌。

会议结束，雅尔收拾投影仪前的东西，段城没有走。他问："你那……男朋友挺好的！"

"啊……哦！"雅尔顿了一下，才想到段城说的男朋友是黎明朗。

"什么时候有空，咱们一起吃个饭！他是做什么的？"

"做设计的。"段城对黎明朗感兴趣，这让雅尔觉得很意外。

"你们是大学同学吗？"

雅尔抱起收拾好的东西："广州那边的服装样式你还要确定下，下周他们就要下料裁剪了。还有，这周末的野外露营活动我不参加了，我有点私事！"

"跟男朋友约会？哦，他叫什么名字？"

段城的态度终于让雅尔觉得有些反感了。他这是什么态度，自己的事归他打探吗？他有什么资格？自己喜欢他，他再怎么麻木，也总有些察觉吧，不然，结婚前为什么跟自己说对不起呢？是很自作多情觉得自己应该死心塌地爱着他守着他吗？现在黎明朗横空出世让他觉出失落来了？如果是这样，吃着碗里的看着锅里的，倒真让雅尔有些看不起了。

"段总，我想说一下，我还没开明到把自己的私事都拿到公司里讨论的境地，以后，请注意！"雅尔板起脸，自己都觉得自己从没这么正式地跟段城说过话。

"哦，我没别的意思，我以为，我们不只是老板和员工的关系，我一直把你……当成是朋友！不是吗？"段城的目光没看着雅尔，落到墙的某一处。

当朋友？雅尔的心里冷笑了一下。原来是友情超过，恋人未满。她明白了。

"老板就是老板，员工就是员工，从前我天真地以为不是这样，现在明白，还是单纯的关系最好……"雅尔不能再说下去了，再说下去自己都觉得是在负气。

电话救了她。电话是打给段城的，段城拿起电话，眉眼柔和了起来："做什么都行，要不出去吃吧？"

雅尔趁机溜出小会议室进了洗手间，洗手间的镜子里映出雅尔苍白清秀的一张脸。那场酒醉的红斑早就消了，只是眼皮还有些虚肿着，雅尔的脑子里浮现出段城妻子易小桥的那张娇俏的脸，优雅的颈，仿佛穿上白纱裙和芭蕾鞋就能跳《天鹅湖》的身形。雅尔手接了水，手指弹向镜子，镜子里的自己变得模糊不清了。

洗把脸要赶紧冲出去，心事如涓涓细流，她害怕一不小心被他猜透，看到心底，那自己要如何自处呢？有黎明朗这张牌也未尝不是好事，相当于给自己画了张脸。或者，黎明朗说得对，自己干吗要这么辛苦呢？辞职再找一家公司做个单纯的辛勤工作的白领小蜜蜂不好吗？自己难道真能有砍瓜切菜的决心去破坏人家的家庭吗？况且，就算自己有着视死如归的决心，段城会抛下那样的美娇娘奔向自己吗？她跟他不是认识一天两天，若有这样的心，他何必去结那个婚？

有人进来，雅尔赶紧补了补妆，走出去，依然巧笑嫣然，是那个能干自立，做事快刀斩乱麻的端木雅尔。

周末雅尔并没有特别的安排，只是，她要调整一下自己的心情，她没办法像从前一样跟着段城背着包游走于山水之间。她怕一不小心暴露了心情。

一觉睡到中午才醒，下午总得做点什么，想着回家陪陪老爸老妈，一想到他们之间那捉迷藏一样的情感，雅尔有些怵了。其实是应该跟他们谈谈的，有什么事，自己好歹是女儿，要有自己的立场和态度。只是左手是老妈，右手是老爸，要怎么分怎么站队呢？这样一想，雅尔倒惊了一下，难道潜意识里自己已经觉得老爸老妈的婚姻走到头了吗？头疼，雅尔摇了摇头，给自己沏了杯咖啡喝下去，黎明朗不止一次说不能空腹喝咖啡，会伤胃，但是她总是这样我行我素。要不约黎明朗吧，去看场电影，但这样会不会又太暧昧了？

梳洗时，雅尔终于做了决定，打电话给表姐西佳，一起去逛逛街吧，晚上敲她一顿，吃点好的。

西佳大雅尔3岁，从小都是在姥姥身边长大的，姐妹情深。没进段城公司前，雅尔总是跟着表姐一起腐败的。老皮见了西佳的小妹也总是没皮没脸地开玩笑："西佳，你不要不好意思，介绍介绍我当你表妹夫得了！"西佳一顿拳打脚踢，嘴里也没好话："你也不撒泡尿照照你自己，我这样混社会的都没看上你，我那白骨精小妹能看上你？想什么呢？"

电话打过去，西佳果然大呼小叫的，她说："哪有什么约会啊？有约会也得推了接见我美丽无敌的小妹啊！走，现在东西都打折呢，咱今天血拼！"

雅尔的斗志被西佳叫喊出来。西佳总是这样，活得斗志昂扬的，从来没有愁事一样。雅尔却知道东子是她心头最大的一块伤疤，只是她用喧嚣压住了自己的寂寞而已。

姊妹俩两朵花，雅尔瘦高纤细，清秀如同茉莉花，人也知性干练一些。西佳丰腴性感，明艳得如同玫瑰花。雅尔的休闲装居多，这回被西佳怂恿着买了好些超越她尺度的小洋装、吊带裙、单肩裙，西佳看着从试衣间里出来的雅尔"啧啧"赞叹："不行了，不行了，我受刺激了，我得减肥，你瞅瞅你这小腰，盈盈一握，男人爱死了！"雅尔的脸红了，也大起胆子在西佳耳边说了句："你这胸山峦起伏的，男人才爱死了吧？"

姐妹俩笑到一处。导购小姐不明就里却也陪着笑，她说："咱家这衣服你俩谁穿都好看，不信你试试！"

雅尔和西佳提着大袋小袋进了西餐厅的门，西佳正说着相亲时遇到的一铁公鸡："我怀疑丫就是一竞走教练，带着我一通走啊，我也贱，那男的长得挺好，戴一墨镜，看着跟王家卫似的！"

雅尔笑了："就墨镜像王家卫吧？"

"你也知道，我非高跟鞋不穿，穿一高跟鞋跟那王八蛋拉练，我的妈呀，脚差点就走肿了，我想不行，我再走下去，直接可以参加残奥会了。我死活不走了，人老先生倒好，跑肯德基给我买了一甜筒，就买一个。我也没含糊，接过来就吃，你想啊，大热天的拉练，结果人老先生说，这边，这边要化了。我不知咋那么机灵，我说，要不，您吃口？人真没含糊，接过去就舔了一大半，我伸手拦车就家去了！就这，人还给我发短信呢，说对我印象挺好，现在能吃苦的女孩太少了，把我当成女红军了……"

西佳意识到雅尔的注意力没在自己这儿，她顺着雅尔的目光往靠窗的位子上瞅。自己的姨父雅尔的老爸端木彬正在点餐，边上坐着一个跟自己和雅尔年龄相仿的黑衣女子。

雅尔的身体硬在那里，西佳倒把手里的购物袋一股脑儿塞给雅尔，三步两步走过去拍了端木彬的肩膀："二姨父，这兴致不错啊？"

端木彬抬头先看到的是站在不远处提着一堆购物袋不知所措的雅尔。他站起来叫了声"雅尔"，雅尔手里的购物袋哗的都落到了地板上，人飞快地跑了出去。

　　街上车水马龙，一辆红色轿车火一样直奔雅尔冲了过来。

　　接到西佳电话的时候，田二芳正在跟"大梦方觉醒"吃自助火锅。

　　这段日子，田二芳一直待在家里。人一旦从那种固定的生活模式里退出来，会无所适从。早上起来，看着天花板，没有哪个人等着吃自己做的早餐，没有哪个时间叫自己不要迟到，时间都变成了空白页，空在那里，没有东西可以填充进去。人也是不饿的。

　　好歹起来，穿戴整齐，去哪儿呢？想起老妈，如果这些都发生得再早点，她便有大块的时间去陪老妈了，尽管笨手笨脚，但总可以帮帮三蕊，哪怕就是守着她，时间也是有意义的。是老妈没给自己这个机会还是自己没福分陪老妈走过最后的日子呢？

　　二芳想得泪水涟涟。她很想去老妈的小屋坐坐，却又害怕，害怕到了那里，会更想妈。还是去了，进了那再熟悉不过的小屋，没着没落的。擦了桌子上的浮灰，扫了地，给万年青浇了水，不愧是万年青，那么久没人理它，还是活得生机勃勃的。角落里，巴啦的小饭盆还在那里。二芳拿起来，装进随身带的购物袋里，巴啦用起来会有亲切感吧？人总是念旧的，动物也一样吧？

　　二芳站在了老妈的遗像前。看着老妈的眼睛，她说："妈，我多想回到从前啊！"

　　二芳很想小时候，一块月饼姐仨掰着吃，谁都不肯多要一点。现在呢，日子过好了，怎么就斤斤计较起来了呢？老妈走了，她们真的就都不处了吗？

　　那日魏保乐安排了饭局，几个孩子却都没到。魏来的学校临时加课，去上学了。东阳孩子病着，西佳朋友结婚，雅尔公司加班，各有各的事。端木彬她没通知，小妹两口子问，二芳说得很自然，周末各电视台都赶着录节目呢，比平时还忙。没有人疑心。

　　那天的聚会还是不欢而散。

　　不快是从三蕊端上那盘春饼开始的。大姐吃了一口便开始哭，她说：

"我一想到再也吃不到妈烙的饼做的饭了，这心里就空落落的。"二芳本就满肚子辛酸，眼泪别人不勾还争着抢着往外涌，大姐一作引子，眼泪噼里啪啦往外掉。三蕊也抹了眼泪，她说："你们俩多久才看一次老妈，我天天在跟前，有时早上突然醒了过来，吓一跳，觉得老妈还躺那床上等着我去做饭呢！"

这三蕊，或者就是平常的一句牢骚，对好强的大姐来说，那就是很严重的指责了。

"三蕊你这话说的，我们多久看一次妈那是我们愿意的吗？我倒想天天守在妈的身边，你倒是天天看着妈，妈什么时候走的都不知道，一想起这个我心就堵得慌，妈辛苦了一辈子，带大咱们四姐弟，结果连最后一面都没见着，妈呀，我连你最后一面都没见着啊……"大芬是大姐，却从来都不是压事的主儿。

曹金华一听这嗑儿要唠散，赶紧推大芬："这饭吃得差不多了，咱去医院看孙子吧！"

话赶话都说到这儿了，三蕊岂能吃了这哑巴亏："大姐，合着你这还是怨着我呢？横是我不能24小时巴着眼看着妈喘不喘气吧？我早就说了，你们俩孝顺，你们伺候，我也出钱，我就是穷，给老妈花钱我也连眼都不眨的！"

"你甭说漂亮话，漂亮话谁不会说啊，你敢说你买的菜不是菜市场上便宜的？不是啥大批上市你才买的？二芳，你别光顾着哭，你也说说。"大芬撇着嘴，全然不顾曹金华的提醒。

田二芳只顾哭，没有参战的心情。

魏保乐成功把姐妹仨聚到一起的好心情变成了满地沮丧。他说："大姐，二姐，三蕊，都是我错，我错了行了吧？我是妹夫，有些话按理说不该我讲，但是我在这儿说两句，不中听，你们就当我放了个屁！"

"你说！"曹金华把面前杯里的酒一口干了。

"老太太走了，我知道你们姐仨难受。谁都难受，老妈人好，从我进了你们田家的门，老妈就把我当成亲儿子，真的，我也把老妈当成亲妈。我父母都在外地，我是跟三蕊结了婚才觉得自己在北京有了一个家的！老妈这辈子不容易，老爸走得早，她一个人带着四个孩子，帮着四林娶上媳妇儿，后来又帮着咱们三家拉扯孩子们，苦没少吃，罪没少受。但人总有老的一天，老妈走了，你们这姐弟四个干什么啊，这是？老妈走了，你们就不处了吗？日子不往下过了吗？亲人是什么？是难过时互相指责吗？我觉得亲人应该是难过时彼此搀扶着，彼此支撑着，一起把难过淡化，然后继续过后面的日子！我没啥文化，我都懂这个道理，你们呢？"魏保乐说得有点激动，一仰头把面前的酒喝了进去。

姐妹仨沉默不语。田大芬气哼哼地先起身拿了包走人。

二芳也跟着离开了。

坐到地铁里，二芳的心像北京黄昏的三环，堵得死去活来的。这日子是怎么了，怎么就一下子哪哪都不如意了呢？手机QQ响了，是"大梦方觉醒"，"大梦方觉醒"是她斗地主认识的网友，是个退休教师，还挺聊得来的。他说："一个人吃晚饭，没滋没味的！"

二芳认识"大梦方觉醒"时，他老伴刚刚过世，有个儿子，在国外。他一个人退了休，他说大把大把的时间都耗在斗地主这事上。他的分数高，二芳分数低，他便跟二芳打"伙牌"，故意让二芳得分。有看明白的第三家会骂，说："丫的你们俩有奸情吧？"

那时，二芳还上着班。偶尔"大梦方觉醒"还叫她小妹妹，叫得她脸红心跳的，她说："别这样叫，听着轻浮！"他说："你这人还真有意思，上个网还这么认真！"

二芳从没想过自己会去见网友。他只是自己烦恼的一个出口。她说了自己家庭发生变故那天，他说："把你的电话告诉我，我打给你！"

也的确是，二芳打字不是很快，况且那么悲伤的情况下，很难边哭边打字。二芳没想很多，把电话号码告诉了他。很快他打过来电话，开口是："小妹妹，你别哭！"

人在脆弱时，总是希望有个人可以依靠的，这样，仿佛自己还不是孤立无援无依无靠的。也许就是这句话让二芳的心柔软了起来。她边哭边给他讲发生在自己身上的事，老妈过世，老公出轨，工作没了，她说："日子都好好的，可是，一下子，就一下子……"

"你放松点，没什么了不起的，真的，这些事，别人可能早就遇到过了，只不过你一直很顺，突然来到，我理解你的心情！"

　　二芳要的不过是个耳朵，听听自己说，然后说出这句"我理解你的心情"，她不是小女孩，再怎么纠结，心里还是有自己的主张。

　　他说："要不，去旅行吧？秋天了，秋高气爽，往北边走走，东北的山一到秋天都是五花山，山上的叶子各种各样颜色，出去走走，回来再看那些事都不是事儿了，怎么样？你要是想去，我帮你设计路线？"

　　二芳有些动心了，走出去总好过自己天天闷在家里自怨自艾好。她说："我想想！"

　　独自在家时，二芳大多数时候会守在电脑前跟他玩斗地主聊天，他有时会说："下线吧，出去吃点东西，然后逛逛，总坐电脑前，颈椎会出毛病的！对了，你不说你养了只猫吗？跟它玩玩，它也寂寞！"

　　这是多少年二芳没听到过的关心的话了。从前，端木彬还是个好丈夫时，会这样关心自己。现在呢？

　　傍晚，二芳坐在公园的长椅上看着比自己大许多的老年人在高高兴兴地扭秧歌，跳健身操，她觉得自己游离在生活之外似的，没有一点温度。所以，"大梦方觉醒"再一次说要见见面时，她便下了狠心，自己也的确缺少个可以一起吃吃饭聊聊天的朋友，她是指现实里的，网上的算什么呢？

　　不管二芳在心里多少次笑自己何必这么兴师动众，她还是去修剪了头发，买了套新衣服。

　　临到见面前，二芳还是把买的那套酒红色盘花收腰连衣裙换了下来，换上一身深蓝色的休闲装，衣服半旧，这样看起来没那么花心思，她害怕他误解自己。误解什么呢？二芳没细想。

　　吃火锅也是他提议的，他说："两个陌生人坐一起，难免冷清，若是摆上热腾腾的火锅，热闹些！"她被他的说法逗笑了，不管怎么样，觉出了自己一点少女情怀。

　　她想，或者，端木彬也是这样被唤醒的吧。何况对方还是那么年轻的女子，他会妙语如珠吗？

　　田二芳端坐在了"大梦方觉醒"的面前。哦，他叫孟庆霖。走到生活里，二芳也便不叫"芳草萋萋"，孟庆霖也不能叫"大梦方觉醒"了。

　　二芳没想到他是个长得圆滚滚的老头儿，头发花白，人穿得也不讲究，一身户外休闲装扮。二芳再次庆幸自己换掉了那条裙子，不然真是太隆重了。他给她叫了绿茶，然后说："你跟我想象的一样年轻漂亮。"

"别拿哄小女孩的话来哄我！"二芳嘴上这样说，心里却很受用。本质上，女人八十岁也还有颗女孩子的心。用作家们的话说就是心里永远住了个小女孩。

果然如孟庆霖所说，两人中间放着热腾腾的火锅，两个人谈话中断时，都还可以忙乎锅里的菜。他说："你得多吃点，太瘦了不好看，女人还得身上有点肉！"

二芳还是夹了青菜到自己的盘子里，他倒很不见外，伸手拿了她面前的盘子，捞了肉与蛤蜊放到她的盘子里，他说："你不能用他的过错惩罚你自己，你就是把自己瘦成木乃伊，现在他也没空在意你。男人的心说大也不大，一次只能装一个女人！"

一句话说得二芳眼泪汪汪的。好在，中间隔着热腾腾的火锅，火锅的热气让他看不到自己眼里的泪花。田二芳调整了一下情绪，热气散去时，她已经恢复了平常的面容。在陌生男人面前哭，田二芳还很不习惯。

二芳不知道要怎么继续下面的话题，跟一个陌生人在网上，在电话里可以吐露所有的秘密，面对面，却本能地有所隐藏。

电话响了，西佳嚷着："二姨，你快来，雅尔被车撞了！"

二芳眼前一黑，原来，噩运还没到头，自己唯一的女儿也要失去吗？都拿去好了，大不了，我也不活了。

东阳觉得自己着了魔，中了邪，他守在医院里，整个人都在简丹那儿，她在做什么，她吃没吃饭，她想没想自己，疯了一样。他躲进洗手间里给简丹发短信，简丹一律不回。她在跟他冷战。原因是那天他在医院急诊室外等着急救的曹操时，她给他打电话，他关机了。

或者失去过一段婚姻，重新又跟曹东阳在一起，简丹变得极其敏感。得到过，失去过，失而复得让简丹惧怕失去，于是便想紧紧地抓在手里。而那个她想抓住的人又让她如此没有安全感，这是多大的恐惧，曹东阳并不能真切地了解。

简丹不接电话，东阳就直接奔了去。她不让他进门，她小孩子般说着气话，明明不是那样，却一样一样赖在东阳头上："我知道我就是犯贱，我把自己送上门，你们男人还不都一个德行？送到嘴边的肉哪有不吃的道

理？我真是傻，当年，你都不肯为了我跟你妈闹翻，现在，你有了家，有了老婆孩子，当我是什么？玩玩就扔掉吧！"

简丹哭，每一声哭泣都仿佛落到了东阳的心尖上。他能说的只是辩解表白，他说："小丹，亲爱的，你不能这么诬蔑我，我曹东阳要真是安了这样的心思，天打五雷轰，我立刻就被雷劈死……我们立刻立刻就去领证结婚……"

门开了一道缝儿，东阳往里挤，简丹显然只是摆摆不开门的样子，东阳还是挤进了门，简丹披头散发，瘦弱的肩膀一耸一耸，人埋在悲伤里，或者她就是悲伤本身。

此情此景，除了拥抱还能怎么样呢？

东阳拥她入怀，她的拳头打到他身上，他不在意，他说："我知道这样对你不公平，宝贝儿，给我一点时间，我会说服我妈，我一定要光明正大地跟你在一起，一定！你不知道我有多想你，恨不得每时每刻都守在你身边。小丹，你不知道身在人群里的孤独，你不知道睡在一个不爱的女人身边的煎熬，如果你真的把我冤枉成有花花肠子的人，那我就把我的心拿出来给你看看！"

曹东阳看到茶几上的水果刀，他松开简丹，抓起那把刀："你这样虐待你自己，你伤害我最爱的人，那我也要把你最爱的人的心挖出来给你看！"

简丹哭着笑了起来，她投到他的怀里，他手里的刀落到地板上。

火热的爱情生生把一个木讷不会说话的男人逼成了会演讲的奥巴马。那便是爱情，把聪明人变成傻瓜，把傻瓜变成智商二百的天才。

人这辈子最多的胡话傻话都是在恋爱中说的。

东阳从没这样被人爱过，也没这样爱过人。初恋时不懂爱情，还没到如火如荼就戛然而止了。现在，两个人都经历过各自不幸的婚姻，再在一起，滋味当然不同。

人生若是能停于某一刻便好了，不能，总有醒来的时候，巨大的满足感过后，是巨大的失落感。高潮尽落的那一刻，简丹不让他的身体抽离，仿佛唯有那样，她才有存在感。只是，时光从不会为哪一刻的好停留，就像亦不会为哪一刻的坏停留一样。

于是争吵、冷战变成了爱情的另外一部分。

简丹的眼泪，简丹的冷落，让东阳无所适从。

简丹从一段婚姻的废墟里爬出来，已然是惊弓之鸟，陷入另一段有道德耻感的情感里，她能做的，只是伤害自己和伤害爱自己的人，歇斯底里，疯狂无度。

而那个她爱的男人，才从老妈的羽翼下抬起头，看到湛蓝的天，也是想飞翔的，但是，一步登天太难，他还不适应。尽管他那么爱，如癫似狂，那只是爱的感觉，爱还是需要能力的。

他和她之间，站着一座叫婚姻的大山，站着许许多多打着爱的名义阻挡爱的人。

曹东阳不得不离开，奔向医院，做尽父亲的职责。曹操已无大碍，可以出院了。于菲菲还没觉察到已是前夫的曹东阳跟从前有何不同，她仍然唠叨着抱怨着，没一样事如了她的愿顺了她的心。她没发现，她说话时，东阳早已神游天外了。有时候，女人是最敏感的动物。有时候，又最迟钝，那个男人是她的私有财产，便可以呼来唤去，颐指气使，就好像他不喘气没感情。她忽略了他的感受。她忘记了，即使他是个妈宝，是个没有主见的人，也终不是木头。

一个女人看死了一个窝囊废，哪一天，他就来个绝地反击。

田大芬一直跟着在医院里，她看着东阳失魂落魄的样子，心里恨不得掐死简丹那丫头。他们两口子离婚必然会伤及无辜，这无辜就是孙子曹操。不行，他们必须复婚，为了曹操，必须复婚。

这世上再没有曹操长得这么漂亮的小孩了。小扇子一样的耳朵，谁见了谁说这孩子有福，天生带着福相呢。那双眼睛尤其漂亮，透亮，戏词里怎么说的来着，白水银里汪着两丸黑水银，大眼生生的，圆圆的脸蛋宝里宝气的。这孩子会生呢，挑着他爸他妈的优点长的。这世上东阳是田大芬的心尖子，曹操就是田大芬的心头肉。谁要挖走了这块心头肉，她田大芬能活吗？

田大芬把于菲菲叫到一边劈头盖脸地说："于菲菲啊，于菲菲，我一直以为你多聪明，到头来怎么净干傻事？东阳说离婚你就离婚啊？到现在，你到底想怎么样？"

于菲菲满不在乎地说："我就是想吓吓他，还能怎么样啊？难不成他真

跟我离啊？"

田大芬真恨不得一掌扇死于菲菲，这糊涂虫还以为非她不可呢。

田大芬咬牙切齿地说："赶紧跟东阳复婚！立刻，马上！"

于菲菲变了脸："妈，不会是东阳……"

"你要是听我的，就赶紧跟东阳把婚复了。不然，夜长梦多，我也保不了你！"

田大芬想，她必须跟简丹聊聊了。

这女人婚姻不幸福，卷土重来，一定是来者不善，也是，这世界上像她儿子东阳这样长得帅又踏实的男人去哪儿找呢？当初不过是小女孩自尊心强，一怒之下放了手，也多亏放了手，不然这傻儿子不定怎么样呢。这孩子大了，操的心一点没少。田大芬终于明白了母亲当日的心情。当日她喜欢上曹金华，老妈死活不同意，嫌他是工地上出苦力的。大芬说他对自己好，穷日子就穷过，富日子就富过。老妈把嘴撇到耳根子后面去，说："谈恋爱时哪个男的都会对女的好，不然，这恋爱能谈成？可是，结了婚，日子是靠一分钱一分钱去过的，你妈不是嫌贫爱富，就是怕你吃苦！"

后来还是曹金华滴水穿石，让老太太觉得这是个踏实肯干的主儿，这才放心把女儿交给他。对二女婿端木彬老妈倒没说啥，轮到三蕊时，也反对了，只是没很强烈，三蕊还拿那时事业已有起色的曹金华说事，老太太说："甭跟你大姐夫比，他是做大事的人，而魏保乐也就是对你好这点差不了，别的，甭想！"

事实证明老妈说的一点都没错。

天下所有的母亲都会为儿女的幸福把关，但身陷爱情里的子女谁还会想柴米油盐的琐碎，有爱情就足够了。还好，跟曹金华苦熬了十多年，终于过上了好日子。其中当然有这样那样的不如意，不提也罢。

当田大芬变成母亲，她甚至完全无过渡转变了立场，她要像老母鸡护着小鸡崽一样护着自己的一双儿女。东阳听话，待在自己的羽翼下不乱蹦乱跳。西佳折腾个没完没了。那次未婚先孕又被那王八蛋抛下了，西佳做完流产躺在床上，人瘦得像纸片一样，大眼睛空空地瞅着墙角的某一处，田大芬心疼死了，如果可以，她恨不得立即拿刀把东子千刀万剐。

怎么在儿子婚姻的战火还没点燃时把火苗扑灭是当务之急。

曹操出院，田大芬特意去GUCCI店里买了一最新款的包送给于菲菲，她说："这些天照顾孩子，辛苦了。回家住吧，好歹我跟西佳都替你照顾照顾，再有，开快餐店的事我跟你爸说了，在家住些日子，一起合计合计！"于菲菲拿着包喜滋滋的，又有些狐疑：什么时候变了天变得这么大方了？该不会有什么诈吧？哄着自己搬回去，进了牢笼？嗯，这包真不错。管他呢，好处先都收着，反正腿长在自己身上，孩子是她于菲菲生的，难不成他们把他们娘俩关起来不成？看来用离婚这一招吓唬他们，还真有用。于菲菲满口答应下来。

田大芬舒了一口气，这只是缓兵之计。有了这计在前，稳住于菲菲，她就可以全力对付简丹那妖精了。

田大芬先给曹金华打了一电话，她说："你儿子辞职了，你知道吗？"曹金华当然知道，这个儿子让他头疼透了，都怪老婆太强势，事事替儿子作主，结果整个一窝囊废，什么主意都没有，人跟面团似的。儿子的辞职还是让曹金华挺惊讶的。他跟东阳谈过，东阳说于菲菲要开快餐店，卖姥姥做的春饼，曹金华摔了一只杯子，给了他两个字：胡闹。

那之后公司为一块转包的地弄得焦头烂额，他也就没顾上管东阳的事。他在做足疗时，田大芬打来电话说："钱挣多少是多？东阳这闲着没事整天晃，真晃出点什么事来，你挣那些钱给谁花去？"

曹金华说："他都30了，都孩儿他爸了，让我说点啥好呢？还管，都管成软骨病了，你还能管他到七老八十啊？净操那没用的心。"

挂掉电话，足疗馆的老板阿蔡笑着说："别动气，家家有本难念的经。穷有穷的苦，富有富的难！"

曹金华喜欢到阿蔡这儿来就是喜欢阿蔡的心平气和。什么事，被她三句两句一化解，风过了无痕。不像田大芬，芝麻一点小事到她那儿都能闹成西瓜那么大的祸事。

阿蔡40上下，湖南口音，个子不高不矮，长得并不是很漂亮，却是五官精致耐看那种。总是穿着一身白色软缎的中式衣裤，很有点出尘的意味。曹金华没问过她的身世，她独撑着这家足疗馆，来的也多是回头客。阿蔡这里的按摩师多是盲人，不做那些乱七八糟的事。不知从什么时候起，曹金华爱上了这里，心情烦躁时，来这里捏捏脚喝喝茶，人就静了下

来。也不知从什么时候起，只要曹金华来，阿蔡就会亲自来帮他敲敲腿，陪他喝喝茶，或深或浅说几句话。

有几次，带几个老板过来。有眼尖的，悄声问曹金华是不是跟老板娘有猫腻。曹金华打了哈哈遮掩过去。他这年龄，当然也是需要性的，但更需要的是个安静的能听他说说话的女人。阿蔡借给他这只耳朵，他不能轻易让杂音乱了心性。再有就是，他没什么文化，混迹商场，这些年，灯红酒绿地也玩过，娇艳女子遇到了也动过心思，只是，他没想过要离婚。他相信老家儿的话：休妻毁地到老不济。他好不容易有了这番局势，他还没糊涂到折腾这好日子的地步。

至于阿蔡，他的心里惊觉了一下，最是温柔乡，自己不知不觉沉下去，那还了得吗？逢场作戏也就罢了，如果真的一颗心沉了进去，自己有砍瓜切菜破釜沉舟推倒重建的决心和勇气吗？

好一段时间他没再去阿蔡的足疗馆。阿蔡也没打电话来。他自己倒笑了，自己都五十来岁的人了，至于张皇失措成这样吗？人家也没别的意思，只当他是普通客人罢了。

再去，阿蔡也没问不来的缘由。只是如常帮他捏脚、敲腿，陪他喝茶，说说家乡的记忆罢了。

于是，曹金华又变成了常客。

这次，他跟阿蔡说："我那老婆太强了，是老虎，生把儿子训成老鼠了！"

阿蔡端着茶轻轻地笑出声来，手指尖抚过曹金华的脸颊，如风拂过水面，她说："哪有这样说自己儿子的？虎父无犬子，多给他些时间，会好起来的。"

阿蔡就是这样熨帖。不轻不重地说一句，不多不少恰好是你想要的。阿蔡让小妹端来一盆泡好的中药，让曹金华把脚泡里面。人舒服成了一摊泥。曹金华闭上了眼睛，心里仍筹谋着要给儿子找点什么事做。总不能让他真跟老婆去开快餐店吧？总跟在老婆后面能做成什么事？

电话又响了，他有些火了："这不想着呢吗，说风就是雨，跟追命似的……啥？雅尔被车撞了？在什么地方？"

孟庆霖搀扶着田二芳出现在医院的走廊里时，夕阳如火。

田二芳在急救室外的走廊里看到端木彬，他的脸如死灰，身上那股子因为爱情抑或是春风得意而返老还童的精气神在他身上逃得无影无踪。他是颓唐忧伤的。他没有看到田二芳身边的孟庆霖，他径直走到田二芳身边，他的声音浸透着泪水，他说："雅尔她……"

"她怎么样？你快说！"田二芳脚下踩着的棉花变成了石头，瞬间她挺直了身板，还有什么好说的，如果女儿真有了什么不测，她还活吗？当然不活了。

西佳跟着一个陌生男人从哪个门里拿着票子跑出来："二姨，您别急，雅尔没事儿，断了三根肋骨，还有就是受了惊吓，一会儿就出来了！"

田二芳"哦"了一声，脚下又是软的。孟庆霖扶她坐到椅子上。她呆呆地："怎么就撞到了呢？"

西佳瞟了一眼身边的男人："开车不长眼睛呗！"

"哎，你怎么说话呢？明明是她从西餐厅里冲出来，算了，跟你们说不清楚，等交警判吧！"陌生男人是肇事司机，也正愤愤不平着。

西佳恨恨地瞪了姨父一眼，张了张嘴，终于把话咽了下去。

田大芬赶了过来，她说："肯定是咱家老太太不高兴了，这星期去给老太太烧烧纸，怎么咱们家就离不开这医院了，曹操刚从这儿出去，雅尔这后脚又进来了……"

二芳不大满意大姐一来没问雅尔伤势如何就说这堆乱七八糟的话。她说："妈再怎么不高兴，也不能狠心到拿她心爱的外孙女出气吧？"

田大芬没跟二芳一般见识，她看到了坐二芳身旁的孟庆霖："这位是……"

孟庆霖站起来："我是二芳的朋友，她一听女儿出事晕了过去，半天醒了过来，我不放心，送她过来的！"

"哦！"田大芬眼角夹了一下妹夫端木彬，她怎么没听说二芳有这样一个朋友？同样挂着问号的还有端木彬。孟庆霖的目光跟端木彬四目相对，孟庆霖冲他点了点头。然后告辞。

二芳沉浸在悲伤里，完全忽略了只见一面的朋友。

第二天一早，黎明朗出现在医院里。他看到雅尔白成了一张纸一样的

脸，长发散落在枕头上。她的觉睡得如同窗外的雨水，无休无止。二芳抹着眼泪，她说，医生也找不出什么原因来，不应该这样睡起来没完没了的。要真成了植物人……

黎明朗站起来抱了抱二芳，他说："阿姨，小雅会没事的，一定会没事儿的。您放心！"

端木彬出现在医院门口，他提着大包小包的吃的，还有给雅尔买的日用品。二芳突然就崩溃了起来："你现在来装好爸爸来了，女儿长这么大，你除了高兴时跟女儿玩玩，你什么时候真正关心过她？"

端木彬没想跟二芳争执。他的心正流着血。女儿因为什么受的伤，他比谁都清楚。

黎明朗从中劝解："阿姨，现在不是说这些话的时候，等小雅病好了……"

"小雅？"端木彬突然发现雅尔皱了皱眉头，接着手指动了动，眼睛慢慢睁开了。

二芳悲喜交加扑了过来："小雅，你吓死妈妈了。"

雅尔又皱了皱眉头，问："我这是在哪儿？"

黎明朗握住那双手："傻瓜，在医院，你被车撞了！"

"段城，你不是要去露营吗？怎么还在这里？"

黎明朗愣在当下。

"雅啊，这是明朗啊，你不认识他了？"

雅尔又皱了皱眉，头疼。闭嘴不言。黎明朗赶紧奔出去喊医生。

医生进来，雅尔认识老爸老妈，误把黎明朗当成了段城，医生说可能大脑有损伤，要进一步做做脑CT的片子看一下。

折腾了好一会儿，雅尔又睡着了。黎明朗神色晦暗地从病房里出来。段城正抱着一束百合往里进，他见到黎明朗问："雅尔醒了没？"

黎明朗说："可以请你到附近的星巴克聊聊吗？"

黎明朗问段城知不知道雅尔一直喜欢他时，段城一脸无辜地说："感觉是有点，但是雅尔很优秀，何况我也有了妻子，她不也有你吗？"

黎明朗从没那么强烈的打人冲动。他说："如果你是善良的，早有感觉，就不应该拉她继续在你的公司当牛做马，还有，你跟你太太晒恩爱，你知道你这是在她的伤口上撒盐吗?"

段城的嘴角咧开,无声无息地笑了。他反问:"那如果你是我会怎么办?雅尔是个好员工,难得的人才,你让我弃之不用?或者,我跟我妻子解除婚约跟雅尔结婚?我们都是成年人,自己要对自己的感情负责!况且,有些事是由不得人的,雅尔这样的女孩,是个男人都会喜欢吧!"

"喜欢是要有资格的,如果你没结婚,你还有这个资格,你结了婚,吃着碗里的,看着锅里的,未免太自私了些!"

"我们……并没有怎样!"段城的眉头拧成疙瘩,"况且,雅尔喜欢谁,她便会把那资格给谁吧?"

黎明朗骂了句脏话,起身结账,他不想再对雅尔深爱的这男人说什么了。

在医院门口,黎明朗看到雅尔的大姨正在跟雅尔爸争执。准确地说,是雅尔的大姨在骂,她甚至伸手给了雅尔爸一巴掌,西佳把老妈拉走。

黎明朗愣了一下,这个家里有什么秘密吗?雅尔妈好像对雅尔爸也并不友善。雅尔爸则一副罪孽深重的样子。

那天在医院,田大芬就觉得不对劲,雅尔跟西佳逛街吃饭,然后怎么就冲出去被车撞了呢?怎么就那么巧,端木彬也刚好在呢?

赶到医院来看雅尔的袁如意都发现了这问题,她问:"雅尔不是毛躁的孩子,怎么会闯到人家车上?是不是受了啥刺激?"她说这话不中听,四林赶紧阻止了她继续往下推理的话头儿。这话却真真地被田大芬听进了心里。

回到家,田大芬又浑身燥热。这更年期还更起来没完没了了。一会儿热上来,心里着了火一样,心里像被人用细沙子揉搓着一样。她对西佳说:"你跟妈说实话,到底是怎么回事?"

"能有什么实话啊?不就是没小心被车撞到吗?哎呀,妈,你不知道,当时把我都吓傻了,我长这么大没害怕过什么,我想哭,可一点声没有,一点眼泪都没有,净哆嗦了!"西佳想转移老妈的视线。

田大芬哪是那么好糊弄的:"你别扯别的,你们俩一起走,就是撞车,也得是你啊,你毛毛躁躁的,谁不知道?雅尔从小就慢性子,小淑女似的,哪次不是你闯祸?还有,刚好你二姨父就在那儿候着?你是我生的,你一撅屁股我就知道你拉啥屎,有话赶紧给我说,哎呀,怎么这么热呢?

给我切块西瓜，算了，还是倒杯冰水吧！"

西佳本就不是能藏得住事的人，何况那么大个新闻呢，在医院时都在心里翻腾了八百六十遍了。老妈这一穷追不舍，索性就竹筒倒豆子全说了。

姐妹就是这样，自己可以打，可以闹，可以用世界上最恶毒的话攻击彼此，但是，一旦外敌入侵，她们立刻抱成团，拧成绳，攥成拳。田大芬听闻妹夫带着女的光天化日之下在外面吃饭……立刻恨得牙根痒痒："这王八蛋，看着人模狗样的，原来是斯文败类。亏你二姨一辈子清高拿他当个祖宗供着。我找他去，这不欺负我们田家没人吗？哎，对了，你二姨知道这事吗？"

西佳摇了摇头，不是说田二芳不知道，而是她不知道二姨知不知道这事。她说："雅尔可真不知道，要是知道，怎么也不会那么激烈，你说她跑啥呢？要我，碰到我爸带一女的横晃，我上去就一嘴巴，惯他！小雅倒好，自己跑了，这下好了，车撞了！"

田大芬穿鞋要去找端木彬算账，西佳急忙拦住："我的妈哎，我二姨那儿够乱的，有啥事您明儿再说行不行？这会儿去闹，我二姨再知道这事，您让她活不活？还有，您也别跟我小姨说，您是一大炮仗，我小姨那是一二踢脚，有勇没谋的，更是沾火就着……"

曹金华开门进来，问谁是沾火就着的。田大芬把一肚子气往老公身上撒："还不是你们男人没个好东西，你屁股不干净，我也认了，吃斋念佛保佑我儿子闺女好就行，你爱往哪儿跑就往哪儿跑，没想到端木彬识文断字的也是个喂不熟的东西，这才嘚瑟起来几天，就跟小妖精往一个被窝里钻，我呸……西佳，我让你给我倒杯冰水，你倒了没，咋这么热呢？"

"您不都喝完了吗？杯子还在您面前呢？"

曹金华赶紧坐下来问端木彬出了啥事，西佳嗷着嘴把事情经过说了一遍。曹金华撇了撇嘴："你们女的啊，头发长见识短，跟一女的吃饭能说明啥问题？没准儿就一同事，他总做电视啥的，女编导什么的不也挺多吗？"

"哟哟哟，真能替你连襟找借口啊？男人还是向着男人啊！要不是有事儿，他能不解释？还有，这种事，瓜田李下，男人的花花肠子谁不知道啊？"

"得了得了，人家的事，你们俩吵什么啊？赶紧说吃什么叫阿姨做，我这都饿得前胸贴后背了！"西佳赶紧灭火。

一宿，田大芬嘴上的泡就起来了。她跟西佳去医院，西佳说："你们姐妹啊，没事儿时，自己个儿掐，怎么狠怎么来，有事儿了，这你又着急上火的，比我爸出轨还上心呢？"

田大芬点了一下女儿的头："你知道啥？这几天事赶事儿，我这心里的火大着呢！你哥那个不省心的，唉！"

田大芬的心忽悠一下，看完雅尔得赶紧处理东阳这事，这事拖不起，定时炸弹呢。

雅尔醒了，神智不是太清晰，但医生说没大事，慢慢恢复吧。田大芬跟西佳从医院出来，好死不死，碰上端木彬。端木彬叫了声"大姐"，低着头想往里进。

田大芬一步跨过去，挡在他前面："你给我站住！"

端木彬被惊着了，抬起头，田大芬的巴掌已经落到了他的脸上。

"大姐，你——"

"你倒是长本事了，还知道在外面搞三搞四了，电视上妖精多是吧？年轻、漂亮，比你闺女还小还嫩呢是吧？二芳老了，把青春给了你，把你供得跟祖宗一样，你说变心就变心了，这世上有这道理吗？我跟你说，端木彬，你给我听好了，你把你的心放肚子里，别当我们老田家男人少就任由你这王八蛋欺负，你别打错算盘，就是人脑子打出狗脑子，就是我田大芬跟你拼了命，我也不会让二芳吃一点亏，不信，咱们走着瞧！"

西佳拉住老妈，对姨父却也是怒目而视。她说："你还好意思来看雅尔，要不是你，她能受这罪吗？"

田大芬用赞赏的目光看着西佳，真不愧是她田大芬的闺女，嘴跟刀一样利。她补上一句："我要是你，找一墙，一头撞死了，还敢到闺女面前来丢人现眼！"

端木彬一句话没说。

北京的天难得又高又蓝，但是端木彬觉得自己的世界变得一片黑暗。人生的幸与不幸总是各占一半，没有人独占好运。这些年，他虽没大富大贵，倒也顺风顺水。人到中年，却出现这样的变故，这也是他始料未及的。

田大芬身上毛毛躁躁地热出一身汗来。人像刚出锅的馒头，烦，热，想哭。

跟着东阳一直进了楼洞，东阳进了电梯，田大芬看他按的是12楼。一楼三户，上去挨门儿敲，总能找到那不要脸的女人。田大芬心头还在盘旋着不要脸的女人们，她们可就怎么想的呢，放着清清爽爽的日子不过，偏偏往人家锅里搅和。也不想想，抢来的东西就那么好吃吗？能这样抛掉跟他同甘共苦的妻子，早晚也有一天会抛弃你。可是女人们都是有自信的，自信男人到了自己的手里，会安心得如同小绵羊，再或者，现在的女孩过的都是有今天没明天的日子，用她们的话说就是活在当下，谁还管以后是死是活呢？

当然，这是跟端木彬的妖精，这简丹还不是这么一回事，她跟自己的儿子是初恋，初恋对一个女孩的意义田大芬是知道的，当初如果不是自己挑三拣四，如果不是儿子摇摆不定，没准儿她真就成了自己的儿媳妇。那时怎么就那么容不下她呢？还是老妈的心态在作怪，觉得谁都配不上自己的儿子，一外地妞，长得也只能算清秀，哪能就这样从她手里把她那么优秀的儿子给抢走呢？

田大芬在那陌生的小区外转悠，天上下了雨，她瞅了瞅那幢楼，不得不先行离开。

此时，东阳正跟简丹缠绵。

一身大汗淋漓过后，他闭着眼躺在床上，简丹趴在他身边，五指穿过他的头发，她说："昨天晚上，我做梦，梦到她来找我了，她骂我，打我，你就站在那儿看着，一动不动，我哭着喊你，喊救命，很多张脸都在冲我笑，冲我喊……"

东阳转身抱住简丹，简丹脸上泪水狼藉，"没事，有我呢，别怕，真的别怕！"

东阳吻掉简丹脸上的泪水，她柔软的双臂把东阳捆得很紧。

窗外，暴雨如注，但这与他们无关。她的皮肤光如绸缎，东阳的吻迅速掠过去。他把自己和简丹都变成了一根火柴，迅速燃烧，照亮彼此，也照亮因乌云暴雨晦暗的天空。

她的泪水再次流下来，她捧着他的脸："你会后悔的，我偷偷去看过你儿子，他长得真漂亮，像天使，还有，你妈，你那么孝顺，你会伤了她的！真的，东阳，如果我的爱让你失去所有的东西，我不愿意，我不是自私的女人。只是，我该怎么办？我不能想象没有你的生活，真的，你从这房间一出去，我就被思念吞噬着，像个溺水的孩子，没法好好睡觉，没法好好吃饭，没法正常呼吸，只有你再次走进这间屋子，我才得救了……"

东阳何尝不是这样呢？他下定决心先跟老妈谈，他会对于菲菲和儿子负责到底。她不是要开快餐店吗？自己去求老爸，满足她的愿望，开快餐店好了。一切安顿好之后，他跟简丹结婚，他要像个男人一样出去找工作，付房租，买菜做饭，像普通夫妻一样，他可以不开车，他也可以不再伸手向老妈要钱，这世界上，他只要他的爱情，只要简丹。

简丹是心满意足的。但又是充满忧虑的。即使已经30岁，曹东阳还像个耽于幻想的孩子，他一向是生活在城堡里的王子，他被老妈照顾得太好。他的一切也被安排得太好，他能跟自己过缺东少西的生活吗？没有了家里的支持，他们俩即使都出去工作，他们能租这样宽敞的两室一厅吗？当然不能。最初也许是什么都不怕的，天长日久，他会后悔吧？

于菲菲一天八个电话催促东阳去复婚。东阳烦得头都炸了，一定要跟老妈把事情说明白，也跟于菲菲说明白。两个人是不可能的。

简丹是心存幻想的，她是溺水的人，好不容易抓着一块浮木，浮木又那么结实好用，怎么能轻易放弃呢？

门铃响了。她以为是曹东阳。东阳总是这样，会不打电话突然出现，给她个惊喜。她迫不及待拉开门："我就猜到你该来……"

站在简丹面前的是田大芬。她笑了："怎么，你能猜到我来啊？"

这是一间长方形的屋子，没隔卧室与客厅。一张床上，两只枕头中间放着个红心的抱枕。窗台上放着一排蒙奇奇的娃娃。很多旧的，只有一对穿着红艳艳中式婚礼服的是新的。田大芬心里叹了口气，那些旧的是东阳的，从小，他就喜欢蒙奇奇。结婚后，他的那些蒙奇奇都放在了家里。不知什么时候，他把这些都搬到了这里来，看来，他真把这儿当成家了。

简丹不知道怎么把田大芬让进屋里的，给她倒水时，水溢出来，洒了一地。她拿拖把时，田大芬说："别忙了，你坐下，我跟你说几句话！"

简丹成了很乖的小学生，欠了半边屁股坐在沙发上，两只手插在两腿

间，两腿并拢着。

"你的事我听东阳说了。我挺难过的。我来得匆忙，不然想煮些汤来给你养养身子了。这样，哪天你去阿姨那儿，阿姨给你做好吃的……"

田大芬的态度把简丹给吓着了。她这是什么意思？她不是来骂自己打自己的吗？难道好运真的来了吗？她跟儿媳关系不好，她是来跟自己示好的吗？她会接纳自己吗？

"阿姨，您——"简丹的鼻子酸酸的，眼泪差点落下来。所有的艰难与磨难都比不上一位心爱的人的母亲的一句温暖的话。简丹以为现实终于给了她教训，她来向自己投诚。这世界上哪有犟得过儿女的母亲呢？简丹的心里的门欣欣然开了一道缝儿。

田大芬趁势握住简丹的手："小丹啊，你们当年的事我的确做得很过分，但你要相信，我是为了东阳好！以后你做了母亲就会知道这当妈的心情，没有一个当妈的不日夜为儿女操心的，那时，你户口没在北京，人又没个固定工作，你们还是初恋，这世界上初恋能成的有几个？所以啊，阿姨想长痛不如短痛，就把你们给拆散了，我知道你一定会恨我，但阿姨不后悔，如果重来一次，我还会这样，这就是当妈的心……"

"阿姨，我没恨你，真的，我谁都不恨！"简丹眼眶里盈盈欲落的眼泪还是掉了出来。却仍旧心意悬悬，不知道田大芬那温热的手是带来邦交还是握着大棒。

谜底很快揭晓了。田大芬说："小丹啊，阿姨今天来还是要请你高抬贵手放了东阳，东阳如果现在没孩子，我一定不再管他跟你的事。但是，他有了孩子，我不能让我的孙子缺爹少妈，不能让他好好一个家毁在你手里！"

简丹抬起泪水满面的一张脸，她终于明白田大芬并不是来帮自己的，她是来替儿子解决第三者的。前面那温热的话跟那温热的手一样，是为后面的话做铺垫的。

泪水流进了简丹的嘴里，又苦又涩。

田大芬松开了简丹的手，膝盖一软，跪在了简丹的面前。简丹吓得跳了起来："阿姨，您——您这是干什么啊，您快起来，快起来啊！"

"小丹，阿姨这辈子没求过人，但是，今儿阿姨求您，替我孙子求求您，他才4岁，很乖，也很漂亮！"田大芬拿出手机翻给简丹看，"小丹，这是我孙子的照片，你看看，这孩子长得像东阳，这眼睛，这脑袋，那股子透亮儿的白劲像他妈……"

"小丹，孩子不能没有爸爸，我们也不能没有他……"田大芬泪水涟涟。

后来，简丹无数次想起那天的情形。未满30岁的她经历了很多事，但她还是不是田大芬的对手。如果那天田大芬来她这儿一通吵闹，她或者就横下一条心来誓死把东阳抢过来了。可是田大芬没有，她给简丹跪下了，求她。简丹看到田大芬头上依稀可见的白头发，看到她脸上毛毛的一层虚汗，敌人突然抛刀弃剑软软一跪，谁还能硬起心肠呢？

田大芬是个军事家，当年，她用她的倨傲与家世吓走了简丹。如今，她用一颗母亲的心软化了简丹，不战而屈人之兵，这一仗她打得很漂亮。

后面的事她都给简丹安排好了，她给了简丹一把钥匙："这是我朋友家的一个小套房，你先过去住住，这儿的东西我派人帮你收拾了拿过去。那小套房你住多久都可以，还有，你若是不在北京待了，这卡里的五十万是你的了！"

简丹擦了脸上的泪水，苦苦地笑了。她说："阿姨，东阳有您这样的妈，不知道是幸福还是不幸呢！"

田大芬瞟了一眼屋里的东西，很坚定地说："他是我的儿子，这是没办法选的事实！"

第五章

阳光雨露的人生

　　早上，三蕊很早就起来了，包了五十几个水饺，水一开，热腾腾地把它们赶进锅里。水饺在锅里翻了两个个儿，魏来起来了。

　　魏保乐还赖在床上。三蕊过来喊他："还不起？今儿不上班啦？快起来，我包了香菜瘦肉馅饺子，带出你的来了，起来陪儿子吃几个！"

　　魏保乐不想动，一动都不想动，他很想妻子儿子赶紧走，自己好好躺床上睡一天。

　　三蕊的手落到他的额头上："怎么了，不舒服吗？头不热啊，用不用先吃片感冒药预防着？现在感冒的可多了，流行！"

　　"妈，您放多少盐啊，咸死了！"魏来大喊大叫。

　　三蕊小跑着出去，尝了一个："不咸啊，是不是盐没化开啊，你再尝一个！"

　　魏保乐烦，想骂人，但是，无论如何得起来了，得穿好衣服，跟着妻子一道出门，假装奔向那学校上班。

　　他离开那学校半个多月了。他每天仍旧按时出门，按时进家门，三蕊有天说："哎，魏保乐，你知道你最近有啥变化吗？"魏保乐的心里咯噔一下，自己哪儿露出马脚了吗？

　　"你身上没有了食堂里饭菜味儿啊！"三蕊咯咯咯地笑。魏保乐松弛下来："我又不进食堂做饭炒菜，现在天天在外面跑采买，这没味儿还是毛病了！"

　　魏保乐的确是天天在外面跑，不过不是做采买，而是找工作。他不想重进厨房做厨师，他发现，自己能做的事能找到的工作很少。建筑工地上的活他真干不了，这些年，虽然没轻闲过，但干的也基本都不是重体力活。那还能找啥工作呢？到处都要文凭，都要工作经验，进入公司三句话聊不完，就被人白眼给瞪出来了。

魏保乐甚至咬牙想自己再给自己一个礼拜时间，再找不着活儿就重操旧业，进厨房炒菜。

他跟着田三蕊一起出了家门，坐上公交车，坐了一站立马下来了，拐进一小公园，在一长椅上坐着。太阳暖烘烘的，照得人懒洋洋的。公园里的老头儿老太太们都在锻炼身体，魏保乐心情灰暗，身上就几十块钱了，这工作没了，真伸手管三蕊要，自己也张不开嘴。说校长拖欠工资吗？一个专家说，一个谎得用十个谎来圆，圆来圆去早晚出岔子。直接跟三蕊说自己没工作了不行吗？当然没什么不行，只是，三蕊都总说自己没本事了，这一拈轻怕重，不更要听她的唠叨吗？

魏保乐愁眉不展，他觉得自己的人生真的很失败，一无所有，甚至一无所有到都不知道自己一无所有。还天天傻乐呵傻乐呵的。仔细想起来，自己有什么呢？将来儿子上大学，毕业找对象，自己给儿子在这城里买间洗手间的钱都掏不出来……

魏保乐想抽烟，掏兜里的烟盒，烟盒是空的，想了半天还是作罢。

有人拍魏保乐的肩膀："这不老魏吗？在这儿嘛呢？"

魏保乐抬头看到一瘦子，两只硕大的黑眼袋能装十斤米的样子，他脑子急速转着，终于想起这是从前开粮店的空瓶子。他姓孔，爱喝酒，每次都把瓶喝得溜干净，于是大家就叫他空瓶子。

魏保乐有段时间没见着他了。听说他中了彩票，粮店都不开了。没成想在这儿遇到了。

空瓶子说："得，相请不如偶遇，咱哥儿俩找地儿喝两盅去！"

魏保乐也是爱喝的，反正也没事，拔腿就跟空瓶子走了。

魏保乐怎么也没想到自己这一顿酒喝下来，给自己的家庭带来了多大的灾难。

于菲菲在曹家住了两个晚上就抱着曹操回娘家了。她心情不错，婆婆答应她开快餐店，但是不同意她卖老田家春饼，让她根本别打小姨的主意，一家人不往一起搅和还马勺碰锅沿儿呢，这再往一起弄，她就甭活了。于菲菲也不逞一时之勇，来日方长，店开起来，再找小姨，钱给够了，还不是两好和一好的事？

于菲菲兴冲冲地想着赶紧找店面，找人装修，一拳一脚把快餐店开起

来。东阳她是指望不上了，好在有公婆支持就好，有钱就有人，什么弄不起来啊。

于菲菲回了娘家，东阳长长舒了一口气。当晚就想去简丹那儿。不想被老爸叫住。

曹金华说："咱爷儿俩找个地儿喝喝茶吧？"

东阳惦着去简丹那儿，说要喝在家喝就行了，出去干什么啊？哪哪全车，全人，不够烦的呢！

东阳把老爸平素喝的铁观音找出来，烧了开水，沏了茶，家里难得只剩下两个人。东阳才想起来问老妈去了哪儿，曹金华也不知道，说："没准儿是跟牌搭子打麻将去了。要不就是去医院看雅尔了！唉，还真没看出来，你二姨父挺那啥一个人儿，老了老了，还整这一景儿！"

"爸——"东阳很想把自己的事儿跟老爸说说。

"嗯，不提他们的事儿。今儿我想跟你唠唠你在公司的事！"曹金华一个转弯，东阳心里的话闷了回去。

"我知道我那儿很多事儿不正规，没办法，你爸这公司也就一草台班子，我也知道你对做生意没什么兴趣，我也一直在想，你适合做点什么。爸给你个建议，别跟你媳妇儿往一个锅里搅。本来两口子干一件事就不靠谱，马勺哪有不碰锅沿儿的，工作上的别扭再带到家里，这日子过不过了？再说，她弄的还是快餐店，天天围着灶台转，你懂啥？能干啥？你跟爸说说，你有啥感兴趣的，你说出来，咱们想想往哪儿靠靠！依爸的意思呢，是你去大公司里从基层做起学学管理，然后回来，咱家这摊子事我就交给你管。爸老了，干不动了。"

曹金华对这个不声不响的儿子真是头疼，烟不出火不进的，一个大男人愣是被他老妈给惯得没有一点硬气劲儿。还真不如闺女西佳，西佳这些年换工作比换电视频道还快，但是，人真有本事，不服不行，啥公司都能进去，啥工作都能干，每次都是她炒老板，不是老板炒她。钱是能花了一些，但能花也能挣不是？这儿子倒好，安分，却……

"爸，我……我离婚了！"曹金华这厢正气着儿子的闷声不响，儿子倒真闷不声地扔出一炸弹来。

"啥？啥玩意儿？"曹金华"哪"把紫砂茶碗墩在了茶海里。

"我离婚了！这种日子我一天也不想过了。如果不是宝宝生病，我早就跟您提了！"东阳横下一条心，他在心里提醒自己一定不能松下来，一定要争取老爸支持自己，这婚一定不能复！

"你在外面有人了？"曹金华重又把茶碗拿在手里。

"嗯！"东阳点头。

曹金华伸手划拉了一下东阳的头："行啊，小子，长出息了。不一直都是在你妈面前言听计从吗？怎么就突然在外面给我弄出这么大个动静呢？多久了？别告诉我那女的是酒吧女啊？怀孕了？逼你结婚？"

曹金华简直把自己变成了《十万个为什么》。

"是我第一个女朋友，叫简丹！"东阳的心怦怦跳，像小时候没完成作业，又恰好被老师抽查到那情形似的。

"哦？这事儿，你妈知道吗？"

东阳点头，他把自己如何与简丹再联系上，在一起觉得日子有滋有味起来的那些感觉都讲了出来。东阳从没觉得他是个诗意的人，但那天晚上，他在老爸面前说，就像一潭死水，你都以为它只能变臭变黑了，突然它可以流动了，成了泉水，周身都清澈了，他说："爸，我知道如果我说我找到了爱情，您会觉得我太孩子气，但是，我真是这样觉得的，风景再好，也比不了她对我嫣然一笑……我30了，30岁以前的事儿都是我妈在作主，以后，我想给我自己作点主了，好，或者坏，我谁都不怨，我不是征求您的意见，我也不征求我妈的意见，还有，我一定要跟于菲菲分开，不惜一切代价。只要分开就行！"

曹金华沉默了好半天，他把手掌按到儿子的肩膀上，他说："不管怎么样，今天你的表现让我觉得你还真是我的儿子。但你是个已婚男人，你不光是个丈夫，你还是个父亲，你有你的责任，我希望这点你也要考虑。"

曹东阳的目光跟父亲的目光交汇在一起，他很笃定地说："我想过了，我要找个公司从最基层做起，我要尽我的努力让我爱的人过好日子！"

儿子如果没说离婚的话，说出找个公司从基层做起，曹金华会很安慰，会觉得他的奶嘴男儿子终于长大了。可是，他扔出这样一个炸弹，把自己炸得魂飞魄散后说自己要脚踏实地过好日子，曹金华实在不知道该说些什么了。

曹金华再次沉默。

良久，他说："会很难，但你既然下了决心，我就希望你能顶住！"

东阳就是带着老爸的这番话出的门。他不知道自己的车开出小区时，老妈田大芬的出租车也刚好拐到小区门前，他更不知道，他满心欢喜地奔向他爱的人，他爱的那个人已经心碎离开。

不过是一个下午的时间。不过是几个小时的时间。

东阳特意拐到一家超市买了啤酒、零食，又拐到一家大排档买了烤串、烤鸡翅，他还想着，应该带小丹一起出来吃的，像那些腻在一起的情侣一样，坐在风里吃得心满意足，然后去唱K，日子从来没这么兴冲冲有意思过。

爱情真好。

东阳提着啰里巴唆的各种东西到了租住屋的门口，敲门，没人应。他把东西放下，掏出手机打电话，电话已关机。

东阳甚至是宠溺地笑了笑："糊涂蛋，肯定又忘了充电了。"他继续敲门，门里静悄悄的。

东阳慌了，会不会是热水器出了问题，电到她了？再不然是煤气有问题？他慌里慌张找物业，找房东，房东穿着睡衣拖鞋出现时，东阳不停地哆嗦，他从没这么害怕过。

门被打开了，屋子里空空如也。

简丹不见了，简丹的东西也不见了。

东阳失魂落魄的样子让房东也起了疑心："哥们儿，你不是被骗了吧？要不要报警！"

东阳想打架，无论跟谁，但他又是绵软无力的，像只泄了气的皮球。

"这房你还租不租了？不租交的押金不退啊！"

"谁说不租了？租，怎么不租呢？"东阳那副样子把房东吓走了，房东临走时还嘟嘟囔囔："我说兄弟，女人如衣服，骗点钱财就骗点钱财，反正你也占着便宜了，得一乐了，是吧！"

"滚！"东阳抄起一笤帚追出去。房东仓皇逃掉了。

空空荡荡的屋子里只剩下了东阳一人。

电话响了。是老妈打来的。她问东阳在哪儿，东阳立该想到了某种可能，他颤巍巍地问："妈，是您把简丹赶走的，是吧？您告诉我，是您把简丹赶走的，是吧？"东阳的哭声在屋子里有回音。

田大芬按住自己的心脏，尽量让自己平静，她说："我倒想赶她走，可我连她住哪儿都不知道，怎么了，她走了？去哪儿了？"

东阳把手机摔到墙上，手机四分五裂。他四仰八叉地躺在地板上，他说："为什么每一次，都是你先选择放手？我还什么都没做，你就放手了……"

不知道从哪家传来《北京爱情故事》的歌曲：

咖啡馆与广场又散着天气/就像夜空的那月亮的距离/人们在挣扎中相互告慰和拥抱/寻找着追逐着夜夜时的睡梦/我在这欢笑我在这哭泣/我在这活着也在这死去/我在这祈祷我在这迷惘/我在这寻找在这追求……

歌声苍凉悲伤，眼泪一颗颗从东阳的眼角流出来。

世界如此安静，又如此喧嚣。

人如此丰富，又如此孤独。

爱情如此甜蜜过，又如此凄凉着，把人抛弃得如同孤儿……

田二芳也终于还是在医生的推测里起了疑心。

雅尔一直处于失忆的状态。脑子能做的各种检查都做了，田二芳甚至还求了一位在某医院当院长的同学专门请来的脑科专家给雅尔看到底是怎么回事。几位专家做了测试后走出了检查室对田二芳说："没有器质性病灶，但脑子的问题一向都很复杂，有一种可能是，患者有意识地不想恢复记忆，她在逃避某种现实的东西……比如在遇到车祸之前，她受过什么剧烈的刺激……还有一种可能就是她没失忆……"

田二芳坐在了大姐家的客厅里，她拉住西佳的手说："你跟二姨说实话，那天，你们到底发生了什么？"

西佳吞吞吐吐，田大芬快言快语："都这时候了，你还瞒什么瞒？你老公找了个女的，你知道不知道这事儿？"

"什么？雅尔看到了？"二芳的脑子"嗡"一声，难怪这些天雅尔虽然认识老爸，但从不跟他说话，而端木彬也总是来默默地坐一会儿就走开。有一次，她提着饭来时，她看到他握着睡梦中的雅尔的手哭着说对

不起……

西佳把那天的事原原本本给二姨学了一遍。田二芳咬着嘴唇："他们太过分了，连我女儿都不放过！"

"你早就知道吗？那女的是干什么的？"

田二芳很不情愿把自己的伤口拨开，但是，她真的崩溃掉了。她哑着嗓子一字一句地把端木彬提出离婚的前因后果说了出来，就像胸里闷着的那口气吐了出来。田大芬气炸肺了："太欺负人了。二芳，你就太老实，这种事，你自己扛个什么劲啊，告诉我跟三蕊，打不死他们这对狗男女，这种道德败坏的家伙还敢天天在电视上讲这个讲那个，我呸！"

"跟您和我小姨说，你们俩那时不干得水火不容窝里斗呢吗？"西佳喷了老妈一下。

田大芬白了西佳一眼："一边待着去。芳子，姐跟你说，不能饶了他们，不离，拖死他！"

"妈，您这什么主意啊？拖死他了，我二姨的人生不也毁了吗？"西佳没忍住又插了句嘴。

"这还不毁了啊？连雅尔都毁了，你说好好一孩子，还没对象呢，要真是傻了，那可怎么是好啊？"田大芬的眼泪流了出来，田二芳更是泪水流成了河。

西佳抱着笔记本上网。

田大芬眼前一亮："西佳，那天我看《今日说法》上说网上人肉啥啥啥的，你别成天种菜偷菜的，你也在网上把端木彬跟那小妖精的事写写，他们不是有头有脸上电视的人吗？就让他们丢丢脸！"

西佳侧着头看田二芳："二姨，这样不好吧？"

田二芳摇了摇头。事实上，她不知道自己要怎么做。田大芬想起来一件事："那天在医院坐你身边的那老头儿是谁？"

田二芳不好意思说是网友，她说："是一同事！"

"我看那人对你有点意思！"

"说什么啊？我这自己一头包呢，谁会蹚这浑水啊？"

陪着田二芳来大姐家的田四林一声不响起身就往外走。西佳问："小舅，您回家啊？"四林也没个回音。

许久之后，田家姐妹知道那个晚上，她们的小弟，一向蔫蔫的田四林把端木彬约到北海公园，那是田四林这辈子第一次打人。他一拳把端木彬打倒在地，然后哭的是他。他呜咽着说："你怎么能那么对我二姐，你让她怎么活下去？"

黎明朗买了两只硕大的芒果走进病房时，雅尔并没在病房里，护士说："刚刚来一男的，带她出去散步了！"

男的？黎明朗问："是不是个子不高，挺健壮的……"

"好像姓段！"

的确是段城带走了雅尔。他的车开出了城，雅尔默默地坐在他身边，不声不响。段城很心疼。他的右手握着雅尔的手，雅尔的手冰凉。

车子一路向北，驶进一个小村庄时，夕阳火红成一只咸蛋黄，车子驶过，宿在树上的鸟扑棱棱地飞起来，很写意，很美。

这个叫意庄的地方段城买了一幢平房，作为公司的一个休息营地。段城几乎是把雅尔抱下了车，他说："你从前不是说喜欢这儿吗？你说如果可以，你愿意一辈子跟心爱的人住在这儿……"

那幢平房建在山脚下，有条清灵灵的小河绕村而过。村子里的年青人都进城或者搬离了。只剩下一些老人和很小的孩子。再就是偶尔跑出来的一条土狗，愣眉愣眼地看着闯进来的陌生人。

段城牵着雅尔的手，走过狭窄的小路，进了小院子，高声喊着鞠大娘，他说："我跟雅姑娘来了，晚饭做点好吃的吧？"

鞠大娘抱着一只红南瓜从园子里露出头来，笑容满面地说："我说早上梳头这头发落一缕呢，原来真有客来了！"

雅尔坐在火炕上，段城掏出雅尔的手机给雅尔妈打电话。他让田二芳放心，他只是想试试在她喜欢的环境里，她会不会想起来什么。田二芳当然不放心，段城说一帮子同事呢，肯定没问题，周一就把雅尔带回去。医生也说了没问题的。

田二芳再着急也是鞭长莫及。

段城拿出一条毛毯给雅尔盖腿上，突然雅尔紧紧地抱住段城，泪水扑簌簌地滚下来。段城一动不动任由雅尔抱着，他说："你都想起来了，是

吗？雅尔，我不知道你到底遇到了什么，但我知道我是你难过的一部分，我是个自私的男人，我很后悔当初没有放开你，带你到公司里来……"

雅尔看着段城，一声不响。

天黑透了，黎明朗和端木彬的车停到了村子口。狗叫声此起彼伏。他们问了雅尔公司的人才找到这里的。

黎明朗一进小屋，目光就没离开过雅尔。后来他说的话跟易小桥说的话竟然是一致的，他们说：爱情不可能长期隐藏，也不可能长期地假装。爱情两个字明晃晃地写在你们脸上呢！雅尔顽皮地说："那我怎么就没从你脸上看到爱情呢？你是做间谍的料儿，埋藏得真深！"

被人爱的女人，在爱她的男人面前，总是有特权的。无论她爱不爱他。

那次小山村回来，雅尔逐渐恢复起来。只是，她从不问爸妈之间的事。因为失忆这事，田二芳和端木彬也像达成了某种默契似的，从不敢跟雅尔提。

一切都维持着现状。端木彬不提离婚的事，田二芳也便不闻不问。有变化的是，孟庆霖介绍她去他的一个学生的电商公司做客服。也许是有孟庆霖的面子，她的工作并不累，就是把客服记下来的问题由她分类整理送到相应的部门。挣多少钱二芳不在意，关键是不必一个人每天守着大房子东想西想的。

她每隔两天去一趟雅尔那儿，帮雅尔收拾收拾房间再做上点她爱吃的东西。她看出来黎明朗对雅尔很有意思，她也看出来雅尔的眼里只有那个段城。她心里盘算着等雅尔的身体再好些，她要跟女儿谈谈。没有女人不想嫁给自己爱的男人的，但是，人生没有如意的，比较起来，嫁给爱自己的男人，或者更幸福。更何况，段城已经结了婚。

都已是晚秋了。西佳喝着啤酒跟老皮抱怨："这一年过得哗哗的跟流水似的，真是快啊！我怎么这么倒霉啊，我事业爱情两不如意啊！"

"事业怎么了？"

"你不知道，我们公司那老总评定人的标准之一就是有没有美满的家庭，他挂嘴边上的话是，家庭是社会的细胞，一个家庭你都搞不好，你还能干什么事业啊？一屋不扫何以扫天下，结果呢，那个到处偷腥又总在老总面前晒恩爱的王八蛋升了！"

"人老总是有眼光，你们女的事多，结了婚，再生一孩子，还哪有心思干事业啊！"

"嗬，我这连结婚的对象还没有呢，还惦记着孩子的事！用我多好，光棍一人，除了工作还是工作，嗨，我今年把自己倒腾出去的任务又泡汤了！"

老皮一脸不以为然："这不还有我陪着你呢吗？大不了到最后，我发扬点牺牲精神，学学雷锋他老人家，一咬牙一闭嘴，把你娶了！咱俩一将就，嘿，没准儿你还觉得真不错，后悔早没发现我这钻石呢！"

"皮若愚，我跟你说，不带这样的啊！我这减肥减得头发晕，眼发花，这刚吃点东西，你就跟这儿恶心我，待会儿吐出来，你给我收拾啊！"西佳那动静，让外人听起来，分明就是女孩跟男孩撒娇嘛！

"唉，我咋劝你你都不听，我跟你说，咱俩错过了多好的时光，都耽误咱儿子出生了！"

"赛脸是吧？再说我抽你了！"西佳还是撒娇的姿态，很媚，很性感。迷得老皮扬了二正的，但他又得忍着。他俩不蓝颜红颜吗？这谁给定位的啊？老皮喝酒。

"跟你说吧，我又相了一极品男。这男的出生后吧，肯定被扔上去三次，只接住两次，脑袋着地，摔混了。我跟他逛王府井小吃，路过炸墨鱼丸的地，我说：真香啊。你猜他说啥？你猜他说啥？猜对有奖！"

"奖啥，一个吻咋样？"

"吻你个头！"西佳的手指狠狠地点了老皮的脑门儿。老皮大叫："谋杀亲夫啊！"

"我猜他肯定说，要不，咱再在那家店门口走一遍？"

"哇，你们是失散已久的亲兄弟啊？你咋知道的？你也被扔上去三次，只接住两次？"西佳大喊大叫。田大芬过来敲门："能不能小点声，像什么话！"

"相画早挂墙上去了！"西佳嘟囔着。

"我都怀疑你天天挂网上都干些啥了，这是网上的段子啊，很有名的！"老皮学西佳很娘地翘着手指点了西佳的头。

"啊？那他是什么意思呢？我听了他的话，我说行，你自己再走一遍吧，本姑娘不奉陪了，我就回来了！"

"我想他是想幽默一把，没想到遇到你这种需要找个安静的地儿自己个儿数数脑细胞的单细胞动物，这哥们儿演砸了！"

"哦！"西佳撇了撇嘴，有点沮丧，"真是的，那人长得很像张东健，还挺帅的。要不出这档子事儿，唉！没缘分哪！"

"行了，别暗自伤神了，把你姐们儿挑吧挑吧，介绍一个给我吧！我这一天净闲着，空窗，对社会稳定和谐也不利啊！"

西佳盯着老皮看，看了老半天，老皮心发毛："是不是觉得我人长得丑？是丑点，但也是风格的一种，还很有味道？"

"嗯，是有味道，臭脚丫臭豆腐的味道。你说我那些姐妹哪个配你不一个来回带拐弯的？可你呢，就一医生，拿手术刀的，有多嘚瑟啊，挑三拣四的？我跟你说，就你当医生，严重影响你们医院的上座率……不，不对，门诊人数，还有，你治的病人死亡率肯定高，你说医学院也是，招学生也不面试，也不替人患者把把关，像你这样的，必须筛出去！"

"不带人身攻击的，你把莎莎介绍给我呗？我看她那小酒窝挺好看的，人也小鸟依人的！"

西佳明显不高兴了，就算她不想嫁给老皮，但她也还是希望老皮能死心塌地跟在自己身后啊。她才不想他跟哪个女的天仙配，她自己孤家寡人呢！坚决不行。

"哟嗬哟嗬，刚刚还说要牺牲一下娶了我，这么一会儿露馅了不是，敢情惦记着人莎莎呢！莎莎不成，人有男朋友了！"

"不真诚不是？小心眼儿不是？莎莎的男朋友上周黄的，不你跟我说的吗？"

西佳挠挠头，这个那个一通支吾："好吧，我就再做一次好人，得，我把你推出去，我都能上婚恋网站应聘媒婆了，我！"

莎莎跟老皮约会那天，老皮坚决要求西佳不用出席。西佳瞪着老皮说他这河没过呢就拆桥，有这样做人的吗？老皮说你在我安不下心，容易心猿意马，对人莎莎不公平。西佳说："得，那以后我不认识你！"老皮举手投降，于是西佳坐在了老皮跟莎莎中间，她也不吭声，一勺一勺吃冰淇淋。

莎莎一再提醒："西佳姐，你要忙，你就忙去吧，我们自己聊就成！"

西佳满脸不高兴："那你啥时去给我修床啊？那床腿不一样长，一躺上去就吱嘎吱嘎叫！"

老皮丈二和尚摸不着头脑："你啥时让我给你修床去了？"

"你就装吧，上次你睡时不还嫌吵了吗？"西佳站起来背包离开。

莎莎很疑惑："敢情西佳姐是你前妻啊？"

"不，不是前妻！"

"那是前女友？"

老皮浑身是嘴也讲不清。莎莎愤而离席，老皮冲到西佳面前，西佳的眼睛哭得红通通的，老皮心就软了，他问她怎么了。她说："送你玫瑰，我手有余伤！你说我是不是爱上你了呀？"

老皮摸了摸西佳的脑袋："不发烧啊，爱就爱吧，你未嫁，我未娶，这又不犯法！"

"可是，可是，找你，我多栽面儿啊，东子肯定得笑话我，要是你能整整容就好了！"

老皮差点气吐血。他说："曹西佳，以后我皮若愚要是再认识你，我就不是……我就是头猪！"

"这你不用不认识我，你早就是，我都知道！"西佳眼巴巴地瞅着老皮。老皮真拿这丫头一点辙都没有。

西佳哼着《最炫民族风》进家门时，于菲菲正在闹。

东阳不再回那个三口人的小家，也不再回老妈老爸的那个家。他的家是那间留有简丹气息的房子。

他哪儿都不去，就宅在那间房子里，吃泡面、睡觉、上网。从天亮过到天黑，从一个日子走向另一个日子。他心如死灰，甚至不做期待，也不寻找。他只想一个人待着。

电话关机，于菲菲找不到他，便找了婆婆。她说："我这一天装修，忙得恨不得长出八只手来，曹操我妈带着，累得她又是高血压又是糖尿病的，曹东阳倒好，活不见人死不见尸，打电话也不接，这日子到底要不要往下过啊？"于菲菲再迟钝，也还是觉出了曹东阳有了情况。

田大芬愣了几秒钟，反应过来他可能在哪里。她沉了脸，一样一样回击于菲菲："谁让你妈看曹操了？我要带啊，你不是不让吗？你妈高血压、糖尿病那是病，那是带孩子累出来的吗？菲菲，咱有啥事说啥事，你找不到东阳，你来我这儿问，这也没啥，但有当着人妈的面说人孩子活不见人死不见尸的吗？你也是有儿子的人，将来，你的儿媳妇跟你说这话，你乐意听吗？"

于菲菲眨巴着眼睛噘了半天嘴说："我这不是急疯了吗？哪有老婆连老公在哪儿都不知道的？他一定是在外面有人了，妈，他要是在外面没有妖精勾着，哪会连家都不回的？"

"这话你说得没错。你跟东阳的婚事是我一手促成的。当时我看你还算聪明伶俐，想着你能很好地帮衬东阳。可是呢？我还真是看走眼了，你是表面聪明，一脑子糨糊。他是男人，他不是你的跟班，更不是你的信用卡，我知道小夫妻有个家带个孩子不容易，都想着过得好点，但你不能这样，天天让东阳来我们这儿要这要那。我们不是不帮你，我跟你爸就算攒下万贯家财，是能带走还是能吃没？到了还不都是你们的？我知道你是怕西佳多得了。我跟你说，西佳从工作起，就没伸手跟我要过钱。我也是偏东阳的，只是，咱不是啥富豪之家，日子顶多算小康，比上不足，比下有余，曹操爷爷这么大年纪天天还在外面跑断腿跑工程。差不多就行了，你就不知足，天天对东阳像训儿子似的，他性子就是再软，也有厌了的一天，到时，你哭都找不着门……"

田大芬训着于菲菲，于菲菲显然是听不进去，不停地摆弄着手机。田大芬也烦了，身上又一阵一阵地燥热起来。她让儿媳妇先回吧，找到东阳她会通知她。于菲菲一脸焦虑："要不要报个警啊？"

田大芬没忍住还是发了脾气："你是不是真想他出点啥事啊？"

上午十点，田大芬敲东阳出租屋的门，敲了好半天，东阳才睡眼惺忪地拉开了门，身上穿着脏兮兮的白色背心和一条看不出颜色的花短裤，胡子拉碴的，头发长长的从额头上耷拉下来，脸瘦成了一条条。这不过是一周多没见啊，怎么就这样了？

把简丹弄走后，东阳回来跟自己发了一通脾气，然后就走了。田大芬知道他肯定会闹一段别扭，就像小时候，他肠胃不好还特别爱吃街边的肉串，她不给买，他就闷声不响地生气，整个晚上不说话，可是第二天就没事了。田大芬以为这次也一样，不过生闷气的时间会长些而已。她还操着二妹的心，也便没太把儿子后续的事放心上，哪成想这孩子……

田大芬心疼得很想哭了。东阳却很漠然："你不是说你不知道这儿吗？你怎么找来的？"

田大芬一时语塞，她进门，看到茶几上杂乱地放着许多方便面盒和啤酒罐，她问："这些天你就吃这些？"

东阳早就一弯身躺到了沙发上。

田大芬手脚麻利地收拾茶几，收拾到一半，颓然放下垃圾袋："儿子，听妈话，跟妈回家，妈给你做好吃的，你不爱吃姥姥烙的春饼吗，妈给你烙，还有回锅肉……"

东阳一动不动，田大芬没了主意便开始哭，她说："你这败家孩子到底想干什么啊？人家走了你就不活啦？你好好的日子就不过了吗？这么些天找不着你，于菲菲也吓坏了。我把她骂了，她会改的，儿子，你要是真不满意她，咱们就真离婚，真的，妈支持你！"

东阳躺在那儿，目光死死地盯住天花板，一声不吭。

田大芬害怕了，她打电话给曹金华，她哭着说："你啥都别干了，赶紧来，东阳这孩子……这孩子我不管了，我这当妈的图什么啊？"

东阳倒说了话，他说："妈，你见了她是不是？"

"是，是妈把她赶走的。儿子啊，你不小了，你不能感情用事，这婚是说离就离的吗？"

东阳坐了起来，在茶几上乱七八糟的东西里乱抓一通，终于抓出手机，开了机，他打电话给于菲菲，他说："于菲菲，你好好给我听着，我们已经离婚了，已经！于菲菲，我告诉你，就是死，我曹东阳也不会跟你复婚，绝对不会！"说完，把手机往墙上一摔，手机落到地上，碎成两截。

田大芬伸出巴掌抡圆了给东阳一个耳光，打完儿子，眼泪却从田大芬的眼里争先恐后往外涌。她说："我怎么就养了你这么个败家的孩子呢？我是哪辈子作了孽了啊？"她嚎啕大哭起来，那哭声足以让所有看到的人为之伤心难过。从前，只要老妈一掉眼泪，一伤心难过，曹东阳立刻举手投降。就是跟简丹分手娶了于菲菲，也不过是老妈几场哭闹解决的问题。

可是，再是妈宝，再是奶嘴男，也总有要举旗造反的一天，这一天来临时，老妈的眼泪不再是杀伤性武器，而是让人生厌的理由。东阳几乎是冷笑了一声，他说："妈，我作的孽也有您的一份功劳，您把我塑造成了个不敢爱不敢恨的窝囊废，您还指望着什么呢？没关系，没有了简丹，还会有方丹，有袁丹，有复杂丹，反正生活都这样了，一个罐子摔到地上，能碎几片是几片吧！"

田大芬从来没看到那样心狠的无情的东阳，阳光倾斜着照进屋子里来，好端端的，她打了个冷战。

魏来坐在地铁里，心神不宁。陶小桃从人群里挤了过来，递了一瓶酸奶给魏来："怎么啦，一张伏地魔似的老脸！"

魏来把酸奶瓶拿在手里，人恹恹的，他问陶小桃："你老爸老妈吵架吗？我特烦他们俩，在我面前假模假式地装恩爱，我都知道他们吵架呢！"

陶小桃使劲把嘴里的酸奶咽下去，说："妈呀，这全天下的老爸老妈敢情都是一样的啊？我爸我妈也那德性，当我啥都不知道呢，我傻啊？我门清着呢！我妈老跟网上不三不四的人聊天，也不知道有什么好聊的，我爸也是，挺大一老爷们儿，那心眼儿小得跟蚊子胆似的……"

地铁上的大人们都笑了。陶小桃吐了吐舌头。

到站了，两个人下来。魏来说："最近我觉得我爸有点不对劲，我怀疑我爸有点啥情况，你说会不会是遭遇了漂亮女孩啥的！"

"不会吧，你爸长得又不帅，也没钱，哪有漂亮女的那么不开眼啊？"魏保乐来学校替魏来开家长会时，陶小桃见过他。

这话魏来不爱听了，他说："你怎么说话呢？我爸长得怎么不帅了？要不帅，当年我妈能看上他吗？当年我姥的三闺女那可是个顶个大美女，那是在早，搁现在，肯定把那些个选美冠军比到西瓜地里去了！再说了，没钱就没女人喜欢啊？我爸女人缘好着呢，我原来去他们那个学校，那些大学女生都特喜欢我爸！"

陶小桃的嘴作四十五度倾斜。"我听你这意思，你是非得给你老爸整出点事你才高兴呗？"

"这倒也不是。就是，我爸有点……有点……怎么说呢，跟从前的精神状态不太一致！他很亢奋，不像从前，天天没精打采的！"

"那你妈知道吗？"

"她一天天不是忙着挣钱就是忙着埋怨我老爸没本事，她哪会注意到这些！说真的，我也挺矛盾的，我要是男的，我肯定也不喜欢我老妈那样的，她每天都在忙，也不懂得打扮自己，还动不动就说我老爸什么用都没有，太伤自尊了！她对自己那么抠门，总是把什么都给我，让我觉得欠她很多，我爸要真是在外面有事，那对她也打击太大了……"

魏来的眉头紧锁。陶小桃也不知道怎么安慰，她又掏出来一包曲奇饼干："算了，他们的事他们自己烦恼就够了，咱们想破头也帮不上啥忙。我倒想过，我爸妈要是离婚，我就自己过，谁也不跟，我可不想跟着后妈或者后爸，看人脸色过日子！"

"你还吃啊，你不是说你都包子脸了吗？"魏来接过陶小桃递过来的曲奇放嘴里，陶小桃家条件好，书包里半书包都是吃的东西，管不住嘴，又成天嚷着要减肥。

"就算是包子脸，我这也是好看的包子脸啊！再说了，女人说减肥，不过是找个事干干，胖了再减，减了再胖呗，这你不懂！哎，又要模拟考了，上帝啊王母娘娘观音如来啊，保佑我考个好点的成绩吧！"

"你的数学我保你会及格，你家条件好，也不必非要怎么样吧？女孩最重要的是长得漂亮，将来嫁一好老公，日子照样过得好好的。男人就不成啦，得有本事有能力吧，不然，哪个女孩会看上你啊？"

魏来讨厌老妈，但是老妈那些最朴素的老百姓的观念还是渗到了他的头脑里。田三蕊最常说的就是："咱家没权没钱，靠的就只能是你自己，你不争气，没人能帮得了你！"于是，魏来就提着一口气使劲地朝未来奔。

也烦，不然，怎么就逃了课去网吧混了一天呢？但主流还是好的。只是，他也明白自己的天资并不高，再怎么努力，也就是一中等生，这让他很沮丧。魏来一直是个清醒到过了头的孩子。田三蕊有时就说："你怎么小小年纪就成熟得跟一小老头儿似的，你爸都没你心事那么多！"

"我可不想靠什么老公过日子，好歹我也得做一自食其力的姑娘啊！还有，我还想着高中跟你考一学校去呢！跟你做同学挺有意思的！"

陶小桃说出这话，魏来的脸红了一下，他心里还是美滋滋的。陶小桃

是个可爱的漂亮女生，他其实……也很喜欢跟她在一起。

"唉，这暗无天日的生活啊！我好想背着包去旅行，过一过不用背题没有考试的日子！"

"有光明就有黑暗，我一直努力生活在光明面！"魏来的坏情绪终于被赶走了，他朗诵一样说出了这句。陶小桃佩服得五体投地："哇，魏来，没看出来，你还是一诗人啊！"

魏来享受着来自于异性的崇拜，他没告诉她这话不是他说的，这话是《哈里波特与混血王子》里的台词。

大姐打电话找田三蕊说："我是不是不找你，你就真没我这个姐了？"

田三蕊也没好气："这不是贵妇人不找，我这使唤丫头也不敢往前凑吗？"

"死东西，我是你姐，你就不能让让？"

"这话怎么说的呢，你是我姐，我还老小呢，要让也是你让！"田三蕊嘴上没好话，其实心里是高兴的。这些天她正上火着，魏来那小崽子真叫不争气，考那分离区重点还差三分。

田三蕊的嘴上一个泡连着一个泡，倒是魏保乐没心大白菜一样，睡得着吃得香。田三蕊气得头顶冒青烟："哎，我说魏保乐，你这一破食堂咋弄得比一总经理还忙呢？一天到晚还穿得人五人六的，就上一菜市场至于吗？不会是外面有了狐狸精勾你吧？"

魏保乐嘿嘿笑："我把公粮都交你了，我还有本事对付狐狸精？三蕊，你太看得起我了！"

"你少给我打马虎眼！我跟你说，你要在外面拈花惹草，你别怪我废了你，我田三蕊可是说到做到！"

"你这也太看得起那些狐狸精了，你都说你老公一纯牌窝囊废，没钱没车，哪个妞那么瞎眼睛啊？不过，三蕊，还真别怪我没提醒你，马粪蛋子也有发烧的时候，等我挣了大钱，你这态度我可都记着呢！"魏保乐的得意之情溢于言表。田三蕊却只当他在开玩笑："哟哟哟，我就等着你这马粪蛋子发烧时，我好当蛋糕吃呢！"

田三蕊想要是老妈活着就好了。自己这难处要跟老妈一说，她一准把老大老二叫来，她肯定会说："你们姐妹儿啊，是一个窝里的鸟，谁有都是大家有，要拉拔着姐妹一起过日子！"想到老妈，田三蕊眼里又汪了一泡泪水。

正咬着牙想着实在没办法，为了儿子的前途自己怎么也得低低头时，大姐打来电话了。她说咱们姐仨好久没见面了，见面吃个饭吧！

田三蕊说："好啊，好啊，就去老妈那儿吧！好久没去了，也正好打扫下！"

田三蕊挂了电话，匆匆忙忙把手里的活干完了，连忙跑了趟菜市场，狠了狠心买了肉骨头和几样时鲜蔬菜拎着奔了老妈那儿。

一晃三个月没去老妈那儿了，那条胡同半边都在拆迁了。遇到老邻居，她们都很兴奋又有些伤感，说马上就拆到咱们这儿了。

田三蕊说不上伤感还是兴奋，心里盘算着拆迁如果不要房的话，应该能给不少钱呢。

进屋，田三蕊先在老妈的遗像前上了一炷香，她说："妈，一直没来看您，别怪您老闺女，其实我一直都挺想您的，只是……唉，小来的试考完了，考得不好！妈，您得保佑他上个重点高中，再上个好大学，我还能指望啥呢？"

七七八八说完家里的话，田三蕊开始收拾屋子。屋子里的灰并不大，这中间应该是大姐或者二姐来过。万年青上的土还不干呢，三蕊还是浇了一点水，寻思着走的时候搬一盆回去做个念想。

三蕊把骨头炖锅里，大姐进门了。大姐看上去老了很多。三蕊还没张口问，田大芬就先说开了："这段日子啊，一件事连着一件事，你二姐夫赶时髦，在外面跟一个女的吃饭，要不雅尔能出那车祸吗？"

"真的假的？"

"那谁知道啊？现在的人，唉！"

田三蕊心里咯噔一下，雅尔出车祸那段时间她往医院跑了几趟，都是赶着大姐没在时去的，也不知道还有这档子事。"没看出来端木彬有这花花肠子呢？"

"这人上哪儿看去？这都老了老了，起歪心了。你二姐一向心高气傲的，遇上这种事，心里不定多憋屈呢，也不说，死扛着。我想起来都恨得牙痒痒，咱们亲姐妹儿，她不找咱们说说找谁说？我这是里里外外不省心，东阳更是，跟那初恋又续上了，跟人在外面过了，我这是好歹把那姑娘给赶走了，人老先生这倒好，死活闹着离婚，然后工作也不找，啥也不

干，天天泡酒吧喝酒，气得你姐夫发疯，回来就骂我，怪我把他惯坏了。那于菲菲更是，张口闭口钱，把我家当自动提款机了。说是东阳对不起她的，快餐店她要，房子她要，孩子她要，还要一百万抚养费，这不是拿我们曹家当冤大头吗？我气得血压高，我不管了，爱怎么着怎么着吧！"

田三蕊听着心都堵得慌，难怪大姐这么憔悴。她倒不好再添乱说魏来的事了。

田二芳进门时，田三蕊很想说点什么，末了却只是说："洗手吃饭吧！"

姐三个又坐在了一张桌上。田三蕊突然想起厨房好像还有喝剩下的一瓶二锅头，她说："咱姐仨喝点酒吧，不过说好了，喝多了不许吵架！"

田二芳笑了："吵什么啊吵，谁跟你俩一样的啊，喝就喝！"

三个人喝着喝着喝高了，说起小时候好玩的事，田大芬说："小妹小时候最爱当小尾巴了，我干啥她都爱跟着，我跟曹金华搞对象时，她老跟着，曹金华想拉我的手，又怕小妹告诉老妈，就给她钱买糖葫芦吃，结果这家伙还吃上瘾了，吃完糖葫芦接着跟！"

田三蕊哈哈大笑："你以为我爱跟啊，还不是老妈派的任务，我跟你俩，妈还给我烙鸡蛋饼吃呢！"

"妈呀，敢情这还两边吃讧呢！"田二芳也是第一次听说这事，"那为啥我处对象时你就不跟了呢？"

"那时知道羞臊了呗，还真当我是傻姑娘呢！到我找对象时可倒好，四林成天跟着，妈说了，我傻，怕魏保乐把我骗了去。"

"妈那是看出来魏保乐不老实，你们俩当着妈的面就抱抱亲样的！"田二芳说。说完又感叹："说真的，我还真没看出来四林能为了我去打端木彬。那天袁如意跟我学，我还真挺感动的。我一直觉得这个弟弟蔫蔫的，跟一面团似的，跟谁也不亲……"

"再怎么不亲，他也是咱亲弟弟，比着别人强！那端木彬咋样？喂不熟的白眼狼，说变心就变心，雅尔那孩子差点撞傻了都没打算回头，心真够硬的！我还想去扇他两巴掌呢，大姐拦着不让，她自己倒扇了！"田三蕊为自己没能去教训二姐夫耿耿于怀。

三姐妹一会儿哭一会儿笑，仿佛又回到了小时候。那晚，姐三个都睡在了老妈那儿，手机竟然都默默没声，没人找她们。

早上起来，田大芬说："魏来的学校你姐夫给联系好了，后天你姐夫送魏来去报到！"

田三蕊的眼泪扑簌簌就落下来了。田大芬好话没好说，她说："哭啥？别说你这姐为富不仁就行！"

"要妈在，肯定说你是个歪嘴骡子卖个驴价钱，本来是好心帮了人家，也没个好话！"

田二芳帮着三蕊。她心里也是高兴的。心里有了为难遭灾的事，还不就得靠姐妹吗？

"好画，好画早挂墙上去了！"田大芬也学会了西佳的话。"我还寻思着，咱们姐仨老了，就找一小区买在一个单元里，早晚谁都能照顾着谁点，就咱这些孩子，谁能照顾过来咱们啊？"

"就咱仨这脾气，住不上两月，估计就得吵！"田二芳笑着回大姐，她心里倒想着这样真挺好，端木彬早晚得离，雅尔嫁了，跟姐姐妹妹住得近，自己不至于老死家中无人知晓。

"吵是吵，关键是咱吵了能好啊！跟别人还记仇，跟自己姐妹，吵了就拉倒了，不记仇，是吧？田三蕊，我说你的那些话你往心里去吗？"田大芬说得理直气壮。

田三蕊撇着嘴："咋不往心里去，恨得我直咬后槽牙！"

"真的呀？"

"当然是假的啦，不然还不给昨晚的酒里下点药啊？"田三蕊笑出了眼泪，泪眼朦胧中，她看了镜框里的老妈一眼，她说："妈，这样真好，不是吗？"

"要住，得把小弟两口子也招来，他俩没儿没女，到老了，多寂寞！"田二芳说。

田大芬和三蕊齐齐点头。当然不能少了他们。少了谁都不是一家人。

那天，老妈那剩下的三盆万年青姐妹三人各捧一盆，出门时，郑重得像捧着一份恩情。

第六章

错误撞上了婚姻

　　田二芳仍然延续了在研究所上班时的习惯，中午时分，她不会像公司里的那些年轻同事一样结着伴儿去外面吃。她吃自己带的饭，然后会趴在办公桌上小憩一会儿。

　　偶尔，孟庆霖会打个电话过来，约她去附近的小店里吃点东西，喝喝茶。有一次被他的那个主管学生看到，隔了两三天，田二芳被主管叫去，他说完了工作上的事顺便说："孟老师人很不错的，他老伴过世时我们这帮学生都去了。他老伴癌症，孟老师一直伺候了她6年，没有几个男人能做到这些……"

　　田二芳想主管一定是误会她跟孟庆霖的关系了。她说："是啊，他是个好人，我还跟我老公说，如果有年龄相当的朋友帮老孟介绍介绍。"

　　"哦！是得找个伴儿，我还以为……"主管眼里有着明显的失望的表情。

　　二芳其实不必跟别人说她的私事，只是她是个严谨的人，她不想让主管觉得她跟孟老师关系特殊而得到照顾。再见面时，二芳把这话说给了老孟听，老孟微微一笑，说："你呀！什么事都想太多。"然后又问她跟端木彬的关系怎么样，他说，最近在电视上都没怎么见过他了！

　　田二芳喝了一口茶，淡淡地说："还能怎么样，还不就是同一屋檐下的陌生人。有时候我觉得人真是残酷，两个那么血肉相连的人，说成陌路就成陌路了！"

　　老孟跟着叹了口气："也许就是缘分尽了。你还年轻，还可以有别的选择，该放手时还是放手吧！"

　　田二芳无声地笑了笑，把话题扯到别处去。元旦时，公司会安排去一次哈尔滨看冰灯，滑雪，她说："你也去吧！"

老孟另有深意地看着田二芳："我去我的学生一定会以为我在追求你！"

田二芳露出羞涩的表情，她说："喊，那你就别去！"

那天中午，她没什么胃口，吃了自己带来的一小片苹果，便趴在办公桌上休息一小会儿。手机响了，她以为是老孟，拿起来一看，是个陌生的号码。

电话接起来，对方说了好半天，田二芳才反应过来，打电话的人是小编导。她说："明天是周末，晚上有空跟我见个面吗？"

田二芳的声音降到了冰点，她又冷又硬地说："要见面你约端木彬去，我跟你见面，没这个必要！"说完，不容对方说话便迅速地挂断了电话。

田二芳气得直哆嗦，他们太嚣张了，自己已经退无可退了，她竟然还找上门来。她想干什么？跟自己谈判吗？她不配。

同事女孩吃饭回来，看到田二芳气咻咻的，问："田阿姨，谁气着你了？"

田二芳急忙摇了摇头，人躲到洗手间里，她看到镜子里自己虚虚浮浮的一张脸，眼角皱纹很多了。用再多的眼霜都没什么作用了。

晚上下班时，下起了秋雨。一场秋雨一场寒，地铁站离公司有段距离，田二芳便想着打辆车回去算了。

田二芳刚冲一辆出租车伸手，旁边站着的一个高个子女子说："二芳姐是吧？坐我的车吧！"

田二芳几乎是立刻就知道她是谁了，她是那个小编导。路边的灯不是很亮，女子并没她想象的那么年轻，她穿着乳白色休闲粗针织开衫外套配着条军绿色长裤，长发编成了两条粗粗的辫子，戴着黑框眼镜。她跑到离二芳不远的一辆轿车边，拉开车门，喊："二芳姐，快上来吧，不然淋湿了！"

她抢了我的老公，怎么可以这么泰然自若呢？田二芳倒对她有了兴趣。

两个人坐在了一家餐馆里，小编导并没有问田二芳要吃什么，而是自作主张点了几个招牌菜。

田二芳也没什么吃东西的胃口。但她也不先开口，就像武林高手对决，谁先出招谁就输了。

其实，在田二芳心里清楚自己已经输了。只是，她要的是那个面子。

毕竟自己是名正言顺的老婆，而她才是横刀立马的入侵者。

小编导给田二芳倒了杯清酒，莞尔一笑，"芳姐，您跟我想象的一样，气质好，知性，皮肤也这么好。"

小编导一仰头，一杯酒见了底。

"我知道您跟端木老师正在办离婚……"

田二芳瞥了一眼小编导，心里想：现在的姑娘还真是胆大，她当然知道！

"我还知道您对我跟端木老师有些误会，我知道您，不想见我，我还非没皮没脸要见您，您是这么想我的吧。其实您误会端木老师了。我今天来就是想告诉您，我跟你们的离婚真的没有关系，我不想背这个黑锅，也不想您因此对端木老师心存怨恨！"小编导口才不错。二芳用质疑的目光看着她，仿佛能从她的脸上找到答案。自己真的误会他们了吗？

田二芳没喝酒，也没吭声，她想听听小编导还能说出什么来。

"我是两年前认识端木老师的。那时我们的节目刚刚定下来，要找一位心理专家，然后我去一所大学听了端木老师的讲座，讲得挺精彩的！然后我们就联系了端木老师……"

田二芳打断她的话淡淡地说："我对你们是怎么认识的没兴趣。你不必拐弯抹角的，你倒是想跟我谈什么？"

"放了他，马克思说，没有爱情的婚姻是不道德的。你们已经没有了爱情，这样耗在一起……端木老师很痛苦，我很崇拜他，我想帮助他！"

田二芳冷笑了一声："他痛苦？你想帮助他？道德？你竟然敢同我谈道德？真是太搞笑了。这就相当于小偷质问物品主人道德一样可笑。姑娘，我告诉你，我们有爱情时，你还穿开裆裤呢吧？他没比你父亲小几岁吧？"

"二芳姐，您真的误会我们了。我今天来的目的就是想跟您说，无论您跟端木老师在不在一起，我绝对不是你们离婚的原因。我有男朋友，不，准确地说是未婚夫，我们下个月就要结婚了！"小编导态度无比诚恳，这倒让二芳有些始料未及。

"你说的是真话吗？"田二芳盯着小编导的眼睛。

"当然是。我之所以来，是真的为你们两个人着想，我一直把端木老师当成兄长，如果您误会了我，我会很难过。既然他没办法解决问题，我来替他解除后顾之忧是一样的！就像做节目，他只负责台上的问题，其他的都由我来解决。"小编导一本正经地说。

二芳在回去的路上，心境复杂。自己误会了端木，既然他没有别人，干吗死活非要跟自己离这个婚呢？她打电话给端木彬，她说："你真的想好了这婚一定要离吗？"

电话那端是长久的沉默。

一对情侣撑着伞从田二芳身边跑过去，大概是听到田二芳的话频频回头瞅。一辆出租车溅了田二芳一身水。出租车开了几米远，退了回来问田二芳搭不搭车。

坐进车里，田二芳还在骂："你回来，咱们立刻就离，谁不离谁就王八蛋。你赶紧回来，我把雅尔也叫回来！"

田二芳一句也没听清端木彬在说什么，挂了电话。脸上全是怒气，一点眼泪都没有。

出租车司机说："大姐，你还真别跟男人说这气话，你说了，人咔嚓一下跟你离了，可不傻了吗？"

田二芳不理，她打电话给雅尔。电话接通了，她却哭了起来。哭着不说话，那头雅尔慌了神，她说："妈，妈，您怎么了，您在哪儿？"

夜，墨一样深。

一家三口人，两张床一张沙发上，每个人都在做着不同的打算。

端木彬很厌倦，像牵着橡皮筋的两个人，她拉得越紧，他就越想挣脱。自己的感情一团糟，自己还有什么脸在电视上斥责那些身陷爱情婚姻困局的人呢？

田二芳想好了，大不了就离婚。她再不想看到他了，一眼都不想，他让她觉得恶心，一想到自己跟这样的人过了一辈子，她的心就拧成了麻花劲儿……

雅尔也没睡着。

天终于还是亮了。田二芳从卧室里出来时，端木彬已经离开了。

雅尔跟老妈一起吃过饭，她说："妈，如果您想离婚，我支持您！我爸会后悔的！"

田二芳默然握住女儿的手，她说："晚上回来吃饭吧，想吃什么，妈给

你做！"

"妈，没关系，您还有我，以后，我陪着您！"雅尔的眼泪掉了下来，田二芳赶紧替她擦，眼泪却越擦越多。

"没事儿，妈没事儿！"

二芳做了最后的决定。

一周后，田二芳跟端木彬办了离婚手续。

从民政局出来，田二芳发现路边的树叶都落光了。城市里最后的一点绿色都没了。天就要冷了。

端木彬说："我送你回去吧！这儿不好打车！"

田二芳冷冷地说："当然要送我回去，这车也是我的，你得留下！"

田二芳独自往停车位走过去，也不知是精神恍惚还是身子太虚，脚下一软，双膝跪倒在地，田二芳足足有两分钟没缓过神来，膝盖火辣辣地疼，泪水像冲破防线的洪水肆意奔流。端木彬从后面跑过来问有没有事，田二芳努力爬起来，丝袜下的膝盖渗出血来，她抹了一把眼泪，倔犟地站在车子前。他打开车门问用不用去医院，田二芳只想快点离开这里，然后如同一场噩梦，忘了所有的事。如果有一片可以遗忘的药该有多好，吃一片，从前的种种就都不再想起。

坐进车里，端木彬说："这样，车子还是我先开着，我会把钱给你！"

"不行，我不缺钱，属于我的东西，你必须留下。我不会开，它就闲着！"田二芳还是在赌气。端木彬也便不再坚持。

田二芳的心是凉的，他明明看到自己跌倒哭泣，他想的也还不过是他自己的车子。爱不在了，彼此就成了陌生人，又干吗关心在意呢？从前的种种，他倒先吃的遗忘的药。

田二芳给大姐和小妹打电话，她说："我离婚了！"就像通知鸡蛋要涨价一样，她很平静。

田大芬的心哆嗦了一下说："你过来吃饭吧，我给你做点好吃的！"

田二芳说："叫上三蕊咱们出去喝点酒吧，就咱姐仨，谁都不带！"

田二芳选的是北京香格里拉的五星级自助餐。从前雅尔带她来过一次。她们老了，吃过的好吃的，都是儿女带着来的，小一辈从来不懂得节俭是什么。三蕊从没来过这样的地方，边走边咋舌，她小声对二姐说："就是难过，咱日子也还得往下过啊！这急头白脸吃一顿，得多少钱啊？"

田二芳笑了："带嘴来没？带嘴来尽管吃就是了！其实这点钱谁都有，只是舍得不舍得！很多时候人就突然想明白了，从原来的条条框框里蹦出来，人倒自由了，怎么活不是活啊？"

那倒也是。田大芬心里正为东阳的事不痛快着。索性也就不去想它了。

坐下，田大芬和二芳都没什么胃口，三蕊倒吃什么都香，她说："早知道我中午饭都不吃了，就等这顿，这一人三百多，怎么都吃不回来，哎呀，心疼死我了，要是魏来能来就好了！"

"别啥时都想你儿子，养儿养女是冤家，我算想好了，这世界上，对谁好都没毛病，但别亏着自己！"田大芬的话透着一点悲凉。

田二芳不语，她说："拗了这么长时间，今天在民政局把字签下去，我突然就松了一口气！这段时间，做梦都在哭，觉得怎么能有这种事呢？我们不都是长在一起的两棵树了吗？说是两棵树，早就盘根错节，你中有我，我中有你了。他是怎么做到说走就走的呢？"

"二姐，我要是你，我才不能这么轻松就放了他呢！我昨天还跟大姐说呢，我去他单位骂死他，把他搓成土豆丝，让他没地缝钻，欺负咱老田家没男人啊？我跟你说，男人吧，看着怎么样，都长着花花肠子呢！见到漂亮姑娘就走不动步了。这小姑娘也个个不值钱，争着抢着往人家男人怀里钻，我做钟点工，什么不要脸的没见过啊，有的女的不要脸着呢，有一女的，在家就穿一小内裤，给男人打电话那声音甜死人啊……"

"我对你姐夫都是睁只眼闭只眼，搁我年轻那会儿，我不闹死他。现在也算了，爱怎么着就怎么着吧，拿钱回家，对家里的事儿上心，爱怎么着怎么着吧！"田大芬情绪低落到谷底。

"大姐，大姐夫在外面也有猫腻？"三蕊心有点空。这魏保乐天天放养在外面，自己从没管理过他，这哪行啊？

田大芬是不确定曹金华在外面有什么的，是不敢放开手去探寻，去查证，索性就做着缩头乌龟和鸵鸟，自动屏蔽掉了那些可疑的蛛丝马迹。难得糊涂。婚姻里最重要的就是要难得糊涂。

"要是真抓了现形，不离也得离了。我可不想憋着一口窝囊气活到死，没准儿还得了癌呢！谁离了谁不能活啊？"田大芬倒是觉得二芳这样离了也

算是好事。就像一个疮，都肿出头了，再不拔掉，然后清理疮口，慢慢结痂愈合，难道任由它烂到影响到身体的其他部位吗？

"是啊，我也这样想，但一闭眼睛，还是我们从前那些事儿，在脑子里跟过电影似的，没完没了！"田二芳很害怕一个人睡在那个叫家的地方了，她总是觉得他在她身旁，在打鼾，在隔壁的房间里打字，在洗手间里洗澡，在阳台上抽烟，在客厅里看球赛……

"那个陪你去医院看雅尔的男的怎么样？有家吗？我看他对你挺上心的。差不多就凑合凑合，老了，就需要个伴儿！还有，要我说，你那工作干不干的也没啥意思，这么大年纪了，该想着怎么样享受享受生活了！"田大芬说的是孟庆霖。二芳离婚的事还没告诉他，他去了美国儿子那儿，还没回来。

田二芳摇摇头，"从小夫妻都这样，还能指望谁，从此就素衣薄面地自己过日子。好歹我还有一姐一妹，还有一个雅尔，总不会老死家中无人问，这就行了！"田二芳说得悲凉，三蕊眼窝子浅，开始掉眼泪。

"哭啥，喝酒，以后咱们老了，就找一地儿，住一起，谁能动就伺候谁，三蕊，我跟你说，你年纪小，不兴嫌累！"田大芬摆出大姐的款儿。

"瞧你霸道的，还不许嫌累，你们俩啊，也最好乖乖的听话，别事事儿的，到时候，我心眼一坏……嘿嘿！"

田大芬接到二芳说离婚的消息时，面对着另一桩悲痛的事——东阳在酒吧里跟人争风吃醋打起来进了派出所。

曹金华把东阳从派出所接回来时，于菲菲正抱着孩子哭。她说："我一天到晚为这个家忙里忙外，我哪对不起你们曹家了？我就是一时生气跟他离的婚，又不是真的，他天天花天酒地摆着少爷的款给谁看啊？"

西佳下来看到于菲菲怀里吓坏的孩子，她伸手接过曹操："走，姑姑带你买好吃的去！"

于菲菲却紧紧地抱着孩子不松手。"少来这套，你们再把我儿子弄走，我不活了！"

田大芬忍无可忍，她说："菲菲，我看你跟东阳也没个过下去的样子，要不就算了吧！快餐店归你，房子、车子也归你，只答应我一点，让我们看孩子。"

于菲菲哭得凄凄惨惨："我就没想过要真离婚……"

"得了，都到这时候了，也就别演戏了，你当初也没十分看上我们东阳，要是我们家没房没车，你能抛弃你谈了四年的男朋友跟曹东阳结婚吗？事到如今，的确是东阳对不起你，但这补偿也算可以了吧？"田大芬点给于菲菲听。

于菲菲还是恼怒："有钱就了不起吗？他做出这些事，你们不说他，倒来摆平我？"

"你怎么知道我没说他？问题是，他三十了，老大不小，说了得听才行啊？"田大芬也不知道到底是气儿子还是气儿媳妇，只气得浑身发抖。西佳拿了速效救心丸给田大芬。田大芬缓了缓问西佳："你爸呢？"

曹金华去了阿蔡那儿。也许是太早，阿蔡的足疗馆人不多。

他觉得自己真是老了，动不动就会觉得累，什么都不想做，就想安安静静地躺躺。知道端木彬在外面找了别的女的时，他还想，到底是年轻，自己这才刚过五十，就觉得啥啥都没意思呢！

他把这些话说给阿蔡听，阿蔡叹了口气说："这才叫福气，什么都有，什么都不缺，便觉着没有奋斗的必要了。要是一天不刨食就得饿肚皮的，敢有啥啥都不想干的念头吗？"

曹金华仔细想了下，也不是，真不是。一双儿女，谁都羡慕，可到了，儿子窝窝囊囊，家里外面不立事，这倒好，啥啥都不干，倒学着败起家来了。曹金华皱着眉跟阿蔡说："我老父亲从前跟我说，不求你多能干，挣多少钱，只要平平稳稳过日子，别当败家子就行，可是，这眼瞅着家里就出败家子了。赔给儿媳的房子、车子、店子都谁的？都他老子辛辛苦苦顶风冒雨跑工地赔笑脸挣下来的，他倒好，说离就要离了！"

阿蔡的手稍一用力，曹金华疼出了毛毛汗，疼过却是舒服的。阿蔡说："也算了，他过得不痛快，也难受着呢。现在的年轻人是一点屈不能受的。钱财还不是身外物，生不带来，死不带去的，我见过你儿子，不像是糊涂孩子，儿孙自有儿孙福……"

与阿蔡有一搭无一搭地对话时，曹金华身体熨帖，精神也松弛了下来，他闭上眼睛，不一会儿便传来了鼾声。阿蔡轻手轻脚拿了薄毯子帮他盖上，人蹑手蹑脚走出去。

　　曹东阳躺在自己的房间里，头还是浑浑噩噩的。西佳开门走了进来，她坐在床边跷起二郎腿："曹东阳，你够可以的啊？我还当你终于做了点爷们儿做的事，敢跟老妈做抗争，还敢把于菲菲给端了。我曹西佳从此又相信爱情了，想给你点声援呢！没想到我这还没做动作，你那边都消极抵抗了！跟你那倒霉姑娘哪儿去了啊？"

　　"一边去，够烦的了，少烦我！"东阳用枕头盖住头。

　　西佳踢着东阳的脚："你还真就打算把痛苦溺死在酒里了？离婚完了呢？泡酒吧，为那些妞打架？你真是越活越回去了啊？这是往回找叛逆期呢吧？我跟你说，是男人，就利利索索跟于菲菲做个了断。现在离一婚算什么事啊？邻居家死只猫。然后呢，你要是还爱那个简丹复杂的，你就满世界把她找着，死活把她娶了，一起为明天奋斗。找不着呢，就找一工作，好好过下面的日子，你一正经大老爷们儿，何患无妻啊！成天窝这儿悲春哭秋的，算怎么档子事啊？这是姥姥过世了，姥要活着，肯定弹你几个脑瓜崩，怎么这么死脑瓜骨呢？"

　　西佳噼里啪啦把想说的话说了，东阳坐起来看着妹妹："说我明白，你自己怎么过得那么糊涂呢？我跟你说，哪天老皮被一大嫩妞追上，你哭都来不及！"

　　"这不都一样吗？说人容易说己难。你别说我哭都来不及，老皮已经跟漂亮女孩子护士勾搭上了！"

　　"活该，让你不把人放眼里，觉得自己怎么回事儿似的！"

　　"喊，他又不是我的美瞳，凭什么让我把他放在眼里？"西佳嘴硬，心里却是酸溜溜的。男人的话都是不可信的，老皮不是说自己35还没嫁出去，他就勉为其难把她收了吗？她还没嫁，他自己先颠儿了，等自己35岁时没人收，他难道二婚娶她吗？那可不行啊，他那德性，一婚都屈得慌，还敢变二手？

　　只是，那小护士竟然是个九零后，森系女生，打扮得……跟老皮女儿似的。只不过西佳要那么说那么想，故意的。

　　西佳恨得牙直痒痒。

　　老皮打电话约西佳吃饭时，西佳正在折腾头发，烫了卷发觉得一下子都上四十了，接着让发型师给拉直了。发型师一再说效果不错，马上拉直会很损伤头发。西佳恼了："头发是我自己的，损伤我负责，要是把我的形象损伤了，耽误了姑娘的大把约会，你负得了责吗？"发型师闭了嘴，立刻做拉直。电夹板上去，头发简直是冒出烟来。

老皮说："晚上吃点饭呗！"

西佳看着自己的手指甲给发型师建议："你们真该把业务弄全点，弄个美甲师在店里，一边做头发一边把手指也做了！"发型师翻了翻眼睛没接下茬儿。西佳这才回复老皮："行啊，不过我得先相一亲，那男的是一科学家，样子长得像小猪罗志祥，罗志祥你不知道是谁啊？你是猪啊？"

发型师一乐，手一抖，电夹板差点碰到西佳的脑门儿上。西佳火了："哎，你小心点，把我毁容了，你娶我啊！"

电话那端老皮慢悠悠地说："那就相去吧，我们在正阳楼等你！"

"你中五百万啦？还去正阳楼？嘚瑟吧，你，哎，不对，你们，你们是谁啊？"

西佳的十万个为什么没问完，老皮就把电话挂了。西佳撇了撇嘴："胆越来越肥了，我看是！哎哎，这边，这边怎么还卷着呢？你是这儿的师傅吗，才来的吧？"

哪有什么像小猪罗志祥的科学家啊？好歹弄完头发，西佳顶着一脑袋卷不卷直不直的头发出现在正阳楼单间里时，老皮正跟小护士有说有笑。西佳一见小护士那粉嫩的模样，脸当时就垮下来了。

"老皮，这是哪出啊？"

老皮赶紧介绍："小萌，这是曹西佳，我发小，叫西佳姐！这是吴小萌，我们医院的护士！"

那叫小萌的女孩像被老师提问到的小学生一样乖乖站起来说了声"西佳姐好"。

曹西佳也没给面儿："得，知道你们年纪小，就不必叫姐恶心我了！怎么着啊，叫我来帮你把关呢还是眼气我啊？哎，对了，这医生带着小护士出来晃，有奸情啊！"

老皮嬉皮笑脸给小萌说："别理她，她就那死样，拿她当人，她就蹬鼻子上脸，不拿她当人呢，她又特事事儿的。"

西佳勾手叫来服务员："我说皮若愚，要不是老娘今天见了罗志祥心情

好，我一壶开水浇你脸上你信不信？"

"哇，西佳姐，你好棒哦，你见到小猪啦，我特喜欢他！"小萌完全变成了脑残粉。老皮白了身边的女友一眼："不是你说的那小猪，是她的相亲对象！哎哎，曹西佳，不带下手这么狠的，咱们就三人，点这么多？"

西佳冲服务员莞尔一笑："下单吧，别理他！"她转过身对老皮说："在小姑娘面前抠得跟一铁公鸡似的可不是啥好品质，是吧，妞儿？人丑也就算了，再抠，这还让不让人活了？"

"我们家老皮是会过日子，我就特败家，钱不能在我手里等着，我妈说我兜一有钱，浑身都不自在，这两人要都败家，那哪成啊？"小萌把身子贴到老皮身上，西佳当场石化。她顿觉自己老了。

后面那顿饭吃得很难看了，西佳一个劲盼着电话好歹响一响，自己也好借机溜走。她在心里问候了老皮的祖宗八代，这缺德的，找一小护士就藏着算了呗，拉出来嘚瑟，就算嘚瑟好歹跟自己打一招呼啊，自己这么人不人鬼不鬼地出来，自己干吗在意他的女朋友啊？

西佳起身去了趟洗手间，小护士也跟了进来。西佳扯出一片微笑，抓弄着自己的头发问："老皮还真够做一地下党的料儿，你们啥时好上的啊，怎么一点风声都没透露呢？"

小护士往嘴上涂亮晶晶的果冻唇彩。"我一进医院就瞄上他了。他丑吧，但丑得太帅了！"曹西佳一向自以为是的性格，但在这姑娘面前，她觉得自己简直就一保守党嘛。这什么逻辑啊，丑得太帅了。

"此话怎讲啊？"

"电视、韩剧里那些花样美男，美是美，就是一个个娘们儿叽叽的，还有，你想啊，跟那么漂亮一男的站一起，他比我还抢眼，不行，我受不了！男人还得像男人，那笑星不讲了吗，纯爷们儿，幽默，搞笑，我就喜欢这样的。我家老皮就这样的！"

西佳没话说了，她烘干手，转身要出去。小护士喊了声"西佳姐"，西佳站住转过身，双臂抱在胸前。

小护士说："其实吧，我知道老皮挺喜欢你的。你想啊，一男的，要不是喜欢一女的，谁会跟她做十几年的朋友啊？我分析呢，大概是你不喜欢他，或者一直把他当成备胎，再或者骑驴找马……"

西佳"喊"了一声,"姑娘,你这是在讲笑话吗?你是觉得你上岸了就可以笑话还在水里的人了吗?那我给你句忠告:在海边就不要讲笑话了,会引起'海笑'的!"

曹西佳冲进单间,拿起包走人。

老皮追出来问怎么了,西佳推开他,说:"皮若愚,从今天起,咱俩谁都不认识谁!"

雅尔把两张跟旅行社签的合同放在端木彬和田二芳面前。田二芳没把离婚的事告诉雅尔,她想着反正女儿已经知道实情,也不急这一朝一夕。其实,她是不想面对女儿宣布自己婚姻失败,她很害怕自己失败的婚姻会给还没有男朋友还没结婚的女儿留下阴影。

端木彬是回来收拾衣物的。田二芳坐在沙发上吃着一盘子葡萄,葡萄很酸,田二芳却吃得很仔细。

雅尔站在门前看端木彬收拾东西,她说:"爸,你过来坐下,我有话跟你俩说!"于是就摆出了那旅行合同。

田二芳拈起来看了一眼,是去云南、贵州的旅游,合同单上写着她跟端木彬的名字。雅尔这丫头弄的什么事儿?他俩都离婚了,怎么可能还一起去旅行?但田二芳没吭声,她要等端木彬的态度。

端木彬也拿起了合同迅速翻了两页,放下,看着雅尔。

父母坐在沙发上,规矩如同小学生,忐忑不安。女儿站在他们面前,目光从一个身上移到另一个身上,她说:"别骗我,我知道你俩离婚了!"

田二芳盯着女儿看:"你又从哪儿看出来的?"

端木彬竟然笑了笑:"小雅,你有当侦探的素质!"

端木雅尔很显然没想跟父母唠那些闲话。她说:"我自然有我的渠道。你们的婚姻既然我有份参与,那我就有发言权吧?"

"有,你有,你说!"端木彬竟然有点像幼儿园的小孩子。

"从小到大,我没要求过你们特别为我做过什么,是吧?爸?"端木彬被点到名,忙不迭地点头。

"妈,你说呢!"

"嗯,你有什么话直说就行,绕什么绕!"田二芳和端木彬当然知道女儿想说什么,前面这些话不过是堵他们嘴的铺垫。

"我给你们报了个旅行团。去云贵的，大理、丽江，还有些地方，从前我爸总说要跟你出去旅游，那时你总说我姥躺床上，父母在，不远游。现在我姥过世了，你们倒……我知道现在让你们去，你们很为难，但这是女儿的一片心，我希望你们成全，以后，这样的机会也不会再有了……"雅尔的眼圈红了。田二芳的鼻子一酸，急忙扭过头去。

"我不是小孩子，我没那么天真希望一次旅行你们就能和好如初，反正是一个团，如果你们彼此不舒服，大可当陌生人！"雅尔把话说到这分儿上，田二芳先就为难了起来。她是想出去转转的，只是再跟"前夫"，哦，对了，身边坐着的这个男人已经是她的"前夫"了。田二芳横下心来："我是没关系，只怕有的人本来就嫌我闷，不解风情，一起旅行，会更不高兴！"

"爸，我希望您念在我妈跟您过了二十几年的分儿上，善始善终。您欠她个白头偕老，您知道吗？"雅尔文文静静，却有一种冷静的寒光凛凛。

端木彬不对田二芳说，直接给女儿许诺："哪有人那么傻的，有人请旅行还不去的？下次再请就请我去欧洲。"他妄图以轻松的方式接受女儿指派的任务。

"去月球都没问题，只要，你身边跟的人是我妈，我只这一个条件！"雅尔不软不硬地回了句。

再怎么样也做不到彼此是陌生人，那是个夕阳红的团，年龄都比田二芳与端木彬大，也多半是夫妻同游，有个别单的，也都是三五好友。导游认出了端木彬，端木老师长，端木老师短的，每到一处，拼房时，也从没让端木彬和田二芳跟谁拼，都睡的是标间。

两个人开始还都绷着，端木彬要替田二芳提行李，田二芳也就随了他。有时也是不自觉的，看到哪处景色好，田二芳会习惯性叫端木，叫了，说了半句话，突然意识到他已经不是他了。人讪讪的，倒是端木彬没多少拘谨，拿着单反，这样那样地让田二芳摆POSE，他照相。旁边白发的老太太悄悄对田二芳说："你老公不错，你看我家的死老头子我让给拍个照，那副不情愿啊！"

田二芳抬头看着正在看相机回放的端木彬，嘴角微微地泛起笑意。就是这不错的老公移手了，成别人的老公了。

小导游很热情地要帮田二芳和端木彬合影，田二芳都毫不留情面地拒绝了。她不愿意跟这个逃离了婚姻的男人一起出现在一张照片里。她听到端木彬在跟小导游说对不起，小导游低声说："没事儿，我明白，这个年纪的阿姨都有些更年期，我妈也这样！"

　　田二芳苦笑了一下，心想，小导游一定会为帅气的端木彬老师感到愤愤不平的，那么好的男人怎么就找了这么难搞的女人呢，可惜了。田二芳很留意端木彬的电话，但是她并没有听到什么可疑的通话。田二芳觉得自己还是成了疑神疑鬼的女人，只不过，这疑神疑鬼已经没有了现实意义，画上了离婚的句号，彼此就再没有关联了。

　　如果不是旅行结束时的那次事故，田二芳和端木彬的那次离婚旅行真就无声无息地结束了。然后回到北京，各自回到各自的生活轨道里，从此陌路，有恨或者没有恨，都不那么重要了。

　　也许老天爷是故意的，故意给即将成为陌路的两个人留条路，给即将打上死结的两个人留个活口。

　　按照原本的旅程是第二天一早坐飞机从贵阳回北京的。但那晚田二芳在酒店看了芒果台的《变形记》，看得泪水涟涟。她突然临时起意决定要去从江的那个寨子看看。

　　端木彬洗澡出来陪田二芳看了余下的半集节目。田二芳说出要去那个寨子看看时，端木彬的第一反应是你疯了吗？田二芳性格里的拗劲又上来了，或者是那句话，敌人反对的，就是我要坚持的。如果端木彬不表现出急吼吼要回去的样子，也许一觉醒来田二芳自己就打消了去从江的想法。但是端木彬那样急不可耐，她就会联想到那个望眼欲穿的她假想出来的女人。她说："我说的是我要去，没要你陪我。雅尔安排的旅行你已经完成了，明天你按原计划返京，我自己去从江！"

　　她躺在黑暗里，把这话一字一句说给他听。

　　另一张床上，他沉默。她以为他会再说点什么，终于沉沉的睡意袭来，她跌进梦境里。

　　醒来时，外面太阳很大。屋子里静静的，她坐起来，好半天才想起看表，已是八点多了，他们不是已经奔机场了吧？一想到自己要独自面对未

知的行程，她还是有些害怕的。她不是个依赖性很强的女人，只是，身边有个还不赖的老公，这些年，再不依赖，很多事还都是交给了他打理，她乐得清闲着。大姐小妹都羡慕她好命。好命的结果就是中途他下车走了，把她留在半路上。

她起身去翻包，一眼看到他的东西还都在。房间的门开了，他进来，手里提着早点，他说："快吃，一会儿去客运站！"

她没问他怎么没走，她一点点剥开一只茶叶蛋吃下去，心里还在犹豫着。

他们并没有去客运站。出酒店时，一个矮个子男人跟了上来，问："你们去哪儿？我送你们吧！"

端木彬警惕地看了矮个子男人一眼，示意她快走。她问："去从江吗？"

矮个子男人显然为碰到了一个大活儿兴奋得眼睛发亮："去啊，我跟你说，你们找我算是找对了，我昨天还送了两个人去从江，那儿的路不好走，一般司机不敢走！"

"多少钱？"

"五百吧！"矮个子男人眼里的迟疑被田二芳看在了眼里，她说："三百，去就走，不去拉倒！"

"大姐，你这也太能讲价了吧……好吧，上车！"端木彬悄悄拉了田二芳一下，低声说："这种黑车……"

田二芳已经矮下身子坐到车里。端木彬提着行李在原地站了一会儿，矮个子男人大声喊："大哥，上车啦，现在走，天不黑就到了！"

端木彬只得把行李塞进后备箱坐进了车里。

车子开了半小时左右，上来个略高些的男人，和司机认识的。上来坐在了副驾驶的位置上，矮个子司机的解释是路挺远的，多个人换换手。

端木彬有不祥的感觉。

果然，车子越开越荒凉。端木彬努力想分辨出哪儿是哪儿，可根本没有路牌标识。矮个子男人跟后上来的男人用家乡土话交流着什么，端木彬问这是哪儿，怎么不走大路呢？两个人交换了一下眼神，车子停了下来。

田二芳几乎是被从车上赶下来才醒的，一路上她都昏昏沉沉地睡着。

她下车，问端木彬："到了吗？"她看到端木彬冲她使眼色，然后她看到两个男人，一个拿着刀，一个拿着一根棒球棒。

　　端木彬把口袋里的手机与零碎的钱都掏了出来，他对田二芳说："都给他们。这两位兄弟也就是求财，没别的事，大家都不容易。"田二芳指了指车上："包在车里！"高一些的男人没发现银行卡，他问："你们城里人不都用银行卡吗？密码是多少？"

　　端木彬说："我们原本是跟团的，钱都交过了，就带一点零碎钱出来，再说，就算有银行卡，我告诉你们密码，这荒山野岭的，你们也取不了不是？"

　　高个子男人上来一脚正踹中端木彬的心口，端木彬像袋子一样倒下去，矮个子的脚上了去，田二芳不顾生死地扑到端木彬身上，暴风骤雨一样的拳打脚踢上来。田二芳喊："钱和东西都给你们了，你们还想怎么样？"

　　四周终于还是安静了下来，阳光坦荡无辜地倾泻下来，它那么眼瞎，明晃晃地纵容着罪恶，显得它都是脏的。

　　田二芳努力爬起来，疼痛像是水，浸透了每个细胞，但她得挺着站起来，她拉端木彬，没有任何意识眼泪已经爬满了脸，端木彬是清醒的，甚至他给了她一个清清楚楚的笑，他说："我真没用，要你来保护我！"他努力坐起来，却不行。田二芳看了看周遭的环境，只是一条羊肠小路，车子也不知道是怎么开进来的。她说："有车路过我们就搭车回贵阳，没事儿！"说没事儿，她的声音还是颤抖的。

　　端木彬还是坐了起来，他拍了拍她的肩膀说："没事儿！我歇歇，咱们往外走走！"他吃力地站起来，额头上已经起了一层毛毛汗。两个人在一块大些的山石边坐下。太阳很晒，田二芳开始后悔，要是不那么任性去什么从江就好了，手机都被抢了去，这荒山野岭的，不会有野兽吧？

　　端木彬再次给田二芳吃定心丸："动物看见咱们啊，早跑没影儿了！"

　　没有车没有人经过，田二芳搀着端木彬往外走，田二芳还好，端木彬伤得有些重，每走一步，他疼得都冒汗。应该是肋骨断了吧，但他没说，他没说，田二芳还是哭了起来，她说："这不好好的日子作的吗？咱俩死在这儿，雅尔找都找不着吧？那孩子还没对象就成了孤儿……"

　　端木彬终于发了火，他说："已经这样了，哭有用的话，我陪你一起哭。"

两个人觉得车子不过开出来两三个小时，走起来却像无尽头似的。端木彬一再给田二芳打气："再挺挺，上大路就好了，会有车！"

但大路没出现，乌云和暴雨倒来了，天也很快黑了下来。

田二芳只吃了一个茶叶蛋，端木彬也只吃了早餐，一折腾，体力早已耗尽。两个在雨中仓皇着的人绝望透顶。两个人在一棵稍大些的树下坐了下来。

冷无孔不入。端木彬上牙碰着下牙，牙齿发出笃笃的声音，田二芳伸手摸了摸端木彬的头，他的头很热，人却冷得直哆嗦。她连哭的力气都没有，她拍着端木彬，"你不能睡，不能睡！"电影里的情形突然就落到了生活里。"咱俩说说话吧！"端木彬突然说。

"嗯，好！"田二芳紧紧地把端木彬抱在怀里。她的泪落到他的脸上，他会以为是树上落下来的雨水吧？

他说："你别哭。我想老天爷这是在惩罚我，只是，不应该带上你！"

"说这些干什么？"

"芳，你一定后悔嫁给我了吧？我跟那姑娘真的不是你想的那样，我承认我有动心的时候，但基本道德我还有，我没有出轨……"

田二芳沉默了一会儿，把脸贴到他的头上："就算有了现在的结果，我也没后悔。快三十年了，那么多个日子，一个牵着一个的手从我的生活里走过，那么多欢笑与陪伴，那么多的记忆和体验，没人能连根拔起！或者，你可以，我不行……"

"如果我说，我后悔了，你信吗？"端木彬的声音跟这山谷间的雨雾一样潮湿。

"你后悔跟我结婚，后悔跟我过这将近三十年的日子了吗？"田二芳竟然可以问得心平气和，她想，如果老天爷就安排他们死在一起，也真没什么好怕的了。

"不是，我是说，我后悔跟你离了婚，后悔没有珍惜我们在一起的日子。我们从前不是说等闲下来就先国内游再国外游的吗？我食言了……"

"还不晚，你好好的，回去，咱们还有机会一起像这样出去玩，我保证不任性了……"

端木彬真的很乏了，但是他还是说："如果活着出去，跟大姐、小妹好好相处，再怎么着她们都是你的亲姐妹，雅尔嫁了，你会很孤单的，还有，那个对你挺好的老头儿，你也可以考虑……"

"端木彬，你说这话是什么意思？你还是不回头吗？你这是托付后事吗？不行，你答应我，一定好好跟我回北京，不然，不然我怎么跟雅尔交代啊？你不知道，你跟我提出离婚时，我痛苦成什么样，你不能还没等我报了这个仇就离开，你太自私了……"田二芳的眼泪落到端木彬的脸上，他变成了一块火炭，只是给她的不是温暖，而是害怕。

树林黑漆漆的，雨停了，天空黯蓝色，几颗星星很近，又很远。

第七章

谁不珍惜谁的答案

　　东阳又整宿不回来了。田大芬吃了一把更年康还是一阵子一阵子燥热，她把家里的保姆骂了一顿给钱辞掉，打电话叫曹金华再找一人来。曹金华说："按你那标准，伺候老佛爷都够格了，能找你自己找去！"

　　田大芬还没说话，曹金华就挂了电话。田大芬进了西佳的门跟西佳抱怨："这个家我算啥都不能说了，谁谁都不听我的！"

　　西佳正睡觉，抱了枕头披头散发地坐起来："又怎么了，我的亲妈？"

　　"你爸啊，我说让他找保姆，他嫌我事多！还有你哥，人影都不见，我为了谁啊，我不是为孩子嘛，那曹操那么小，他们离了婚，于菲菲能守着不嫁吗，再找一主，给孩子改一姓，我这孙子不就没了吗？"田大芬开始抹眼泪。

　　"妈，我跟您怎么说的来着，您就是不听，我哥不是一小孩，他想要什么他明白着呢，一开头您就错了，结果呢，人自己找到了改正的机会，您还生把人往回拉，就那于菲菲，您又不是不知道，只要给钱就眉开眼笑，我跟您说，这是咱曹家还红火着，但凡是碰上点沟沟坎坎的事儿，一定比兔子溜得都快。这种女人，就您挑的，您现在还敢说为了孩子，要不是您的错误，根本就不能有这孩子。当然，我大侄子也是挺可爱的！事到如今，您还藏着掖着什么啊，找那简丹，让她回来，然后我哥怎么选，那是他的事，您放着好好的日子不过，操这么多心干吗啊！"

　　"不操心，这一大家子人，我不操心你们能长这么大吗？还有你，这相亲的队伍都快排美国去了吧？人找一对象怎么就跟玩似的，就你，挑三拣四，早干什么去了，一挑挑一人渣儿……"

　　西佳一看自己一番劝告没起什么作用倒惹得老妈枪口对准了自己，连忙举手投降："您还是操心我爸我哥和保姆还有您孙子的事吧，我的事我自己解决，我嫁不掉我曹西佳就自绝于人民，不劳您操心，行不行？"

西佳把自己蒙在被子里，田大芬倒想西佳说的或许是对的，她得去朋友那房子看看那简丹还在没在，这有一段日子了，自己真是忙糊涂了。

田大芬一进那小区，物业就把钥匙给了她。简丹根本就没住那房子，物业说那女的交代也不用特意给田大芬打电话，来了把钥匙给了就行。

田大芬拿着钥匙心里还真挺不忍的。这姑娘挺犟的，不低头的个性一点都没改。如果不是跟宝贝儿子牵扯到一起，她倒是挺喜欢这个性的。

她该不会是回哈尔滨了吧？

回到家时，东阳正醉醺醺地坐在沙发上喝冰可乐。田大芬又是心疼又是恨。她抢下冰可乐唠叨："这是喝了多少啊，过了一宿了还醉成这样？"

东阳醉眼蒙眬地冲老妈笑，田大芬突然就使劲捶东阳："你能不能给妈争点气啊？你能不能不让妈这颗心老是悬在半空中啊？"东阳抱住田大芬哭了起来，他说："妈，妈，我很疼，我真的很疼！"

田大芬慌了神："怎么了？哪儿疼，告诉妈，你哪儿疼？"

"心疼。这心很疼很疼！妈，您把这颗心剜走两回，它现在四处冒血，您听，刺——刺——"田大芬松了一口气，说："我去找简丹了，她走了，没在那儿住。小阳，今天妈跟你讲，这么多年，我手把手摁着你，就是希望你能按照老妈设计的人生走，老妈这辈子没得到的没过上的好日子都让你过上，可是，这样倒害了你。从今儿起，你爱怎么着就怎么着吧，你离婚，娶那个简丹还是复杂，我都不管了。我也真是管不了，这怎么就好像我越用力，你就离我越远呢？我也不知道这是怎么了……"

曹东阳早已伏在田大芬的怀里睡着了。

田大芬抚摸着东阳的脸，从前那个在怀里抱着吃奶的小娃娃怎么就长得这么大这么高了呢？那么乖那么听话连穿什么衣服出门都要问妈妈的小男孩怎么就给自己那么响亮一个巴掌告诉她她的教育完全失败了呢？

一想到这些，田大芬就悲伤得掉眼泪。

曹金华领着一小保姆进来，看到这情形，很不屑："你用不用拿个被把你的宝贝儿子包上？"

田大芬的电话响了，雅尔慌里慌张地说："大姨，我爸我妈可能出事了，昨天从早到晚，我打他俩谁的电话都关机！我打旅行社的电话找到导

游，导游说他们临时决定去什么从江，这都一天一夜了，一点消息都没有，那边路据说很不好走，不会出事吧？"

田大芬的心"咯噔"了一下，她强作镇静地对雅尔说："别急，山区，可能手机信号不好！你在哪儿，我就过去！"

黎明朗陪在雅尔身边，雅尔已经慌得没了一点主意，一个劲儿埋怨着自己，她说："我太傻了，他们离都离了，还让他们去旅行什么啊？这要是出事了，我一辈子都不会原谅自己的！"黎明朗抱住雅尔："没事的，一定会没事儿的，你先别着急，我找那边的朋友报警了，我也在微博上发了消息，很多人转，会有消息的！"

田大芬突然想起来："小雅，你问没问跟你爸做节目的电视台？他跟没跟她联系？"

雅尔像抓了稻草似的，觉得这是条路。问过去，却依然没问到消息。

雅尔的手机有陌生电话进来，电话里传来老妈的声音，雅尔的眼泪立刻掉了下来，心却放进了肚子里："妈，你在哪儿，我爸呢？"

田二芳与端木彬是在天亮时被进山拍摄纪录片的剧组发现的。

端木彬断了三根肋骨，腹腔内出血，加上淋了雨，人像一截失去叶子的枯树一般静静地躺在病床上。田二芳坐在病床前看着昏睡中的他，她多想时间在此刻凝住，她就这样守着他，天荒地老啊！这样的想法一出，她意识到了自己的自私。她在心里祈祷：只要让他好起来，他怎么幸福就过怎么样的日子吧！她不再有怨怼的心了。

黎明朗陪着雅尔去了贵阳，在医院里，她看到了历经过一场生死的父母。老爸躺在床上，输着液，老妈坐在另一张床上，面色苍白。

雅尔扑过去问到底出了什么事："老爸老妈，你们吓死我了，你们真是吓死我了！"

端木彬和田二芳仿佛都从某种情境里闯到现实里，薄薄的一层墙，他们都看清了自己面临的尴尬，都回到了原地。两人分崩离析的一场"中年危机"到最后真的能抹下脸重修旧好吗？至少，现在他们还没有这种勇气。

一场意外下说的话都可以当成是胡话，生死关头的那些表白都可以当成是人之将死，其言也善吧？端木彬想看清田二芳的表情，田二芳却只说："小雅，扶我去趟洗手间！"

到了走廊，田二芳说："订回北京的票吧，越快越好！"

雅尔握住老妈的手，懦懦地叫了声"妈"，田二芳的眼泪刷刷地落了下来，泪水落到雅尔纤细的手上，像是烫到了她的心里。她暗自做了决定。

田二芳回到北京，田大芬与田三蕊做好了饭等在家里了。见了面，田三蕊先掉眼泪："二姐，你可真是的，去干什么不好，去那么远的地方，你说这要是找不回来你，我们不得疯了啊？"

田二芳眼里也汪了汪泪，不管怎么打怎么闹，关键时刻，不离不弃始终站在你身边的还是姐妹。

大姐是另外一种关心方法："快去换了衣服吃点饭上床休息吧！你还真当你是年轻小姑娘，能做那马友驴友的？你跟他离都离了，还出去旅游什么？雅尔说你们从团里离开了，我还以为你们谁想害谁，妈呀，那情景让我想象的，跟电视剧似的！"

三蕊和二芳都笑了。

袁如意跟四林来了，袁如意骂端木彬，她以为那便是帮着二姐的方法。殊不知，爱过的人，自己再恨，也是不愿意听到外人骂的。而此时，袁如意便是那个外人。

田二芳皱了眉头，四林看到了，连忙把话题往一边扯，他说："姐，我们公司提议案选我做副总经理了，表都填了，就差领导谈话了！"

这是大好事。田大芬一直觉得小弟提不起来，是太不会来事，能进步吗？暗地里她跟曹金华没少叨咕，让他帮着想想办法。现在终于有希望提升，那可不是大喜事吗？只是袁如意说："什么板上钉钉的事儿，到你这儿都得晃三晃，前面不都差一点儿吗，煮熟的鸭子都飞了！"

雅尔看她们姐弟几个聊得不错，便说："我出去晃晃，大姨，小舅，要乖乖听话，不能吵架知道吗？"

小姨三蕊指着雅尔的脑门儿："快去吧，我看他在外面等着呢！"

三蕊说的"他"自然是黎明朗。雅尔想喝酒，但她并不想跟黎明朗去。

她打电话给西佳，西佳正在家里打游戏，她说："没问题，只是，你知道美女出个门要时间……"

"见我又不见帅哥，不用那么使劲捯饬。"

"这话你可说错了，对一个大龄剩女来说，每一个出现在公众场合的机会都可能遇到真命天子。如果不随时把自己打扮得美美的，万一真命天子出现，那我多亏啊？"

雅尔不跟表姐瞎侃："那大美女您赶紧往脸上身上装修吧，这再不赶紧出门，天就黑了！"

黎明朗的车还真就在小区的门口，雅尔敲了窗问他怎么还不回去，他说："刚接了个电话，就准备走！"

雅尔拉开车门坐进来："撒谎都不带眨眼的，这功夫什么时候教教我！"

"这你还用跟我学吗，要学跟你心里那白马学啊，他一边娶了美娇娘，一边跟公司里的得力干将暧昧至死，想必这谎话是必备武器吧！"黎明朗嘴贱腹黑的功夫从不失效。

雅尔不跟他计较，相反，她瞅着他说："哎，你一个人住，买醋干吗？"

"没有啊，买醋……"黎明朗明白了雅尔话里的意思，"别自作多情啊，我就事论事！"

"你这么针对他，不是吃醋是什么？"

"我是看不惯别人欺负你，这叫大路不平旁人铲！"黎明朗戴上墨镜，启动车子，竟然也不问雅尔去哪儿。

雅尔的电话响了，段城打来的，他说："回来了吗？"雅尔答应着。

"那明天可以来公司上班吗？"

雅尔突然就爆发了。他还是人吗？自己父母遇到那么大的事，他连句起码的问候都没有，他真的把自己当成棋子了吗？自己爱的男人就是这样的吗？他明明知道自己对他的感情，但他还是不清不楚。自己离得远一点，他就近一点。自己靠得近一点，他又一把把她推走。这是猫捉老鼠的游戏吗？

"段城，我正式通知你，你给我办辞职手续吧，从今天起，我不去公司上班了。"

"雅尔，我知道遇上这些事，你心里乱，这样，你别急着做决定，放个大假，用不用我帮你订去国外的机票，我伦敦有同学……"雅尔听出他的慌张，但就是这慌张让雅尔倍加难过，他能给她的也就是这么多，他是个贪心的人，就算他们之间真的上了床，真的开始了一段婚外情，伤害的只是像老妈一样的易小桥吗？委屈的还有自己。至少老爸还是勇敢的，他敢于结束一段婚姻，开始另一段。雅尔又矛盾了，如果他真的愿意离婚跟自己有结果，自己可以做到理直气壮吗？

眼泪鼻涕一起涌了出来："够了，段城，收起你的烂好心，我看透你了，这游戏老娘不想再玩了！"

挂掉电话，黎明朗递了纸巾给雅尔。雅尔无拘无束地哭了起来。

黎明朗说："你再哭，我也哭了，咱俩二重唱，应该能去《中国好声音》让那些导师们也跟着哭个稀里哗啦！"

"黎明朗，如果你真的有些喜欢我，准备一枚戒指，无论是钻石的、金的、银的、草编的还是易拉罐环的都行，向我求婚，然后娶我吧！如果对我没什么意思，那就从我的生活里消失吧，别挡住那些爱我的人的视线！"

"知道我穷是吧，手还笨，那么多戒指我哪能买得起……雅尔，你说的是真的？"黎明朗一个急刹车，窗外一司机摇下玻璃骂："你丢魂啦？"

雅尔指了指前面的路口说："左拐，三里屯，西佳在那儿等我呢！"

车子开到三里屯酒吧街，黎明朗说："端木雅尔，你没什么了不起，你别以为我当备胎当得甘之如饴。你也别以为你失恋了，我就会伸手接着你。我黎明朗到今天没谈恋爱，那就是我想要份纯粹的爱情，而不是当了谁的替补！"

雅尔下了车，身子轻飘飘的没了一点重量，她弯下身说："明朗，就当我胡说，对不起！"

黎明朗青着脸，瞅也没瞅雅尔一打方向盘车子开走了。

雅尔一抬头看到浓妆艳抹的西佳。西佳说："怎么把人家帅哥气成那样的？"

魏保乐休了四天假，在家洗衣服做饭，给儿子做好吃的，给田三蕊捶背端洗脚水。田三蕊心满意足地趴在魏保乐怀里说："这人吧，真没十全十美的，你没钱没本事，但就是……"她趴在魏保乐耳边悄悄说了句。魏保乐说："这还真就快十全十美了，我跟你说，很快我就会证明给你看，你老公那是相当有本事！"

田三蕊"喊"了一声："这牛皮被你吹烂了多少了？这些年啊，我都不敢往大姐、二姐跟前站，也不知道是我敏感还是怎么的，我就觉得他们瞧

不起咱。现在啊，我倒是想开了，各人有各人的福气，咱虽然没钱，你却对我一心一意。大姐夫有钱，但是听大姐那意思也是带管不管的。这二姐夫就更长本事了，直接挂着小姑娘跟二姐离了婚。这老了老了，没了个伴，看二姐那样，我都心疼！"

"三蕊，我知道这些年你跟我吃了很多苦，但这马粪蛋子也有发烧的时候吧！你就瞧好吧，我一定会让你过上好日子的，而且，我魏保乐找了你很知足，外面的女人我也看不上！"

田三蕊掐魏保乐："这嘴这么好，不会是外面都偷吃上了吧？你的能力我可是知道的……"

"交公粮，我把公粮都交给你，看你还怀疑，只是别告饶！"魏保乐是行动派。田三蕊急忙堵他的嘴，"小心儿子听到！"

四天假结束，魏保乐兴冲冲地去写字楼上班，空瓶子说了，上班他就是华东区负责经理了。这样，他每个月就可以拿到五万到十万的销售提成了。想到把工资卡扔到田三蕊面前时她的样子，哦，不不不，一定要提成现金，把十万现金往床上一扔，三蕊那嘴张得肯定能吞个电饭煲吧，她一定会说："魏保乐，我不是做梦吧？你这么点背的人竟然能中彩票？"

魏保乐就是踩着这朵云彩嘴角带着笑走到那间名号差点以宇宙冠名的公司前的。白云彩与微笑立刻被一朵漫无天日的乌云盖了过去。

写字间的门敞着，里面进进出出几个人在搬东西，清洁工在做打扫。魏保乐拦住一个人问："你们是哪儿的？谁让搬这些的？"

搬东西的人的目光扫了一眼魏保乐，上嘴唇下嘴唇一碰，吐出两字："躲开！"

魏保乐趔趄了一下，闪到一边。他问在做清洁的那个中年女人："大姐，这公司的人呢？"

清洁工倒是好说话，她说："跑啦，欠着好几万租金呢，这皮包公司啊，三天两天开起来，三天两天就关门了，这大楼也是，啥人都租，这快成骗子老窝了！"

清洁工还在絮叨，魏保乐没有听下去的耐心了。骗子？怎么可能？他给空瓶子打电话时手哆嗦地按了一遍电话簿愣是没找到。再按一遍，电话簿里写着他的大名：孔令华。

电话关机。魏保乐突然想起公司里还有个做产品线的汪老板，他翻到他的电话，电话也关机。这年头，有电话的人，青天白日的，如果非故意，谁会关机呢？但魏保乐还是不愿意相信这个事实。怎么会是骗子呢？他们生产销售那种从澳大利亚进口来的跑步机，一台上万，他亲眼见到一个人一次就定了十台。他还去公司的库房看过，满满的全是跑步机，还有，公司的财务单据他也见过啊。好歹他魏保乐在社会上混这么多年，怎么会……

有个瘦瘦小小的男人急匆匆地跑进来，他抓住魏保乐问："这里面的人呢？"魏保乐不知道怎么答，瘦小男人哭丧着一张脸说："昨天我刚交了十四万回家就被我老婆一顿骂，让我把钱要回来，这怎么都没人了呢，不会是……我就寻思着多赚点钱，他还领着我去商场看了，这机器在商场是卖两万多呢，这才一万，我寻思着咱卖一万五，不还挣了吗？"

接二连三的有人来，他们有的是像魏保乐一样被聘来的员工，有的像瘦小男人一样交了钱来提货的，只是，所有人手机里五花八门的这公司的联系人名字的电话都打不通。旁边的人说报警吧，看能不能抓到这王八蛋。我给我老妈看病的钱都拿了出来啊……

魏保乐很无力地靠墙坐到了地上，空瓶子说公司是股份制，得多投入才能有高回报。尤其是管理层，必须要先交了上岗押金才能进中层，然后每个月领的薪水也才能更多。魏保乐进公司时，什么手续还没办呢，空瓶子就给了他五千块零花，他说："先给老婆点甜头，女人都是头发长见识短，只有见到钱，才会眉开眼笑！"

这正好救了魏保乐的燃眉之急，田三蕊不知道他在学校食堂那边辞职了，到了月底，得往家交钱呢。

接着空瓶子就给魏保乐画了一巨大的饼。魏保乐也犹豫了一下，先从家里偷出了一张五万块的存单，取了交给了空瓶子，空瓶子看都没看，拉开抽屉塞了进去，他说："不出三月，这点钱都不够你一个月挣的。咱这东西是澳大利亚中国独家代理，要不是我觉得哥们儿你不错，这挣钱的买卖我不能随便收人啊！"

在公司二三个月，魏保乐莫名其妙跟着空瓶子逛了几次运动器械展，再就是帮空瓶子接订货电话，订货的人数倒还真不少，魏保乐也看到全国

各地都有往空瓶子账户上打款的。再就是每天去各个健身房记录人家用了什么器械，再不然就是喝酒吃饭，听空瓶子跟各种不靠谱的人谈不靠谱的生意。

他想可能自己在公司干的时间短，公司的核心业务他都没接触上。他把这想法说给空瓶子听，空瓶子的大眼球子逛荡了几圈："公司的规定你也知道，这要是进中层，怎么也得拿出四十万，当然，这钱就是放这押一押，连利息都给你。咱这么大的买卖不可能差这点钱，咱就是怕白白帮人家公司培养了人才，咱把你培养好了，你一拍拍屁股走了，那我多伤心加难过？"

魏保乐想想也是这么个理，葛优在电影里不都说了吗，二十一世纪，最缺的是什么？人才！人公司怎么能随便培养人呢？空瓶子说升到管理层，还得去清华学啥BA，必要时还要出国考察，这钱就是放那押着，跟存银行也没啥区别。只是，四十万，就是把他的骨头砸了卖虎骨，也卖不出这些钱来啊？

"这样，你要是真拿不出来四十万呢，那我就徇个私，你好歹凑出三十万来，剩下的十万我帮你押上，保乐，这可是第一回，回头你挣了钱，不用别的，请哥喝顿酒就行！"

魏保乐心里松快了许多，这一下就免十万。可是，就是三十万他也没有啊。自己和三蕊都是靠苦力挣钱的人，挣一分是一分，省吃俭用这些年，也不过攒了十二三万块钱，这都是打算给魏来上大学的。但是，如果自己有了前途，这钱很快赚回来……

人总是会耽于幻想的。

这许多年，魏保乐在三蕊的抱怨里过日子，在连襟的压力里过日子，谁都想好，谁都想向这世界证明自己有能力。如果这根稻草摆在面前，会不去抓吗？

魏保乐给家里的哥嫂和老爸老妈打了电话：借钱。哥哥开着一家汽车维修部，日子过得不错。老爸老妈虽然是普通的退休工人，这么些年下来，手里几万块也是拿得出来的，那是棺材本，老爸汇给他钱时特意这样强调的。魏保乐信誓旦旦，他说："爸，您放心，几个月我肯定还您。"

哥哥汇了十万，他一再问魏保乐这钱的用途，魏保乐撒了谎，他说跟大连襟开饭店，自己入股，不拿钱不好意思。大连襟有钱哥哥是知道的，这他就把心放肚子里了。弟弟做厨师，开个饭店，那不正对口吗？这错不了。

三十万存在一张卡上，如滚烫的一只山芋，魏保乐颤巍巍地把它拿到空瓶子面前，他说："孔哥，咱这真的没啥事吧？如果有事，这就要了我的命了！"

空瓶子的大眼珠子乐成了一条缝，打开电脑，让魏保乐网上转账，他说："放心，这点钱，还不够我零用……"说完，自知失言，赶紧说："我真名真姓的，你都知道我家在哪儿，我骗谁还能骗你，真是，这么挣钱的机会，一般人，我还不告诉他！"

魏保乐相信了他。交完钱第二天，空瓶子拿了两千块钱给他，说："给你放四天假，好好陪陪老婆儿子，然后就要做空中飞人忙起来了。这月底，英国曼彻斯特有个订货会，你也去一下！"

魏保乐还有些挠头："我也不懂英语啊！"

"这你怕啥，有翻译，嗯，咱带翻译！"

那些天，魏保乐差点就要把这些好消息告诉田三蕊了。只是，钱都拿了出去，自己做了这么大的主，还没见甜头回来，田三蕊不杀了他才怪。所以，他就忍，一忍再忍，忍得都快出内伤了。

这倒好，不用内伤，直接毙命。这明晃晃的骗子公司，空瓶子这王八蛋。

从警察局做了笔录出来，天上下着秋雨，雨水凉得让人想往地里钻。魏保乐却不躲闪，径直走在雨里。有出租车停下，司机问："哥们儿，坐车不？"

魏保乐冲出租车吼："坐你妈的车，滚！"

他在雨里一路走下去，直走得泪流满面，却分不清哪是泪水哪是雨水。

田三蕊去家政公司时，分派活的头儿正在喊："谁做饭手艺好些？这儿有份大活！"所谓大活就是一百块以上的活计。很多人争抢着，都被头儿PASS掉了。田三蕊自信满满过去，把厨师证递了上去，把自己随身带着的几个拿手菜的照片递了过去，头儿问："会做春饼不？"下面等活的立刻炸了："这都什么时候了，要吃春饼？"田三蕊说："我最拿手的就是这个！"

头儿立刻应允："就你了！"

厨师老婆再怎么也不是白当的，田三蕊还想着要抽空去学学护理什么的，当月嫂挣钱相对轻快。

这家住在别墅区，一看就是有钱人家，儿子相亲，在外面酒楼里吃完饭，要备点夜宵。

田三蕊进门时，男女主人都不在家，一个很和气的老太太领她进门，田三蕊先把厨房收拾了一下，去菜市场买菜。她心里还想，有钱人家就是不一样，大酒楼都吃腻了，净想些新鲜的吃。

田三蕊切葱丝时，家里回来了人。人还不少。谈笑风生的。

田三蕊听到大姐的声音，心里一惊，这家的客人是大姐吗？大姐看到自己是什么表情呢？会当着主人的面认她这个妹妹吗？尽管她从不认为自己做钟点工有什么丢人的，但……

葱辣得她眼泪哗哗往下流。女主人进了厨房："先洗点水果端上去，还有，把那只瓜切切，要切成小块扎上牙签……哎，怎么是你啊？"

田三蕊擦了擦眼泪，仔细一看女主人，她也认出来了，是少给她钱的那个大圆桃。她不住朝阳区吗，怎么搬到这里来了？哦，有钱人，房子多也没什么好稀奇的。

大圆桃一脸恼怒，声音压低压扁了说："我跟你说，今天我儿子相亲，你要是出纰漏跟我要脾气，别怪我不客气！赶紧端了果盘出来，快点！"

田三蕊的心情跌到了谷底，这点也太背了吧，冤家路窄也就罢了，还碰上姐姐，相亲？莫非是西佳？大圆桃在外面喊了："磨蹭什么呢？这边房子不总住，不然就雇保姆了，西佳，你看看小超画的这些画，小超，你带西佳去看看你那些收藏！"

西佳上了楼。田三蕊低着头端着果盘出来，田大芬正跟大圆桃坐在沙发上聊闲嗑儿："我们家老曹早就认识你家先生，就是没想到你们儿子跟西佳年龄差不多……"

大圆桃接口道："我家先生见过西佳，觉得这孩子漂亮活泼，不像外面有些姑娘那样装，他最看不了能装的孩子，他常跟人说，做人要真实坦白！哎，阿姨，你这瓜切的这什么啊，这多大的嘴能吃下去啊？你们公司就是这么训练你们的吗？我就说这家家政公司不能用，不能用，没记性，又找的这家！偏又是你！"

田大芬这才看了端果盘上来的钟点工一眼。是三蕊。

三蕊沉着一张脸把果盘端下去。大圆桃还在抱怨钟点工不中用，拿起电话要投诉。田大芬急忙拦住了，她说："算了，都是出来挣钱过日子的，不容易。"

大圆桃这才作罢。田三蕊第二次把果盘端上来。田大芬张了张嘴，想跟三蕊说句话，田三蕊却很快地进了厨房。

厨房的门砰地关上了，田三蕊的眼泪涌了出来。继续切葱丝，切土豆丝，烙饼，她在心里对老妈说："妈，你看到没，你大女儿是阔太太，你老闺女做了下人！"

三蕊这时是恨魏保乐的，但凡他有些本事，自己也不会受这份屈辱。她很想摔门离开，但是，公司规定，如果无故没完成分内工作一次，会扣掉押在公司里的五百块押金。反正自己活也干了，能怎么样呢？索性坦坦荡荡……

三蕊把饼烙好，端出去，小碟里的菜一样一样摆好，大圆桃招呼着儿子和西佳下来吃东西，她说："我特意让我家先生问了曹老板的，说你们喜欢吃这一口，也不知这工人的手艺怎么样……"

西佳下楼来，一眼看到摆盘的三蕊。三蕊也看到西佳，手一抖，小碟里的辣椒油洒到了地毯上，大圆桃大叫："哎呀，哎呀，你……你是不是有毛病啊，这地毯可是德国进口的，这弄脏了洗不掉，把你卖了都赔不上！"

田三蕊也吓住了，转身去厨房拿抹布，但她一出来，一下子被大圆桃推到一边去："能用这个擦吗？"

西佳扶住三蕊："小姨，你怎么在这儿？没事，就一破地毯，值不了多少钱！"

田三蕊的眼泪扑簌簌掉了下来。田大芬站了起来，她说："别哭，地毯多少钱，我们赔！"

大圆桃蒙了："这话儿怎么说的呢，怎么能让你们赔呢？小姨？西佳，她是？"

"她是我小姨，如假包换亲小姨。小姨，你哭什么啊？真没多少钱！"

大圆桃也赶紧往回收自己泼出去的话："一块破地毯，真没啥事儿，怎

么这么巧啊，你小姨怎么会做……"

"做钟点工也是凭本事吃饭，也没什么让人看不起的。三蕊，别哭，咱们走！"田大芬站起身拉着三蕊往外走。

出了那栋小别墅，田三蕊一个劲地道歉："西佳，都怪我不好，你好好的相次亲，让我给搅和了！"

"妈呀，小姨，你忘了我是业余上班，专业相亲的吗？你还以为我真喜欢那矮冬瓜一样的胖子呢啊？他带我看那什么收藏啊？要我看就是潘家园的假瓶子，还跟我说这个元青花，那个雍正五彩，唬谁呢，就他那眼光能看出这些，鉴宝那些专家指啥活着呢！我早就想走了，你救了我！"西佳努力安慰着小姨。田大芬倒是沉着一张脸，一言不发。

田三蕊心里很别扭，她想，大姐一定是怪自己坏了西佳一份好姻缘。

她死活不肯坐西佳的车，她说她还要回公司，那女人投诉过去，给公司惹了麻烦，她得回去解释一下。

田大芬这才说了话，她说："我跟你姐夫说一声，你就去他公司干，干点什么不好啊，省得受这些势利眼的气！"一句话把田三蕊的眼泪又招了出来。"不用了，真的不用！不是家家都这样！"

"三蕊，我就一直不懂，你这死硬的脾气给谁看？自己的姐姐，说个软话，沾点光，能死吗？"说完，田大芬抬腿坐进车里，西佳冲小姨挤挤眼睛："别跟我妈一样，我妈的说话风格你还不知道吗，一句不把人蹦墙上去，那都算客气着！"

车子开走了，田三蕊站在原地。天冷了，风呼呼灌进她的薄棉衣里，她抬头望了望天，要下雪了。

从贵州回来，田二芳在家缓了很多日子。一闭眼就想起那段泥泞的山路，会想起自己的恐惧，想起端木彬说的那些话。

端木彬只来过一个电话，他问她身体怎么样，她说挺好。他便沉默了。她问，你呢，我听雅尔说你回北京了。他"嗯"了声，说，最疼的不是折的那三根肋骨，是心。芳子……他叫了一声她的名字，电话便突然断了。

她等了好一会儿没等来，她哑然笑了笑，自己终于成了他的"别人"。

只是那一个电话，那些死掉的记忆又都活过来了一样。好几次，田二芳都忍不住想去给端木彬打个电话，问一问他的伤怎么样了，可是，手机握在手里，她又犹豫了。有人守在他身边吧，他已经不方便随便接她的电话了。她变成了他的前妻，前妻的身份如此尴尬。只是，他总是有机会打电话给她的吧，只要他想，可是，电话寂寂无声，再不肯响起。他明明知道自己会惦记，只是，她在他心中已经完全没有一点分量了吧？

孟庆霖从国外回来，给她带回了各种各样的巧克力，他说："巧克力会让人有幸福感。你这么瘦，多吃点也不怕。这种是纯手工的，什么时候，我带你去看看，那简直就是巧克力的宫殿！"

田二芳真就剥了一颗放进嘴里，果然是像广告里说的那样丝滑。田二芳给了满目期待的孟庆霖一个满满的微笑，这一刻她想，如果有这样一个人相伴到老也不错吧？

孟庆霖刚走，田大芬就提着水果、菜进来，田二芳说："大姐，不用你这样跑来跑去，我又不是小孩子！"

田大芬一样一样往冰箱里放，她说："你啊，照顾他们爷俩时，什么都会，轮到自己什么都对付，这冰箱都快成空箱子了，啥都没有！"

父母离了婚，自己离了职，雅尔的情绪陷入了困顿之中。

天灰蒙蒙的。人像一段忧伤的树枝，僵硬的姿态，孤单无助。

路过药店时不知怎么就进去买了瓶安眠药，回到家，倒了一整杯水，手里攥着那只药瓶时，雅尔才猛然清醒过来，人生很没意思，真他妈的没意思啊。但她就要这么结束自己的生命吗？父母那么恩爱，到最后还不是劳燕分飞，各奔东西。其实她是敬佩母亲的，她想过，换成是自己，肯定不会想活下去了。爱不就是要全力以赴吗？一个女人把一生都给了一个男人，他却选择了另外的人生，那她这一辈子的意义何在呢？可是，那次从贵州回来之后母亲说，她不后悔。她说人生就是用来浪费的，换个意义说，没有谁的人生是完美的。如果你一开始就期待着你的伴侣从青葱岁月陪着你走到夕阳西下，那是你太过梦幻太过理想了。如果你过好了你手里的每一天，某一天，他或者你自己想要离开时，有什么了不起的呢？

母亲田二芳说得坦然悲壮，那是雅尔无论如何不能理解的理论。从小她就那么崇拜老爸，她无数次说过她要找个老爸那样的男人。她记得老妈讲过的一件小事。从前家里住的地方夏天蚊子多。一天晚上，老爸老妈的

蚊帐里钻进去了一只蚊子，田二芳特别招蚊子，躺下，那只蚊子就绕着她转。拉开灯起来，蚊子就藏着不见了。端木彬让田二芳躺下睡，他说："我以身喂蚊！"真的关了灯，端木彬连毯子也不盖，终于引得蚊子上钩，端木彬的胳膊上被叮了一个大包。当时是当笑话说的，三口人笑了很久。可后来，雅尔一直想，如果有个男人肯为她做赶蚊子这样的小事，那才算爱得深沉吧！但爱得深沉又怎么样呢？最终他还是厌倦了婚姻，逃了出去。段城还不是对自己暧昧不清，如果他决绝地对自己，她或者还会觉得自己的爱是值得的，至少是没爱错这个人，可是……

她做了老妈眼里最不齿的那种人。连自己的老妈都不理解自己，自己这段感情不清不楚的究竟算怎么回事呢？失去爱情与亲情，她活下去还有什么劲呢？

某种时候，人是一根筋往死胡同里钻的，或者过了那一时，再回头看看，都觉得不可思议。但那时，雅尔真就觉得活着了无生趣。

眼泪一颗一颗往下落，心没着没落的。眼一闭，一颗一颗的眼泪伴着一粒一粒安眠药吞下去，然后，她想着告别。

她打电话给老妈。电话响着，无人接听。应该是老妈不想听自己说话吧？雅尔发了条短信：妈，对不起，让您难过。只是，您要相信我，我爱您。

短信飞了出去。心也空了一样。

她不想跟段城说话，不想跟他说任何话。他怎么可以这样对自己呢？

她给黎明朗打了电话，电话通了，雅尔努力坐直身子，她说："黎明朗，你真的跟我断交了是吗？断就断吧，我是跟你告别的，以后你会想起我吗？把我丢脸的那些事都忘了，想着我的好，知道吗？"

黎明朗"喂喂喂"地问雅尔怎么了，雅尔却只顾说自己的话，边哭边说。她说："黎明朗，你要记好了，下辈子你跑快点，在我没遇到别的男人之前遇到我，娶了我，别让我受那么多伤……还有，你能跟我说点真话吗？你真的不是GAY吗？你为什么连个女朋友都没有呢？找一个吧，找一个好女孩，娶了她，带她到我的坟前给我看一看，你告诉她，从前咱俩是好朋友，差点就相爱，你嘴别那么黑，女孩都爱听甜言蜜语……亲爱的，我们来世见……"

黎明朗说："端木雅尔，你闭嘴，我跟你说，你当你是谁啊，情圣啊？还以身殉情，狗屁！你要这样死了，我肯定连一滴眼泪都不会流，连想你都不会想，我会为你感到羞耻……"

雅尔哭了起来，她说："那你想我怎么样啊？我都抽身出来了，我招谁惹谁了？"

"你好好等着我，你好好躺床上等着我，知道吗？端木雅尔，你给我听好了，我不是GAY，从前不是，以后也不是。我爱你，我一直爱你，你这个笨蛋，蠢蛋，你这个傻妞，你等着我！"

"你骗我，我知道你骗我。我知道你好心，烂好心！你好心还能收了我吗？"雅尔觉得喘不过气来，她求饶了："就算你骗我也好，你可不可以快点，我不光吃了药，我还割了手腕，很疼！"雅尔的声音低了下去，黎明朗电话里的声音带了哭音，他跑得喘不上气来，他喊："雅尔，你一定给我醒着，我命令你好好等着我！"

一个大男人冲进雅尔住的小区门卫室时，门卫都被惊着了，大晚上的一帅哥泪流满面冲进来，这什么情况啊？

一番周折，120救护车在小区楼下等着了，黎明朗把雅尔抱到车上，她的手臂上缠着纱布，垂在一边。黎明朗坐进救护车里，他帮雅尔拨了拨额前的长发，他握着她的手说："好起来我们就结婚，小雅，我不再小心眼了，我不管你爱谁，只要你愿意，我就娶你！"

急救车上的护士大姐白了黎明朗一眼："非得闹出人命才后悔，你们这帮人啊，说你们点啥好呢！"

黎明朗第一次觉得冬天那么冷，冷得锥心。

第八章

爱的要义是相互取暖

田大芬把田三蕊拦在小区门口。

坐在挺高档的茶楼里，三蕊扭捏着："来这儿干吗啊？挺贵的，去我家坐坐吧！"

田大芬阴沉着一张脸："妈走了，你是不是就没我这个姐了？"

三蕊噘着嘴："谁让你总教训人来着！"

田大芬从包里掏出一张纸递到三蕊面前，三蕊瞟了几眼，那是马淑云住的那个胡同的拆迁通知。三蕊不由得心怦怦乱跳了几下，抬眼看着大姐，她什么意思呢？

"这房子拆迁，我问过了，大概可以换个小些的门面房，虽然小，那地点却还不错。三蕊，我寻思着你们两口子总是这样打工也不是什么办法，不如把那门面房开间小店，也别弄别的，就做吃的，家常菜，烙春饼……"

三蕊的心抖抖地颤，她的眼热了下，"大姐，妈的房是咱们姐弟四个的……"

"是咱们姐弟四个的，但是我的日子还不愁，你二姐那儿也还过得下去，四林和如意有着正式的工作，没谁能开爿店，当然，袁如意那么精明，肯定会不愿意，你们拿出点钱，安抚安抚她，也算给四林点脸面，我便自做了主张。就算她不同意，将来店开起来，效益好了，你给她些补偿也就行了。我量她袁如意也闹不起来！你回去跟保乐商量商量，你们手里有多少钱？要装修什么的，乱七八糟的，还得不少钱。不够的，我跟你姐夫说，让他帮你凑！"

三蕊的眼泪滚了下来："大姐，这些年，我一直跟你别扭着，没想到……"魏来的事，三蕊情着大姐的好呢，现在大姐又这样……

这许多年以来，大姐每每过问她的事，三蕊都很狭隘地觉得她是颐指气使在摆有钱人的款儿。三蕊怕大姐二姐瞧不起，每每在一些事上强出头，姐妹间的感情也就不远不近的。

田大芬扯了纸巾给三蕊："老妈原来不是说了吗，再怎么着也都是一个窝出来的鸟，谁有食吃，不能自己个儿吃，要分给大家！咱们姐妹打是打，吵是吵，但终归是姐妹，看着你在西佳相亲的那家受那份气，我心里也不好受！算了，西佳说得没错，我就刀子嘴豆腐心，爱管闲事，西佳叫我管八家，还叫我奥巴马，我有那么黑吗？"

三蕊笑了，她说："姐，你说我真能开店吗？我的手艺没妈那么好！"

"自信点好不好？做得跟猪食似的还在开店呢，把妈的手艺学去三成，肯定就顾客踩破门槛子了。这事，你跟保乐好好合计合计，如果真行，他那破学校的工作也甭干了，开个夫妻店，肯吃苦，没个不成事的！"

跟大姐从茶楼里出来，田三蕊兴冲冲的，虽然那还是个很大的饼，拆迁才刚刚进行，真正拥有自己的店面，还得很长时间，但田三蕊的心被巨大的亲情温暖着，巨大的理想鼓舞着，跟保乐商量商量，好好干。对了，要不要这段时间，自己再去报个烹饪学校补补课什么的。路过永和豆浆的店面时，看到那顶着草帽的小人儿跟那站着，田三蕊微微笑了，万一将来买卖做大了，没准儿还开个连锁店呢。永和豆浆什么的，那都有什么啊！

田三蕊没去公司领活儿，直接回了家，把床底下的大抽屉拉出来，那里面一只装毛毯的大袋子，袋子里面塞着一个绿皮铁盒，那里面藏着三蕊的全部家当：一只金戒指，那是结婚十年时，魏保乐买给三蕊的。她做钟点工，怕丢了，有隆重场合才掏出来戴一戴，还光洁如新。一条黄金的项链，那是老妈偷着塞给她的，那时老妈还可以断续地说出话来，她说："她们……有，你……戴着！"三蕊不知道坐在轮椅上的老妈是怎么买的这条项链，老妈过世时，一个邻居阿姨悄悄跟三蕊说了答案："你妈最疼你，她让我去帮她买的项链给你！"

其实三蕊心里明白，老妈是心疼老闺女，老闺女日子过得最不好，老妈的心都偏着最困难的。

再有就是很多张存款单，零零碎碎攒起来的，也就零零碎碎地存。十六万四千五，这个数字三蕊记得清清楚楚，她的那张银行卡上还有不到五千块钱，她打算攒到了五千五，存一下，那样她们就有十七万了。

田三蕊打开绿皮铁盒的一瞬间心脏都快停止跳动了，那么厚厚的一叠存款单只剩下了三张，戒指和项链都在。田三蕊把盒子倒了出来，毛毯抖了出来，没有，那13张存款单一点影儿都没有。剩下的三张都是五千一张的，只剩下一万五，那些钱呢？田三蕊的眼前有些黑，冒了金星，她好不容易抓着床单从地板上站了起来，给魏保乐打电话时，他那边仿佛很嘈杂，田三蕊带着哭音说："魏保乐，咱家的钱是不是让你拿走了？啊，你说是不是你拿走了啊？"

挂掉电话，田三蕊坐在了地板上，盒子里的戒指项链都在，还剩了三张单子，那不翼而飞的13张单子不是魏保乐拿走的还会是谁呢？魏来？不，不会，他万万没这么大胆子。

魏保乐这些天很早出去，很晚回来，回到家洗洗就睡了，很疲惫的样子，难道他在外面有了情况？

田三蕊咬紧牙根，心里发着狠，魏保乐，你要真的做了对不起我的事，我田三蕊拼了命也要杀了你。

魏保乐穿着一身厨师服出现在田三蕊面前时，田三蕊疯了一样冲上去："钱呢？钱你弄哪儿去了？"

魏保乐跪成了半截树桩，他说："三蕊，你别急，你听我说，你真的听我说，我被人骗了！"

田三蕊的脑子"嗡"一声响，人直直地倒了下去。那是她攒了半辈子的钱啊，那些钱，是他们夫妻俩从牙缝里攒出来给魏来读书的钱，被人骗了？被谁骗了？

到了哈尔滨，曹东阳才知道冬天那么凛冽那么冷。原来，简丹出生在这么寒冷的地方。

冬天的哈尔滨像个热闹的童话世界，到处是冰到处是雪。路边的灯也都应着景弄成雪花的模样，时不时可以看到路边的冰雕、雪雕。出租车司机操着一口东北话问曹东阳来哈尔滨干啥，曹东阳想了好半天才说："找人！"

车子外面是一个雪雕，一对恋人静静伫立。哈尔滨的司机很热心肠："找什么人，知道线索吗？我可是老哈尔滨了，你说说，我给你参谋参谋！"

曹东阳仍回头看后面车子闪过的雪雕，他不知道简丹家在哪儿，突然发现自己如生如死般爱着的人，对她并没多少深入的了解时，曹东阳的心里全是冰碴儿。

　　住进中央大街上很古老的一家旅馆，好好地睡了一觉。突然听到有人敲门，拉开门，竟然是睫毛上沾着白霜的简丹。曹东阳愣了好半天，意识到自己只穿着短裤，急忙转身。人蓦然间就醒了，满头大汗。

　　拉开厚厚的窗帘，外面冰天雪地，屋子里却是二十几度热得人一头大汗。曹东阳看着街上穿得厚厚的行人，如果简丹也走在那里面，自己也是认不出来的吧？

　　在华梅西餐厅点了香煎马哈鱼、焖罐虾仁、土豆沙拉、红汤，还有一大块俄罗斯大列巴，东阳吃不惯那口味，但是他很努力地吃着，一个人，想象着如果简丹坐在自己的对面会说些什么。他甚至很想伸手帮她擦掉沾在唇边的面包屑。

　　一个人竟然是那么寂寞。吃完饭回到旅馆，电视里正放着《非诚勿扰》，主持人在点评一位嘉宾时说："如果时间足够长，代价足够大，总会成长！"

　　曹东阳的心里反复翻腾着这句话。自己跟简丹这些年时间够长，代价够大，也成长了。只是成长的结果就是彼此消失在人海里吗？如果注定是这样的结果，那老天爷又为什么让他们重逢，缠绵如此呢？

　　手机响了，是田大芬打来的，曹东阳没接。他按掉电话，人在床上摆成个大字。他睡在她出生的城市，她又在哪儿呢？电视的宣传片里女嘉宾在说："我来了，你在哪儿？"

　　东阳重复了这句话，心是酸的，眼睛涩涩的。

　　接下来，东阳背着包，像个笨笨的大熊走在这城市的大街小巷。有时候，会在某一所学校前停下来，想象着他爱的人曾经像那些女孩一样背着书包走出来。

　　他去了索菲亚教堂，广场不大，人也不多，教堂旧旧的，在澄澈的天空的映衬下，有种别样的庄重。东阳走进教堂，静静地坐了一会儿。

　　索菲亚教堂建于1907年，一百多年的历史了。简丹曾经来过这里吗？她会知道他追寻着她的足迹来到这里吗？

一周后，曹东阳搭上了回北京的班机。他没有去冰雪大世界，那儿的热闹喧嚣不是属于他的。

在机场，他给田大芬打了个电话。田大芬接到电话先是骂，后是哭，她说："怎么那么狠心呢，留下张纸条就走了，你到底想怎样啊？"

曹东阳也不知道自己想怎样。坐到机舱里，他看着窗外白茫茫的世界，他跟简丹说了声再见。

那不仅仅是次告别，更是一次离别。此生，会有缘再见吗？

曹东阳回到北京去见了于菲菲和儿子曹操。把从哈尔滨买回来的红肠和俄罗斯大列巴带给儿子。但很显然，儿子对这些并不感兴趣，他玩着于菲菲给他买的小汽车模型，他问曹东阳："爸爸，你再给我买一个小汽车呗，我要那样那样的……"

曹东阳摸了摸儿子的头，答应下来。

于菲菲心情不错，穿着时髦，她说："什么时候跟我去趟房管所，把房子过下户！"曹东阳点头说好，他问："快餐店生意还好吗？"

于菲菲咧着嘴角把笑限制在嘴边上："你关心这个吗？"

曹东阳无语。

"我倒很想知道你跟你那初恋情人怎么样了，年前能吃到喜糖了吧？"于菲菲是知道田大芬把简丹给处理掉的事，她这样说很故意。

曹东阳继续沉默。就好像沉默是道可以遮风挡雨的墙，他不言语，她话里的雨雪冰霜就不会落到他头上。

"我一直以为忍耐不下去这段婚姻的人是我，我怎么也想不到你会背叛我们的婚姻，背后捅刀子又快又狠，完全不是乖乖仔的作风！"女人再怎么强大，心底的脆弱和怨怼还是会不小心露出狐狸尾巴。

"菲菲，如果你没爱过我，我们走到今天，也算是得偿所愿。你要到了你想要的东西，而我，付出了让我无比悔恨的代价……"

于菲菲一杯水泼到曹东阳脸上："你放屁！我没爱过你，我只爱钱？我只爱钱我会为那个王八蛋生孩子吗？你付出代价那是你活该，我付出的代价呢？你以为你家那点破烂钱就能弥补我吗？"

曹操被吓到了，"哇"地哭了起来。曹东阳抹了脸上的水，弯身抱起儿子："爸爸给你买小汽车！"

玩具店里，曹东阳把身上的钱全掏了出来，给曹操买小汽车，店主瞅着后面跟上来的于菲菲，于菲菲把钱塞给曹东阳："你发疯别吓着孩子！"说完抱着曹操走了。

　　曹东阳从玩具店走出来，西北风刮得人直哆嗦，他从没觉得自己那么失败。

　　手机响了，是西佳打来的，西佳说："曹东阳，我们在三里屯喝酒，你来不来？"

　　雅尔坐在酒吧的角落里看着西佳跟黎明朗和老皮斗酒。酒喝得热热闹闹的。西佳突然说："我得把曹东阳叫来，这家伙最近闹青春期叛逆呢！我就说吧，这人总得有那么一阵子，或早或晚，我哥那是属树懒的，这都晚了八春了，才想起来叛逆。这还一个人跑去哈尔滨舔舐伤口了，真够有出息的了！"

　　曹东阳过来了，人像凋零的一棵树，瘦得干巴巴的。来了也不怎么说话，让喝酒就喝。

　　雅尔从小就跟这表哥不是很亲近，但她还是举起酒杯要跟表哥喝，东阳抢过雅尔的杯，换上茶，"你不酒精过敏吗？"雅尔是有些感动的，表哥竟然记得这些。

　　西佳嘴快："你看看那杯里是酒吗？曹东阳，小雅现在也是有组织的人了！"

　　东阳的目光落到雅尔苍白的一张脸上，雅尔的脸上是阳春三月般淡淡的笑，她说："东阳哥，我跟明朗要结婚了！"

　　东阳喝了一口雅尔杯子里的"酒"，那果然只是雪碧而已。他端起酒杯："明朗，我这小妹交给你了，你得……你得像爱护眼睛一样爱她！"

　　黎明朗看了一眼雅尔，端起酒杯发誓，然后一饮而尽。

　　西佳靠在老皮的怀里："我怎么有些心酸呢？雅尔，你真的想好了吗？如果你手腕上的伤疤还会疼，你们都再等等！"

　　雅尔的长睫毛落了下去，老皮掐了西佳一下："说什么呢，你！来来，咱们喝！"

　　西佳不再吭声，闷声喝酒。老皮有了小护士，雅尔有了黎明朗，自己在相亲这条路上仍然任重道远。还有哥哥，爱的那个简丹怎么就无影无踪

了呢？那天老妈愁眉不展地找西佳商量怎么样才能找着简丹，老妈说："早知道我真不拦着他们了，你说你哥这再弄个精神错乱啥的，我这下半辈子可怎么活？"

西佳正忙着往脸上"装修"："要我说啊，曹东阳他活该，他要早有这决心，你早就乖乖举手投降了。偏偏他磨磨叽叽做你的乖宝宝，要我是那简丹，我也早一脚把他踹了！"

"现在说这些有什么用，咱能不能登个寻人启事啊，再不然，咱找个私家侦探什么的找找这简丹！"田大芬彻底认输。她看不得儿子那不死不活的样子。在儿子的精神状态和忍受一个她看不上的儿媳妇之间，她当然选前者。

"寻人启事怎么登？说找赶走的儿子的前女友？我的妈呀，这人要丢您丢去，我可不管！"

西佳拍着东阳的肩膀说："曹东阳，来，咱哥俩干一杯，为我们找到爱情。找到那个对小姐，对先生。干杯！"

老皮拦着西佳不让她再喝了，可是西佳哪是能听话的主儿，越拦越喝。她说："老皮，没有熊猫，我就是国宝吧？可是，可是……你有了你的熊猫，你有了熊猫，我就成稻草了，咱俩喝了这杯酒，以后，你走你的阳关道，我过我的独木桥，咱俩谁都不认识谁！"

雅尔拉着西佳："姐，你别喝了，看把酒都洒老皮身上了！"

黎明朗悄悄拉着老皮："你不会跟我一样命苦吧？"

老皮苦笑："你这不都修成正果了吗？"

雅尔住医院，没告诉田二芳，雅尔打电话给老妈说自己要去广州出差十天左右。田二芳也没怀疑。

雅尔握着手机掉眼泪，黎明朗一点一点帮雅尔擦，雅尔顺势倒在他怀里。黎明朗说："雅尔，可不可以试着爱我？或者，我们也可以像李双双那样，先结婚后恋爱？"

泪水朦胧间，雅尔抬起头："你不介意我心里有别的人吗？"

"我给你个方法，提高房价，逼他搬家！"

雅尔哭着笑了，她摇头："我不能这样，对你不公平！"

"这世界上有公平的爱吗？这世界上最多的情况不是我爱着你，你恰好也爱着我，而是，我爱着你，你爱着他。你欠着我，我欠着他。"黎明朗说，"你不知道每每你跟我说起他，我的心里都在酿一缸山西老陈醋吗？"

雅尔仍是摇头："你现在说不在意，将来，我们在一起，这会变成一个结，每次我们吵架生气，你都会想起来，明朗，不是我不喜欢你，而是我不敢，不敢试着接受你，然后，我们分手，我失去你，连朋友都没得做！"

黎明朗把雅尔抱得紧紧的，他说："傻丫头，说你傻你还真就举例子。我这样没皮没脸地表白被拒，你不接受，你觉得我们还会像从前一样做朋友吗？"

雅尔惊恐地推开黎明朗："那你的意思是我只有一条路可以走？"

"你有很多条路，但我希望那些路都是通向幸福快乐的，而不是伤害自己！"黎明朗的目光温暖坚定，雅尔突然觉得很心安。

那些日子都是黎明朗守在她身边。西佳知道后，也每天来。她见了雅尔的面就开始骂："是不是缺心眼啊？为了那样的人伤害自己？"

雅尔白着一张纸一样的脸笑，她说："我现在是有组织的人了，你骂我，他会心疼！"西佳的八卦之心顿起，凑近问怎么跟黎明朗好上的，雅尔半吞半咽学了，西佳却又担心："我觉得还是慢一点吧，有过爱情伤疤的心，总像一个破败的季节，要经过一个春天才能生机勃勃，恢复爱的能力。太快，会有后遗症！"

黎明朗进来，很显然听到西佳的话："我可跟你说，谁要给我心爱的姑娘灌输不安定和谐的观念，我可拼命！"

雅尔的手很自然地被黎明朗握着，曹西佳叹了口气，给了黎明朗一拳，她说："你要辜负了小雅，躺这儿的就是你！"

黎明朗摇头："知道，雅尔说了，她这表姐就是一暴力熊。"

雅尔忙辩白："姐，你别听他胡说。他嘴里就没个好听的！"

三人正在斗嘴，段城站在了门前，他说："怎么不告诉我？"

西佳作势要冲过去，黎明朗拉住她，他说："表姐，小雅有些东西要买，我个大男人挑不好，你帮我去参谋吧！"

黎明朗使劲握了下雅尔的手："我很快就回来！"

屋子里只剩下了段城和雅尔。段城憔悴了很多。他坐在雅尔的床头，说："对不起……"人有些哽咽。

雅尔微微笑了笑："怎么知道我在这里？"

"想知道总会知道！"他的眼眸里隐着忧伤。那是雅尔不熟悉的段城。

"说得对，想知道总会知道。段城，我很抱歉用这样的方式结束我们之间的一切。其实，我们之间连有什么都算不上吧？我们之间的感情，那不是爱情，只是暧昧。不是不爱，只是，不够深爱。我是因为执念，而你是不够爱，因此我们就有了这样的结局……"

"你说得不对，是我不够了解我自己，我以为我可以闭着眼睛跟她过下去，可是我发现我做不到！"

"我也只能说抱歉，我答应了明朗，我出院后，我们会准备婚礼，他早就爱我，而我……"

段城很紧张地看着雅尔。雅尔还是不忍说出伤害他的话，她说："而我也觉得他更适合做一个好丈夫。我只是个平凡的女孩子，我只想要一份最朴素的感情……"

段城的手覆盖在雅尔割腕的纱布上，他问："疼吗？"

雅尔点头！疼才会让人清醒。

窗外冬日的阳光难得地明亮，照着两个人。雅尔在心里跟段城告别，她说："即使你仍然选择跟易小桥离婚，也请善待她，她是个聪明的好孩！"

雅尔带着黎明朗回家见了田二芳，田二芳抹了一把眼泪，突然看到雅尔手上的伤疤，雅尔穿了很长袖子的毛衣，还是被老妈看到。田二芳自然是明白的，她转身开了冰箱，把好吃的都拿了出来，黎明朗做下手帮厨，雅尔在客厅里抱着巴啦睡了沉沉的一觉。

接下来准备婚礼，黎明朗一力扛下来。雅尔辞职在家，闲着没事约了西佳和老皮喝酒。

日子就这样一马平川往下过了吧？雅尔真恨自己酒精过敏的毛病，不然，一醉方休挺过瘾的。

那晚，雅尔开车带着醉酒的黎明朗。东阳不愿意回父母家，打车回跟简丹租住的房子里。剩下西佳和老皮。当然由老皮送西佳回家。

凌晨四点，天空纯净得像一块青瓷。

曹西佳醒来，这房子怎么不是粉红色的？这是在哪儿？头疼欲裂，手臂在被子外太久了，冰凉，想拉回被子里，意外碰到庞然大物。

西佳的心忽悠了一下，这是老皮的家，自己躺在老皮的床上，眼一斜，身边躺的不是老皮又是谁？突然想起昨夜……

自己犯了最难以饶恕或者也是最难堪的错误：她跟老皮……西佳的手碰触到老皮的身体，触电一样缩了回来，欲哭无泪，自己这辈子就这么交待了吗？

"皮若愚！"西佳的叫声像是踩了猫尾巴。

老皮的身子侧了侧，胳膊压到西佳身上。任西佳再是怎么彪悍无敌的姑娘，也还是面红心跳，她妄图搬开那条胳膊，却像被压在了石头山下一样。

"闪开！"西佳脚踹老皮，老皮却一翻身，半边身子压住西佳，他的鼻息落到她的耳际，已是半抱的姿态，他侧着半边身子把她压在身下，他坏坏地笑了，那笑像是划过黑压压云层的闪电。"早安，酒鬼！"

西佳简直都想哭了。"皮若愚，你这样，你怎么对得起护士姑娘？我没想到你这么禽兽不如，你等我告你，把你告进监狱里去！"

老皮大概被西佳一通拳打脚踢打到了要害部位，人弹簧一样跳起来。天还没大亮，屋子里还有些暗，老皮跳到地板上，西佳看到他的身体，老皮赶紧拉床上的被子，被子被西佳死死地拽着不肯松手。

无奈之下的老皮重新跳上床，强拉住被子盖住自己。他说："曹西佳，真要上法庭，不知道谁告谁强暴呢！昨晚上了出租车，你差点把我当西瓜啃，司机差点把你当站街小姐，人还提醒我说，哥们儿，这妞这么火爆，能不能罩得住啊？"

"然后呢，你就酒后乱性了？不对啊，你能把我带你这儿来，说明你比我清醒啊，你个禽兽，你故意的！"西佳拉着枕头打老皮，不小心自己走了光，赶紧拉着被子挡，一床小被子两个人扯，那被子被两人气得咧开了嘴，被罩"嘶啦"出了个大口子。

曹西佳看着老皮，半天，哈哈大笑。"我说主治医生，您也太节俭了吧？现在这被罩都能撕破，这……"

"这说明店家没骗我，是纯棉的！"老皮一本正经，但神色明显还是有些紧张。

"你还淘宝啊？我怎么不知道！"西佳的本事之一就是在重点事情发生时，兴趣点在非重点的事上。

老皮很显然不能跟西佳在这种情况下"赤诚"地谈淘宝。他的脚伸出去捞地板上的衣服，昨晚的酒后劲还真是大，怎么就……

西佳看出了老皮的意图，使劲一拉被子，老皮差点跌到床下去。他红着脸说："曹西佳，我对不起你，我知道你不喜欢我，我还……你要怎么着都行！"

"怎么着都行吗？我的座右铭是，在哪儿跌倒，我就在哪儿躺着不起来！"

老皮盯着西佳看，不理解她是什么意思。

"那你能娶我吗？"西佳使劲地咽了一口唾沫，盯着老皮的眼睛，很吃力地说出这句话，话说出来，人却笑了，像是个恶作剧的玩笑。

老皮的目光移了回去，垂着眼看身上的被子沉默不语。

曹西佳等了五秒钟，拉开被子，一件一件往身上穿衣服。穿戴整齐，她说："皮若愚，你听好了，我曹西佳就算嫁不出去，也还没到跟人上了一次床就赖上谁的地步。有什么啊，不就是一夜情嘛，跟闺蜜睡了，也比便宜了酒吧里的陌生男人强啊，所以，你也别害怕，跟你家小护士好好相处，拜拜！"

曹西佳把包甩到背上，吃力地蹬上靴子，走出老皮的公寓。冷风呼地灌进西佳的衣服里，西佳裹进大衣，却仍然感到彻骨的寒冷。

天尚早，出租车不好打，好不容易坐进出租车里，人冻成了一根冰棒。眼泪不知道怎么就落了下来，她转头看身后的公寓，那公寓的灯还亮着。西佳的心里却在 say goodbye。

其实，跟老皮上床在她看来并不是那么糟的事。自从老皮找了小护士，她的心里就一直别扭着，她认真分析过自己为什么会有这样的心情，分析来分析去，并不是她不舍得自己的这个"男闺蜜"被别的女人抢走，而是她不舍得他，她离不开他。

昨天夜里，她也并非醉得不省人事，潜意识里，她是希望有这一幕的吧？她那么"作"的表现只不过是她希望老皮能用强有力的姿态拥她入怀，告诉她，他要娶她。不管她是视觉系也好，外貌协会也罢，他都不管，他愿意为她去韩国整容，他愿意改造她的审美，可是，他沉默不语，那他说怎么着都行是什么意思啊？不会是给她钱吧？

曹西佳咬着嘴唇，真是抽他两嘴巴才过瘾。

老牛都是爱嫩草的，自己这脾气又坏，人又老，怎么敌得过那又嗲又黏又崇拜主治医生的小护士来得清甜可口呢？

心里生出恨来，眼泪便没有了。

回到家，西佳打开电脑，找相亲节目的报名方式，明年"五一"节前，把自己嫁掉，这目标定了。

来了短信。是老皮的。他说：对不起，没有送你回家。我心很乱。

西佳新仇旧恨一起上身。她回过去：乱个屁，该怎么着怎么着，我还没怀了孩子找上你呢！

这样一想，西佳倒心里哆嗦了一下：没做防范措施，万一……

不管，真怀上了，就死皮赖脸怎么了？在床上躺了一会儿，想想真不行，重新起身穿衣，去药店买药。心里把老皮的祖宗八代翻腾出来骂。

绝交，坚决绝交！

雅尔住回了家里，田二芳每天忙得很快乐。翻着花样儿给雅尔做饭，雅尔抗议，再这样下去，自己肯定变成二师兄了。田二芳说："没人给你做，我做给明朗吃！"

黎明朗几乎每天晚上都来蹭饭，他很会讨好未来的丈母娘，每次来，带一点菜或者水果，再或者是几样零食，然后进厨房给田二芳打下手。田二芳真是越看越高兴。暗地里想，雅尔这还真是因祸得福，她就怎么都没看出那段城哪点比黎明朗好。

黎明朗做室内设计的，偶尔有些小巧思，周末来，给田二芳的家这摆摆，那弄弄，就变了新格局。偶尔田二芳闲说话，说自己喜欢人那有地台的阳台，又能坐着晒晒太阳喝喝茶，底下又能收纳东西。

结果没两天，黎明朗带了两个工人来，小半天的工夫，阳台上就出现了田二芳想要的地台。田二芳喜欢得不得了。而雅尔只是抱着巴啦站在一旁看。田二芳小声对雅尔说："你爸这辈子就摆个人样子，家里啥东西坏了都不会修，连灯泡都是我换，雅尔，你知道一个男人什么都会做，不用你操心，那是多大的福气！"

　　雅尔心里却仍是患得患失，经历了一场生死，她已然断了对段城的爱恋。只是自己对黎明朗的感情又是什么样的呢？她愿意嫁给他，但说有多爱，她还不知道。

　　只是，她贪恋那样的感觉：看电视时，她像只猫样趴在他怀里。出门时，他随时牵起她的手。晚上入梦前，他会发短信来跟她道晚安。那不过是最普通的陪伴，她却那样喜欢着，依恋着。对经历过一场情伤的雅尔来说，这些平淡细节里孕育的幸福，弥足珍贵。正因为如此，她才对他说，如果这些好上了瘾怎么办？他笑着答，我巴不得你上了瘾，上了瘾就不会离开我了。

　　这不是雅尔想要的答案。她是害怕的。有老爸的例子在前，她害怕自己对任何一种感情的依赖，依赖深重，有朝一日，不爱了，他转身离去，她该如何自处呢？

　　雅尔把自己的担心说给老妈听。田二芳抚摸着巴啦油光锃亮的毛，淡淡地说："你的忧虑不能说没道理。但是，雅尔，人不能杯弓蛇影，不能自己吓自己，不能害怕被伤害就不全身心地去爱。就算是依赖，你也依然可以重新站直了，戒掉那个瘾，不再依靠不再依赖，会很痛，但是，没关系。老妈能战胜的，老妈相信，你也能战胜。答应妈，无论怎么样，都不要伤害自己！"

　　雅尔眼泪汪汪，头枕在老妈的肩头，答应着。

　　田二芳第一次跟雅尔说起自己跟端木彬的婚姻感受。像朋友一样。

　　她所有的第一次都是跟端木彬一起完成的。她说："我这辈子没想过他会离开。但是，他真的就变了，那怎么办呢？不活了吗？不活很简单，心一横，眼一闭，一切就结束了。你不活别人的日子就不过了吗？我相信他们不会，没有谁是谁的唯一。或者，我把自己的人生都寄托在他的身上，也是太天真了。有些人，有些东西的离去，早就知道是必然，却比突然还突然，那是你自己的原因。没什么了不起，雅尔，你知道每天晚上，看着你跟明朗津津有味地吃我做的菜，我心里有多满足吗？日子这样就过下来了。没那么复杂！"

　　雅尔抱住老妈，她说："我一直觉得老爸会后悔的，真的！"

　　田二芳轻轻地拍了拍女儿的手。"后不后悔那是他的事，与我无关！"

"那什么与你有关呢？孟叔叔与你有关不？"

田二芳沉吟了好一会儿，她说："我跟你孟叔叔还只是朋友。我没想过再找个伴儿，人年纪大了，很多东西都固定了下来，如果接纳一个人，妥协、退让，或者改变，都太难了！"

"有什么难的啊？不就生活习惯吗？我看孟叔叔那人挺随和的，脾气也好！妈，您心里是不是还有我爸呢？"贵州遇险事件之后，雅尔原以为父母会以此为契机和好，可是……渐渐地她放弃了让老爸老妈和好的想法，只要他们觉得这是最好的维持，就这样好了。雅尔终于学会了与生活和平共处。

孟庆霖偶尔会来田家蹭饭，说是蹭饭，却往往他变成了主厨，他做饭时，田二芳会自动撤出厨房，厨房里两个大男人忙来忙去。雅尔有时会故意叫黎明朗帮自己做些什么，然后悄声说："傻啊，你干活的日子在后面呢，这时候，不得给我妈和孟叔叔创造些机会吗？"

黎明朗恍然大悟。他说："我还以为这是你们的家风呢，男人干活，女人享乐！我这不也趁机表现吗？"

雅尔白了他一眼："光在我家表现有什么用，我这丑媳妇怎么也得见见公婆吧？"

"你这是污辱我的审美能力啊，我可是设计系的高才生，审美……"

"别扯你审美的事，黎明朗，你天天跟我们家混，不让我去见你爸你妈是怎么回事啊？如果不想跟我结婚，就直接说一声，我也不会赖上你！"任是雅尔多温婉柔顺，这么长时间，黎明朗黑不提白不提见父母的事，也让雅尔窝火再憋气，终于忍不住问了出来。

"见，咱立马就见！"黎明朗给的答复把雅尔心里各种起义的想法都平息了下去。

雅尔依偎在黎明朗的怀里，仔仔细细地研究着去探望黎明朗父母的一些细节，比如，他们喜欢什么样的礼物，又比如，自己穿什么样的衣服比较好，再比如，他们有没有什么样的禁忌。

雅尔觉得自己一下子就老了十岁，一马平川的婚姻摆在自己面前，从今以后，牵着面前这个目光温暖的阳光大男人直奔向日月窗前过马，风尘天外飞沙的小日子了。

重新找个写字楼的工作，然后结婚，再然后生一个小baby，至于感情这回事，像老妈说的那样，走到哪儿算哪儿吧。一直好下去，天长地久，白头到老，当然再好不过。半路，他停车下车，也只能由他去了。

这样一想，雅尔的心里多多少少还是有些伤感。

她回公司收拾自己的东西时，同事不明就里，还跟她八卦说段总竟然跟那么美的老板娘离了婚，段总人失去了斗志一般，人很颓，公司业务大受影响。同事说："雅尔姐，你病好了，就回来呗！"

雅尔淡淡一笑，不作回答。

还是去了段城的办公室。段城的头发乱蓬蓬的，眼睛里布满了红血丝。他指了指面前的椅子让雅尔坐，他说："气色不错，要喝杯咖啡吗？"

雅尔摇了摇头，她说："段总，哦，不，段城，我现在不是你的员工，我想跟你说的是，不管怎么样，我对我自己给你带来的困扰感到抱歉。站在朋友的立场，我希望你能振作起来，你是可以做大事的人，我们做不成爱人，甚至做不成朋友，但我还是希望你能好好的，而不是这样颓着，这会让我为自己从前的心疼不值！"

段城的眼睛红了一圈儿，他说："雅尔，错过你，是我这辈子无法弥补的错！"

第九章

生活那袭华美的袍子

落满灰

　　田三蕊躺在床上不吃不喝三天了。她甚至希望一觉醒来，发现那只是个噩梦，那13张存款单都还在，魏保乐也没欠下公婆和大伯哥十几万块钱。

　　但是，人从浑浑噩噩里醒过来，太阳从外面不清不楚地落到自己这个五十几平米的家里时，事实跟着醒了过来，一切都是真实的，一切都是明晃晃不容改变的。她恨死魏保乐了。她恨死这个让她在亲人面前抬不起头来的男人，恨他带给她这样灰扑扑没一点光彩的生活。

　　当田三蕊终于明白生活里光有爱情与誓言不行时，为时已晚。

　　当年，魏保乐长着一副好皮囊，人帅嘴甜，忽悠住了田家三闺女。那时，大姐嫁给了普普通通的曹金华，田三蕊觉得自己嫁给魏保乐肯定也没什么问题。没想到老妈极力反对。她说："你别觉得魏保乐跟你大姐夫一样，我跟你说，不一样，曹金华那只是怀才不遇，早晚会有大出息。而魏保乐是安于现状的人，或者他会一辈子对你好，但是，一辈子，也就对你好这一点儿好了！"

　　田三蕊对老妈的判断颇不以为然。"女人还能要什么？不就要男人对自己好吗？我还真图跟他穿金戴银啊？我就图他对我好！"

　　老妈再就不说什么了。自己的经自己念，各人的命各人磨。

　　田三蕊越到后来越明白老妈说的话一点儿都没错。曹金华是个有大本事的人，只要有机会就会牢牢把握住，没几年，大姐家的日子就跟坐了神八飞船似的，噌噌噌从劳苦大众里脱离了出来，买车买房，大姐出手也阔绰了起来。动不动便对三蕊说："你看你这穿的什么啊？街上卖菜的都不穿这个了，走走，我领你买身好的穿！"心是好心，态度却让人难以接受。

　　魏保乐是知足常乐的那种人，能吃上一顿肉就会满足一整天。从前，他做厨师，薪水还可以，比上不足，比下有余。田三蕊总是筹划着能开爿夫妻店，但是，北京的房价把她的理想直接拍成了梦想，她做饭店的面案，起早贪晚没办法顾及到儿子，只好做了钟点工。魏保乐也厌倦了在厨房里忙活，他说天天一进厨房就想吐，油烟熏得晚上都睡不好觉。田三蕊也心疼男人，心里也想，一个大男人总窝在厨房里终究也没有大出息，不如出来做做事也好。

大姐自作主张，让魏保乐去帮曹金华管工地，田三蕊想着跟大姐夫学些本事也好。姐妹之间不就要相互帮衬吗？于是魏保乐去了曹金华那儿，没干上三天两早晨，大姐就开始跟小妹抱怨了，魏保乐总跟一帮子工人喝酒，还有，跟谁都是朋友，人家偷拿了工地上的东西也不管，这还当什么工头啊？

田三蕊知道魏保乐那海派的脾气，谁都是朋友，喝起酒来，拿老婆儿子给人都没二话。但是，她知道是她知道，这话大姐说出来，她心里可就不是滋味了。她说："当初我们也没想去管什么工地，这不您非让去吗？他不行，就别让他干了。也省得您这儿吃着亏，我们也没占着啥便宜！"

田三蕊的话也把田大芬气个倒仰："你这是什么话呢？你老公有毛病还不让说了？"

"要说也是我说，不该你这个当大姨姐的说吧？还有，我们是穷，但就是要饭，也还要不到你们家门上！"田三蕊气得眼泪汪在眼眶里。

"田三蕊，我还跟你说，你别总拿自己穷来说事。你穷怎么着？我们就都得看着你脸色？你穷那也是你选的，怪不得别人！"田大芬也不是好惹的。

"我没怪别人，只是，人穷就不能往人前站？自己姐妹都瞧不起，更别说别人了！"

"没谁瞧不起你，你觉得别人瞧不起你时，实际上，你自己就没瞧得起你自己！田三蕊，我把这话给你撂这，让你哭的日子在后面呢！"

那次姐妹俩为魏保乐闹个半红脸，田三蕊半年多没理大姐。老妈和二姐从中说了很多好话，老妈说："你姐说的话也是为你好，她要不是心疼你，你是路边站着的人，她才懒得说你！"

田三蕊也很多心地以为当妈的也是眼向钱的，站队站到了大姐的那一

边。

从前，大家都是一样的起点，说什么做什么，都是无所谓的。一旦那个平衡被打破了，一切就都成了惹事的导火索。田三蕊骂魏保乐没本事，窝囊废，魏保乐也明白自己让老婆在娘家抬不起头来，但他的心里不觉得那是多大的事，他的话跟田大芬的话竟然是如出一辙："我们过自己的日子，不亏别人的不欠别人的，干吗管别人瞧不瞧得起自己？我们自己瞧得起自己就行了！"

可人最大的毛病不就是爱攀比吗？远处的还比个没完，更何况是亲姐妹之间，自己不比俩姐姐笨不比俩姐姐丑，凭什么人家个个过得事事如意，自己的日子过得紧紧巴巴的呢？老妈偷偷给田三蕊一条金项链，感动自然感动，更多的是心酸。这也是田三蕊往死里看魏来学习的原因。指望不上魏保乐，就指望儿子能出人头地吧！

魏保乐不争气不挣钱她都认了，他竟然还给自己捅那么个娄子。不光把家里的钱败光了，还欠了十几万的外债。这日子没法过了，真的没法过了。

躺了三天不吃不喝，魏保乐劝了又劝，没办法，搬动儿子来劝。儿子坐在床沿儿上，他说："妈，钱没了就没了吧，我好好学习，不上很贵学费的大学，我挣下钱，我帮您还！"

田三蕊的眼泪冲破河堤，泛滥成灾。她哭得呜呜滔滔，她说："小来，妈要不是为了你，都不想活了，这日子过得有什么意思啊？在外面，妈受的那些气，从来没跟人学过，我给人家做钟点工，碰上你大姨和西佳姐在那家做客，那家的女人训我跟训狗似的……"

那些，是魏保乐和魏来从来都不知道的。从前，他们都会怪田三蕊爱唠叨，爱攀比，却不知道她在承受什么。

魏来还小，他不知道怎么安慰老妈。或者那样哭一哭对她来说更好吧。

魏来去上学了，魏保乐串了休在家陪着田三蕊。

田三蕊坐了起来，洗了脸，梳了头，打电话给大姐和二姐，她说："你们过来一趟吧，你们的妹妹有重要事找你们！"

三蕊这副样子着实吓着了魏保乐，他说："三蕊，有话咱俩说就行了，你何必叫大姐二姐来？"

田三蕊看也不看魏保乐，她很仔细地收拾着这个五十多平米的家，家里每一件东西都是她千挑万选买回来的。日子过得艰难，她便成了精明的主妇，任是这样，这日子也还是过不下去了，这样一想，她的眼里又包了一泡泪。

三蕊的电话打过来，田大芬的心里第一个念头是，肯定是商量着老妈房子拆迁的事。她还有点不高兴，小妹这谱摆得也太大了，商量这事，怎么也得她上门来，怎么还叫去她家？心里正画着魂儿，田二芳打电话来了，她说："大姐，我怎么觉得三蕊有点不对劲啊？我听她的嗓子好像是哑了！"

田大芬的心里"咯噔"一下子，该不会是自己的提议魏保乐不同意，两口子吵起来了吧？这天大的馅饼落到他魏保乐头上，他可有啥不愿意的呢？自己这头上还顶着被袁如意骂的雷呢，这三蕊又出什么包了呢？

田大芬让二芳在家等着，她打车过去接她。

接上二芳，田大芬先把老妈的房子拆迁寻思着让三蕊夫妇开个小吃店的事跟田二芳说了，虽然田二芳对大姐自作主张，没征求自己的意见有点不高兴，但她也没什么别的意见，三蕊这些年日子过得艰难，若能开爿店，多挣些钱，日子过得好些，那也是正事。她不像自己，雅尔是女儿，结婚买房的事有男方家兜着，三蕊养着儿子，将来花钱的地方少不了。这是天下难寻的好事，三蕊怎么还……

田大芬说："魏保乐那人你还不知道？不干事正好，一干事就浑身是毛病，肯定不愿意开店操那个心呗！"

田大芬和田二芳万万没想到的是，小妹田三蕊对她们说的第一句话是："姐，我要离婚！"

田大芬瞅了瞅站在一边张罗着给两姐沏茶倒水的魏保乐问："离什么婚啊，你们还小啊？这一吵嘴就离婚！"

魏保乐手一抖，杯子里的水溢了出来，田二芳赶紧找抹布擦。田三蕊心烦："得了，都别忙了，你们都坐下，我有话说！"

魏保乐直起身子："三蕊，我知道我对不起你。这些钱，我自己想办法！"

"你想办法？你要有办法何至于到今天！"田三蕊冷笑着顶回去。

"什么钱？"田大芬一头雾水，急于弄明白事情经过。

田三蕊瞅了魏保乐："你把事讲给姐听！"

魏保乐哭丧着一张脸："三蕊，警察立案了，正在找空瓶子！"

"你不说是吧？你不说我说！"田三蕊一五一十把魏保乐跟她讲的如何辞职如何遇到空瓶子，如何进了那家公司跑业务，如何为升职交保证金的事讲了一遍。

"三十万啊，打了水漂儿都没见个响！姐，你看看我这手，魏保乐，你长眼睛看看我这手，你再看看我大姐我二姐的手！我不是不能吃苦，这么些年，我苦巴苦熬地跟你过日子，我当年跟我妈说的就是，我就图你对我好，可是到头来呢，你是怎么对我的？你说不爱做厨师，你就不做厨师，你说你在学校做采买我就相信你在做采买，可是你呢，在外面弄出这么大个事儿来，魏保乐，我真瞎了眼看错你，你不声不响把家里的钱都败光了，你还有什么事做不出的……"田三蕊已经很克制自己的情绪了，但说起话来，还是声嘶力竭的恨。

"魏保乐，你这钱真是被人骗去了，不是跟别的女人起了花花肠子？"田二芳一朝被蛇咬，对男人的信任很难恢复到正常水平。

"二姐，我魏保乐要是对三蕊说了半句假话，天打五雷轰！"魏保乐诅咒发誓。田三蕊却不以为然："这天底下除了我这样的傻女人，谁会跟他啊？"

"三蕊，也没你这样数落儿子似的数落男人的。他不也是想为这个家好吗，想多挣点钱，是太急了些，被骗了，他也不想啊，就为这点事就离婚，让不让人笑话啊？"田二芳听得魏保乐只是被人骗走了钱，并没做背叛婚姻的事，她就觉得别的事儿都不是事。

"魏来都这么大了，你们平时也没别的事，三蕊，这出一家进一家，不是头脑一热那么简单的事，离了婚，魏来怎么办，这个家怎么办？钱没了，再挣啊，这家散了，还能恢复原样吗？再影响了孩子的学习，你们这当父母的肠子悔青了都没用！"田大芬虽然也恨魏保乐这么不争气，但还是努力地劝着妹妹。

"大姐，二姐，今儿叫你们来，我不是跟你们商量的，我也没别的亲人，平时跟你们吵跟你们闹，到最后，还是要找你们。我就是要跟你们说一下，我田三蕊的这个婚离定了。离婚，我什么都不要，这房子也归魏保乐，魏来也跟着你，等我有条件时，我再接孩子。魏来住校，一周回来一次，他回来时，我会回来住，别的时候，我先住老太太那……"田三蕊说着说着还是掉下眼泪来。田二芳也跟着抹眼泪。田大芬急："这什么脾气啊，说风就是雨的，不就三十万吗？欠你公婆和大伯哥的那十几万，我先帮你还，魏来上大学还得几年，到时候再说，不行吗？遇到事，就先离婚，这是夫妻吗？"

"姐，这事只是压倒骆驼的最后一根稻草。这日子我早就过够了！真的！你们别劝我，再劝我，我就不活了！"田三蕊这话一说，两个姐姐还能说什么呢？

魏保乐站了起来："三蕊，我知道这些年委屈了你，你心里也憋屈，你要执意离，那就离吧，这房子我不要，这家里所有的东西我都不要。你也甭搬出去，我搬，周末，魏来回来，我也会回来。就这么说定了，明天咱俩就去把手续办了！"

魏保乐起身离开了家。

屋子里剩下了三姐妹，谁都不肯先开腔，好像一开口就会破坏了某种平衡了的东西似的。

好半天，田大芬说："三蕊，离了给魏保乐点教训也好。但是，别怪姐没提醒你，老妈当年的话说得没错，这世界上，不会有人再像魏保乐那样对你那么好。这些年，你光看到我过好日子，我心里的苦你是一样也不知道。曹金华在外面生意场上应酬，花花草草少得了吗？也有不知死的小丫头打电话来叫板，那又怎么样？曹金华不往死里作，我不离。我就是要守着我的一双儿女好好过日子。"

"大姐说得没错，魏保乐是挣得少，没多大本事，但他一心一意守着你。端木彬怎么样？我巴心巴肝地伺候他，到了，他连大姐夫都不如，大姐夫那是逢场作戏，他是入了戏，一脚就把我踹了。我要是三十岁四十岁，还能再挣扎挣扎，我五十岁了，夕阳红了，他这时候撤梯走人，我的人生还有什么希望？三蕊，你爱比，那就比一比，我跟你说，我倒宁愿端木彬给我欠一屁股债，我们可以同甘共苦，而不是像现在这样，让我觉得

一辈子全都扑了个空……"

姐妹三个人第一次这样坐一起细诉衷肠。从前，都是把自己的苦藏起来，把别人的苦点出来。现在，把甜放一边，说说自己的难自己的苦，试图以此来告诫小妹，生活表面这袭华丽的袍子里面都是爬满了虱子的。每个人只能看到自己那些虱子而已。

只是，田三蕊铁了要离婚的心，她说："你们都别劝我了。这日子我真的是过累了！"

那天，田大芬叫了外卖，姐三个喝了酒，边喝边哭。

三蕊说："我想妈了，我真是想老妈啊。人说，七十岁有个家，八十岁有个妈，姐啊，我真想妈啊！"

田二芳也哭："那房子一拆，咱们仁就真的没家了，我也想妈啊！"

"胡说，咋没家？妈没了，你们还有我这个大姐呢！大姐的家就是你们的家！咱们姐仁再怎么样，也还是个家。等咱们老了，就搬到一起，我不能动了，你们以为我能指上东阳和西佳啊？你以为你能指上雅尔啊，你能指上魏来？扯？他们自己还顾不过来自己呢！妈就是个例子，她养三闺女，临了还……咱们老了，得互助。有男人当然好，没男人咱们就相互帮助！"田大芬说了这一堆话，喝了一口酒，酒真辣，辣出了眼泪。

春节前，田家二喜一悲。喜事之一是，田四林终于升为公司副总经理了；喜事之二是雅尔嫁给了黎明朗。悲的是三蕊悄无声息地离了婚。

按照乐观人的逻辑，先讲这件不好的事。田三蕊跟魏保乐背着儿子把结婚证换成了离婚证，魏来去学校上学的五天，魏保乐就住到了做饭的饭馆里。好在，那家饭馆规模不小，员工待遇也还算不错。

只是，田大芬不无担心地提醒田三蕊："男人圈养还容易跑出去，你这一散养，他年轻力壮的，万一……"

田三蕊倒是铁了心似的："没什么万一，我跟他离婚也不是做做样子，将来怎么样，谁都没办法说，走一步看一步吧！"

田二芳也不希望三蕊走到这一步。自己那是万不得已才离了婚，如果是钱能解决的问题，就不是大问题。"人都说五穷六绝七翻身，兴许……"

"二姐，这话我听过，后面跟的那句是'何时见底呢？'穷我不怕，怕的是他这不上进的劲。钱不能到他手，到他手里就请那些不知道哪冒出来的朋友吃吃喝喝，一喝就醉！做厨师，嫌累，嫌把个死身子，我也没意见，少挣点就少挣点吧，去学校做了采买，结果人老先生倒好，没吭一声把工作辞了，跟那空瓶子做了几个月的啥销售，那明摆着就是一骗局，你们都说他老实，你说他背着我啥没做出来？"

田大芬和田二芳也就不再劝了。离就离吧，兴许离了，能另辟一片新天地出来呢。

曹金华听田大芬说了魏保乐跟三蕊的事，他说："这三蕊也是，老夫老妻了，这一关就过不了？万一魏保乐将来成了点气候，看她田三蕊什么样？"

"气候个屁！眼瞅大半辈子都过去了，小钱不想挣，大钱挣不来，你还指望着他能成啥气候？没本事就承认没本事得了，这还长出息了，把老婆嘴里省下来的钱让人骗去不算，还借了父母哥哥的，真够没长脑子的。"田大芬对魏保乐也是恨得牙痒痒。人没出息也就罢了，还会自作主张了，长个猪脑子也就算了，还非得往猴子群里钻，这不自己找搐呢吗？

曹金华扫了一眼义愤填膺的田大芬："那当初我要是一直穷下去，也会是保乐这下场吧？"

田大芬"啪"地把手里的杯子放到了茶几上。"你这还整个兔死狐悲，曹金华，你还真说对了，你要是一直穷光蛋，我早就把你踹了！"田大芬说得狠，曹金华却乐了，老婆是个什么人，他心里还是明镜似的。

什么事不能仔细想，仔细一想，就如隔夜饭，坏了胃口和心情。

曹金华约了魏保乐去大酒店桑拿自助整一全套。魏保乐没精打采的，曹金华说："田三蕊也就是吓唬吓唬你，她那岁数，离了你，找谁去？别看他们姐妹咋咋呼呼的，到关键时刻，还得靠男人。像端木那样的……唉，我打电话问问他在不在北京，在一起出来喝顿酒吧，咱仨好歹一个门里做过连襟，跟田家姐妹散了，咱仨交情还在呢！"

端木彬出现在酒店大堂里时，曹金华跟魏保乐都吓了一跳。这风流倜傥的二连襟怎么脸黑漆漆的没睡醒的模样，人也瘦削。

"我说教授，这离婚的滋味不好受吧？这人啊，再怎么说都得有个稳定的大后方，这点道理，你这个教授还真没我懂！"曹金华开玩笑。

端木彬黯然一笑："今儿怎么这么有工夫？"

魏保乐摊了摊手："姐夫，我也解放了。不过跟你不一样的是，我是被田三蕊扫地出门的！"

"啊？你……"端木彬很吃惊自己离婚才几个月，田家三姐妹又一个离婚了。

"别误会，我没你那重获自由的想法，我是……唉，我被骗了，田三蕊受够我了！"

三个人进了桑拿房，赤诚相待。除了魏保乐的身体还健硕外，曹金华挺着小肚腩，端木彬身上的肉松松垮垮。曹金华很久没见着端木彬了，那次从贵州回来，他听说端木彬出了事，想去探望探望，但田大芬下了令：以后少跟那王八蛋一起混。曹金华也是忙，忙着忙着就忘了。

"什么时候有了新人领出来给我们哥俩见一见，好歹……那啥一场，是吧？"

端木彬苦笑了一下："什么情况你们还不知道吗？倒是我一个人，孤家寡人的，总是想起从前的事，想起我跟二芳这么多年一路走来的不容易，那阵子也不知道中了什么邪，就是觉得日子过得没意思，想要换种活法。可是，一辆车在原来的道路上开得很正常，你非要突然刹车，调挡换一条路，这不是自作自受是什么？二芳觉得我跟她离婚是因为别的女人，我怎么解释她都不信，其实婚姻就像是在水里憋气，憋久了，难免想浮上来换口气，浮上来，突然发现，还是水里最舒服……二芳什么都好，就是太固执！其实也怪我……"

曹金华与魏保乐面面相觑，端木彬这算是后悔了吗？

"我就一个女儿，她结婚没有邀请我去，你们不知道我心里有多难过……"

本来这场男人聚会是安慰魏保乐的，结果成了端木彬的倾诉大会。魏保乐倒很欣慰："就算我跟三蕊离婚，我也没想找别的女人。我是没能耐，没让三蕊过上好日子，但是我真的没想过要跟别的女人怎么着！其实，二姐挺好的，你们那么多年，你怎么就……"

"这些年吧，大芬再怎么着，她是跟我同甘共苦走到今天的，她是我一双儿女的妈，今天听你这么一说，我还觉得我做得挺英明的。"曹金华也跟着感慨。

"在贵州被劫那次，我都以为不能活着出来了，那时我想，如果活着回来，我就一定跟二芳复婚。可是，从生死边缘逃出来，我们又恢复了从前的样子。离都离了，我就是回头，田二芳还能像从前那样对我吗？大姐夫，保乐，有好几个晚上，我的车开到我家楼底下，我坐了整整一宿……我最疼的女儿正眼都不看我一下，我这心跟刀剜的一样。雅尔的婚礼我偷偷去了，大姐夫，我还得感谢你，你牵着雅尔的手交给明朗的。我跟明朗悄悄见过一面，明朗跟我说，在爱的人面前，不必拿着架子摆着自尊，其实他说得挺对，可你知道我就这点儿最不好……"

"明朗说得对，二姐夫，要我说，什么面子不面子，自尊不自尊的，你直接到二姐面前低个头，说你错了，然后啊，这女人最怕男人温柔，你对她玩命的好，还怕她固执？"

"那你跟三蕊是怎么回事？"端木把话头从自己身上引出去。

说别人易，到了自己这儿，也是乱麻一团。魏保乐长长地叹了一口气，不再说话。

算了，都到这分儿上了，也只能往前看了。曹金华跟魏保乐陪着端木彬感叹。这些话不知道在端木彬心里积压了多久，今儿遇到他们，一股脑儿地倒了出来，倒也舒服了许多。

喝酒吧，都不容易。

雅尔跟黎明朗的婚礼也并不一帆风顺。

先是见婆婆。黎明朗的父亲一年前心脏病突发过世，那时，雅尔还去帮了忙。她搀扶着黎明朗的母亲，一口一个阿姨地劝慰着，黎明朗母亲还很喜欢雅尔的。但那是她作为儿子的好朋友，换作准儿媳，婆婆那副慈眉善目的模样里就伴着犀利和挑剔了。

她眼尖，或者是听黎明朗说过，她指着雅尔的手腕说："现在还疼吗？"

那是雅尔的一个伤疤，不单是身体上的，更是心理上的。她用衣服盖着，闻听未来的婆婆说这个还是下意识用右手去捂了一下，她淡淡地抽出一点笑意来："不疼！"

未来婆婆伸手拿着水果刀削一只梨子："我听说自残这事是会形成习惯的，一旦别人不如你的意，就会用这种方法相威胁！"

雅尔如坐针毡，黎明朗进阳台接电话怎么还没接完呢？

"阿姨，这只是一时犯糊涂，不是什么自残！以后绝对不会了！"雅尔努力说出这些话，嘴里干得像块木板。

黎明朗终于打完电话回来了，坐在沙发扶手上揽着雅尔的肩膀："妈，我跟雅尔结了婚，你也多一伴儿，省得天天后悔没生一女儿做你的贴心小棉袄！"

黎明朗的妈瞟了一眼黎明朗："有那么高兴吗，咧个大嘴笑个没完？"

"那当然高兴了，谁娶媳妇儿不高兴还得哭啊？"黎明朗妈妈把削好的梨递给雅尔，黎明朗孩子气："不许现在就偏心，我也要！"

雅尔却认真地说："梨不能分的。这个你吃吧！"

"不能分咱俩就你一口我一口！"黎明朗黏得厉害。雅尔看到未来婆婆的脸黑成了包公。她说："听说你爸妈离婚了。你爸在外面找了一年轻姑娘？"

那是雅尔的另一个伤疤，她的脸像挨了耳光一样火辣辣的。她闷声不语。黎明朗说："妈，您也太赤裸裸了吧？这种事……"

"这种事怎么了？不能说？雅尔，你别怪阿姨多事，阿姨是在网上看的，花心这事是很遗传的……"慈眉善目的未来婆婆口里吐出来的全是银针，一根一根把雅尔往羞耻柱上钉。雅尔站了起来："阿姨，对不起，我还有事，我先走了！"

黎明朗一把握住雅尔的手："走什么走？妈，我今天就跟您说明白，雅尔的一切我都知道，但这些我都不在乎，我能接受她，至于您能不能接受，那是您的事，接受当然好，我们住一起，好好过日子。不接受，我也没办法放弃她，我还是会结婚，只是，我们磨合的日子可能会长一些，彼此会别扭一点，怎么样，您选！"

黎明朗的老妈差点一口气没上来憋过去，儿子把话说到这分儿上，她还选个屁。爱结结吧，我不管了。

黎明朗要的就是这句话。雅尔的手被黎明朗握得生疼，但她是感动的。她想终于有个男人肯这么有担当地不在意她所有的过去，愿意给她个美好的未来，她还犹豫什么呢？

但她还是会害怕，人总是会变的。

婚礼定在了春节的前一周。田二芳其实是很不愿意的，她害怕大过年的女儿再去了婆家，自己一个人孤苦伶仃的。但是，她不能太自私。女儿能从那么伤的一段感情里走出来，她已经很开心了。

也许母女在一起的日子渐渐少了的缘故，雅尔很黏田二芳。洗过澡，田二芳帮雅尔吹头发，她小心翼翼地问："定好的日子通知你爸了吗？"

"不用通知他。哦，对了，牵着手进礼堂这事儿让我大姨父来，他应该没问题吧？我明天跟明朗专程去跟他说这事！"

田二芳愣了愣："雅尔，你真的打算你的婚礼不让你爸参加？"

"嗯！"雅尔答得很确定。

"妈，婚礼是我的大日子，从我出生，您就盼着您的女儿风风光光地嫁人的那一天吧？这是咱俩的日子，当然，我爸如果不背叛咱们这个家，这也是他的日子，但他走了，我不想让您不舒服，也不想让我自己不舒服。所以，您就依了我吧？"

田二芳抹了把眼泪："你高兴就好，妈没事儿！"

雅尔结婚的消息是曹金华打电话告诉端木彬的，他说："雅尔好像不希望你出现，她让我带她进礼堂，我想还是跟你说一声的好！"

端木彬愣了愣，他说："你带她进也是一样的！"

话是这样说，放下电话，端木彬还是好半天没缓过神来。他打电话给雅尔，雅尔接了，她说："如果您不想我的大喜日子不高兴的话，就别来。"说完，不容端木彬说第二句话，就把电话挂了。

端木彬约了黎明朗出来，他把一个红色的锦盒推给黎明朗，那里面装着一条钻石吊坠项链，他说："作为一个父亲，我很失败。明朗，我不知道该怎么样把雅尔嘱托给你，我只想说，她是个值得珍爱的好女孩，请好好爱她！"

黎明朗郑重点头承诺："叔叔……爸，您放心，我会好好照顾雅尔的！"

一切准备就绪，雅尔却犯了婚前恐惧症。正赶上西佳打来电话说无聊想问问准新娘在做什么，雅尔于是无比惆怅地说："我结婚是不是太快了？万一他将来后悔了呢？"

西佳风驰电掣开车过来，一进门她就戳着雅尔的脑门说："都说你聪明，你脑子还真是有水，你这什么情况，黎明朗都能救你于风尘，你还挑三拣四。换我，我都跪地求他娶我。黎明朗那要才有才要貌有貌，要不是

对你死心塌地，我早下手了，我！"

雅尔还是恹恹的："他是不错，只是，我这么仓促地跟他结婚，我还不确定自己爱不爱他，他要是也是心血来潮呢？"

西佳简直被这表妹气个倒仰。那老皮有黎明朗这份决断，自己何至于理都不想理他啊。"你说，你跟他上没上过床？"

雅尔张大嘴，不知道西佳这是什么意思。

"我有洁癖，姐妹床上的男人，我不能动。你俩要没上过床，我这就打电话，黎明朗我接手了！"

雅尔被气笑了，她搂着表姐："他真的有那么好？"

"那当然，只有你这个傻子才会无视他爱上别人！"

雅尔的目光突然盯在电视上，电视上说巴黎飞往北京的航班被迫返航，情况不明。雅尔指着电视突然大哭："明朗……明朗……"

黎明朗坐那架航班返京。那是他休婚假之前的最后一个工作，去巴黎领一个设计奖。他本不想去，但雅尔使劲怂恿他去，她说，她要尝尝思念的味道。这几天，她也不想联络他。不听电话，不上网，她说，她要安安静静地收拾心情等着做他的新娘。黎明朗勉强答应了。

那晚，黎明朗陪雅尔去收拾出租房的东西，两个人收拾到很晚，黎明朗说累了，揽着雅尔的腰躺在光秃秃的床垫子上。

黎明朗蜻蜓点水似地吻雅尔，那是试探性的，不舍的。雅尔的目光对视着黎明朗的目光，绵密的吻落下来，黎明朗的手探到了雅尔衬衫里，雅尔的脸红通通的，两个人都喘着粗气，雅尔紧紧地抱着黎明朗，闭上眼睛，黎明朗却突然倒到一边，雅尔眼里的泪滚出来。黎明朗起身吻干那些泪，他说："傻丫头，我要等到结婚的那一天。其实，我……"

雅尔笑了，轻轻地吻他。然后，两个人仰面躺着，看着白花花的四壁，像两个无欲无求的幸福孩子。

黎明朗回来的周末就要举行婚礼了，航班返航？那会不会有什么恐怖分子啊？会不会是飞机出现故障啊？从巴黎飞出多久返航的啊？

雅尔成了没头的苍蝇，心如刀绞。

西佳到阳台上打电话，仿佛还在笑。没有航班抵达巴黎的消息。那则新闻被淹没在众多的新闻里，没有人知道航班上的人的家人们热油煎滚的心情。

雅尔哭："早知道，早知道，我不该让他去，他还说让我去来着，我非矫情，说什么要思念的感觉……还有，那晚，那晚……"

西佳眯着眼看着哭成泪人的雅尔："你还说不爱他？他要是此刻出现，你还嫁他吗？"

雅尔不理西佳，兀自哭着。

西佳拉开门，说："行啦，测试成功，进来吧！"

黎明朗提着行李箱出现在雅尔面前。雅尔看了西佳一眼，又看了黎明朗一眼，"西佳姐，你掐我一下，这不是做梦吧？"

及至走进结婚礼堂，曹金华牵着雅尔的手走到黎明朗面前，西佳激动得泪水横流，雅尔都有一种身在梦里的感觉。

那当然不是梦。是西佳帮黎明朗设计的一个局。目的就是试探雅尔的真心。

那日西佳去机场送朋友，正碰上取机票的黎明朗臊眉耷眼的。西佳问准新郎怎么一副失恋的模样。在机场的咖啡厅里，黎明朗说出了心里的苦恼。虽然他很自信他一定会让雅尔爱上他自己，他坚信他们之间会有幸福的未来，但他不确定应不应该让雅尔心里带着爱不爱他的困惑走进婚姻里。

一个男人爱一个女人，这样为她的感受苦恼，西佳是有些感动的。但她说："你们这些读书读傻了的人啊，就是磨磨叽叽，黏黏糊糊，哪来那么多困惑啊，两人相互都不烦，结一婚完事，唉！"西佳也上了大学，但她从心里没把自己当成是读书人。

"我是怕我太过自信，将来她后悔！"

"算了，你去巴黎几天？能不能提前一点回来，或者是告诉雅尔你晚回来一点？"

"嗯？"黎明朗不明白西佳的意思。

如此这般，西佳把自己的计划讲了一遍，黎明朗犹豫着："这能行吗？雅尔如果没什么反应，或者，她那么善良，就是一般的朋友有了这种难，她也会难过吧？"

西佳白了黎明朗一眼："那你说怎么办？昭告天下，取消婚礼，等着那傻丫头想明白她爱的人是你？再不然，找一姐演一对，说你有了别人？"

黎明朗举起手："别别别，还是这个靠谱点！可是问个技术问题，电视台怎么能配合着说飞机的报道呢？"

曹西佳眼珠转了转笑了："说你们读书人笨吧，还不同意。这不太好办了吗？这种新闻哪儿不扒一段啊？我去小雅那儿，把碟往里一塞，电视上不就播了吗？"

"那这事儿就交给你了，回头我请你吃饭！"

曹西佳却犹豫了："黎明朗，有件事咱可说好了。虽然我了解小雅，但身在爱情里，什么情况都可能发生，万一她真的跟你闹翻，你可别赖我！反正有一星期的时间你可以考虑，如果行，你就给我个消息，我就行动，如果你想取消计划，告诉我一声，就当我什么都没说！"

西佳还有项任务是支走二姨。她在家，再被这事吓一好歹来，老妈非得把自己给撕了。西佳给老妈、二姨、小姨报了个杭州五日游。田二芳自然是不肯去的，女儿大婚在即，多少事要安排呢。西佳使了个共情的小招，她说："我小姨一向节省着，不舍得吃不舍得穿，哪出去玩过，这又离了婚，你们姐俩就当是陪陪她。钱我来出。雅尔的婚事黎明朗有数着呢，你们放心去就是了！"

田二芳有过离婚之痛，便无可无不可地答应了。田大芬自然没意见。田三蕊死活不去，西佳说："小姨，您不领我的情，总得心疼心疼我花的那些钱吧，退又退不回来！"一听说钱要白花了，田三蕊心疼得跟什么似的，终于同意。

最终计划实施。从实施的效果来看，黎明朗简直是受宠若惊。那晚，功臣曹西佳悄然退场，黎明朗拥着雅尔也不敢相信她那样珍贵的眼泪是为他而流的。他一再确认："如果是平常朋友遇到这种事，你也会难过是吧？"

雅尔诚实地点头。黎明朗略略失望。雅尔轻声细语地说："好朋友遇到这种状况会难过会悲伤，但是爱人不是，爱人生死不明，我会觉得身体里，不，是心生生地被剜掉了，是世界突然漆黑一片，让我觉得什么希望都没有了。明朗，这种感觉死死地抓住我的心，我真是吓死了。"

黎明朗吻住雅尔，半天，说："对不起，我不是想考验你，我只是……"

这次主动的是雅尔，她明白他是想让她看清自己。她说："我们经历了那么多考验，只是为了回到原点相爱！"

黎明朗抱住心爱的姑娘，他说："我后悔了！"

"什么？"雅尔问。

他吻住她的后颈，似喃喃自语："后悔那天我们……"

雅尔脸红成了秋天西山的一片叶子。她闭上眼睛任由他吻，她说："其实，我们不必等！"

他抱起她，人生从来都不必等。

他坚硬地侵上来。他的双手握住她的双手。她抿起嘴角，逐渐张开的瞳孔，若有所思的眼神，微皱的眉头，四处游移的视线，被他的眸子捕捉到。他俯在她的耳边问好吗，她以吻封缄。

雅尔突然阖上双眼的一刹那，一扭头就看到窗外的火红的夕阳，那夕阳好像手边的流光，纵使易散，也要捉住。

那晚的夕阳，雅尔永远记得。

那个拥她入怀的男人给她的踏实感，她永远记得。

但她同样记得的是在这样的幸福时刻，她一样给自己清醒的提醒：不要过度依赖。

从雅尔那浓情蜜意的二人世界里走出来，西佳陷入黄昏无休无止的拥堵中。整个北京变成了巨大的停车场，每辆车都是一座孤岛。

一首悲伤弥漫孤独四溢的歌在车内反复响起：

小小的小孩　今天有没有哭

是否朋友都已经离去　留下了带不走的孤独

漂亮的小孩　今天有没有哭

是否弄脏了美丽的衣服　却找不到别人倾诉

聪明的小孩　今天有没有哭

是否遗失了心爱的礼物

在风中寻找　从清晨到日暮

我亲爱的小孩

为什么你不让我看清楚

是否让风吹熄了蜡烛

在黑暗中独自漫步

亲爱的小孩

快快擦干你的泪珠

我愿意陪伴你　走上回家的路……

西佳烦躁，伤感。随手抓起不知多久落在车上的一盒烟，点燃抽了两口就咳出眼泪来。她拿出了电话，还能打给谁呢？

老皮慵懒的声音传了过来："喂，谁啊？"

"炮友。皮若愚，晚六点红墙花园酒店，你不来，我就找别人！"西佳一口气把话说完，没等老皮回复就挂了电话。

那一夜之后，老皮来找过西佳，都被她黑着脸给赶走了。她报名参加了一档火热的相亲节目，一周前，编导打电话通知她下一周准备录节目了。

西佳不知道怎么就是无缘无故地烦。不能想老皮，不能想他们之间的事。他有女朋友……

老皮出现在房间门口时，西佳觉得自己疯了，她明白那一定是爱，不是爱还能是什么呢？雅尔困惑，自己也是迷惑的，于是，那爱既吻她，也咬她。她不开口，她害怕一开口就像只灯泡突然亮了，散发热情的光芒与温度。于是，她先爱了，她便输了。

那是一场疯狂的游戏，西佳的头发落到他的胸前，她蛇的腹部配合着他山的弧度。期间，他认输过，他说："西佳，西佳，饶了我吧，求你！"

西佳很像恶魔，咬他，打他，折磨他，也折磨自己。

直到她和他做了离岸之鱼。世界如此安静。

她的眼泪滚了下来，她说："下周我会去录节目相亲！"

凝固的空气里像"啪"地打出了火花。他能说什么呢？在心爱的女人面前，他一向是那么自卑。她爱着东子时，自己无数次躲在暗处舔舐伤口，他想退出三人的小集团，但是，她那样坦荡无拘无束，倒让他退出显得很不男人似的。那一夜酒醉，他终于抱着自己心爱的女人入梦，他却胆怯了。她不爱他，他成了趁人之危的小人，可是，又有些心存侥幸的，万一……

果然没有万一，西佳不接他的电话，见他亦是黑着一张脸，他心如死灰。那次手术，差点就出了大事故。院领导跟他谈，让他休息些日子。

西佳打电话时，她叫他炮友，他不想理她。他发狠不理她。她爱找谁找谁去，他不想做填空男，做备胎，更不想做她的蓝颜，索性就朋友都不做好了。但这世界上就有这样一个人，你拿她一点办法都没有，她就是瘾本身，你上了心瘾，戒掉谈何容易。

他在家里坐卧不安，他摔了一只杯子，他洗了冷水澡，但还是不能打消去见她的念头，耳边她的那句狠话雷一样响——你不来，我就找别人。她有什么资格这样对自己？她把他当成什么了？炮友？笑话，他老皮再丑也还不至于缺女人。

可是，另一个他自己说，去吧，去问问她到底想怎么样，去做个了断。那不过是个借口。

然后，他来了。再然后，他跟她纠缠。她像个坏女孩那样不容他有一丝反抗，她主导着他们之间的感情，也主导着他们之间的情欲。该死的是，他爱这样的她。

最后，她说她要去相亲。她要在明年"五一"之前结婚。有比这样更混蛋的女人吗？他闭上眼一动不动。

她问："你呢，跟小护士怎么样了？"

她点上一支烟，夹在手里。他坐起来，负气似的把那烟抢过去，掐灭。

老皮不知道网上那句最有名的名言是，这世上最遥远的距离，不是生与死的距离，而是我就站在你面前，你却不知道我爱你。

很久之后，他们可以说出另一句名言，这世界上最幸福的事就是，你暗恋着她，恰巧，她也爱着你。

爱情之所以诱人就在于，最直爽的人可能绕过无数个弯也没办法说出爱来。最婉约的人也许一滴眼泪就表白了一场爱情。

参加雅尔的婚礼，四林耳边并不清静。

袁如意一直很不如意地唠叨着："你们家这三个姐啊，哪个把你这个弟弟放眼里了？就连这些外甥与外甥女，也一个个眼眶高过天，没有一个把你这舅当成舅的，都势利眼着呢！不然，怎么会让大姐夫带雅尔进场？不找她爸，那肯定要找舅舅啊！"

田四林也不高兴二姐她们这样做。雅尔不懂事就算了，二姐和大姐她们也不懂吗？还不是觉得姐夫有钱，有面子。这样一想，四林脸上也清汤寡水地透着不高兴。

田二芳大概也看出了小弟的这份不悦，揣测出了原因，她过来解释说原本她和雅尔都想找四林来着，但舅舅是自己娘家这边很重要的人物，娘亲舅大，老理上不应该由舅舅带着外甥女送到新郎面前。

袁如意冷笑了一声："这都新式婚礼了，谁还讲老理儿！"

田二芳的脸上挂着难堪，田四林的心里却没了那层隔阂，算了，都一家人，争那些有的没的干什么呢？

西佳过来叫舅妈过去看看雅尔的妆化得怎么样，她有意抬了一下袁如意，"我妈和我二姨、小姨那眼光都不行，要讲时尚懂行，舅妈，还得你！"

这马屁拍得恰到好处，袁如意一直按刘晓庆那不老娃娃的标准要求自己，也一直以时尚潮人自居。她脸上绽开了一朵花，嘴上却说："你们这些姑娘哪还用舅妈帮着把关，一个个的不画都是妖精一样地勾人！"

西佳回头冲田二芳眨眨眼睛，田二芳松了一口气。

孟庆霖像自己嫁女儿一样，里里外外张罗着。田大芬过来跟二芳说："我看老孟不错，差不多就行了，品质不坏，心善良，搭个伙过日子，你还能怎么着？"

田二芳不置可否。孟庆霖的确是个很好的人，自己也不是没想过要往前走一步，只是，一想到跟另一个人生活在一起，从此跟端木彬变成陌路，心里还是会难过。

筹备雅尔婚礼的那些晚上，睡不着觉，田二芳会在电脑上翻看从前的照片，看到泪流满面。那些原本模糊的记忆，原来都清清楚楚地藏在脑子里，照片上的三个人，那么年轻，那么快乐，仿佛生活永远都是那样鲜艳。

好几次，田二芳手里的鼠标点到他的照片的删除上，又犹豫了，终究不舍得删掉。她搜他的视频，意外搜到他的博客。

她知道他写博客的。不过，从前那些博客，他多是放他的心理学方面的一些文章，后期会放一些他做的节目视频。手一抖，点了进去。屏幕显示，他有隐藏的博客，她静了一下，试着用雅尔的生日做密码登录，果然登录成功。从前，他的邮箱、博客、MSN 或者银行卡都用的是雅尔的生日，看来这习惯他还没改。

她看到他前一天写的一篇隐藏的博客，他用的题目是《我们仨》。

田二芳盯着那题目愣了好半天。

他写道：终于这样，我扰我的生色犬马，你念你的淡若天涯。我以为，这是我想要的，我曾经那样急切地想抓住青春的尾巴，事实上，我抓住的不过是青春那只壁虎断掉的尾巴，断掉了，还怎么能接到身体里呢？

我又一次坐在车里，望着曾经的家的灯光。灯一直亮着，我不知道她们俩在做什么。我被摒弃在生活之外，这怨不得别人，这是我自找的。我以为找到青春的爱情，我会不那么寂寞，我会抵御住死亡袭来的恐慌。

可是，我终于知道，那不过是镜花水月。

我开始想念幸福饼，想念手擀面，想念晚上在电脑前写文章时递过来的一杯牛奶，想念我跟女儿落到她的镜头里，她按下快门，欣喜地说太棒了的神情。还有，在贵州山区，她说她没后悔跟我在一起的眼泪，那眼泪像炽热的蜡油烫在我的心上……

我梦见我牵着女儿的手走上结婚礼堂的那条红毯，每个做父亲的都期待又恐惧这一天的来临吧，而我，失去了这样的资格。

我们仨的故事就这样此生终结了吗？不敢想，也不能想……

或者，她已觅到她的幸福，或者，我已失去我的幸福……

田二芳关掉电脑时，才发现自己泪水满面。她终于等到他愧疚悔恨的那一刻了吗？她有打电话给他的冲动，但她忍住了。电话打过去要说些什么呢？说你活该？说我原谅你了？这些田二芳都说不出口。

雅尔从礼堂的一端走过来时，田二芳恍然若梦。雅尔生出来时三斤三两，连大夫都说成活的可能性并不大。老妈马淑云说："甭听他们瞎说，有骨头就不愁肉。"那样小小的人，一晃就成了新嫁娘。穿上白婚纱的雅尔楚楚动人。一身白西装的黎明朗英气逼人。亲友们都在说看人这一对，堪比璧人儿。田二芳的泪水涌出来，她转身，隔着酒店的门，她看到端木彬，他似乎也看到了她。

身边的孟庆霖握住田二芳的手，他说："芳子，如果我早些对你表白，牵着小雅的手的人就是我了吧？"

田二芳借擦眼泪之机把手抽出来，微微侧身看门外时，门外只剩两个门童。

那天晚上，雅尔跟黎明朗去了公婆那儿。田二芳跟孟庆霖一起吃了顿饭，她说："老孟，我知道你的心意，事实上，这段最难过的日子，我也很

依赖你。但是，我是个死心眼儿的人，我很认真地想过，我恐怕很难接受一个人走进我的生活里来……"

生活百转千回，年纪越大越谨小慎微。

孟庆霖的手放在田二芳的手上拍了拍，他说："我们都这么大年纪了，不是小孩子过家家。其实，现在这样也挺好。慢慢来，不着急！"

孟庆霖这样说，田二芳倒不好意思了。

她念叨："也不知道黎家的饭雅尔吃得惯不惯，那个婆婆听着说话，不是善茬儿，不知道会不会给小雅气受！"

孟庆霖夹了筷子鱼给田二芳："小雅是个聪明的孩子，人也乖巧可爱，她婆婆不会难为她的！"

田二芳能说的也只是但愿了。

第十章

如果时光可以回到从前

到处都是步履匆匆的人，人人脸上都洋溢着一股子急切的味道。那也是年味的一种吧。又要过年了。

那是马淑云离开的第一个春节。

四林跟袁如意去马尔代夫过年了。四林终于升职了，而且是一升两级，袁如意自然高兴得什么似的，拿出了全年奖金请老公去马尔代夫过新年。

三十那晚，曹金华跟一帮朋友约了麻将，西佳早早报了旅行团出国玩去了，东阳闷在屋子里打游戏。田大芬想起了自己的那个"娘家"要贴春联，便出了门。

雅尔当然得待在婆家，孟庆霖凑过来过年，田二芳一样想着要回来看一看老妈才安心。她拌好了饺子馅，让孟庆霖看会儿家，她要去趟娘家，那也许是那个家的最后一个年。

魏来跟着魏保乐回了老家，田三蕊答应了大姐除夕去她家守岁，但她想在去大姐那儿之前去看看老妈。

不约而同的，姐妹三人各自从家里出来走进了那间过了年就要被拆掉的"家"。

天上飘着雪花，姐妹三人买了大包小包的东西拎着进了家门。田二芳的怀里更多了一只猫，她把巴啦也带来了。她想老妈也一定想巴啦了。

在老妈的门口遇上，田大芬说："从前，每到年三十，袁如意都闹着回长沙娘家，咱们姐仨又都在各自的婆家，就剩下妈一个人，都是小猫巴啦陪着她一个人过，孤孤单单的。今年，咱们仨陪陪妈。"话说出口，说的人，听的人都红了眼圈儿。

往年，田家最热闹的是大年初二，大年初二三个女儿齐齐回娘家，家里总是热气腾腾的。门上贴着花花绿绿的春联和挂钱，桌上摆着花生、瓜子和糖，小猫巴啦上蹿下跳的，孩子们一连声地喊：姥姥过年好！她则在厨房里大声应着："好，好，好。姥姥待会儿给红包儿。"锅里的油滚着，灶上的火亮着，她的脸红扑扑的，仿佛一年就盼这一天呢！

可是今年，她不在了。桌子上摆着她的照片，照片上她的头发一丝不乱，脸上的表情有些拘谨，不像她平时对谁说话都看着人脸色的模样，但是笑着……小妹三蕊先叫了声妈，哭着扑到了桌子上。田大芬和二芳放下了东西，站在地上都抹起了眼泪。七十岁有个家，八十岁有个妈，如今妈不在了，热乎乎地扑奔过来，心却像外面的三九天一样进了冰窖里。

大姐掏出了春联和挂钱，二姐去厨房用面打糨糊。那是从小养成的习惯。从前，在各自的家里，她们都跟她习惯了这样贴春联，有了透明胶和固体胶也要用面放点白矾打糨糊糊春联，她们也学会了她的话：这样才像是过年。

贴上春联和挂钱，小妹还从包里扯出来一卷窗花，是外面卖的，据说是成批用机器压出来的。大姐说："妈在，这种东西瞧不上眼……"

一句话儿，眼泪又都在眼圈儿里转了。

先打扫打扫房子吧！

系了围裙，用报纸叠了帽子，扫棚上的灰，擦床上的尘。三蕊从柜子很里面的抽屉里掏出很多个药瓶，胃友、消炎利胆片、环轮宁降压药……大部分都只剩下小半瓶了。姐妹们都有点蒙，她们从来不知道她有那么多病，她从来都没说过。她们以为老妈发病是突然间发生的事，在她倒下之前，她们跟外人最常说的话就是："我妈身体好，是我们姐妹的福气。"她听了，总是呵呵地笑。

二芳有些难过："她之前就有这些病，从来都没听她说过……"

田大芬叹了口气说："咱们仨都别回去了，就在这儿陪她守个岁吧！"

索性就不回去了。姐妹三人过个年吧。三蕊说："咱们包饺子，陪妈一起吃！"二芳给孟庆霖打了电话，他说："没事，没事，我给你把家看得严严实实的！"

大芬问二芳还等什么，跟他把证一领，搬一起就算了。二芳沉默不语。端木彬的事，她一直放在心里反反复复地嚼了一遍又一遍。她不想跟

任何人说，就像那是个秘密。

三蕊手脚麻利，和了面，和了馅。是妈爱吃的韭菜鸡蛋馅。她那时总跟小外孙魏来开玩笑说："姥姥去你家啊，啥都不用做，给姥姥做韭菜馅饺子就中。"话是这样说，可她从来没在哪个女儿家吃过一顿饭，总是匆匆地来了，看看女儿，急急忙忙地就走，说是谁谁谁等着呢，再不就说家里的小猫巴啦饿着呢！倒是他们，说来她这儿就一帮人马杀过来。

三蕊说："我还记得那年临到过年，家里一分钱都没有了。大姐急得团团转，过年总得称两斤肉，吃顿饺子。妈说：别怕，我有办法。家里有只小鸡，妈把它杀了，剔了肉，剁了酸菜，包了一顿饺子。妈还偏心，就那一个小鸡，还给四林留了个鸡大腿，那时我真是恨透四林了。那是我吃过的最好吃的酸菜馅饺子。后来我用鸡肉酸菜包过好几次饺子，就是不是那个味儿……"

田大芬学着老妈的样子把饺子边包成麦穗。三蕊学，总是学不会。

大姐又捏上一个麦穗，对三蕊说："生你二姐时，那时正赶上三年自然灾害，吃了上顿没下顿。妈没奶，你二姐净吃小米粥来着。有时剩一点，我在边上馋猫似的，妈后来就多放一碗水，有了我半碗，小米粥可真香啊……"

一锅饺子胖娃娃一样被赶下了河，屋子里顿时热腾腾的。饺子滚了三滚，盛出来，端一盘子放在马淑云的照片前，三姐妹齐齐地喊了声："妈，吃年夜饭了！"

说完，三个人又抹眼泪。

二芳开了一瓶葡萄酒，说："大姐，小妹，妈不愿意让咱哭，来，咱姐们喝一杯。"

大芬说："妈，您知道吧，您儿子升职了，副总经理。神气着呢。这回袁如意再不能骂他没出息了。只是晚了点，要您活着，那得多高兴啊……"

田二芳："妈，小雅结婚了。男孩挺不错的，是真心对小雅好的，这孩子这一年没少经事儿，能走到这一步，挺不容易的……"

三蕊说："妈，您老闺女离婚了，您没想到吧？我也没想到。保乐对我挺好，但就是太江湖气了，什么人都相信，不给他点教训，连老婆孩子都得让他给卖出去。妈，我总在想，我是不是后悔当初没听您的话了，这些年我一直抱怨这抱怨那，总是觉得过得不如意。可离婚这些日子我想明白了，您老闺女也不是啥出奇的人，这样的日子已经够了。"

田大芬问三蕊："你要跟魏保乐复婚吗？"

三蕊说再看看吧，他在那饭店干得挺好，他也在戒酒，我得再考验考验他。

"魏来不知道你们离婚了吧？"二芳很担心那孩子的情绪，正是青春期，壮怀激烈的时候，什么事都能做出来。

"不知道，也不问。我都不知道他天天的想啥。回家就上网，没日没夜的，学习我也不能问，一问就说，你懂吗？"一提魏来，三蕊就一脑门子官司。魏来不上进，这段还总偷跑出去跟一个叫陶小桃的女孩玩。田三蕊也不敢多问些什么，大概是从魏来那次逃学从家里冲出去吧，田三蕊就变得开始怕儿子了。

"还是四林两口子想得开，不要孩子，日子都是自己的，一点牵挂都没有。要是没有魏来，我何至于现在这样拼死拼活？"田三蕊心里明镜似的，再怎么着，魏保乐欠下的那十几万，也是她的债，她这辈子跟了这个男人，离婚不过是一时意气，她能真的把他从后半生里剔除吗？不能。除非他花花肠子。

"这话让你说的？没儿没女，妈老了咋办？妈这辈子要没咱们，从前那些艰难的日子怎么过下去呢……"

话题还是扯到了从前，从前过年，老妈带着四个孩子，钱少得要命，人却快乐到不行。

窗外的雪越下越大了。饺子没吃几个，姐妹的往事却越想越多。田大芬生孩子时，婆婆正做白内障手术，老妈这边照顾着老大，那边还去医院给老大的婆婆送饭。一个月下来，她瘦得几根骨头支着衣服。老大婆家的人都说老大的妈好。田大芬心里却疼得不行，她临走时，老大给了她一千块钱，说让她买台录音机，再买上几张京剧的带子，想啥时听就啥时听，省得闷。

她把钱塞在田大芬的枕头下，脸上笑开了一朵菊花，她说："我还要你钱干啥，我的钱多着呢，想买啥买啥。"

田大芬不干，硬塞给她，她接了。可是后来，曹金华说要做生意，她

掏出一万块给他们夫妻俩，她说："不用还，这都是这些年你们给我的，我没花，都攒着呢！"

雅尔捡了只猫给她，说也怪，那只猫一点不认生，一来就屋里屋外跟着她。她叫它巴啦，她说："你巴拉它，都赶不走它。特赖。"说这话时，她的口气是宠溺的，脸上笑出了一层褶子。

或许是过惯了苦日子，看惯了别人的脸色，她跟人说话总是有点巴结的意思，尤其是跟女婿们。这让女儿们很不高兴。三蕊说过一次："妈，你知道点身份行不行？干吗总是那样跟他们说话？还有，他们来了，别夹菜，知道人家嫌不嫌你啊！"

不过是一句话，她的笑却立刻僵在了脸上。那次田二芳训斥小妹："你懂不懂事？妈还不是害怕人家亏了我们姐妹？"

三蕊赶紧搂着她撒娇："您闺女在人家个个威风凛凛，不看别人的脸色的。"

她立刻长出了一口气，喃喃地说："这就好，我闺女都比妈命好。"

饺子凉了，谁也不想吃了。

三蕊说："太冷清了，妈这里也没个电视！"

"刚我收拾那柜时有台录音机，不知道能不能响！"二芳起身把那录音机拎出来，插上电，录音机里居然有一盘磁带，转了半天，老妈的声音突然出现在这间屋子里。

"你们一直问我这春饼有啥秘方，我跟你们说了，没秘方没秘方，你们都不信。其实啊，人这一辈子，你想得单纯了，就单纯，你想得复杂了，就复杂。你们都说你们烙的饼没我烙的好，那是因为我的心思都放在饼上，而你们呢，想钱，想讨好公司老总，想开店，都没把心思放饼上，饼也是有灵性的……我知道你们都没坏心眼，但也都别小心眼，人活这辈子，不能光为自己活着，我要光想着我自己，我早就不活了！"

三蕊先抹了眼泪，她说："妈就先把我看透了！"

田大芬和田二芳都沉默了。她们自恃有钱有文化，却都没有老妈活得明白。半晌，田大芬说："把这磁带好好留着，我得给袁如意听听！"

于菲菲怎么都没想到那家网站与她接洽的负责人之一会是曹东阳。

几个月不见，曹东阳壮了些，穿着很得体的西装，煞有介事地系着领带，拎着公文包，那是于菲菲从没见过的曹东阳的样子。

当然，曹东阳也没想到要做的线上合作的那家快餐店会是于菲菲开的。很正式地坐下来谈合同，于菲菲有些心不在焉。她竟然说了她这样的女强人很不该说的话："你们看着行就行吧，我相信你们不会欺骗我！"

合同出乎意料地顺利签下，跟东阳一起来的负责人说那天是未婚妻生日，他要提早走去订个蛋糕。

咖啡厅里只剩下了东阳跟于菲菲。于菲菲喝了口拿铁，问："你还记得我生日吗？"

曹东阳浅浅地笑了笑，他问："要我也去订个蛋糕买束花吗？"

"你果然是忘了！"于菲菲说这话时有些哀怨。那也是她从前不会有的情绪。"一起吃个饭吧，我觉得你现在请得起我！"

曹东阳起身把风衣搭在胳膊上："我想去看看宝宝！"

于菲菲心里扬起了一面帆，心里庆幸，离婚后她做得最对的一件事就是让曹操跟爷爷奶奶保持良好的联系。最初的想法很世俗，她想着，宝宝有个有钱的爷爷奶奶总是件好事。可是见了现在的曹东阳，她承认她有些心动了。

离婚的这几个月，于菲菲一直在寻找新的目标。她还这么年轻，总不能一个人过下去。可往往是她看中的人看不上她，看上她的人她又看不中。她看中的那些人自然是条件好的，可有嫌她离过婚的，有嫌她带孩子的，竟然还有一五十多岁的老头儿嫌她年纪大。好不容易处了一个做房产经纪的帅哥，帅哥各方面都不错，除了没什么钱。于菲菲的老妈没给帅哥好脸色过，她说："这样走捷径想吃软饭的男人能靠得住吗？吃几天饱饭，就变心了！到时，你三十好几了，哭都找不着调门！"帅男辩解他是真喜欢菲菲，于菲菲老妈脸上摆出一朵大花来："喜欢是吧，那拿出三十万来，让我也看看你的实力！平白喜欢算什么喜欢？"

于菲菲本来就很犹豫，害怕自己用青春和婚姻换来的那点财产被骗了去，又害怕错失真爱。

于菲菲老妈说完那话，帅男摔门走人。于菲菲的老妈说风凉话："看看，看看，这年头，想做小白脸的男人比苍蝇都多。这一看骗不去钱，跑

得比狗都快!"

于菲菲的心刚凉下来,帅男就来了,怀里搂着个年轻漂亮的大美妞,他把一张卡拍到于菲菲老妈面前,说:"这是五十万,用不用去验验?"

于菲菲愣了,帅男这是什么意思?于菲菲的老妈撇了嘴:"这么快就骗到了?姑娘,这钱是你的吧?"

"还真别狗眼看人低,你知道他是房产经纪吧?你肯定不知道那家房地产公司就是他家的!"大美妞得意洋洋。

"你以为谁稀罕你家闺女,不过是看着她好玩跟她玩玩,没想到真的当成是八点档电视剧了,还弄这一出!"帅男揽着大美妞嚣张得让人恶心。

于菲菲拿起那张卡扔给帅男:"你是阿拉伯王子也好,比尔·盖茨的独生儿子也罢,赶紧带着你的马子从这屋里给我滚出去。你有钱没钱那是你的事,与我无关!"

"你妈肯定想有关来着,可惜!"帅男的嘴脸很不帅,于菲菲从来没讨厌钱到如此地步。

"我不喜欢骂人,因为我动手能力比较强!"说时迟那时快,于菲菲手伸过去,结结实实给了帅男一巴掌。于菲菲高中时学过跆拳道,身手一直没得到体现。

那之后的一段日子,于菲菲把时间都放在了快餐店上面。快餐店的地理位置不错,却一直效益不好,顾客不进来,神仙也没辙。于菲菲就想着跟网站合作,搞些活动,做些网络营销,没想到意外遇到曹东阳。

在那个曾经的自己的家里,曹操心满意足地睡在了东阳的怀里,于菲菲轻手轻脚地把曹操抱到小床上睡觉。东阳起身告辞,于菲菲却不舍,她说:"再坐会儿吧,我给你沏杯茶!"说是沏茶,端上来的却是杯咖啡,他不在,家里根本就没有茶。

"还没找到她吗?"

"谁?"

"你为谁跟我离的婚啊?"

"啊!"

话题停顿在那,一时间,谁都找不到新的话题。或者,只是于菲菲在努力,东阳根本就没想继续聊下去。

"我挺累的，快餐店效益不好，曹操也皮，不好带！"

"啊！"

又是一句"啊"，这完全是从前的曹东阳了，不发表意见，"啊"一声，只表示他听见。

"东阳，如果你一直找不到她，我们之间有可能吗？"于菲菲鼓起十二万分勇气，终于把见到东阳后徘徊在心里的话吐了出来。

她说的是实话，一个人带着孩子累，一个人创着一份事业累。重新再找一个男人更累。并不是每一个心性要强的女人都有能力做成女强人的。

"天晚了，我该回去了！"

又是一句曹东阳式的标准回答。不说有，也不说没有，没答应。

"东阳，这段日子我一直在后悔，我真的后悔了，我不该那么轻率地就跟你离婚，我们好歹还有孩子……"

于菲菲很想在此时流点眼泪，只是，她的演技真没到随心所欲的地步，流不出眼泪留住他，只好恨恨地放他走。

"常来看看儿子吧，他总是念叨你！对了，这周末，幼儿园春季运动会，有项目是父子穿衣的，本来也是要打电话给你……"

"好！"

终于还是留了一活扣。

只是于菲菲没想到命运如此神奇，那晚从她那儿开车出去的曹东阳就碰上了寻觅未果的简丹。

老皮二十年没减下来的体重，那段日子以大跃进的方式迅速瘦了下来。他看着电视上屡屡遭骂的西佳仍然孤零零地站在那里。

西佳很快成了节目上的争议人物在于她说她要找一个A货男给前男友看一看，老娘不但能嫁出去，而且嫁得风光。

无数人在西佳的微博上骂西佳这样的女人就该孤独终老，说你前男友扔下你这样的虚荣女真是万幸。老皮很想替西佳说几句话，匿名去说了一句，却被无数人扔砖骂了回来。

那期节目，几个女孩相继被人领走，西佳哭得梨花带雨。主持人问西佳为什么哭，西佳扭过头不说话。那一刻，电视机前的老皮心如刀割。自

己真的希望有个男人去把她领走吗？

小护士指着电视上的西佳红着眼对老皮说："把我都牺牲了，你还不出手，我这炮灰当得真是一点作用都没有！"

"知道这节目的男嘉宾的报名方式是什么吗？"老皮终于下了决心。

老皮没想到要等那么久，每期西佳在节目里，老皮的心都悬着，如果她真的被人领走了怎么办？

她穿着一袭红裙侃侃而谈："我父亲名叫旁若无人，我母亲名叫唯我独尊，我的名字叫旁若无人唯我独尊！我就是要找一个容我霸道容我任性容我一切缺点的男人！"

节目里出现了第一个为西佳而来的男嘉宾，老皮的心悬到了嗓子眼，他决定了，不管西佳牵不牵手，他都要表白，立刻，马上。

他打电话给曹西佳，很久没人接。电话固执地响着，一直没人接。

电视上站在心动女生位置上的曹西佳说："我一直被大家骂活该成为剩女，活该嫁不出去。骂得一点都没错。我不是太勇敢，而是太懦弱。我发现我喜欢一个人时，我不敢说，甚至把自己一层层包裹起来，害怕他知道……"

老皮的心翻腾着，她有喜欢的人了？他是谁？

"他不是A货男，但我爱他，从没有像爱别人那样爱他，只是那个笨蛋，他一直陪在我身边，一直什么都不做，我很想问问，你真要等到我老了，嫁不出去了，你还陪着我吗？有天晚上，我从噩梦里醒过来，突然想到哪一天，他结婚了，我该怎么办？我终于想明白了，他不追我，我可以追他，我是曹西佳我怕谁啊？"

镜头前的曹西佳笑意盈盈，眼里却含着泪。

老皮的牙咬得紧紧的，手机里终于有了回声："皮若愚，你还不给我滚过来！"那声音也从电视上传出来。

老皮紧张得快疯了。他对着手机喊："西佳，你在电视上说的人是我吗？真的是我吗？"

老皮滚到西佳面前，一句话不说拉她坐上他的车，车子疯了一样向前开。西佳喊："皮若愚，老娘鼓起勇气才表白的，我还不想丧命！"

老皮不管，车子驶到一片墓园，西佳有点被吓住了："老皮，你想干啥？"

老皮仍是不管不顾的表情，牵着西佳的手就往里面走。西佳跟在后面大呼小叫："老皮，你就是嫌我老，也不会想直接把我送进坟墓吧？我看一电影，那男的因为太爱那女的，就把她杀了，埋进墓地里……"

两个人站到了一个墓碑前。"皮文渊、蒋敏恩夫妇之墓"。

"你父母不是在国外吗？"

"是我爷爷、奶奶！"

"哦！"西佳仍然不知道老皮把自己带到他爷爷、奶奶的墓前来干什么。

"应该买束花的！"老皮才想起来。

"爷爷、奶奶，她叫曹西佳，你们的孙媳妇。今天我把她领这儿来是想问她一句话！"

西佳仍是丈二和尚摸不着头脑。

老皮转过身，握住西佳的手："曹西佳，我想你死后，埋进我家墓地！"

西佳脑子有点乱，没反应过来怎么一下子就说到死了，突然之间灵光一现，反应过味儿来，这死东西这是在求婚啊！

西佳开始哭，泪水滂沱，她的拳头雨点样落到老皮的身上，她说："你就说句你爱我，能死啊，逼得我跳北海的心都有了，我在电视上……我在电视上……"

西佳已经没办法说话了，老皮以吻封缄。

半晌，西佳问："干吗减肥？从前我都抱不过来你，现在，这腰也太苗条了！"

"相思让人瘦！"

"不要脸！"

"我就不要脸！"

"爷爷、奶奶都看着呢！"

"他们肯定支持他们的孙子不要脸！"

西佳心里长长地叹了一口气，早知如此，何必兜兜转转浪费了许多时光？

老皮似读懂西佳的心思，牵着她的手走出墓园。"你在电视上说，你噩梦醒来，想突然有一天我结婚了，你会怎么办？其实，这许多年来，我一

直在想这个问题，如果你结婚了，我该怎么办？你每次去相亲，我的心都提着，你每次相亲失败，都是我的节日，我知道自己这样很不好，但人都是自私的。你跟我说起东子，我装作毫不在意，可是你不知道，我心里多难受……"

西佳揽着老皮的腰："我一直觉得自己比雅尔勇敢，敢说敢做，想要什么从来都直来直往，可是，老皮，不知道为什么，对你，我却总是近乡情怯，那么害怕，害怕我们做不成情人，连朋友都做不下去了！"

"这样真好！"老皮说。

"嗯，这样真好！"西佳说。

夜幕沉沉地落下来，西佳和老皮的车子像条鱼游回到城市的车河里。他们的手始终牵在一起。

"下期节目不许去录了！"老皮终于可以对自己爱的人霸道地提出要求。

"嗯！"西佳小女孩一样乖顺。

每个女人心里都住着一个小女孩。只要在爱的人面前，小女孩的天真与善良、温顺与任性、美丽与哀愁就都会表现出来了。

"那期节目你肯定没看完，因为最后，我给自己破釜沉舟的大结局！"

"什么结局？"

"我说，我怀了那个笨蛋男的孩子，他不娶我，我就去他的医院拿掉这孩子，然后打成包，当成是生日礼物送给他！"

车子"当"地撞到马路牙子上，停下来。

老皮的眼睛盯到西佳的脸上："你说的是真话还是假话？"

"当然——真话！"西佳眨着眼，眼里全是笑意。

"你真够邪恶的，也就你曹西佳能说出这么缺德的话做出这么缺德的事！"

"怎么？后悔啦？那还不晚！"

"晚啦！你胆敢对我的孩子不利，看我怎么收拾你！"

"我的父亲叫旁若无人，我的母亲叫唯我独尊！我叫……"

"女皇，女王，你能给小的留条活路吗？"

西佳拍拍老皮的脸："你有点贫，不过，你儿子可以帮你搞定你未来的丈母娘，你得感谢他！"

老皮觉得这一天像在梦里一样。他突然想起来："你是不是因为有了我儿子，才下定决心跟我在一起的？"

西佳眯了眼不回答。老皮的脸沉了下来，他说："我就知道……"

"你就知道个屁，闯红灯了！哎，哎，皮若愚，你……"

"我不管你爱不爱我，反正我孩子的妈必须和孩子的爸在一起。明天我们就去领证结婚，谁拦着我，我跟谁没完！"

老皮在西佳面前隐藏多年的男人霸气终于外露。西佳喜欢死了。

雅尔出去找工作回来时，穿高跟鞋的脚被磨出了水泡。在段城的公司穿着户外休闲服习惯了，冷不丁重新穿回职业套装和高跟鞋还真不习惯。

黎明朗不愿意让雅尔那么快就出去找工作，他说："我们要尽快实施'造人计划'，你安心在家做贤妻良母，打拼挣钱的事儿交给你老公来做！"

雅尔自然不肯。有老妈前面的例子在那放着呢。如果老妈是一家庭妇女，那日子该如何往下过呢？她不会把自己的这一层担忧说给黎明朗听，她说的是："你没听人讲，贤惠，就是闲着什么都不会！再说了，我在家里闲待着，跟你妈还不大眼瞪小眼，净生闲气啊！"

黎明朗舍不得让雅尔受老妈的气，他说："其实我们可以搬出去住！"

"我知道，只是，你妈也是我妈，这段磨合期总得度过去！"

雅尔的懂事让黎明朗很感动。黎明朗抱着雅尔："我就说我眼光好，一眼就看中你！"

"喊，你打击我打击得体无完肤的，还敢说你眼光好，看中我！"

"那还不是怕你骄傲嘛，只有把你贬低得跟一丑小鸭似的，才能配上我这丑小鸭！"

"我呸，你还丑小鸭。有这么帅的丑小鸭吗？"雅尔捏着黎明朗的脸。在爱人面前，总有些情不自禁的亲昵。雅尔很喜欢躺在黎明朗的腿上看电视，喜欢跟他躺在床上东一榔头西一棒子地说着无聊话。还要些什么呢？这就是幸福本身吧？

"你看，你看，骄傲了吧？就算你老公长得跟朝伟润发德华似的，你也不能这么夸啊？低调，咱出去一定要低调知道不？"

雅尔就喜欢黎明朗这样胡扯八扯的。

雅尔走了一天也没找到一家合适的公司，回到家，黎明朗还没回来。

婆婆坐在沙发上正玩平板电脑上的游戏，见雅尔空着手进家门，脸拉得老长："今天晚上咱们喝西北风啊？"

雅尔想起出门时婆婆让她带菜回来，她竟然忘到脑后去了。雅尔赶紧说："妈，复兴门那儿新开了家鲁菜馆，我看着人还挺多的，应该还不错，我就想着带您去尝尝！"

婆婆是山东人，雅尔这灵机一动也算拍对马屁。显然，婆婆在家闷了一天也腻了，立刻起来换衣服，嘴里却言不由衷地说："咱这平常人家，哪能总吃馆子，你们这些年轻人啊，就是不会过日子！"

雅尔苦笑了一下，揉了揉疼得厉害的脚赶紧跟着进了婆婆的卧室。

"妈，穿这件金丝绒半身裙配打底裤穿就很好看，您这身材保持得好，穿这身特显身份！"千穿万穿马屁不穿，果然，雅尔把婆婆一张乌云密布的脸哄得阳光灿烂。

雅尔这才打电话给黎明朗，黎明朗陪客户吃饭回不来。婆婆一听儿子不回来，又不肯去了，雅尔实在是没力气出去买菜，便说："要不，我把我妈也叫上吧，她一个人在家也挺没意思的！"

这句话有点坏气氛，婆婆噘着一张嘴重新坐回到沙发上："我就说嘛，哪有儿媳妇那么好心的，还不是想请你妈吃饭捎带上我，你要去吃，你就跟你妈去，我不去！"

雅尔一点力气都没有了，却只能耐下性子来继续哄："妈，您要是怕人多，烦，就咱俩啊！咱俩吃一烛光晚餐，多好！馋黎明朗，好吃，咱再宰他一顿！"

婆婆终于"移驾"，雅尔长舒一口气，换了鞋子和衣服，一路小跑陪着婆婆出门。

一顿饭吃下来天都黑了，婆婆却兴致很好，要逛街。雅尔千不愿万不愿，却只得赔着笑脸。

那晚，黎明朗醉醺醺地回到家，澡也没洗躺在雅尔身边时，雅尔真是觉得自己委屈。这就是她的婚姻吗？讨好婆婆，伺候老公，然后呢？年华老去，自己像老妈一样，哪一天接到老公通知，离婚吧，人生就变得一无所有了？

那晚，雅尔暗自流泪。早上，黎明朗跟雅尔说话，雅尔不理他，他还纳闷儿，自己怎么惹着老婆了？他诅咒发誓再不喝醉了，雅尔也还是爱理不理的表情。

黎明朗从卧室出来，老妈却喜滋滋地跟他说那家鲁菜馆的奶油蒲菜和三不粘做得真是地道，还有，雅尔眼光不错，这件衣服买得真是合心意。黎明朗瞟了一眼卧室里的雅尔，心想：这不挺好的吗，怎么跟自己耍小性子了呢？

男人跟女人总是一个在水星一个在火星。黎明朗觉得平安无事，雅尔却觉得婚姻掉进了灰扑扑的坑里，爬都爬不出来。

所以，西佳跟雅尔说自己要嫁给老皮时，雅尔一口水差点喷出来，她问："会跟老皮的父母一起住吗？"

西佳眯了猫样的大眼睛说："看来你婆媳问题很严重啊！"

雅尔想往里藏，又怎么禁得住西佳的围追堵截。雅尔如此这般把家里那些细碎得如同尘埃的芝麻小事跟西佳说了说，说时，竟然觉得那都是什么事啊，怎么就在心里百转千回的了呢？

果然，西佳说："小雅，你知道你最大的毛病是什么吗？就是心思太密！"

这是什么话？雅尔倒很想听听西佳怎么说。

"我觉得你做得挺好的。虽然我没做过媳妇，但是我知道好媳妇就是这样炼成的。你永远也别指望着婆婆能像妈一样，让你任性撒娇发脾气。你哄着她，敬着她，并不是为了别人，是为了你老公，更是为了你自己。将心比心，如果你是婆婆，你家娶来的儿媳妇为别的男人自杀过，然后她家里还这样那样不圆满，你也肯定会不高兴的。但是，媳妇对她好，她总是有感觉的，慢慢地，润物无声，懂吗？别以为你的付出不值得，黎明朗又不傻，况且，他那么爱你……"

雅尔笑了："西佳，老皮娶到你，真是赚翻了。你肯定会是个好儿媳的！"

"那当然，没进他皮家门就带一宝宝过去，买一送一，可不赚翻了吗？不过，我可不想身材这样连婚纱都不能穿结婚，我一定要做最美的新娘！"

"那怎么办？"雅尔总是跟不上西佳的思路。

"孩子过满月啊，过满月我跟老皮再举行婚礼，双喜临门。别跟我说我

是未婚先生孩子啊，我跟老皮可是领了证的！"

雅尔吐了吐舌头："你们这效率可真够高的！"

"那是，我是你姐，我家孩子还是你家孩子的哥哥或者姐姐，哎，你说我会不会生一对双胞胎啊？都说双胞胎再生双胞胎的机会很大，曹东阳那笨蛋没成功，我没准儿会行呢！哎呀，我要是再生一对双胞胎，我肯定就是我家老皮的太上皇了！"

这都哪儿跟哪儿啊，雅尔笑得腮帮子都酸了。什么坏情绪到西佳这儿都变得没事了。

西佳突然指着门口进来的那一对说："小雅，说曹操，曹操到，那是不是我哥啊？"

那不是曹东阳还是谁啊？只是雅尔不认识他身边那个穿着橘色连衣裙披肩卷发的女子。

"是我哥那初恋的情人儿，我哥就是为她离婚的。不是失去联络了吗？怎么……"

西佳和雅尔都呆住了，东阳笑吟吟的，目光就从没离开过那女孩的脸上。

那是曹东阳跟简丹。他们转身之间，看到西佳与雅尔，手牵手走过来打招呼。四人坐在一起，东阳的手始终拉着简丹的手，他对两个妹妹说："看，世界那么大，我们还是相遇了！"

幸福满坑满谷，几乎要溢出来。西佳喜欢那样的东阳，笃定，心无旁骛。

那晚，曹东阳从于菲菲那开车出来，心里很烦。车子兜兜转转进了一家夜店。

夜店嘈杂昏暗，东阳点了一杯"白色死亡"，乳白色的酒，性子暴躁，东阳喝了一口，辣得闭眼。

不远处有争吵声，有男人骂人的声音，边上有人说："人不愿意再换别人呗，何苦来硬的！"

酒杯破碎的声音，也许是那杯"白色死亡"在东阳的身体里起了作用，让他绵软的性子变得跟这酒一样了。

他睁开眼，往吵架那瞟了一眼，人闪了过去，拎起那瘦得跟烟鬼似的男人的衣领，一拳打下去。

女人的尖叫声，男人的咒骂声中，曹东阳看到了惊恐万分的简丹。

没错，真的是简丹。只是，她化着大浓妆，穿着艳丽的紧身裙，她也正盯着曹东阳。曹东阳向她笑了笑，他说的是："谁让你在这里的？"

曹东阳被带到派出所，他很快搞清状况，简丹在一家婚介中心做"婚托"，那个被他打的"熊"就是一个相亲对象，那家夜店也会给简丹很高的提成。

"熊"大概觉得丢人，不想追究。派出所也对简丹这样的"托"没什么办法，只是训斥了几句，放人。

从派出所出来，曹东阳跟简丹走在北京空旷的街上，他从来没觉得这么无助过。他想过千万种跟她重逢的场面，只没想到是这一种。

她抽出一根烟，刚要点上，曹东阳从她的手里抽了出来，把烟扔掉。他说："我去过哈尔滨，我走在那座凛冽的城市里，人冻得像根冰棍，我想着也许那街上捂得严严实实的女的就是你！"

"哈尔滨的人还挺多的，城那么大，就是我真的在那，能遇上吗？"

"北京这么大，人这么多，我们还不是遇上了？"

四目相对。曹东阳败下阵来。他的心狂跳，虽然那个浓妆艳抹的简丹有陌生感，但是，他还是会心慌如同初恋，喜欢一个人，爱一个人，是件没办法的事。

"可是一切都不同了，是吗？"女人的敏感竟然那么准。或者说，是相爱的人，他的一举一动都逃不出她的眼睛。

"为什么做这个？"

"你需要什么样的答案呢？我自甘堕落？还是我唯利是图，再或者是困顿到没办法生活？"

"小丹，别这样！"

"不这样要哪样？曹东阳，你为什么又出现在我面前？我上辈子欠你的吗？因为你，我开始了一段不幸的婚姻，我被那王八蛋打，好不容易逃出来，又遇到你，我以为我们终于可以在一起了，可是你那无所不能的妈来给我下跪，求我放过你，放过你的孩子。我再不值钱，我也有尊严，我也有道德，我不愿意破坏你的家庭，我躲开了，可是……可是……我怀孕

了，曹东阳，我怀了你的孩子……"

东阳傻了一样立在那，他怎么没想到这种可能呢？他真是该死，当初他只顾自己快乐，不愿意采取安全措施……

"孩子呢？小丹，孩子呢？"

"我想把他生下来，可是……他不愿意来这世界上跟着我受苦，怀孕五个月，我租住的屋子里太冷，我用电褥子，着火，我往外跑，跌了跤……"

简丹浑身发抖。东阳紧紧地把她抱到怀里："你怎么就那么傻呢！为什么不来找我？小丹，我们再不分开，永远不分开！"

眼泪融合到一起，他们不过是一对相爱的男女，为什么不能在一起呢？他的懦弱，她的自卑，在时间的考验下终于变成了可以抵抗任何阻力的坚持。

他跟她去了那间小小的地下室，他的眼泪如泉水般涌出来。

曹东阳真的很心疼这个年轻时就爱上自己这个懦夫的女孩，她说得没错，她欠他什么了，她错的不过是爱上了他，怎么就要经历这么多磨难呢？

孩子没了，简丹觉得自己像是过了一生那么漫长。她还会飞蛾扑火一样爱一个人吗？她还会被人视若珍宝地爱吗？她很想打电话给曹东阳，很想很想，哪怕骂骂他也好，但是，她的脑子里记着田大芬的话，他是孩子的父亲，他有一份责任在。

在那间小小的地下室里休息了些日子，兜里的钱只够一天吃两个馒头吃一星期。她出去找工作的时候，已近春节，大家都忙着回家过年，哪会招人呢？某一次简丹从一写字楼里往外走时，一蔫蔫的男人追出来，问她可否跟他回家过年，给五千块酬劳。简丹犹豫了三秒钟答应了。她不想穷困潦倒地出现在父母面前，与其一个人留在地下室里凄凄惨惨戚戚，不如跟着这个男人回家过个年。

在江西的小镇子上，简丹过了个很隆重的年，收到很多红包，她都交给了那个假男友。回到北京，兜里揣着五千块钱，假男友说："如果你真的还是一个人，我们可不可以试着谈谈对象？"

简丹用一个微笑结束了与他的交易，再一转身，看到婚姻介绍所的招聘启事，先是做工作人员，每月一千五，好过没有。慢慢地被老板撺掇着做婚托，有了一次就有了第二次，知道自己在骗人，良心却被金钱昧了去，一味地被生活的泥沙裹挟着往下走，直到遇到曹东阳。

连她自己都长长地舒了一口气，像从噩梦里醒来，说"幸好幸好"一样。幸好被他救于风尘之中，幸好在她没堕落到更深处时被他拉住手。幸好，幸好。

她的笑隐于泪水之中，她说："小阳，我以为这辈子再也见不到你了。"

他跪在她的面前，他抚摸着她清瘦的脸庞，他听到自己说："从今天起，我曹东阳欠简丹一辈子的情，我要用一辈子的好来弥补这么多年我带给你的伤害。小丹，嫁给我！"

春天的地下室仍然冷气逼人。但是，简丹觉得温暖。那是爱情的温暖，那是亲情的温暖，那是她的人生有了希望的温暖。

她说："你转过头去，不许看！"

曹东阳不解。但他乖乖地听她的话。

她在换衣服，她在洗脸。

她终于走到他的面前。素颜，头发束成了一个圆髻，露出光洁的额头来，穿着最朴素的棉布小花睡衣，那是他的简丹，简简单单，却是梦里的姑娘。

几乎是同时，西佳和东阳把各自的伴侣带到田大芬面前。而那时，田大芬正有着自己的烦心事。

西佳挽着老皮的胳膊把包里的结婚证推到老妈面前说："妈，我有了！"

田大芬冷眼瞟了西佳两眼，没吭声。倒是抬眼盯着儿子东阳。那边西佳大呼小叫："妈，您不能这么偏心吧，我说我结婚了，怀了宝宝，您都无动于衷？曹东阳，你太过分了，从小到大，你就霸着老妈的爱不算，连我这么大的事，你都跟着掺和一脚，枉我跟你坐同一交通工具来到这世界上！"

老皮拥住西佳，在她耳边小声说："咱妈默许了不挺好吗？难道你想让她投反对票？"

"我受不了的是她的冷漠。她好歹得有个态度吧？"

东阳握着简丹的手出了许多汗，他说："妈，这次无论您说什么，我都要跟小丹在一起。我们不是来征求您的意见的，我们是跟您说我们的决定

的！"

"好，挺好，你们都不是来征求我的意见的，都是来跟我说结果的，其实，你们连结果都不必跟我说，你们都长大了，爱怎么着就怎么着！走，都给我走！"

西佳知道老妈肯定不会高兴，但是又心存侥幸，自己这个老大难，"齐天大剩"不但嫁出去了，还"大干快上"怀一孩子，没准儿就……偏东阳来凑热闹，老妈不高兴肯定都是他惹的。

西佳噘着嘴："妈，老皮我们那么久的朋友，什么人品您也知道……"

"你们不走是吧？你们不走我走！"田大芬起身进了卧室，门"咣"地一声关上。书房的门倒开了，曹金华一身睡衣从里面走了出来。

"爸！"西佳、东阳齐声声叫了一声爸。上午很难得地见到老爸在家啊。

西佳的第六感告诉她，老妈的怒火并非是因为他们兄妹俩，而是与老爸有着直接关系。

曹金华显然已经听到兄妹俩跟田大芬的对话。他说："你们都坐吧，爸有话跟你们说！"

四个人惴惴不安地坐在沙发上。简丹的目光一直在东阳的脸上转，因为在意，所以害怕，她害怕自己的这个奶嘴男恋人再次承受不住压力，之前一切的誓言都付诸流水。

"西佳，从小老爸就最偏向你。从来没说过你一个'不'字。但这次，老爸真的要说你，结婚这么大的事，怎么能不先跟父母说一声？就算不跟我说一声，也总该先跟你妈说啊？就算她不同意咱们慢慢做工作，怎么能这样先斩后奏呢？"

西佳默然。老皮急忙承认错误："爸，是我考虑得不周到，我一定跟妈赔不是认错！"

曹金华"嗯"了一声，提高声音训东阳："还有你，东阳，你妈最向着你，从小到大，为你操心无数。你的婚姻是走了些弯路，但那怪不得别人，怪只怪你性子太软，太不成熟，你爱简丹，你要跟她在一起，这没问题，但是不能一口吃个胖子，要一步一步来，你妈不是不讲道理的人……"

西佳终于明白了老爸明是在训他们兄妹两人，实际上是在演戏给老妈听。西佳冲老爸眨眨眼笑。

曹金华说："你们回去好好想想，你们以后也是要为人父母的，你们的孩子这样对你们，你们心里是啥感受？"

四个人默然。

田大芬卧室的门"咣"地开了，田大芬站在门里，她冷笑着说："曹金华，孩子们都在，你还真不用这样道貌岸然地讲大道理！我也不怕他们笑话，我田大芬这辈子好强，讲面子，到今天我才知道我根本就是白活。儿女儿女不把我放在眼里，老公老公在外面……你让你的姑娘儿子自己问你，你做了些什么？"

曹金华的脸上挂了一层尴尬："孩子们都在，你看你说些什么啊？"

西佳也觉得脸面上挂不住，赶紧支老皮走："你不是要值班吗？你赶紧走！"

简丹也是明事理的人，赶紧说自己要去见一份工，随之告辞。

家里只剩下了四口人。

窗外春光明媚，窗内却寒气袭人。

田大芬已经开始哭了："这些年，我睁一只眼闭一只眼，但凡我有点骨气，早就跟你离婚了。真当我是瞎子聋子傻子了吧？曹金华，你跟你的儿女说，你昨晚喝醉酒说了些什么，那个阿蔡是谁？"

东阳一脸木然，他完全不知道父母之间的官司他怎么断。西佳看着他也难受，便让他走。东阳如释重负，逃也似地离开这个家。

西佳让老妈说喝醉酒的老爸到底说了些啥。

"他说，阿蔡，有些喜欢只能放在心里，这辈子都不能说出来。你是我的红颜知己，没有你这个清凉地，这偌大的北京城，我都不知道去哪里！你听听，你听听，这是半大老头子说出来的话吗？我呸，情意绵绵的，整得跟偶像剧似的！"田大芬学着曹金华说话的声音，学完，忍不住骂。

西佳被气笑了："爸，阿蔡就是那足疗馆的老板娘吧？"

"嗯，你也认识的，我们真没什么，就是……有时候心烦，跟她说说！"

"心烦？你是光棍没老婆还是流浪汉没有家啊？跟她说，她算哪根葱哪头蒜啊？"

"妈，您相信您老闺女的本事不？如果您相信，这事交给我来处理行不行？"

"嘁，你有屁本事，一个老皮就把你搞定了，结了婚不算，还带球跑，亏你还有脸在这跟我逞能！"田大芬气得糊涂，四处树敌。

"哎，妈，要不看在您是我亲妈的分儿上，我何苦揽这烂摊子？您还不识好歹，连我一块儿骂着？老皮咋了？那是我有眼不识金镶玉，人堂堂主治医生，前途远大着呢，医院里多少小大夫小护士眼睛绿哇哇地盯着他呢，还不是您闺女技高一筹，这笨蛋死心塌地喜欢我……得，爸，您跟我出去转转吧，我倒是想听听您这老年青春期是怎么个动向啊？您还真打算像我二姨父似的闹个革命把我妈给休了，然后我结婚，牵着我小姨父，不，不对，我小姨父也是前小姨父了啊，那就牵着我舅的手进结婚礼堂啊？我说你们是不是多米诺骨牌效应啊，一个接一个地离？人离了，你不离，心里痒痒啊？"

西佳小嘴吧吧吧一说，曹金华气笑了："你这比你妈还厉害呢？谁要离婚了？你妈啊，这都土埋半截的人了，还跟我这吃飞醋呢！"

"我呸。吃你飞醋？曹金华，你还甭不要脸。"

西佳推着老爸出门。

坐在老爸的车里，西佳摇着钥匙问："您跟那阿蔡到底怎么回事？您要不跟您闺女说实话，神仙也帮不了您了。我妈那性格您是知道的，钻了牛角尖，十头牛都拉不出来。"

曹金华沉默了一会儿，说："西佳，你妈是爆竹性格，很多公司里的事，家里的事，跟她说，她除了让我更焦虑之外，什么作用都起不了。你爸不是铁人，不是没心没肺的人，也会累，也会烦。阿蔡是个好女人，她借了只耳朵给我，我很感激。除了这，再没其他的了！"

西佳跟老爸四目相对，她看出他眼里的无奈与无助。她握住老爸的手说："爸，我相信您。我知道您白手起家，打拼到今天这个局面不容易。但是，您闺女长大了，以后，我和老皮都可以借您一双耳朵，不是女儿的，不是女婿的，是完全朋友式的，可以吗？"

曹金华宠溺地抚摸着西佳的卷发："这都要当妈了，别再弄得跟狮子狗似的，不好看！"

"我答应您，您也答应我，拉钩！"

父女俩的手拉到一起。"我还得帮您想想办法哄哄我妈，您俩出去旅游散散心吧，对了，把二姨和孟叔叔也叫上，去马尔代夫，好好玩玩。您再努力，钱也挣不过比尔·盖茨，再说了，我哥那水平，您挣了，他再给您赔出去，多不值得啊！"

曹金华笑着瞪西佳："乌鸦嘴！好啊，出去散散心。马尔代夫会不会发海啸啊？"

"我的亲爹啊，您还真是一土包子啊！"

西佳给父母报旅行团出游时，她以为自己为老妈除掉了心病，却不知老妈更大的心病并不是曹金华心里装着别人，而是弟媳袁如意对马淑云的那处房产处置结果有了意见。更糟糕的是，田三蕊疯了，竟然要把那套房子变现帮着魏保乐还父母与大哥的钱。田二芳被三蕊与袁如意闹得烦了，说："那就拿补偿款加卖房款，咱们四个平分好了！"

田大芬一听这话，简直要气得吐血。老妈过世后就留下这一点东西，她想着三蕊开爿小店，兄弟姐妹帮衬着，也算有个共同的窝儿。

没想到，好心当成驴肝肺，谁都不领她的这个情。

第十一章

家里的战争没输没赢

　　那段日子，田四林的心很不静。一向在田四林面前呼三喝四的袁如意先是温柔战术。老公长老公短的，结婚二十年没给田四林做过早饭，那段日子竟然天天早上起来给田四林打豆浆、烤面包、煎八分熟的鸡蛋。这个田四林无比受用。觉得自己无欲无求的人生终于过出了一点滋味。

　　但过日子从来都不是一出一猛的事儿。没过几天，袁如意就恢复了常态。二十年田四林都这样过来了，也没什么不适应的。

　　袁如意出了幺蛾子是实习生陆小羽出现后。

　　陆小羽是那种典型的80后孩子，自来熟，我行我素，又有些没大没小。因为直接归田四林领导，她便一口一个领导领导地叫着，有事没事下班也给田四林打电话。

　　袁如意那是什么警惕性啊，蚊子从眼前飞过都能分出公母来，何况她一个陆小羽。袁如意在田四林第二次跑到阳台上接陆小羽的电话后，就跟田四林摊了牌："你给我说，到底是怎么个情况？"

　　田四林有点喜欢袁如意吃自己的飞醋。从前，自己窝窝囊囊，大姐一直提醒着自己，小心袁如意在外面嘚瑟，再给你戴顶绿帽子。大姐的话粗但理不粗，袁如意虽然已过四十，但没生过孩子，身材保持得好，再加上爱美，看起来也就三十出头。之前，袁如意公司那个秃顶总经理田四林看着就很不地道，总是顺路开车接袁如意，北京这么大，有那么顺路吗？两人为这事没少吵，袁如意总是用一句话搪塞田四林："人要找，二十来岁小水葱一样的姑娘多的是，哪会看上老天巴地的我？"

　　田四林问："那他看上你，你就跟？"

　　袁如意冲田四林妩媚一笑："你真那么在乎我啊？没听小品里说吗，要想生活过得去，头顶就得沾点绿！"

两人吵归吵，田四林也没抓到什么实质性的证据，两人就把这当成不咸不淡日子里的一点盐，调剂一下。

　　没想到升了职以后，事情反了过来。袁如意继温柔战术后，开始了盯人紧逼战术。她偷看田四林的手机，偷听田四林打电话，查看田四林的衣服，甚至田四林不回来吃饭时，每二十分钟一个电话。

　　田四林从最初的那点小享受，变成了厌烦，他问她从哪学来这一套。袁如意莞尔一笑："网络啊，那上面的方法多的是呢。田副总，别怪我没提醒你，你丫要敢拈花惹草，老娘立马红杏出墙。你还真别跟那陆小羽、陆小毛扯别的，你俩要真有点情况，我担保你生不如死！"

　　一天晚上，田四林拎了条鱼和一堆菜回家，煎炒烹炸，四菜一汤端上桌，袁如意冷着一张脸进了门。田四林以为还是为陆小羽的事，却不想袁如意冷笑两声："我根本没把那妞放眼里，你什么样的人，我还能不清楚？"

　　田四林给袁如意盛上冬瓜排骨汤，说："那还跟我闹什么，赶紧吃饭！"

　　"吃什么饭，气都气饱了！田四林，你是不是你妈亲生的啊？怎么你们田家什么事，都好像跟你一毛钱关系都没有呢？"

　　"我们田家什么事？"

　　"老太太那房拆迁了，你知道吗？要不是今天在网上跟人闲聊，我还不知道呢，这倒好，我中午打车过去问了问，人说你大姐和你三姐一起签的字！田四林，这房怎么也得有咱们一份吧？"

　　"大姐会有安排的！"

　　"安排个屁，你啊，外面熊，家里熊，你要真出去搞个婚外恋，我倒对你刮目相看了！还有，我都知道她们姐妹谋划着什么呢，老太太那秘方攥在她们手里呢！你这个儿子算是白当了，要是那秘方给咱们，我们老总说给咱分股份呢。"

　　田四林没了吃饭的胃口，他打电话给大姐，大姐说："你们两个都有工作，又不缺房住，打听这个干什么？"

　　"大姐，我们什么都不缺，我还是妈的儿子吧，这事怎么也该通知我一声啊？"田四林真生气了。

　　接到四林的电话，田大芬先去找了三蕊。不想魏保乐也在，田三蕊眼

睛哭得通红。见田大芬来，魏保乐打了声招呼就匆匆离开了。

"怎么了，你们?"

"大姐，妈那房子如果咱不要门面房，是不是现在就可以变现?"

田大芬的脸一沉："变现干啥?"

"魏来的大伯的车子撞死了两个人，要赔偿……"田三蕊的眼泪再次涌出来。田大芬也同情这个妹妹了，这个家本来就过得风雨飘摇，哪还经得起风吹草动?

"要赔多少?"

"五十几万吧? 如果赔了钱，人可能会判得轻点，不然……魏来的爷爷、奶奶还有他大伯家两个孩子呢，他进去，这一大家子可怎么活啊?"

"三蕊，不是大姐不帮你，这么大个窟窿也实在是……甭说你跟魏保乐离婚了，就是没离，你能帮多少?"

"大姐，关键是魏保乐这不争气的东西欠着人钱呢。咱不能帮上忙，总得把那十几万还人家啊!"

"妈那房要真是变现，那也不能给你一人，我可以不要我那份，我这当大姐的，不能一碗水端不平，还有二芳和四林呢!"

"我也不要别人的，我就要我自己那份，魏保乐遇到这么大的难事，我不帮他，他无路可走!"三蕊的话不容置疑。

四姐弟聚到了三蕊这。田大芬一再告诉四林别让袁如意来别让袁如意来。袁如意还是气哼哼地出现在三蕊家客厅里，拉开架式要审问审问三个大姑姐。

田大芬说："这事跟你三姐没关系，是我自作主张的。咱们姐弟四个当中，就属你三姐过得不如意，两口子都没个稳定的工作，魏来眼瞅着就要上大学用钱了，我合计着让他们换个铺面，开个饼店，把妈从前做的那些家常菜都做出来，咱们也算是有个念想。当然，她挣了钱也不会自己都揣起来……"

"大姐，这话我就不爱听，啥叫就三姐过得不如意? 这过日子各家有各家的难处，老妈的遗产也是咱们大家的，不能你说想怎么就怎么吧?"

田二芳插嘴道："就这一房子，咱们指当先扶持着你三姐做个买卖，将来……"

"四林，倒是你是旁枝子外人，我看她们姐仨倒是一心呢！"袁如意冲着田四林说话。

"行了，你们都别替我争了。我也想好了，这房卖了吧，卖了把钱分成四份，我只要我自己那份，我过得不好，那是我自己没本事，怪不得别人！"田三蕊说得眼泪汪汪。

田二芳也气了："卖，一人一份。四林，你拿走你那份，再别认你这些姐！"

"二姐，你这话说的，是你们先没打算认你这个弟弟好不好？再说了，光卖房分四份就行了吗？咱家老太太春饼那秘方呢？"袁如意狠狠地瞪了四林一眼，还不让她来，她要不来，这事还就板上钉钉了，连句话都不说，死人一个。

田大芬说："秘方有，等我拿给你！"

袁如意喜上眉梢，瞟了四林一眼，"我说什么来着，有秘方吧，你还就不信！"

那天一家人不欢而散。

那些天，田大芬遇到了霉神，倒霉事一桩接着一桩。先是袁如意揭竿起义要分房，然后是曹金华醉酒喊着阿蔡的名字说情话，再然后是一儿一女的婚事先斩后奏。田大芬身上一阵一阵的潮热又回来了。

田大芬没想到家庭大战发生在东阳和西佳的请客酒上。

西佳怀了宝宝，她不愿意潦草地办婚礼，但又不愿意让亲友觉得自己是未婚生子，所以，她请客是想告诉大家，她跟老皮是合法夫妻，生出一孩子是合法合理的。

东阳跟简丹订了飞拉萨的机票，他们只想要两个人的婚礼。西佳说那哪成，婚姻之所以为婚姻，昭告天下也是其中的一部分。

于是，一对孪生兄妹就合起来请了家里的一些亲戚和朋友吃顿饭，算是一同公布好消息。

请客的前一晚，曹金华给东阳了一把钥匙，他说这是他送他们的结婚礼物，房子小是小了点，但是他想简丹不会在乎的。

东阳知道这段日子房地产行业不景气，做分包的老爸的公司也很不景气，资金回收不过来，银行催款又催得紧，家里的很多东西都抵押出去

了。这种时候，老爸能给自己一个房子，已经很令人感动了。

"爸，其实您不必给我买房的，有爱的地方，地下室都是家……"

曹金华拍了拍东阳的肩膀走开了。

东阳把房钥匙给简丹时，简丹乐得跳了起来。在北京，她一直都像是没根似的，她一再让东阳掐她一下，看是不是在做梦。东阳笑了，"以后，我会让你过上最好的日子的！"简丹依偎在东阳怀里："现在已经是最好的日子了！"

西佳原来只知道老皮是个好"闺蜜"，没想到他哄丈母娘的功夫也是一流的。不值班，正常下班，他就提着菜来曹家蹭饭吃，当然，田大芬不给好脸色，他就自己做。这还不算，今天拎一锅来，明天弄一净水器来，从前家里这些东西都是田大芬操心买，这回有了老皮，田大芬真是觉得这孩子是个过日子的。其实，老皮哪就丑得惊天地泣鬼神来着？越看越顺眼。再说了，自己闺女肚子里都有一"库存"了，自己还二分钱小葱拿一把干什么啊？

于是，田大芬系上围裙进厨房给新姑爷烙幸福饼。从前老皮没少在曹家蹭饭，那饼就被他夸得天上有，地上无的。这当新姑爷后，更是入了"星宿派"，一张嘴抹了蜜，悄悄跟老丈母娘说："妈，我吧，娶西佳，就是为吃您烙的这饼。您这手艺要是开家馆子，老字号保准就黄了。"

田大芬差点就拿手里的平底锅敲老皮的头了。"过了啊？你要是敢对我闺女不好，瞧我一锅底把你拍成一张饼！"

至于东阳，田大芬也只能自己宽慰自己了。转来转去，儿子还是跟简丹在一起了，虽然有过之前的不愉快，但看在儿子的幸福上，她也愿意低头。她让东阳把简丹带了回来，她把自己手上的一只戒指撸下来给简丹戴上，她说："咱们娘俩算是不打不相识，你也别记恨妈，谁叫他是我儿子，谁叫你爱上我儿子了呢？"

简丹眼泛泪光，点了头，叫了妈。从此就是一家人了，日子长着呢，慢慢处吧！

虽然只是小范围请客，田大芬还是帮忙张罗着，事事亲力亲为。西佳和东阳看在眼里，也只能感叹老妈是刀子嘴，豆腐心，真心为儿女好。

西佳插空跟老妈汇报，老爸没再去阿蔡那足疗馆。她说，其实老爸比您还明白，他不过是阿蔡的一个有钱的顾客。阿蔡的人际关系网状的，跟谁都是那样贴心贴肺，人家看重的是他兜里的钱。

田大芬叹了口气："你爸知道就好，他这年纪，要真一无所有，跟在他身边的人也就是咱们自己家的人！"

请客那天一大早就倾盆大雨。田大芬觉得有点晦气。西佳倒觉得没什么，说："这又不是我结婚那天，吃顿饭，你紧张什么！"

司仪主持着一双儿女的婚事，田大芬攥着曹金华的手泪水涟涟的。为人父母的，儿女没成家，盼着成家，真成了家，又万般舍不得，万般失落。看着两对璧人儿样的儿女，曹金华也感慨万千。田二芳悄声问雅尔有没有消息，雅尔看了一眼黎明朗，红着脸摇头。

田三蕊身板坐得直直的，不瞅坐在另一桌的魏保乐。

袁如意跟四林说："我现在有点后悔了，不知道现在老蚌生一珠，能不能行？"

田四林差点被一口茶呛到，他难得地幽默一把，他凑到袁如意耳边说："一切皆有可能！"

大家正沉浸在各自的情绪里时，于菲菲抱着曹操闯了进来。

准确地说，先闯进来的是曹操的哭声。大概是淋了雨，再或者是于菲菲抱他的方式让他不舒服，他哭得很大声。

宾客的头齐刷刷地后转，于菲菲抱着曹操怒气冲冲地闯了进来，她弯腰把曹操放地上，曹操边哭着喊爸爸边往曹东阳那跑。

田大芬的一股火上了嗓子，她几乎说不出话来，指着曹操又指着曹金华，曹金华赶紧冲过去，可是已经晚了，曹操抱着东阳大哭。

现场一片混乱。西佳站出来指着于菲菲："你什么意思啊？这是你闹的场合吗？"

"我的儿子来找爸，不行吗？"

雅尔气得脸通红，一伸手推开于菲菲："神经病，这哪有你说话的份儿？"

"是没我说话的份儿。哦，你不站出来我都忘了，你不也刚自杀过吗？"

"你——"雅尔气得说不出话来。

黎明朗站出来："如果你不是来祝福的，请你出去！"

"哟，哟，哟，这绿帽子戴得很滋润啊？雅尔，你的本事还真挺大，改天我真得跟你学学！"

曹金华抱起了曹操，曹东阳冲到于菲菲面前，伸起了巴掌，于菲菲把脸凑到东阳面前："曹东阳，你有本事你就打，不打不是男人！"

曹东阳还是把手放了下去。

酒店保安把于菲菲拉了出去。

一场家宴被搅得意兴阑珊。

也正因为是这样，中午这顿被于菲菲搅了。晚上，田大芬招集两个妹妹和弟弟去自己家再好好吃一顿。

她是好意，却不想袁如意正等着这样的机会要闹一闹。

那天的情形用雅尔的话说，就像论坛的帖子，开始还在说房子的事，说着说着楼就歪了，就成了各自的诉苦大会。

开始时，大家还都祝贺着西佳和东阳，袁如意甚至没个眉眼高低地当着简丹的面对东阳说："你有了曹操这个儿子，赶紧再生一女儿，一儿一女，儿女双全！"

因为于菲菲那一闹，简丹难免有些不舒服。东阳握着简丹的手，冲她温柔一笑，他说："我们要好好享受二人世界！"

这句话也惹毛了田大芬，她说："你们又不小，这当着大家的面，别弄得甜腻腻的！"

简丹赶紧甩掉东阳的手，脸红了起来。

西佳跟老皮倒是甜腻腻地靠在一起，黎明朗跟雅尔也很亲昵，东阳固执地握着简丹的手不肯放开。田大芬也无可奈何，招呼大家多吃点。魏来捧着西佳的平板电脑玩起来没完没了，田三蕊满嘴水泡，一肚子火。在大家面前不好发作，只好一眼一眼瞪魏来，无奈魏来瞅都不瞅老妈，那些白眼都落到了空气里，徒然增添了田三蕊的憋屈。

家常嗑儿从几个孩子聊着聊着还是聊到了老妈的那套房子上。那是堵在每个人心里的一座山，不然呢，除了房子，还可以聊聊什么呢？

三蕊端起酒杯敬四林跟袁如意，她说："三姐知道现在提这样的要求很不要脸，但是，我真是有难处，我可以给大家写欠条，渡过了这关，我们慢慢还！"

袁如意的脸面挂不住，她捅了一下田四林，自己先站起来，清了清嗓子说："三姐，全家人这都在，你这不是往里装我们夫妻俩吗？敢情这就我们不同意啊？但你们这事做得也太让人没办法接受了，大姐夫，您给评评理，她们姐仨私自就把老太太的房分给三姐了，把她们这个弟弟放哪了？"

　　田大芬处理马淑云房子的事曹金华之前只听田大芬说过一回，没太往心里去，这样一听，他也觉得这事做得有点过火。但他也是能明白田大芬的意思的，三蕊过得不如意，帮帮她也是应该的。

　　曹金华没说话，田大芬先炸了庙："袁如意，按说呢，这些事掰扯起来也没意思，老妈瘫痪在床上两年多，都是三蕊两口子照顾的，这房也没说都给她，就是让她经营，你这就不高兴了，妈有病时，你干什么去了？"

　　袁如意本就安着闹一闹的心，这一接上茬儿，哪肯善罢甘休。"大姐，说这话还真就没意思了，妈有病，三姐照顾那不假，那咱们不也都掏钱了吗？雇了三姐，说句不好听的，跟雇保姆有什么区别？难不成老太太没了，现在就把房子给保姆了吗？这天底下哪有这样的好事儿？还有那天说的秘方，老太太这点家底合着一点都没我们的事啊。要说继承还就我们家四林是你们老田家的正根呢！"

　　四林拉袁如意的衣襟，让她少说两句。袁如意越发起了兴："拉我干什么？你天聋地哑，还不兴我说个话？"

　　田大芬进屋把录音机拿了出来。老太太的声音在屋子里回响时，一桌子人都有些傻眼。

　　袁如意还是不服气："谁知道这是你们什么时候录的，没准儿就是准备下骗我和四林的呢！你们姐仨倒是一个鼻孔出气！"

　　"你放屁！"田大芬真急了。

　　雅尔跟西佳看着这要爆发家庭大战，赶紧拉着魏来和老皮、简丹到楼上去玩。

　　一桌酒席又只剩了田家姐弟。少了魏保乐，少了端木彬，田二芳的心里一直不好受。袁如意又这样吵，田二芳说："我先表个态，妈的房子无论怎么分，我都不要！"

　　"哟，二姐，你高风亮节，我们可不行。我跟四林就靠着死工资过日子，我们还指着多攒点钱养老呢！你没看那些破养老院都打老人、骂老人

吗？我们无儿无女的，得多攒点养老的本钱，住好点的养老院……"

"这会儿想起没儿没女来了，没儿没女你怪谁，自己能嘚瑟呗，真当自己是千年老妖万年不老了，美有什么用？"田大芬连讽带刺的。

"大芬，你是大姐，咱妈这房的事，你处理得是不得当，弟妹有意见也难怪。这样，咱找房屋中介做个评估，值多少钱，分成四份，该谁得的就谁得，不要是不要的！"

"那不行，妈就这点东西，不能分！"田大芬坚持着自己的观点。

三蕊的眼泪早就汪洋一片了，自己伺候老妈，这情谁领了？大家拿了钱，就觉得自己这是应该应份的了。到现在，跟赏要饭的似的，三蕊一边抹眼泪一边说："伺候妈时，你们一个个都恨不得找把土把自己埋里，分房时倒嗓子眼都伸小巴掌来了！你们也都别为难，我田三蕊穷是穷，但还没到要饭的地步，我只拿我应该拿的那份，别的都不要……"

她说的自然是四林夫妇，但难免流弹伤人，误伤无辜。

田二芳本就一直自责着没好好照顾老妈，三蕊这样一说，自然多心，泪水哗地下来。田大芬也最恨说这话，哑着嗓子又说不出话来。倒是袁如意，一张巧嘴噼里啪啦。

西佳也终于急了，起身打开家门，对着姨和舅说："都给我出去，立刻，马上！"

那一场战争没说有多惨烈，但足以伤透每个人的心。

田大芬咬牙切齿说以后田家的事谁爱管谁管，她打死都不管了。

西佳撇了撇嘴："你还能不管？打不死，您肯定照管不误！"

田大芬掉眼泪，曹金华问三蕊需要多少钱，他看看能不能想办法。田大芬赌气："她那样，你也甭管她。穷是谁弄的？赖谁？就跟娘家人有本事要横，那魏保乐捅这么大娄子，她倒有理了？"

"妈，都什么时候了，您说这些臭氧层子的话有意思吗？"西佳劝，却惹火上身。"你别在这没事儿人似的，你眼里没父母，一声没吭就跟人领证结婚这事还没完呢！对了，户口本是偷出去的吧？"

西佳冲老爸吐了吐舌头，不再吭声。

"老太太也真是，要能留下句话把这房分给谁，也不至于我这么犯难！"田大芬怪来怪去怪起了老妈。

"留下啥话？把这房留给三蕊？留给四林？"曹金华反问了田大芬一句。

田大芬没答，倒说："现在北京这房价，这房值几百万吧？"

那也真是笔大钱。

田三蕊从大姐那回来，眼睛肿成了大红桃子。魏来一路上都在没心没肺地玩手机。一进门，田三蕊就疯了，抢过手机想扔，却又舍不得，一伸手放在了茶几上。

那是西佳淘汰下来的手机，魏来宝贝着。

魏来吼了句："你干什么，拿我撒什么气？"

魏保乐系着围裙从厨房里出来，看着田三蕊的脸色，小心翼翼地问："你们吃饭了吗？我正在煮面。"

"吃什么吃，气都气饱了。对了，魏来，你给我过来。我还没跟你说，昨天我被你们老师叫到学校去，说你跟那陶小桃黏黏糊糊，到底是咋回事？"田三蕊犯了个大错误，自己本就情绪不好，这时候，解决儿子青春期的问题，哪能有好结果？

果然，魏来带着情绪斜倚着门问："你说是咋回事就是咋回事！"

田三蕊没想到儿子会这样回答，她倒不知道如何往下接了，她咽了咽唾沫，开始哭："我怎么这么倒霉呢？这家里外面受人欺负！"

"你要是非以失败者自居，谁都没办法。还有，妈，我跟你说一句，咱家是穷，我爸是没本事，但是，咱们自己过自己的日子，犯不着去我大姨我小舅他们那儿看他们的脸色。我姥那房子咱们干吗让他们施舍给咱们啊？你知不知道，你今天那样，我觉得很丢脸，很没面子！"魏来说完，"砰"地关上房门。

客厅里魏保乐跟田三蕊愣了几秒钟，田三蕊继续哭："小兔崽子，你觉得丢脸，没面子，我为了谁啊？我这一颗心扔在这家里，到了，到了……"她想说的魏保乐那王八蛋背着她做出那么大一事来，离婚了也不让她消停，但话到嘴边还是咽了回去。

魏保乐拿了毛巾给三蕊："热的，敷敷眼睛吧！"

田三蕊没接，人软软地躺在沙发上，一点力气都没有。人活着没意思极了，你巴心巴肝地对人家，到头来又如何呢？就算是魏来，自己当眼珠子命根子一样捧着宠着，到头来也是白眼狼一个。

　　魏保乐默默地坐了好一会儿，他说："我家的事，你别管了，我来想办法！"

　　田三蕊"腾"地坐了起来。

　　"你想办法，你能想什么办法？你要有办法，你还是魏保乐了吗？这些年那些吃你喝你，跟你称兄道弟的狐朋狗友呢？魏保乐，你不小了，四十多岁了，怎么就不能长长记性呢？"

　　魏保乐不吭声，田三蕊抬头，看到他在闷声掉眼泪。

　　一瞬间，她的心就软了下来。她说："我去中介那挂牌了，咱卖这个房！咱这房位置不错，能卖不少钱！"

　　"不行，绝对不行！"

　　"我也觉得不行，但你有别的办法吗？"

　　"要不，拿这房去银行抵押贷款，然后再想办法！"

　　"魏保乐，抵押后你有什么办法筹到那么大一笔钱呢？还不是要卖房？我想好了，卖房的钱除了还你大哥父母之外，还能剩些给魏来上大学。别磨叽了，找房子搬家吧！"

　　"三蕊，你……我……我欠你的太多了！咱俩都……"

　　田三蕊及时地用眼神制止了魏保乐的抒情，难道让儿子知道他们俩已经离婚的事实吗？

　　田三蕊也是恨的，也是不想管魏保乐欠下的债，她跟他离都离了，但是，她真的做不到，她能把他扔在路上，看着他走投无路吗？

　　那晚，魏来在家。为演戏，魏保乐也留在家里。

　　他们住在一间卧室里。

　　田三蕊睡在床上，魏保乐睡在地板上。

　　夜里，魏保乐听到三蕊低声啜泣。

　　黑夜是最好的屏障，它隐匿了坚强与脸面，放大了脆弱与孤独。

　　魏保乐抱住田三蕊，她的泪水流淌进他的掌心，他的心很疼，这个女人因为嫁了自己，便开始了怎么样泥泞孤独的旅程，他埋怨自己，她的虚荣，并非天生，而是源于自己的磁场不够强大，他在有能力让她知足常乐时，没能让她安心，以至于她在虚荣攀比这条路上越走越远，越来越不快乐。

他俯于她的耳边说："我们快乐一点！"

他能给她的，一向也只是身体的欢愉。沾染了泪水的欢愉更有了末世的味道，她在绝望之中贪恋那一点点幸福，他于悔恨之中努力那片刻的缠绵。对于中年夫妻来说，那是个美妙到让人绝望的夜晚，抛却离婚与负债的背景。

彼时，他们还不知道，在不远处，命运那青面獠牙的恶魔正冷笑着谋划着另一恶作剧。

雅尔和黎明朗把田二芳送到小区楼下，田二芳没让他们陪她上楼。出来了一天了，回去太晚，田二芳怕雅尔的婆婆不高兴。

打开电梯门，田二芳掏出钥匙开门。

"芳子！"

田二芳的心颤了一下，并没有回过头来。

前不久，雅尔回来，缠磨了二芳一整天，二芳了解女儿，问她是不是有话说，她犹犹豫豫了好半天才说："妈，我爸这回好像真的有女朋友了！"

二芳削苹果的手抖了一下，很快恢复神色，继续削下去。"好啊，他也该有个人照顾他的生活了。我们都离婚这么久了。你都结婚了……"

话是这样说，二芳心里还是别扭了好半天。他开始了自己的新生活，而自己的心里却还是……不然又如何呢？心里的麻缠了一圈又一圈。现在他还来这里干什么呢？

很浓的酒气飘过来。他喝了多少酒？

田二芳打开门，他跟着进来。

灯亮了，两个人如同是落在同一棋盘上的棋子，谁都没有动。直到田二芳手里的那串钥匙滑落到地板上，仿佛被那声响吓到了，端木彬往前抢了几步，跌坐在沙发上。

小猫巴啦冲着端木彬喵呜喵呜地叫了几声，满是警惕的神情。

"芳子，别……别赶我走！"

田二芳转身给他冲了杯蜂蜜水端过来，端木彬按住田二芳的手。"松开！"田二芳说得软弱无力。端木彬却松开了。

"我变成酒鬼了！嘿嘿！"他笑。她却只看到他额前的白发与脸上的皱纹。他竟然老了那么多。

雅尔结婚后，田二芳的日子过得还不错。孟庆霖是个活跃的人，他带她去羽毛球馆打球，去剧场看话剧，去一个一个小公园拍照片，之前，田二芳竟然不知道北京有那么多公园，她也不知道有人可以叫上来那么多花的名字。

球友们都以为田二芳跟孟庆霖是一对。就连三蕊跟大姐都这样一而再再而三地问过她，她也很认真地想，想得自己心乱如麻。孟庆霖比自己大了近十岁，这不是重点，重点是自己跟他没有从前那些岁月的回忆。他们的回忆里，永远他的是他的妻子，她的是……她没跟孟庆霖说过端木彬，但是很多场景，她想起来的都是他们在一起的情景。

某一次，雅尔说："人总得从过去里走出来。早一些走出来，早幸福！"田二芳明白女儿指的是什么，只是，明白是一回事，做到是另一回事。

她跟孟庆霖说，别在她身上浪费时间，好好找个老伴儿好好过完后面的人生，不然，她有很重的心理压力。孟庆霖开玩笑说："那你介绍个给我吧！"

田二芳也便自私地想，反正她把话说给他了，他不离开，那是他的事。她也在问自己，自己这样留有活口是为了什么呢？端木彬真的回头，自己还能接受他吗？一段婚姻那么长，总得允许他烦了，闷了，想透透气。自己不能太霸道了不是吗？

现在，他就端坐在客厅里了，他的衬衫袖子很脏，他的皮鞋上落着一层灰，还有，他这年纪怎么能穿这种牛仔裤呢？那裤腿也明显长了一块。她挑剔着他的穿着。

他说："小芳，今天我生日！"

田二芳惊觉，前几天还想着，怎么这几天就给忘得死死的了呢！

就是记得又如何呢？

从前，端木彬过生日那天早晨，她会提早起床，亲手擀一碗长寿面，打上两只荷包蛋。那时，她是他贤惠乏味的妻。

"我想吃你擀的长寿面，特别想，像馋嘴的孩子，一刻都不能等！于是我就来了，我不知道我还能不能吃到。"很像恋爱中的两个人，他想探探她的虚实。她还在关注自己的生活吗？

田二芳的嘴角咧出一丝笑。

"你应该知道，你吃不到。我不会再为哪个男人做那样一碗面！"

"他呢？也不会为他做吗？"

"谁？"

"那个退休的老师，我等你时，他来过！看得出来，他挺喜欢你！"

"这跟你有什么关系？"

"唔！"端木彬的身体在沙发上摆得很恣肆，田二芳很想提醒他自重些，现在，他和她只是男人和女人，有必要把尊重摆在中间。

"我看了你写的那些博客，我是说，隐藏的那些！"她本想装作什么都不知道的，末了还是忍不住捅破那层纱。

"那些就是写给你看的，不，不对，是写给我自己的。我以为……我以为换一种活法，我会更快乐，可是我没想到我很快跌入到另外的困境里，现在，却极具讽刺意义……我没办法跟别的女人交往……二芳，你别以为我这是在撒谎，我看到你跟那个退休老师在一起，我生气，我接受了一个女人的感情，但是我完全投入不了，我想念你跟雅尔，想我们从前的那些事，那些回忆像野草一样疯长，我喝酒，想让酒杀死疯长的野草，不管用……我是心理专家，我却一败涂地……"

他唠唠叨叨，像个怨妇，又像是委屈的小孩子。

田二芳拿起茶几上的一个橙，慢慢地剥。她发现自己对他讲述的事情没有那么强烈的情绪，这是好事还是坏事呢？

"我很嫉妒他，他能陪在你身边。而我，变成了孤魂野鬼！"他的目光不再锐利清澈，浑浊得宛如老人，孟庆霖的比他的眼睛清澈。这样的比较让田二芳吓了一跳。

"别把自己说得那么可怜。是你主动离开的！"

他握住她的手，橙子趁机从她的手里溜到地上。巴啦起身过去闻了闻那只橙，懒懒地趴回原处。

田二芳的目光盯着那个剥了一半的橙子，宛如那是未完待续的生活本身。

"芳，你给我机会，我们去环游世界，你不是想去北欧那些国家吗，我们立刻就去。"

田二芳仿佛突然就看穿了面前的这个男人，她曾经为他痛心欲死，可是现在，他们各自开始了新生活，还有回头路吗？还能回到从前吗？

田二芳弯身捡起那个橙子，握在手上。她说起现在的生活："端木，你一直在做情感导师，其实，你不明白，一个女人真正觉醒之后，她可以不依附于任何男人，当然，也可以不依附于婚姻。爱一个人爱到忘记疼惜自己，爱到想不出任何招式，任何话语，只剩下撒泼耍赖企图留住他的人的时候，那个人真该千刀万剐……可是，谁都没有千刀万剐别人的权利，能做的只是自我解脱。我现在的生活过得很好，我有自己的爱好，有自己的朋友圈，有巴啦，我喜欢做饭，就为自己做一顿盛宴，我不高兴，就吃碗泡面……"

那天晚上，田二芳跟端木彬心平气和地说着自己的生活，她的生活里可以包括一个伴侣，当然，也可以不包括。她讲起林徽因那句很有名的话：真正的平静，不是避开车马喧嚣，而是在心里修篱种菊。

她心里的兵荒马乱战乱年代终于过去，她很高兴自己可以不再怨恨地对着端木彬。她说："一切皆有可能。只是，要遵从你的内心，而不是我给你的承诺！"

那晚，她叫了出租车送端木彬回去。她喂了巴啦，然后安然入睡。

其实，听了端木彬那番话，她是开心的。她想，或者自己真的可以给他一个机会。谁知道呢，慢慢来吧！

很久以来，那是最安稳绵长的一觉。

第十二章

幸福饼的终极秘密

　　田三蕊从中介公司出来，人虚虚浮浮的像在梦游一样。她的包里装着卖房合同，她在那上面签了字，也就意味着，从那一刻起，她田三蕊在这偌大的北京城上无片瓦，下无寸土，成了彻彻底底的赤贫之人。她有的只是她的儿子魏来和魏来的未来。她能指望他什么吗？

　　她22岁遇到魏保乐，被他的甜言蜜语忽悠住，嫁给他，期望着他哪一天能马粪蛋子发烧带给自己好日子。他也许下诺言说会给她一爿小店，让她端着茶杯站在柜台后面做老板娘。

　　可是，年华似水，日子一日一日过下去。生了魏来，魏保乐喝酒打了客人，被星级饭店炒了鱿鱼。魏来上了小学，他不愿意做厨师，跟朋友合伙开了一家童装店，结果那些童装魏来一直穿到初中，连本钱都没拿回来。又去大姐夫那儿干，干了没多久，仍然是喝酒误事。再然后就是去那个私立学校管食堂，蔫声不响地辞职被骗，她从牙缝里存的那点钱没了不算，还欠了一屁股债。

　　她本想离婚能让他有些改变，他也的确在努力地做着厨师，戒酒，没再跟狐朋狗友混，但噩运仍是不肯放过他们。他家里出了事，她怎么能坐视不管呢？老妈的房子是姐弟四人的，她开店还可以说得过去，她要是卖了钱一人独吞，的确是说不过去。她能卖的只是自己的那五十几平米的房子。

　　买主来看房时挑三拣四，她心里的火噌噌往上蹿，好几次她都很想说：爱买不买，你没看中，我还不卖了。但是人在难处，能说什么呢！

　　手机"嘀"了一声，挤进来一条短信，是买主把钱打进了她的卡里。她的银行卡从没进过这么多钱。但这也是过路财神，钱还了魏保乐的父母兄嫂，剩下的无论如何也不能动，那要留给魏来上大学。

还没走到家门口，手机又响了。是魏来老师打来的。

田三蕊一身虚汗坐到了魏来老师的办公室里。魏来的班主任严老师客气都没客气一下就对田三蕊说："你们这家长是怎么当的？魏来竟然跟女同学讲黄色笑话！"

"他可能是打哪看来的，说着玩！"

田三蕊的脸热辣辣的，一抬头，看到怒不可遏的魏来站在办公室门口。他什么时候喊的"报到"，门什么时候开的，田三蕊跟严老师竟然都没察觉。

严老师显然也有些慌，她把手里的杯子盖盖上又拿下来，说："魏来，你来得正好，你跟你妈说说你都做了些什么！"

魏来的目光盯着田三蕊，田三蕊突然被那股热辣辣的羞辱激励着，人两步三步窜到门前，伸出手抡圆了给了魏来一个耳光。

魏来一动不动，仇人一样看着田三蕊。田三蕊整个人哆嗦成筛子。严老师出来："魏来妈，你这是干什么？"

田三蕊头也不回往外走。走到熙熙攘攘的大街上，才发现自己泪流满面。

回到家，开始破罐子破摔的架势收拾东西，魏保乐找的那个房她去看过了，一室一厅，什么好什么赖，日子已经局促到这般田地，能住就行了。

刚把衣柜里的衣服扔到床上，魏保乐就进来了。他的一张脸寡淡着，他坐在床沿儿上说："三蕊，我这辈子欠你的，我当牛做马也一定还你。我发誓，我一定混出个人样来让你们娘俩过好日子！"

这句话激怒了田三蕊，她把衣服扔床上，她指着门说："你给我出去，滚出去。魏保乐，这些年，你就靠着这句话哄我，我也傻子一样靠着这句话活着，可是我得到什么了呢？我不怕吃苦，我也不怕过苦日子，我怕的是过看不到希望的日子。你们老的老的让我不省心，小的小的让我丢尽脸，我这辈子活着有什么意思啊？哪是你欠我的？是我田三蕊上辈子欠你们魏家的。魏保乐，咱俩婚也离了，房子也卖了，满天的云彩都散了，从今以后，你走你的阳关道，我过我的独木桥，你就是成了亿万富翁，再或者是沿街要饭，也都与我田三蕊没有任何关系了！"

家里的门"当"地被撞开了。魏来气冲冲地进来："谁让你们离婚的？

你们离婚问过我吗？"

"小来，你听我说……"魏保乐急忙起身安抚魏来。

却不想魏来满脸泪水指着田三蕊说："我早就知道咱们家会是这种下场。不幸福都是你作的。你总希望我爸出人头地，像大姨父那样成功，可是，你没想想，你当初选了这个人，就注定要过这样的日子。我都没抱怨你们无能，你倒来天天指责我这不对那不好。你的人生失败，你有什么权力，你有什么资格指导我？"

那种火燎燎的感觉再次回到田三蕊的脸上。就像被扇耳光的人不是魏来，而是自己。

"不许你这样说你妈！"魏保乐使劲一拉魏来，魏来没站稳，人向后面倒过去，头碰到了茶几上。

田三蕊"啊"地一声，赶紧过去拉，却不想魏来一把推开她。他说："我会让你们后悔的！"

田三蕊被魏来推得一屁股坐在地上，浑身的力气都被抽掉了一样。

魏来冲出家门，田三蕊喊魏保乐："快追他，快去追他！"

魏来像只矫健的鹿一样跑到了顶楼。那是一幢旧的五层楼，楼顶上不知是谁跟着《舌尖上的中国》学，在顶楼建了个小菜园，平常魏来也会上去看看风景。

魏来站在楼顶，最先是被东阳和简丹看到的，他们是来给小姨送中秋的月饼的。田大芬特意吩咐一定要挨家送到才行。

东阳迅速地爬上了顶楼，魏来说："别逼我，要逼我我就跳下去！"

东阳说："我没想到你那么懦弱，你父母离婚那是你父母的事，你为什么要死呢？"

田三蕊跟魏保乐爬上来时，魏来已经被东阳劝得心思活动了，但一见父母，往后一脚踩空，东阳站在前面看得清楚，往前一扑，他没想到就是这一扑，让小姨怪上了他……

魏来进了ICU重症病房。田大芬、田二芳、田四林一个个从城市的某一处奔了过来。雅尔和黎明朗，西佳和老皮，曹金华，甚至端木彬都来了。

老皮赶紧换上衣服进了ICU病房，西佳说："没事儿的，有老皮在！"这句话也不知道是在安慰谁。

魏保乐面如死灰地靠着墙蹲着，一声不吭。

简丹紧紧地握着东阳的手，她跟大家讲述着事情的发生经过。她说："魏来是脚踩空了，东阳是想拉住他！多亏有晾衣竿拦了几下，不然……"

没有人会相信简丹说的话，以为这不过是她在替东阳开脱。

走廊里跑过来一个穿着白色裙子的长发女孩，女孩的脸苍白如雪，脖颈间暗红色的血管隐隐可见。她问西佳："他死了吗?"

西佳摇了摇头。

女孩说："他给我发了条短信，他说，永别了，我的朋友！他跟我说永别了！"

田大芬的目光如炬对准了魏保乐："你们对孩子做了什么?"

田三蕊疯了一样扑过去打东阳："不是你，我儿子怎么会掉下去的? 他就是上去看那菜园子，谁说他跳楼了?"

ICU病房的门开了，魏来被推进急救室，大夫出来下了病危通知单，他问："孩子的父母呢，赶紧做个准备！"

"大夫，大夫，求求你，你一定要救救我儿子，你一定要救救我儿子！"田三蕊晕倒过去。

那个中秋节，田家愁云惨雾。魏来依然在重症监护室里。田三蕊受刺激过度，跟祥林嫂一样唠唠叨叨反反复复说着都是怪自己，魏来才会不想活的。

大夫说："病人因为过度内疚而精神轻微错乱，如果能减轻她的内疚心理，或者让她的情绪有个外化的出口……"

田大芬不明白是什么意思，田二芳说："如果让三蕊明白，东阳误会了魏来过去施救，失手把魏来推下去的，而不是孩子悲伤过度不想活了，轻生，她的心里或许会好点！"

田大芬瞥了一眼一边沉默的东阳，她说："儿子，也只能委屈你了。谁让这事让你摊上了！"

东阳也显然明白了老妈的意思，他站起来说："我去跟小姨说！"

简丹满脸的不情愿，她拉了东阳一下，她说："这事儿，咱要不要再想想！"

"再想，再想你小姨就疯了！这魏来要真有个三长两短……她可怎么活

啊!"田大芬哭了出来。

"妈,我也是想,这魏来要真有个三长两短,小姨这辈子都不会饶过东阳的!"简丹不愿意自己的爱人受不白之冤。

"也只能走一步算一步了!东阳,小姨打你骂你,你都忍着点,啊!"田大芬再怎么跟妹妹弟弟吵,闹,还是砸断骨头连着筋的,还是要把老田家的那片天擎起来。

曹金华也同意儿子这样做。"你小姨看到你扑了魏来一下,她会信的。儿子,咱这是做好事,爸理解你,有担当的才是男人,老爸挺你!"

东阳使劲地点了点头,给简丹递了个轻松的笑容:"你老公结实着呢,没事儿!"

东阳进了田三蕊的病房。

走廊里众人都像屏住呼吸。时间凝固了一样。

好半天,大家听到病房里高耸入云的一声哭,田三蕊骂道:"我欠你们曹家什么啊,你们这样害我?"简丹冲进病房,东阳的脸上红通通的五个指印。她心疼得掉眼泪,她说:"我们走!"

魏保乐紧跟着进了病房,田三蕊紧紧地抱住魏保乐,她说:"从今以后,我没姐没弟,我只有你和魏来!"

病房里病房外都在哭。田大芬长长地舒了一口气,心口却压上了一块巨石。

四林过来抱了抱大姐,他说:"三姐会明白的。只是难为东阳,难为你们了!"

说话间,田三蕊光着脚冲了出来,她说:"田大芬,你们在这是为了看我们家的笑话吗?我告诉你,别以为有钱就了不起,我儿子不会死,我要告你,我要把东阳告进监狱里。"三蕊那凛冽狠毒的话让田大芬不寒而栗。

她转身往外走时,泪水一颗一颗地流了出来。她的心里说:三蕊,如果恨能让你挺过这一关,那就恨我们吧,恨我,也比恨你自己强。

田二芳追了过来,她挽住大姐说:"大姐,会好起来的,一切都会好起来的!"

那天晚上,老皮带回来好消息,魏来已经脱离了生命危险。

田大芬长长地舒了一口气。福无双至,祸不单行,她不知道田家的磨难还没结束。

田四林在家跟袁如意憋了一肚子气。魏来和三蕊都在住院，三姐家的经济状况大家都知道，大姐一声不吭把医药费都付了，住院的零七八碎的钱都是二姐在拿，四林回家跟袁如意商量着拿出一万来救救急，自己这个当弟弟的，总不能看着姐姐家有难，袖手旁观吧。

袁如意一听就炸了庙。

"田四林，你当你是谁啊？是大款啊！一张嘴就一万，真够气派的。你家里有多少个一万啊？那些钱是攒着养老的你知道不知道？再说了，现在想起姐姐弟弟来了，当初她们是怎么对你这个弟弟的？悄没声地就把房子给分了，没你什么事儿！这机会不正好吗？把那房卖了，自己拿自己的。我今天去看那房了，少说也得值三四百万呢，啥叫少钱啊？真是人算不如天算，想拿那房开饼店，哼，想得美。"袁如意以己度人，倒说别人算盘打得精。

田四林仍然耐着性子说好话："ICU病房一晚上就一万多，三姐两口子都没单位，都让大姐承担……大姐夫的公司最近不景气，前一段还找我帮忙，为还贷款，焦头烂额的……"

"你大姐花那是她活该，谁叫她儿子把人给救掉楼下去了，这就是闹到法庭上，这钱也该她出。我告诉你啊，你差不多就行了，别没黑没白的总往医院跑，别总管着人家的事……"

田四林终于急了，他把手里的杯摔到茶几上，他说："她是我姐，怎么是人家的事？袁如意，将心比心，换个个儿，是你姐，我不信你会这么云淡风轻没事人似的！"

"你摔什么摔？田四林，你还别乌鸦嘴没事咒我们家有事！你爱怎么着怎么着，从我兜里拿钱，没门！"

田四林摔门出来，合计着找谁能借点钱。到了公司，传达室的老徐喊："田总，前几天体验报告出来了，这是您的！"

田四林"哦"了一声，拿了大信封进了办公室。他刚坐定，电话就响了，是公司医务室的吴医生，他吞吞吐吐地问田四林拿没拿到体检报告。田四林说拿到了。吴医生说："那您能来我这儿一趟吗，您夫人好像……"

田四林的脑子"嗡"了一下。

公司体检，也算是搞福利，连家属一起免费检了。

这许多年来，田四林从来没这么慌张过。这许多年，跟袁如意过日子，说不上过得有多幸福，也说不上不幸福。田四林一向是个对生活要求不高的人。他很安于生活的现状。但袁如意不，她常常抱怨着田四林不够上进。但有一点好处是，家里的事，也就用不着田四林操心，所有的事，有袁如意，都会妥妥当当。年轻时喜欢一个人，跟她在一起。年纪渐渐大了，又没儿没女，在一起时没什么感觉，甚至还会烦。但突然意识到这个人也许会从自己的生活里消失时，心就一下子空了。年老时，不就是要依赖一个人吗，她若真走了，他该怎么办呢？

田四林头重脚轻地走出公司，他打电话给袁如意，袁如意不接。他的耳边回响着吴医生的话："肾的指标不正常，很可能是……尿毒症！当然，体检做的检查都太过粗糙，还需要进一步检查确诊……"

天上下起了小雨，田四林快步走在雨里，不知不觉走到了医院。大姐正坐在走廊的长椅上，见了四林，问怎么下雨也没打把伞呢，田四林魂不守舍地坐下，好半天，他说："姐，袁如意查出大病来了！"

田大芬的第一感觉是袁如意肯定又在捣鬼。是怕花钱吧？

"你们不用给我编故事，我想好了，老妈那房子卖，卖的钱你的那份给你，其他的给魏来和你三姐看病，再不够，我就是砸锅卖铁也会帮着她！还有，咱妈就烙那饼，有啥秘方？你们偏要觉得有秘方，说我给你们听的录音是骗人的，我也没办法。"

田二芳站在了两个人面前，脸上也满是不屑的神情。

田四林抖着手，从西装内侧的口袋里掏出体检报告递给田大芬，西佳和老皮正好提着饭盒走过来。田大芬满是狐疑地把那报告递给老皮："你帮妈看看，你小舅妈编了什么故事出来？"

老皮迅速地看了一下那体检报告，面色凝重："这是小舅妈的单子吗？"

田四林点了点头："是不是很严重？"

"赶紧入院检查吧，我找我的同事帮着看看！"老皮匆匆离开。田大芬有些傻了："咱们田家这是犯了什么冲啊，这一事接一事儿的！"

西佳握着老妈的手："您别急，咱把家里人都叫上商量一下吧！小舅，先别告诉我舅妈实情，有病咱治病，有什么困难，还有咱们大家呢。就是换肾，咱们都检查一下，咱们家这么多亲戚，没准儿就行呢！"

田四林感激地看着西佳。他是个不会表达感情的人。这些年，他对这些孩子也不是很亲，除了逢年过节给孩子一点压岁钱，袁如意还嘟囔个没完外，他几乎没跟这些孩子出去玩过。可现在这种时候，西佳说这样的话，真该让袁如意听一听。

"得好好想想怎么跟她说，她那性子别再一说，她就挺不住。一辈子要强，一辈子不服输，到了到了……"田大芬的风格一向是好话不好好说。

"妈，什么时候了，您还说这些！"西佳阻止了老妈。正好田二芳来看魏来。魏来无大碍，身上的几处骨折要他清醒清醒再做处理。田三蕊没什么事，可以出院，但她不眠不休地非陪在医院里。

田大芬、二芳、四林、西佳回到家时，曹金华正跟魏保乐和端木彬在喝酒。田大芬看到端木彬有些不高兴，田二芳也讪讪的。曹金华解释说端木打听魏来母子的事，就顺便聚一下。

"真够有闲心的了，孩子还在医院里呢！"田大芬不软不硬了句，魏保乐立即坐不住了，他站起来告辞。

端木彬却没有走的意思，西佳给东阳和雅尔打电话。

一家人又聚在一起，愁眉苦脸的。雅尔说了跟西佳同样的话："小舅，咱别愁，咱们一大家子人呢！我们都是您和舅妈的孩子！"

田四林的眼泪涌了出来，他急忙转头，想掩饰。田大芬说："想哭就哭，藏什么藏！"

田四林那么晚回来，袁如意大发雷霆，她说："田四林，你外甥在医院里，你比老太太在医院里还跑得勤呢！我问你，是不是我进医院了，你都不会这么上心？"

田四林闷声不响地躺在床上。

袁如意的电话响了，是田大芬打来的。她问袁如意四林在没在跟前，如果在，让袁如意离开点，她有事找她。

袁如意瞟了一眼四林，心里想，这肯定是想借钱啊。她横了一条心，不管怎么说，自己就是不拿，看能怎么！

袁如意没料到田大芬说的是皮若愚说四林的体检报告有些问题，让他

重新做检查，但是怕他有察觉，希望她能陪四林一起重新做个检查，这也不至于引起他的怀疑。

袁如意的腿都软了，完全没了主意："大……大姐，你在家吗？我这就去你那！"

田大芬斩钉截铁地说："你在家待着，我让西佳去接你！"

袁如意换上鞋穿上衣服，她冲四林喊："我公司加班，你自己弄点饭吃吧！"

田四林听着袁如意下楼梯的声音，坐起来，走到窗前，西佳冲他打了个"OK"的手势。这鬼点子就是西佳想出来的。

戏演得很成功。

袁如意从大姐家回来时，假装加班回来，带了田四林爱吃的小笼包。两个人难得地坐在阳台的榻榻米上吃着夜宵，谈着心。袁如意说："四林，其实我早就后悔了，看着西佳、雅尔他们，我真觉得要个孩子就好了！"

田四林也很动情，他握着袁如意的手："没事，我会一直陪着你的！"

袁如意的眼睛有点湿："你真是的，一辈子都不会浪漫一点。过段日子，咱们把年假调一调，咱们去乡下住些日子吧！"

"好！"两个人的手十指相扣，田四林的心里也是酸酸的。

第二天，太阳很好。北京很少有那么澄澈的天空。路上居然也很顺畅。

吃早饭时，袁如意很蹩脚地说着谎，说收到田四林公司的短信，说体检结果弄丢了，要再检一次。田四林当然很配合地没表示怀疑，甚至还发了几句牢骚。

到了医院，老皮自动隐身，安排好的大夫一项一项给袁如意和田四林做着检查。田大芬和田二芳陪着，袁如意以为他们都是为自己的弟弟担心，没有怀疑。

检察完成，马脚出在魏保乐那。魏保乐那天离开时听了那么一耳朵说袁如意查出病来了，他没听到后面的计划。

在医院的大厅里遇到袁如意和四林，好死不死，刚好那一会儿，四林去接电话，魏保乐过来问候，他说："弟媳妇儿，我跟你说，人这命，天注定，能有多大寿，那都握在老天爷手里，你说我家魏来这多险，命大吧？所以说啊，有病咱别怕，咱查，还有我们大家呢，我也听孩子们说了，就算换肾，咱们都验验，虽然不是直系亲属，机率小，但咱家人多啊！"

田四林接完电话走过来，脸都绿了。

袁如意问："三姐夫，你说谁得病了？"

"还能有谁，我呗！"到了这时候，田四林再不能假装什么都不知道了。

魏保乐还不知死，说："不对啊，我昨天听说是弟妹啊！"

田四林狠狠地瞪了魏保乐一眼，袁如意声音颤抖着说："田四林，你给我说明白，到底是怎么回事？"

魏保乐知道自己犯了大错，赶紧开溜。

电梯门开了，田二芳和大芬下来，四林哭丧着一张脸说事情漏了。田二芳过来扶住袁如意，安慰说："如意，没事儿，兴许就是搞错了，西佳女婿会第一时间把检查结果拿来的！"

袁如意转身冲着田四林吼："你们全家合起来骗我是吧？把我当成猴子耍是吧？"

田大芬急了："袁如意，你别不识好歹，我们这么用心良苦为了谁啊？"

袁如意出去拦了辆出租车上去就走。

田四林摆弄着手机，二芳喊："还弄手机干什么啊？还不去追？"

坐在出租车上的袁如意收到一条视频微信，是田四林发来的，他说，这是昨天雅尔录下来的。

坐在出租车里，袁如意看那段大家商量着怎么骗她的视频，看得泪水涟涟。西佳和雅尔都安慰四林："小舅，没事，咱家不差钱啊，还有，咱家人还多，我们都是您和舅妈的孩子……捐肾也没事啊，我的大脑都用半边，另一个闲着也是闲着……"

雅尔的声音："姐，捐肾，又没说捐脑……"

袁如意又笑了。出租车司机看着袁如意又哭又笑的，问："大姐，想孩子了吧？现在一家一个，出去了，哪有不想的！"

袁如意点了点头，电话响了，田四林打来的，哭腔："如……如意，是误会。一场虚惊，刚公司医务室给我打电话说，我们单位有个员工的家属叫袁如章，那报告是他的……"

"田四林，你就编吧！我又不害怕……"袁如意说这话时，像个撒娇的小女孩。

"真的，小皮把你的检查报告拿给我看了，一切正常。太坑人了！吓得我呀，如意，我这辈子没这么慌过……"

"你来医院吧，好像……魏来醒了！"

袁如意从没答应得这么爽快过。一路上，她反复看那段视频，其实，这个家对自己真的不薄。自己耍性子不要孩子，三个姐姐都在老太太面前说好话来着。自己只盯着自己面前的那点成见不放，做出的那些事……唉，算了，从头开始吧！

见到田大芬，袁如意眼泪汪汪地叫了声姐，说："大姐，你们一片好心，我……"

"得，别煽情，我是怕我家四林受不住，再娶一房，不定什么样呢！"田大芬一向的风格都是这样。放在从前，袁如意肯定恼，这回她却笑着跟田大芬开起了玩笑："就是啊，再娶一老婆，成本多高啊？我这样的带得出去带得回来的，经济实用的老婆，哪找去！"

"呀，给你个梯子你就往房上爬。不过，回去赶紧给四林做点好吃的，看那脸吓的，什么心理素质啊！"

"大姐，你能不能去学个语言艺术啥的课去，说话句句冒血珠子！"四林心情好，也跟大姐开起了玩笑。

袁如意第一次融入到大家心无芥蒂乱说话的氛围里。她突然觉得这样真的挺好，不用端着、拿装，假装着，舒坦。

魏来清醒了过来。

田三蕊泪眼婆娑地扑到儿子面前，"儿子，我的好儿子，你终于醒了！"然后咬牙切齿地说："你放心，妈不会放过曹东阳的，他让你受了这么大的苦，我一定让他蹲大牢！"

魏来很无力地拉住老妈的手，轻轻地说："妈，不赖东阳哥，是我不懂事，慌乱之下……东阳哥是救我，多危险，我差点把他带下去，我要是不松开他的手，他肯定也掉下去了……"

"好儿子，你就别替别人着想了，这事儿妈心里有数！"

"有什么数啊，大姐、东阳他们跟你那样说，是怕你自己太过内疚走不出来，精神出问题，你还真的恨上他们了，三蕊，你跟小来住院，要没咱姐他们，我简直都不知道怎么往下熬，咱做人不能忘本……"魏保乐抹起了眼泪。

"你……说的都是真的？"

"骗你是这个！"魏保乐用手比画了一下四蹄动物。

"妈，您就是不相信人。我从没跟您撒过谎。我跟陶小桃就是好朋友，我……我知道我是咱家全部的希望，可是你们知道吗，你们把自己没完成的理想都寄托在我身上，我压力山大，我害怕你们失望，却又一次次让你们失望，我真的没办法像雅尔姐那样优秀，我真的考不上重点大学……"

"妈知道，妈错了，妈只要你健健康康快快乐乐地活着，这比啥都强……"

魏保乐拉田三蕊："大姐他们来了！"

田大芬和田二芳进来，田三蕊脸上一时还下不来，两个姨握着魏来的手掉眼泪："傻孩子，有事说事啊，有什么过不去的，这受多少罪？"田大芬直来直往。

田二芳捅了一下大姐："啥意外都有，咱这是大难不死必有后福。小来，想吃啥，告诉二姨，二姨给你做！"

"就你二姨那手艺吧，想吃啥大姨给你做！"

老皮跟几个医生进来，讲着安排做手术的事儿。

那天晚上，一大家子人聚在了田大芬家。田大芬自然是主厨，一大桌子菜一道道端上来。大家端起了酒杯，田大芬说："咱们老田家这阵子走背字，可是……"

"可是……"西佳接茬儿。

田大芬瞪了西佳一眼："可是终于风雨过去见了彩虹，如意那是一场虚惊，魏来以后肯定一路顺遂，咱为了咱老田家的明天，干杯！"

大家都有些激动。曹金华也举起酒杯："咱们一家人走到今天不容易，我一直说，老妈没了，咱们一家的亲情不能没，咱们什么时候都得相互扶持，相互帮助把日子好好过下去。咱就是要把家里的事弄弄好，把日子过红火了，这才是正事儿！我睡不着觉时就总是想啊，你说你们三个都烙那幸福饼，怎么都没老妈烙的好吃呢？你们都说说为啥？"

田大芬不吭声。

西佳说："我姥姥那手艺点石成金，炒一白菜都好吃得要命！"

"跟技术真没关系，是老妈的幸福饼里多了一味料，爱，无私的爱。老妈对每个儿女都是倾其所有地爱。而我们呢，我们为着各自的小家，为着各自的小情感，纠结、折腾、彼此抱怨、相互伤害，可到头来呢，我们幸福了吗？当然不幸福。就像一个拳头，伤了哪根手指，别的手指不疼吗？疼。"

田二芳若有所思地点头："大姐夫说得对，妈走后这一年多，咱们姐弟走了太多弯路，咱们就像是没妈的孩子，学着走路学着说话，但最近这几件事，我又觉得我们从没分开过，我们仍然是最亲最近最可依赖的人！"

袁如意也很感慨，端起酒杯："大姐、大姐夫，二姐、三姐，我袁如意不是坏人，但就是心眼小了点，从前我做的那些事，你们大家都别跟我一般见识，说真的，今天坐出租车上，我看了咱家人为了让我去看病一起操的那些心，我真是很感动。这些年……算了，不说了，都在酒里！"

一个月后，魏来出院那天，田家全家老小聚到酒楼里。

吃过饭，全家去 K 歌。年轻的个个是麦霸，唱起来没完没了。

老一辈的就坐着唠闲嗑儿。

四林说起袁如意后悔没要孩子的事，田大芬说："就是要了孩子，将来咱们老了，他们一对小夫妻要负担老人还要养孩子，甭说经济账，就是精力也没有啊！我还是那句话，将来咱们自力更生，咱们姐弟四个结一互助组，你帮我，我帮你！"

"我跟你们说，你大姐真是噘嘴骡子卖个驴价钱，她要不是这张嘴不行，还真是你们老田家的好带头人，可惜啊！"曹金华摇头叹息。

"可惜个屁，看不中我了是吧？我哪有那阿蔡阿汤的善解人意啊！"田大芬对阿蔡还耿耿于怀。曹金华一听，立马打住。

"就是，我也跟四林说了，等我和四林退休了，就去三姐的店里打工，别的不能做，端盘子刷碗总行吧？三姐，你可得把咱家的店开得好好的，咱也弄一连锁。将来啊，你有了钱，帮咱买一大别墅，咱们老头儿老太太住一块儿，打麻将，男一桌，女一桌……"

田二芳瞅了一眼田大芬："弟媳这意思是愿意让三蕊用老妈那换来的房开店了？"

"愿意啊！我这不把我的后半辈子都指望给三姐了吗？不过，我要得老年痴呆啥的，你们可得管我！"

田大芬乐了："瞧把她精的，沾上毛就是一猴。甭说你还有这话，就是没有，咱姐妹兄弟，都是从一个娘胎里面爬出来的，谁会看着谁走黑道呢！得，刚你大姐夫说我是老田家的好带头人，我也就给梯子就爬高，咱这就说定了啊，那铺面给三蕊开店，三蕊呢，也甭享独食，有了盈利，得向我们这些股东分分红！"

三蕊的脸笑成了一朵花，赶紧保证没问题。

"分什么红，妈，我也要！"西佳啃着西瓜过来凑热闹。

"我们老田家的事，没你事儿！"田大芬很自豪地噴女儿。

"哟，哟，哟，这又抱团啦，忘了哭着说谁也不认谁的时候啦！"西佳哪壶不开提哪壶。四林倒说："大姐，你还得管管我二姐和三姐，她们这都做啥呢？赶紧把身边那空位子补上吧，不然，真住了别墅，男的这伙打麻将人手也不够啊！"

"你三姐不用你操心，妈早就说过了，那魏保乐啊，赶都赶不走，一颗心都在你三姐这呢，芳子，你倒是怎么想的？"

田二芳无声地笑了笑："顺其自然吧。反正我还有你们！"

"那可不行，我们是我们，能抵得过老伴儿吗？是吧，四林！"袁如意当着大家的面跟田四林大秀恩爱，西佳大叫受不了了，她说："我在那边就是受不了曹东阳跟简丹黏黏糊糊的劲，我才跑这边来，没想到小舅小舅妈更肉麻！"

田大芬笑着骂西佳没大没小，西佳大声喊老皮："老皮，来咱俩也肉麻一个！"

田大芬说："再过几天就是老妈的生日了，咱们都去看看你姥姥吧！"

魏来眼睛红红的："我真的很想姥姥了，姥姥不在后，我妈打了我两巴掌呢！"

"小兔崽子，还记仇哪？你妈这都快成祥林嫂了，天天道歉赔不是！"田三蕊委屈。

"嘿嘿，我得时刻给你敲敲警钟！"魏来挠着头跟老妈贫嘴。

大屏幕上出现了《烛光里的妈妈》，一时间，包房里静了下来，西佳、雅尔跟着唱，接着变成了大合唱。

　　朦胧的泪眼里，大家都感受到了彼此的力量，家的力量，在天堂里老妈的力量。

　　很久之前，他们吵成一锅粥时，老妈一定是心痛的，现在，一定是开心的吧？

　　田二芳在心里对老妈说：妈，我们都会好好的，您放心，咱老田家的幸福生活这才刚刚开始。

　　她这样想着，大姐竟然把这些话说了出来。田二芳笑了，管八家还真是名不虚传。

后

记

一年后。春天。

红绸落地，"老妈的幸福饼屋"七个烫金大字在众人的掌声里露了出来。

田三蕊穿着大红的旗袍，魏保乐穿着笔挺的西装，雅尔神神秘秘地对着西佳说："我觉得咱们今天肯定还有一喜。"

西佳心领神会："其实还可以再加一喜的，二姨……"

雅尔看了一眼不远处的老妈和忙前忙后的孟庆霖，又看了看门前端木彬送的大花篮。"我不敢催她，也不想催她，她没想好，慢慢来就好了！"

西佳点了点头："于菲菲真是长出息了，竟然送来个花篮，说是听曹操回去说的。她现在也不再挡着不让我爸妈看曹操了。听说她处了个男朋友，开了家酒吧，离过婚的，带一女儿！"

"西佳，你发现没，人要是幸福了，心会很宽容。还有，人若是宽容了，也便容易幸福！"

"话里里外外都让你说了！"西佳仔细嚼咀着雅尔的这句话，还真是这样的道理。

一个月前，女儿优优满月，她跟老皮举行了婚礼。那天东子来了，送了很大一个红包。西佳拿着那红包捏了捏，然后给了东子一拳，她说："行啊，你。我跟你说，你离了再结，别再告诉我们啊，我可没钱还你红包！"

东子很尴尬地笑了，他说："怎么脾气还这样？"

"怎么，替老皮担心啊？放心吧，我要不这样，他还不喜欢我呢。这世界上，总有个贱脾气的男人把我宠得像个公主，这事，就不劳您老人家操心了。还有，你呢，还在追姑娘的路上一路狂奔吗？年纪不饶人啊，饶是你是西门庆，也有不行的时候吧？要真是得了前列腺或者是啥啥病，别不好意思，男科医院老皮还挺有熟人的！"

东子的脸上一层一层尴尬最后变成了无奈的笑，他说："我要说我后悔了，你信吗？"

"信啊，没选我的那些男人现在个顶个后悔着呢。对老皮那是羡慕嫉妒恨！"

"谁对我羡慕嫉妒恨啊？"老皮走过来。

"你兄弟啊，那些把我曹西佳培养成如此温柔可爱贤惠可人性感可口的男人们啊，他们觉得一朵鲜花插在了牛粪上，可我正告诉你这位花瓶兄弟，鲜花跟牛粪才是绝配，牛粪多有营养啊，不然哩，插花瓶里，干巴巴死掉，完蛋了！"

老皮揽着西佳的肩膀嘿嘿笑："其实，我是花瓶型牛粪，现在韩国帅哥都有这一款！"

东子伸出手恭喜老皮。

老皮跟西佳转身去其他桌敬酒。老皮提醒西佳："我说丫头，你这样，我觉得你旧恨未了，仍然介意他！"

"你吧，属长颈鹿的，脖子太长，脑子缺血，就别瞎分析事了！"

"遵命！老婆！"

西佳自己分析了分析自己的情感，其实是真没事了，自己最难过在意他时，她完全不能当着他的面这样嬉笑怒骂。时间还真是个好医生，一切都过去了。

魏来跟黎明朗放鞭炮，噼噼啪啪的爆竹声特别喜气。

田三蕊握着魏保乐的手眼泪汪汪的："我真不敢相信这是真的，像做梦一样！"

"当然是真的啦，小姨，小姨父，赶明儿我就带一帮人来吃大户。"西佳兴冲冲地说。

魏保乐喜上眉梢，手一挥："天空飘来五个字，那都不叫事。你们天天来吃，我跟你小姨才高兴。"

"中计了吧，小姨父这是让咱们当托呢，忙时呢，还可以当免费服务员！"东阳兴致也很高。

"只要有东西吃，我倒是乐意当托，不花钱，当服务员也没关系，是

吧，明朗！"老皮嘿嘿笑着接话。

黎明朗点头答应着。

"还吃，还吃，我说主治医生，再吃，低头看到的就不是你手术台上的病人，都是你自己的肚子啦！"

"别的看不到，也不能看不到我闺女不是！"老皮一提醒，西佳一拍脑门子："我得打个电话问问老妈优优闹没闹！"

"大姐这可真是，从前有啥事那都是穆桂英挂帅，阵阵落不下。这回有了优优，她连咱田家这么大的热闹都不参加了！"田二芳跟三蕊说。

"不行，今儿天这么好，老皮，你开车去把妈和孩子都接来，感什么冒啊，哪这么娇气的。从前姥姥看着咱们，她出来摆摊子，多冷的天，咱们不就在外面待着，个个都健康着呢！"

说起姥姥，大家都一肚子感慨。要是姥姥能活到现在，看到自己家拥有了一片店面，那得有多高兴啊。

袁如意突然想起来说："三姐，转过一条街就是我们公司，今天我把咱家的店推荐给我们行政部门了，明天他们会来尝菜，估计没什么问题，我们公司之家订餐的那家的菜太难吃了！"

田三蕊点头："弟妹，就冲你这介绍，我跟你三姐夫也得好好表现。这可是咱家饭馆第一单大生意。"

"小姨，你就放心吧，这周围有很多写字楼，中午来吃饭的人肯定多。我嘴多刁啊，还就爱吃幸福饼呢！"雅尔给田三蕊打气。

曹金华放下电话说："我也给你联系了几家公司。就怕你们夫妻俩忙不过来呢！不行就雇人，咱做成连锁，打败那些洋快餐。咱中国人的肠胃还是得吃老祖宗传下来的吃食！"

"这辈子就这话你说得明白。"田大芬跟在抱孩子的老皮后面进来，补了一句。

曹金华叹了口气，对东阳和简丹说："我在外面再是这'总'那'总'，在你妈面前就是个'总助'！"

"爸，我觉得做'总'才累，做'总助'什么事都有领导扛着才轻松！"简丹跟这个家慢慢亲近了起来。公公总是忙，其实人挺不错的，孩子的事都是无条件支持。小姑子西佳满嘴跑火车，其实人特别简单，她说了什么带刺的话，你不必放在心上就是了。至于婆婆，简丹很小心翼翼，甚至打算采取敬而远之的策略，可是西佳悄悄提醒她说："我妈顶不扛忽悠，有于菲菲那样的儿媳妇在前面，你大胆往前走就是了！"

简丹也觉得一家人，总是有心结，也别扭。于是每个星期天都提着菜去曹家，进门就洗手进厨房，田大芬做菜，简丹细心学，没几次，就做得像模像样了。田大芬便开始训西佳了："就知道吃，吃了这三十年了，没你嫂子几天长本事！"

西佳夸张地嚷："看，看，从前偏向我哥，这回偏向我嫂子！妈，你的这颗心就没正过！"

西佳生了孩子，简丹怕田大芬照顾太累，就搬回家来帮着照顾。半夜都得起来几回。人心都是肉长的，田大芬也心疼起了简丹，她给简丹买很多好吃的塞在她的床头柜里，嘴里却是恶狠狠地说："多吃才能胖点，瘦得跟根香似的，看着都不舒服！"

优优满月时对简丹说："别这事那事的，赶紧怀个孩子吧，趁我这几年身体还行，也帮你们带一带！"

那天晚上，简丹依偎在东阳的怀里把老妈这句话说给他听。她说："经历过这许多的事，我终于觉得幸福就是现在。我得好好珍惜。"

东阳亲了简丹一下，他说："再让你幸福一下，我被提升为部门主管了！"

"哇，我老公好棒啊！"简丹夸张的表情让东阳忍不住笑了起来。"但我辞职了，老爸的公司状况不好，我回来帮他！"

"我想说的是，你会不会成长得太快了，独立到遇事都不用跟老婆商量了？"简丹假装噘嘴生气。

"老婆，我错了，我听你的指示，你给我一主意，你说让我向东，我绝不向西，你说让我打狗，我绝不赶鸡！"东阳赶紧道歉。

简丹笑着给他一拳："贫，跟西佳学。不过，我挺喜欢你这样的，我喜欢我的男人有主见！"

"谢老婆！"

"不过，下次还是要跟领导商量！"

"幸福饼出锅喽!"

一转眼工夫,魏保乐换上了厨师服,田三蕊也系了围裙进去帮忙。田二芳帮着端盘,两张被油粘在一起的薄饼揭开,一面金黄,脆,一面雪白,软,配上细细的土豆丝,爽口的榨菜肉丝,一清二白的葱丝,翠绿翠绿的黄瓜条,魏保乐还即兴发挥了一下,切了艳艳的胡萝卜丝,鸡蛋皮也切成丝,金黄金黄的。

黎明朗"哇"了一声:"不吃,看着都赏心悦目!"他伸手就去撕饼,雅尔拦住:"别动,我要拍照发微博!"

魏来摆弄着东阳的单反相机:"光发幸福饼的微博多没意思啊,有人才有故事,大家抬头,茄子!"

一大家子人各自做着表情动作,小优优竟然哭了起来,不过,入了镜头都好看。

田二芳心里暗暗想:老妈,您在天上都看到了吗?咱们家的姐妹兄弟吃着您烙的幸福饼长大的,经历过那么多沟沟坎坎,我们从没放弃幸福的努力,我们一直在寻找幸福的春天里……

西佳喊了一句:"大家各自努力,我们争取穿裙子去海南过年!"

老皮说:"太没追求了,我们要去马尔代夫!"

田三蕊过来接了句:"你不皮大夫吗,怎么还有马大夫的事?"

小小的一间店面里欢声笑语。田二芳静静地观察每个人,大姐田大芬把一张饼揭开,卷了土豆丝和葱丝给曹金华,给简丹,给雅尔,给桌上每个人。田三蕊把甜面酱往西佳跟前转,西佳喜欢吃这个。雅尔在跟魏来轻声细语地说话,她决定抽空给魏来补补课。简丹抱着优优,她说:"明天东阳会把曹操接来,我要带他吃比萨去……"

魏保乐用围裙擦着手扭捏着说:"刚刚雅尔说的话我都听着了,是有个好消息,我跟三蕊昨天去把复婚手续领了。我俩现在……是新婚!"

三蕊踢了魏保乐一脚:"胡说什么呢?让孩子们笑话!"

魏来叹了口气:"本来这好消息我要宣布。我还想着当你们俩的花童来着,看来你们打算过两人世界了!"

田三蕊赶紧搂住儿子:"哪能啊,咱们仨是永远的吉祥三宝啊!"

"我才不要当电灯泡儿,我要考国防科技,我要当特种兵!"魏来的目光炯炯。田三蕊紧张地看着雅尔："雅儿，这是哪一出啊？"

"甭管他，青春末期狂想症！"小雅笑嘻嘻地给小姨吃定心丸。

三蕊放下一颗心："儿子，只要你努力，做什么妈都支持你！"

"喜欢陶小桃呢？"魏来顽皮地将三蕊一军。

三蕊头上立刻刷下来三条黑线。大家却都开心地笑了起来。

小店的门开了，端木彬站在门前，门外的光亮，衬得他是暗的。他说："老远我就闻到幸福饼的味道，有我一份没？"